한국어역 만엽집 14

– 만엽집 권 제19·20 –

한국어역 만엽집 14

- 만엽집 권제19·20 -

이연숙

도서
출판 박이정

대장정의 출발

이연숙 박사의 『한국어역 만엽집』 간행을 축하하며

　이연숙 박사는 이제 그 거대한 『만엽집』의 작품들에 주를 붙이고 해석하여 한국어로 본문을 번역한다. 더구나 해설까지 덧붙임으로써 연구도 겸한다고 한다.

　일본이 자랑하는 대표적인 고전문학이 한국에서 재탄생하게 된 것이다. 다만 총 20권 전 작품을 번역하여 간행하기 위해서는 오랜 세월을 기다리지 않으면 안 된다. 현재 권 제4까지 번역이 되어 3권으로 출판이 된다고 한다.

　『만엽집』 전체 작품을 번역하는데 오랜 세월이 걸리는 것은 틀림없다. 그러나 대완성을 향하여 이제 막 출발을 한 것이다. 마치 일대 대장정의 첫발을 내디딘 것과 같다.

　이 출발은 한국, 일본뿐만이 아니라 전 세계적으로도 대단한 일이라고 할 수 있다.

　사실 『만엽집』은 천년도 더 된 오래된 책이며 방대한 분량일 뿐만 아니라 단어도 일본 현대어와 다르다. 그러므로 『만엽집』의 완전한 번역은 아직 세계에서 몇 되지 않는다.

　영어, 프랑스어, 체코어 그리고 중국어로 번역되어 있는 정도이다.

　한국어의 번역에는 김사엽 박사의 번역이 있지만 유감스럽게도 전체 작품의 번역은 아니다. 그 부분을 보완하여 이연숙 박사가 전체 작품을 번역하게 된다면 세계에서 외국어로는 다섯 번째로 한국어역 『만엽집』이 탄생하게 되는 것이다. 중국어 번역은 두 사람에 의해 이루어졌으므로 이연숙 박사는 세계의 영광스러운 6명 중의 한 사람이 되는 것이다.

　『만엽집』의 번역이 이렇게 적은 이유로 몇 가지를 들 수 있다.

첫째, 이미 말하였듯이 작품의 방대함이다. 4500여 수를 번역하는 것은 긴 세월이 필요하므로 젊었을 때부터 시작하지 않으면 안 되는 것이다.

둘째로, 『만엽집』은 시이기 때문이다. 산문과 달라서 독특한 언어 사용법이 있으며 내용을 생략하여 압축된 부분도 많다. 그러므로 마찬가지로 방대한 분량인 『源氏物語』 이상으로 번역하기가 어려울 것이다.

셋째로, 고대어이므로 정확한 의미를 파악하기가 힘이 든다는 것이다. 더구나 천년 이상 필사가 계속되어 왔으므로 오자도 있다. 그래서 일본의 『만엽집』 전문 연구자들도 이해할 수 없는 단어들이 있다. 외국인이라면 일본어가 웬만큼 숙달되어 있지 않으면 단어의 의미를 찾아내기가 불가능한 것이다.

넷째로, 『만엽집』의 작품은 당시의 관습, 사회, 민속 등 일반적으로 문학에서 다루는 이상으로 광범위한 분야에 대한 지식이 없으면 이해하기 어려운 것이다. 번역자로서도 광범위한 학문적 토대와 종합적인 지식이 요구되는 것이다. 그러므로 어지간해서는 『만엽집』에 손을 댈 수 없는 것이다.

간략하게 말해도 이러한 어려움이 있는 것이다. 과연 영광의 6인에 들어가기가 그리 쉬운 일이 아님을 누구나 알 수 있을 것이다.

그러나 이연숙 박사는 이것이 가능하다고 생각된다. 아직 젊을 뿐만 아니라 오랜 세월 동안 『만엽집』의 대표적인 연구자로서 자타가 공인하는 업적을 쌓아왔으므로 그 성과를 토대로 하여 지금 출발을 하면 그렇게 오랜 세월이 걸리지 않을 것이라 생각된다. 고대 일본어의 시적인 표현도 이해할 수 있으므로 번역이 가능하리라 확신을 한다.

특히 이연숙 박사는 향가를 깊이 연구한 실적도 평가받고 있는데, 향가야말로 일본의 『만엽집』에 필적할 만한 한국의 고대문학이므로 『만엽집』을 이해하기 위한 소양이 충분히 갖추어졌다고 생각되기 때문이다.

이러한 여러 점을 생각하면 지금 이연숙 박사의『한국어역 만엽집』의 출판 의의는 충분히 잘 알 수 있는 것이다.

김사엽 박사도『만엽집』한국어역의 적임자의 한 사람이었다고 생각되며 사실 김사엽 박사의 책은 일본에서도 높이 평가되고 있고 山片蟠桃상을 받은 바 있다. 그러나 이 번역집은 완역이 아니다. 김사엽 박사는 완역을 하지 못하고 유명을 달리하였다.

그러므로 그 뒤를 이어서 이연숙 박사는『만엽집』을 완역하여서 위대한 업적을 이루기를 바란다. 그런 의미에서도 이 책의 출판의 의의가 큰 것을 알 수 있다.

이러한 대장정의 출발로 나는 이연숙 박사의『한국어역 만엽집』의 출판을 진심으로 기뻐하며 깊은 감동과 찬사를 금할 길이 없다. 전체 작품의 완역 출판을 기다리는 마음 간절하다.

2012년 6월

中西 進

책머리에

　『萬葉集』은 629년경부터 759년경까지 약 130년간의 작품 4516수를 모은, 일본의 가장 오래된 가집으로 총 20권으로 이루어져 있다. 『만엽집』은 많은(萬) 작품(葉)을 모은 책(集)이라는 뜻, 萬代까지 전해지기를 바라는 작품집이라는 뜻 등으로 해석되고 있다. 이 책에는 이름이 확실한 작자가 530여명이며 전체 작품의 반 정도는 작자를 알 수 없다.

　일본의 『만엽집』을 접한 지 벌써 30년이 지났다. 『만엽집』을 처음 접하고 공부를 하는 동안 언젠가는 번역을 해보아야겠다는 꿈을 가지게 되었다. 그러나 작품이 워낙 방대한데다 자수율에 맞추고 작품마다 한편의 논문에 필적할 만한 작업을 하고 싶던 지나친 의욕으로 엄두를 내지 못하여 그 꿈을 잊고 있었는데 몇 년 전에 마치 일생의 빚인 것처럼, 거의 잊다시피 하고 있던 번역에 대한 부담감이 다시 되살아났다. 그것은 생각해보니 다음과 같은 이유에서였던 것 같다.

　먼저 자신이 오래도록 관심을 가지고 연구한 분야가 개인의 연구단계에 머물고만 있을 것이 아니라, 보다 많은 사람들에게 실질적인 도움을 줄 수 있었으면 하는 바람 때문이었던 것 같다.

　『만엽집』을 번역하고 해설하여 토대를 마련해 놓으면 전문 연구자들이 연구 대상 작품을 번역해야 하는 부담을 덜고 시간을 절약할 수 있을 것이며, 국문학 연구자들도 번역을 통하여 한일 문학 비교연구가 가능하게 되어 연구의 지평을 넓힐 수 있을 것이기 때문이었다.

　다음으로 일본에서의 향가연구회 영향도 있었던 것 같다.

　1999년 9월 한일문화교류기금으로 일본에 1년간 연구하러 갔을 때, 향가에 관심이 많은 일본 『만엽집』 연구자와 중국의 고대문학 연구자들이 향가를 연구하자는데 뜻이 모아져, 산토리 문화 재단의 지원으로 향가 연구를 하게 되었으므로 그 연구회에 참여하게 되었다. 7명의 연구자들이 정기적으로 모여 신라 향가 14수를 열심히 읽고 토론하였다. 외국 연구자들과의 향가연구는 뜻 깊은 것이었다. 한국·중국·일본 동아시아 삼국의 고대 문학 연구자들이 한자리에 모여 각국의 문헌자료와 관련하여 향가 작품에 대한 생각들을 나누며 연구를 하는 동안, 향가가 그야말로 이상적으로 연구되고 있다는 생각이 들었다.

연구 결과물이『향가-주해와 연구-』라는 제목으로 2008년에 일본 新典社에서 출판되었다. 이 책이 일본의 연구자들뿐만 아니라 일반인들도 한국의 문화와 정신을 잘 이해할 수 있는 계기가 될 수 있듯이, 마찬가지로『만엽집』이 한국어로 번역된다면 우리 한국인들도 일본의 문화와 정신을 이해하는데 도움이 될 수 있을 것이라 생각되었다. 그래서 講談社에서 출판된 中西 進 교수의『만엽집』 1(1985)을 텍스트로 하여 권제1부터 권제4까지 작업을 끝내어 2012년에 세 권으로 펴내었다. 그리고 2013년 12월에『만엽집』권제5, 6, 7을 두 권으로, 2014년에는 권제8, 9를 두 권으로, 2015년에는 中西 進 교수의『만엽집』2(2011)를 텍스트로 하여 권제10을 한 권으로 출판하였다. 2016년에 中西 進 교수의『만엽집』3(2011)을 텍스트로 하여 권제11을 한 권으로, 2017년 2월에는 권제12를 또 한 권으로 출판하였고 8월에 권제13, 14를 한 권으로, 10월에는 中西 進 교수의『만엽집』3(2011), 4(2011)를 텍스트로 하여 권제15, 16을 한 권으로 엮어 출판하였다. 그리고 이번에 中西 進 교수의 『만엽집』4(2011)를 텍스트로 하여 권제17부터 권제20까지를 두 권으로 출판하게 되었다.

  『만엽집』권제19는 4139번가부터 4292번가까지 154수가 수록되어 있는데, 長歌가 23수, 短歌 가 131수이다. 권제17부터 권제20까지는 大伴家持의 노래를 중심으로 연대순으로 배열되어 있으 므로 歌日記라고도 일컬어진다.

  권제20은 4293번가부터 4516번가까지 224수가 수록되어 있으며, 長歌가 6수, 短歌가 218수이다. 『만엽집』권제20은, 권제19에 이어 天平勝寶 5년(753) 여름부터 天平寶字 3년(759) 정월 1일 까지 약 6년간의 작품을 수록한 것이다. 家持의 나이 36세부터 42세까지의 기간이라고 추정된다. 家持의 歌日記 체제로 되어 있지만, 권제19가 家持의 작가 수업의 완성을 보이고 있는 것에 비해 餘錄이라고 할만한 1권을 덧붙인 것으로 보기도 한다. 家持의 在京中의 증답가, 연회가, 동국 지방의 징발된 병사인 防人들의 노래를 수록하고 있다.

  『만엽집』의 최초의 한국어 번역은 1984년부터 1991년까지 일본 成甲書房에서 출판된 김사엽 교수의『한역 만엽집』(1~4)이다. 이 번역서가 출판된 지 30년 가까이 되었지만 그동안 보지 않았다. 왜냐하면 스스로 번역을 시도해 보지도 않고 다른 사람의 번역을 접하게 되면 자연히 그 번역에 치우치게 되어 자신이 번역을 할 때 오히려 지장이 있을 수 있다고 생각되었기 때문이다. 2012년에 권제4까지 번역을 하고 나서 처음으로 살펴보았다.

김사엽 교수의 번역집은 『만엽집』의 최초의 한글 번역이라는 점에서 그 의의는 매우 크다고 할 수 있다. 그러나 살펴보니 몇 가지 아쉬운 점도 있었다.

『만엽집』 권제16, 3889번가까지 번역이 된 상태여서 완역이 이루어지지 않았다는 점, 텍스트를 밝히지 않고 있는데 내용을 보면 岩波書店의 일본고전문학대계 『만엽집』을 사용하다가 중간에는 中西 進 교수의 『만엽집』으로 텍스트를 바꾼 점, 음수율을 고려하지 않은 점, 고어를 많이 사용하였다는 점, 세로쓰기라는 점 등을 들 수 있다.

그러나 당시로서는 어쩔 수 없는 상황도 있었을 것이라 생각된다. 또 이런 선학들의 노고가 있었기에 한국에서 『만엽집』에 대한 관심도 지속되어 온 것이라 생각되므로 감사드린다.

책이 출판될 때마다 여러분들께서 깊은 관심을 보이고 많은 격려를 하여 주셨으므로 용기를 얻었다. 그리하여 이번에 『한국어역 만엽집』이 총 14권으로 완간되게 되었다. 지금까지 인도해 주신 하나님께 영광을 돌려 드린다.

講談社의 『만엽집』을 번역할 수 있도록 허락하여 주시고 추천의 글까지 써 주신 中西 進 교수님, 『만엽집』 노래를 소재로 한 작품들을 표지에 사용할 수 있도록 허락하여 주신 일본 奈良縣立萬葉文化館의 稻村和子 관장님, 그리고 작품 자료를 보내어 주신 西田彩乃 학예원께 감사드린다.

그리고 이 책이 출판될 수 있도록 도와주신 박이정의 박찬익 사장님과 편집부에 감사드린다.

2018. 2. 7.

四峇 向 靜室에서

이 연 숙

일러두기

1. 왼쪽 페이지에 萬葉假名, 일본어 훈독, 가나문, 左注(작품 왼쪽에 붙어 있는 주 : 있는 작품의 경우에 해당함) 순으로 원문을 싣고 주를 그 아래에 첨부하였다.

2. 오른쪽 페이지에는 원문과 바로 대조하면서 볼 수 있도록 작품의 번역을 하였다.
   그 아래에 해설을 덧붙여서 노래를 알기 쉽게 설명하면서 차이가 나는 해석은 다른 주석서를 참고하여 여러 학설을 제시함으로써 이해를 돕고자 하였다.

3. 萬葉假名 원문의 경우는 원문의 한자에 충실하려고 하였지만 훈독이나 주의 경우는 한국의 상용한자로 바꾸었다.

4. 텍스트에는 가나문이 따로 있지 않고 필요한 경우에 한자 위에 가나를 적은 상태인데, 번역서에서 가나문을 첨부한 이유는, 훈독만으로는 읽기 힘든 경우가 있으므로 작품을 정확하게 읽을 수 있도록 돕기 위함과 동시에 번역의 자수율과 원문의 자수율을 대조해 볼 수 있도록 하기 위함이었다. 권제5부터 가나문은 中西 進의『校訂 萬葉集』(1995, 초판)을 사용하였다. 간혹『校訂 萬葉集』과 텍스트의 읽기가 다른 경우가 있었는데 그럴 경우는 텍스트를 따랐다.

5. 제목에서 인명에 '천황, 황태자, 황자, 황녀' 등이 붙은 경우는 일본식 읽기를 그대로 적었으나 해설에서는 위 호칭들을 한글로 바꾸어서 표기를 하는 방식을 택하였다. 한글로 바꾸면 전체적인 읽기가 좀 어색한 경우는 예외적으로 호칭까지 일본식 읽기를 그대로 표기한 경우도 가끔 있다.

6. 인명이나 지명과 같은 고유명사는 현대어 발음과 다르고 학자들에 따라서도 읽기가 다르므로 텍스트인 中西 進의『萬葉集』발음을 따랐다.

7. 고유명사를 일본어 읽기로 표기하면 무척 길어져서 잘못 띄어 읽을 수 있기 때문에 가능하면 성과 이름 등은 띄어쓰기를 하였다.

8. 『만엽집』에는 특정한 단어를 상투적으로 수식하는 수식어인 마쿠라 코토바(枕詞)라는 것이 있다. 어원을 알 수 있는 것도 있지만 알 수 없는 것도 많다. 中西 進 교수는 가능한 한 해석을 하려고 시도를 하였는데 대부분의 주석서에서는 괄호로 묶어 해석을 하지 않고 있다. 이 역해서에서도 괄호 속에 일본어 발음을 그대로 표기를 하고, 어원이 설명 가능한 것은 해설에서 풀어서 설명하는 방향으로 하였다. 그러므로 번역문을 읽을 때에는 괄호 속의 枕詞를 생략하고 읽으면 내용이 연결이 될 수 있다.

9. 『만엽집』은 시가집이므로 반드시 처음부터 읽어 나가지 않아도 되며 필요한 작품을 택하여 읽을 수 있다. 그런 경우를 위하여 필요한 사항은 가능한 한 작품마다 설명을 하려고 하였다. 그러므로 직자니 枕詞 등의 경우, 같은 설명이 여러 작품에 보이기도 하는 것은 이런 이유 때문이다.

10. 번역 부분에서 극존칭을 사용하기도 하였는데 이것은 음수율에 맞추기 힘든 경우, 음수율에 맞추기 위함이었다.

11. 권제5의, 제목이 없이 바로 한문으로 시작되는 작품은, 中西 進의 『萬葉集』의 제목을 따라서 《 》속에 표기하였다.

12. 권제7은 텍스트에 작품번호 순서대로 배열되지 않은 부분들이 있는데, 이런 경우는 번호 순서대로 배열을 하였다. 그러나 목록은 텍스트의 목록 순서를 따랐다.

13. 권제16·17의 제목이 없는 작품은, 中西 進의 『萬葉集』의 제목을 따라서 《 》속에 표기하였다.

14. 권제17은 텍스트인 中西 進의 『萬葉集』에는, 3894번가 다음에 3898~3899번가가 오고 그 다음에 3895~3897번가, 3900번가 순으로 수록되어 있다. 그러나 이 책에서는 번호 순대로 실었다.
    권제 18도 4103번가와 4104번가의 순서가 바뀌어 있는데, 여기에서는 全集과 마찬가지로 순서대로 정리하였다.

15. 해설에서 사용한 大系, 私注, 注釋, 全集, 全注 등은 주로 참고한 주석서들인데 다음 책들을 요약하여 표기한 것이다.
    大系 : 日本古典文學大系 『萬葉集』 1~4 [高木市之助 五味智英 大野晉 校注, 岩波書店, 1981]
    全集 : 日本古典文學全集 『萬葉集』 1~4 [小島憲之 木下正俊 佐竹昭廣 校注, 小學館, 1981~1982]
    私注 : 『萬葉集私注』 1~10 [土屋文明, 筑摩書房, 1982~1983]
    注釋 : 『萬葉集注釋』 1~20 [澤瀉久孝, 中央公論社, 1982~1984]
    全注 : 『萬葉集全注』 1~20 [伊藤 博 外, 有斐閣, 1983~1994]

차례

작품 목록

만엽집 권 제19 목록

- 天平勝寶 2년(750) 3월 1일 저녁에, 桃李 꽃을 읊은 노래 2수 (4139~4140)
- 날아가는 도요새를 보고 지은 노래 1수 (4141)
- 2일에, 버들을 꺾어 도읍을 생각하는 노래 1수 (4142)
- 얼레지꽃을 꺾는 노래 1수 (4143)
- 돌아가는 기러기를 본 노래 2수 (4144~4145)
- 밤중에 새가 우는 것을 듣는 노래 2수 (4146~4147)
- 새벽에 우는 꿩을 듣는 노래 2수 (4148~4149)
- 멀리 강을 거슬러 올라가는 뱃사람의 노래를 듣는 노래 1수 (4150)
- 3일에, 코시노 미치노나카(越中) 장관 오호토모노 야카모치(大伴家持)의 관사에서 연회하는 노래 3수 (4151~4153)
- 8일에, 3년 된 흰 매를 읊은 노래 1수와 短歌 (4154~4155)
- 가마우지를 물에 넣는 노래 1수와 短歌 (4156~4158)
- 시부타니(澁谿) 곳을 지나 바위 위의 나무를 본 노래 1수 (4159)
- 세상 무상을 슬퍼하는 노래 1수와 短歌 (4160~4162)
- 미리 짓는 칠석 노래 1수 (4163)
- 용사의 이름을 떨치기를 원하는 노래 1수와 短歌 (4164~4165)
- 두견새와 계절의 꽃을 읊은 노래 1수와 短歌 (4166~4168)
- 아내의, 도읍에 있는 어머니에게 보내기 위하여 부탁을 받아서 지은 노래 1수와 短歌 (4169~4170)
- 23일에, 두견새를 읊어 지은 노래 2수 (4171~4172)
- 도읍의 타지히(丹比) 집에 보낸 노래 1수 (4173)
- 27일에, 츠쿠시(筑紫)의 大宰 때의 봄 정원의 매화 노래에 追和한 1수 (4174)
- 두견새를 읊은 노래 2수 (4175~4176)
- 4월 3일에, 코시노 미치노쿠치(越前)의 판관 오호토모노 이케누시(大伴池主)에게 보내는 두견새 노래, 옛날을 그리워하는 정을 이기지 못하여 생각을 말한 1수와 短歌 (4177~4179)

- 두견새를 느끼는 정을 이기지 못하여 생각을 말하여 지은 노래 1수와 短歌 (4180~4183)
- 4월 5일에, 도읍에서 보내 온 노래 1수 (4184)
- 황매화 꽃을 읊은 노래 1수와 短歌 (4185~4186)
- 6일에, 후세(布勢) 호수에서 유람하며 지은 노래 1수와 短歌 (4187~4188)
- 9일에, 사대새를, 코시노 미치노쿠치(越前)의 판관 오호토모노 이케누시(大伴池主)에게 보내는 노래 1수와 短歌 (4189~4191)
- 두견새와 등꽃을 노래한 1수와 短歌 (4192~4193)
- 다시, 두견새가 우는 것이 늦은 것을 원망한 노래 3수 (4194~4196)
- 도읍 사람에게 보내는 노래 2수 (4197~4198)
- 12일에, 후세(布勢) 호수에서 유람하고 등꽃을 바라보며 각각 생각하는 바를 말하여 지은 노래 4수 (4199~4202)
- 두견새가 울지 않는 것을 원망하는 노래 1수 (4203)
- 끌어당겨서 꺾은 후박나무를 본 노래 2수 (4204~4205)
- 장관 오호토모노 야카모치(大伴家持)가 달빛을 바라본 노래 1수 (4206)
- 22일에, 오호토모노 야카모치(大伴家持)가, 판관 쿠메노 히로나하(久米廣繩)에게 보내는, 두견새에 대한 원한의 노래 1수와 短歌 (4207~4208)
- 23일에, 판관 쿠메노 히로나하(久米廣繩)가, 야카모치(家持)가 지은 노래에 답한 1수와 短歌 (4209~4210)
- 5월 6일에, 오호토모노 야카모치(大伴家持)가 처녀 무덤의 노래에 追和한 1수와 短歌 (4211~4212)
- 도읍의 타지히(丹比) 집에 보낸 노래 1수 (4213)
- 27일에, 오호토모노 스쿠네 야카모치(大伴宿禰家持)가, 사위 南右大臣家의 후지하라노 나카치코(藤原二郎)가 모친상 당한 슬픔을 조문한 挽歌 1수와 短歌 (4214~4216)
- 장마가 그친 날 지은 노래 1수 (4217)
- 어부의 어화를 본 노래 1수 (4218)

- 6월 15일에, 싸리꽃이 처음 핀 것을 본 노래 1수 (4219)

- 오호토모우지노 사카노우헤노 이라츠메(大伴氏坂上郎女)가, 도읍에서 딸 오호오토메(大孃)에게 보낸 노래 1수 [아울러 短歌] (4220~4221)

- 9월 3일의 연회의 노래 2수 (4222~4223)

- 요시노(吉野)宮에 행행했을 때, 후지하라(藤原)황후가 지은 노래 1수 (4224)

- 10월 16일에, 朝集使 少目 하다노 이미키 이하타케(秦伊美吉石竹)를 전별했을 때, 오호토모노 야카모치(大伴家持)가 지은 노래 1수 (4225)

- 12월에, 오호토모노 야카모치(大伴家持)가, 눈 오는 날에 지은 노래 1수 (4226)

- 미카타(三形)沙彌가, 左大臣에게 보내는 노래 2수 (4227~4228)

- 天平勝寶 3년(751) 정월 2일에, 내리는 눈이 특히 많아, 장관 오호토모노 스쿠네 야카모치(大伴宿禰家持)의 관사에서 연회하는 노래 1수 (4229)

- 3일에, 차관 쿠라노 이미키 나하마로(内蔵忌寸繩麿)의 관사에서 연회할 때, 오호토모노 야카모치(大伴家持)가 지은 노래 1수 (4230)

- 같은 날에, 판관 쿠메노 아소미 히로나하(久米朝臣廣繩)가 지은 노래 1수 (4231)

- 遊行女婦인 카마후노 오토메(蒲生娘子)의 노래 1수 (4232)

- 같은 날에, 술을 서로 권하고, 드디어 날이 밝아 닭이 울자 쿠라노 이미키 나하마로(内蔵伊美吉繩麿)가 지은 노래 1수 (4233)

- 장관 오호토모노 야카모치(大伴家持)가 답한 노래 1수 (4234)

- 太政大臣 후지하라(藤原)家의 아가타노 이누카히(縣犬養)命婦가, 천황에게 바치는 노래 1수 (4235)

- 죽은 아내를 슬퍼한 노래 1수와 短歌 (4236~4237)

- 2월 2일에, 판관 쿠메노 히로나하(久米廣繩)가 正稅 장부를 가지고 도읍으로 가려고 하므로 이에 오호토모노 야카모치(大伴家持)가 지은 노래 1수 (4238)

- 4월 16일에, 오호토모노 야카모치(大伴家持)가 두견새를 읊은 노래 1수 (4239)

- 카스가(春日)에서 신을 제사지낸 날, 후지하라(藤原)태후가, 入唐大使 후지하라노 아소미 키요카하(藤原朝臣清河)에게 지어 내린 노래 1수 (4240)

- 大使 후지하라노 아소미 키요카하(藤原朝臣淸河)의 노래 1수 (4241)
- 大納言 후지하라(藤原)의 집에서 入唐使를 전별하는 노래 3수 (4242~4244)
- 天平 5년(733)에, 入唐使에게 주는 노래 1수와 短歌 (4245~4246)
- 아헤노 아소미 오키나(阿倍朝臣老人)가 당나라로 파견될 때 어머니에게 바친, 이별을 슬퍼하는 노래 1수 (4247)
- 7월 17일에, 코시노 미치노나카(越中) 장관 야카모치(家持)가 少納言으로 전임되어 작별을 슬퍼하는 노래를 지어서 朝集使인 판관 쿠메노 히로나하(久米廣繩)의 관사로 보내어서 남긴 2수 (4248~4249)
- 8월 4일에, 쿠라노 이미키 나하마로(內藏伊美吉繩麿)의 관사에서 國廳 주방의 음식을 차려서 大帳使 오호토모노 야카모치(大伴家持)를 전별할 때 家持가 지은 노래 1수 (4250)
- 5일 이른 아침에, 大帳使인 오호토모노 야카모치(大伴家持)가, 쿠라노 이미키 나하마로(內藏伊美吉繩麿)의 잔을 바치는 노래에 답한 1수 (4251)
- 正稅使 판관 쿠메노 히로나하(久米廣繩)는 임무를 마치고 임지로 돌아올 때, 코시노 미치노쿠치(越前) 國의 판관 오호토모노 이케누시(大伴池主)의 관사에서 만났을 때, 久米廣繩이 싸리꽃을 보고 읊어 지은 노래 1수 (4252)
- 오호토모노 야카모치(大伴家持)가 답한 노래 1수 (4253)
- 도읍으로 향하는 길에, 흥에 의해 미리 짓는, 연회에서 노래를 지으라고 명령 받을 때를 대비한 노래 1수와 短歌 (4254~4255)
- 左大臣 타치바나(橘)卿의 장수를 기원하기 위해 미리 지은 노래 1수 (4256)
- 10월 22일에, 左大辨 키노 이히마로노 아소미(紀飯麿朝臣) 집에서 연회하는 노래 3수 (4257~4259)
- 壬申年의 난이 평정된 이후의 노래 2수 (4260~4261)
- 윤 3월에, 衛門府 장관인 코시비노 스쿠네(古慈悲宿禰) 집에서, 入唐副使 코마로(胡麿) 등을 전별하는 노래 2수 (4262~4263)
- 코마노 아소미 후쿠신(高麗朝臣福信)을 나니하(難波)에 파견하여, 술과 안주를 入唐使 후지하라노 아소미 키요카하(藤原朝臣淸河) 등에게 내리는 노래 1수와 短歌 (4264~4265)
- 오호토모노 야카모치(大伴家持)가, 명령에 답하기 위해 미리 지은 노래 1수와 短歌 (4266~4267)

- 천황과 태후가 함께, 大納言 후지하라(藤原)卿의 집에 행차했을 때, 단풍이 든 산달래 한 포기를, 大納言 후지하라(藤原)卿과 부하인 大夫 등에게 내린 노래 1수 (4268)
- 11월 8일에, 太上천황이, 左大臣 타치바나노 아소미(橘朝臣)의 집에서 연회를 베푼 노래 4수 (4269~4272)
- 25일에, 新嘗會의 肆宴에서 명령에 응한 노래 6수 (4273~4278)
- 27일에, 하야시노 오호키미(林王) 집에서, 타지마(但馬) 按察使 타치바나노 나라마로노 아소미(橘奈良麿朝臣)를 송별하는 연회의 노래 3수 (4279~4281)
- 5년 정월 4일에, 治部少輔 이소노카미노 아소미 야카츠구(石上朝臣宅嗣)의 집에서 연회하는 노래 3수 (4282~4284)
- 11일에, 많은 눈이 내려 변변찮은 생각을 표현한 노래 3수 (4285~4287)
- 12일에, 궁중에서 근무하며 물떼새가 우는 것을 듣는 노래 1수 (4288)
- 2월 19일에, 左大臣 타치바나(橘) 집의 연회에서, 끌어당겨 꺾은 버들가지를 본 노래 1수 (4289)
- 23일에, 흥에 의해 지은 노래 2수 (4290~4291)
- 25일에, 종달새를 읊은 노래 1수 (4292)

만엽집 권 제20 목록

- 같은 달 7일에, 스루가(駿河)國의 防人 部領使 장관 종5위하 후세노 아소미 히토누시(布勢朝臣人主)가 바친 노래 10수 (4337~4346)
- 같은 (달) 9일에, 카미츠후사(上総)國의 防人 部領使인 少目 종7위하 마무타노 므라지 사미마로(茨田連沙弥麿)가 올린 노래 13수 (4347~4359)
- 같은 (달) 13일에, 兵部少輔 오호토모노 야카모치(大伴家持)가 사적으로 변변찮은 감회를 읊은 노래 1수와 短歌 (4360~4362)
- 같은 (달) 14일에, 히타치(常陸)國 部領防人使 大目 정7위상 오키나가노 마히토 쿠니시마(息長眞人國嶋)가 바치는 노래 10수 (4363~4372)
- 같은 날에, 시모츠케(下野)國의 防人 部領使 정6위상 타구치노 아소미 오호헤(田口朝臣大戸)가 바치는 노래 11수 (4373~4383)
- 같은 (달) 16일에, 시모츠후사(下総)國의 防人 部領使, 少目 종7위하 아가타노 이누카히노 스쿠네 키요히토(縣犬養宿禰浄人)가 바치는 노래 11수 (4384~4394)
- 같은 (달) 17일에, 兵部少輔 오호토모노 야카모치(大伴家持)가 지은 노래 3수 (4395~4397)
- 같은 (달) 19일에, 오호토모노 야카모치(大伴家持)가 병사의 마음이 되어 생각을 말하여 지은 노래 1수와 短歌 (4398~4400)
- 같은 (달) 22일에, 시나노(信濃)國의 防人 部領使가 바친 노래 3수 (4401~4403)
- 같은 (달) 23일에, 카미츠케(上野)國의 防人 部領使 大目 정6위하 카미츠케노노 키미 스루가(上毛野君駿河)가 바치는 노래 4수 (4404~4407)
- 같은 (달) 23일에, 兵部少輔 오호토모노 야카모치(大伴家持)가 병사의 이별을 슬퍼하는 마음을 읊은 노래 1수와 短歌 (4408~4412)
- 같은 (달) 20일에, 므사시(武蔵)國의 部領防人使 판관 정6위상 아즈미노 스쿠네 미쿠니(安曇宿禰三國)가 바친 노래 12수 (4413~4424)
- 왕년의 병사의 노래 8수 (4425~4432)
- 3월 3일에, 병사를 검열하는 칙사와 병부성의 관료들이 함께 모여서 연회하며 지은 노래 3수 (4433~4435)

- 지난해에 서로 교체한 병사의 노래 1수 (4436)
- 先太上천황(元正천황)이 지은 두견새 노래 1수 (4437)
- 세치메우콴(薩妙觀)이 명령에 응해 답해 바친 노래 1수 (4438)
- 겨울날에 유케히(靭負)의 우물에 행차했을 때, 内命婦 이시카하노 아소미(石川朝臣)가 명령에 응하여 눈을 읊은 노래 1수 (4439)
- 카미츠후사(上総)國 朝集使 大掾 오호하라노 마히토 이마키(大原眞人今城)가 도읍으로 향할 때 郡司의 妻女들의 전별하는 노래 2수 (4440~4441)
- 5월 9일에, 兵部少輔 오호토모노 스쿠네 야카모치(大伴宿禰家持)의 집에 모여서 연회하는 노래 4수 (4442~4445)
- 같은 달 11일에, 좌대신 타치바나(橘)卿이, 右大辨 타지히노 쿠니히토노 마히토(丹比國人眞人)의 집에서 연회하는 노래 3수 (4446~4448)
- 18일에, 좌대신이 兵部卿 타치바나노 나라마로노 아소미(橘奈良麿朝臣)의 집에서 연회하는 노래 3수 (4449~4451)
- 8월 13일에, 궁전의 남쪽 安殿에서 연회를 베풀 때의 노래 2수 (4452~4453)
- 11월 28일에, 좌대신이, 兵部卿 타치바나노 나라마로노 아소미(橘奈良麿朝臣)의 집에 모여서 연회하는 노래 1수 (4454)
- 天平 원년(729)에 口分田을 했을 때의 使者 카즈라키노 오호키미(葛城王)가, 야마시로(山背)國에서 薩妙觀 命婦 등에게 보낸 노래 1수 (4455)
- 薩妙觀 命婦가 답하여 보낸 노래 1수 (4456)
- 天平勝寶 8歲(756) 丙申 2월 朔 乙酉로 해서 24일 戊申에, 太上천황과 태후가 카후치(河内)의 離宮에 행행하여 이틀 묵은 후 壬子 일에 나니하(難波)宮으로 옮겨갔다. 3월 7일에, 河内國 쿠레노사토(伎人鄕)의 우마노 쿠니히토(馬國人)의 집에서 연회하는 노래 3수 (4457~4459)
- 20일에, 오호토모노 스쿠네 야카모치(大伴宿禰家持)가 흥에 의해 지은 노래 5수 (4460~4464)
- 일족을 깨우치는 노래 1수와 短歌 (4465~4467)

- 오호토모노 스쿠네 야카모치(大伴宿禰家持)가 병으로 누워 무상을 슬퍼하며, 수행을 원해서 지은 노래 2수 (4468~4469)
- 마찬가지로 야카모치(家持)가 수명을 원해서 지은 노래 1수 (4470)
- 겨울 11월 5일의 약간 천둥이 치는 밤에, 兵部少輔 오호토모노 스쿠네 야카모치(大伴宿禰家持)가 지은 노래 1수 (4471)
- 8일에, 사누키(讃岐)守 아스카베(安宿)王 등이, 이즈모(出雲)의 판관 아스카베노 나도마로(安宿奈杼麿) 집에 모여서 연회하는 노래 2수 (4472~4473)
- 兵部少輔 오호토모노 스쿠네 야카모치(大伴宿禰家持)가 훗날, 出雲守 야마시로(山背)王이 지은 노래에 追和한 1수 (4474)
- 23일에, 式部少丞 오호토모노 스쿠네 이케누시(大伴宿禰池主)의 집에 모여서 연회하는 노래 2수 (4475~4476)
- 치누노 오호키미(智努女王)가 사망한 후에, 마토카타노 오호키미(圓方女王)가 슬퍼하여 지은 노래 1수 (4477)
- 오호하라노 사쿠라이노 마히토(大原櫻井眞人)가, 사호(佐保) 강 주변을 갔을 때 지은 노래 1수 (4478)
- 후지하라(藤原)夫人의 노래 1수 (4479)
- 작자가 아직 확실하지 않은 노래 1수 (4480)
- 3월 4일에, 兵部大丞 오호하라노 마히토 이마키(大原眞人今城)의 집에서 연회하는 노래 1수 (4481)
- 하리마(播磨)의 차관인 후지하라노 아소미 토리유미(藤原朝臣執弓)가 부임할 때 이별을 슬퍼한 노래 1수 (4482)
- 勝寶 9歲(757) 6월 23일에, 大監物 미카타(三形)王의 집에서 연회하는 노래 1수 (4483)
- 오호토모노 스쿠네 야카모치(大伴宿禰家持)의 노래 2수 (4484~4485)
- 天平寶字 원년(757) 11월 18일에, 궁전에서 천황이 연회를 베푼 노래 2수 (4486~4487)
- 12월 18일에, 大監物 미카타(三形)王의 집에서 연회하는 노래 3수 (4488~4490)
- 연월이 아직 확실하지 않은 노래 1수 (4491)

- 23일에, 治部少輔 오호하라노 이마키노 마히토(大原今城眞人)의 집에서 연회하는 노래 1수 (4492)
- 2년 봄 정월 3일에, 王臣 등이 명령에 응하여 각자 생각을 말한 노래 2수 (4493~4494)
- 6일에, 궁중의 뜰에 임시로 나무를 심고 담장 대신으로 해서 연회를 베푼 노래 1수 (4495)
- 2월에, 式部大輔 나카토미노 키요마로노 아소미(中臣清麿朝臣)의 집에서 연회하는 노래 10수 (4496~4505)
- 흥에 의해 각자 타카마토(高圓)의 離宮이 있던 곳을 생각해서 지은 노래 5수 (4506~4510)
- 산을 만든 정원을 보고 지은 노래 3수 (4511~4513)
- 2월 10일에, 內相의 집에서 발해 대사 오노노 타모리노 아소미(小野田守朝臣) 등을 전별하는 연회의 노래 1수 (4514)
- 7월 5일에, 治部少輔 오호하라노 이마키노 마히토(大原今城眞人)의 집에서 이나바(因幡)의 장관 오호토모노 스쿠네 야카모치(大伴宿禰家持)를 전별하는 연회의 노래 1수 (4515)
- 3년 봄 정월 1일에, 이나바(因幡)國의 관청에서, 향연을 國郡의 司 등에게 베푼 연회 노래 1수 (4516)

만엽집

권제19

天平勝寶二年[1]三月一日之暮, 眺矚春苑桃李[2]花作二首

4139　春苑　紅尓保布　桃花　下照道尓　出立女感嬬

　　　春の苑　紅にほふ[3]　桃の花　下照る道に　出で立つ少女[4]

　　　はるのその　くれなゐにほふ　もものはな　したでるみちに　いでたつをとめ

4140　吾園之　李花可　庭尓落　波太礼能未　遺在可母

　　　わが園[5]の　李の花か[6]　庭に降る　はだれのいまだ　殘りたるかも[7]

　　　わがそのの　すもものはなか　にはにふる　はだれのいまだ　のこりたるかも

---

1 **天平勝寶二年**: 750년.
2 **桃李**: 중국에서 가끔 병칭된다. 각 1수씩 屬目題詠.
3 **にほふ**: 사물이 빛나는 모습이다.
4 **少女**: 소녀는 환영인가. 나무 아래 미인도라는 그림이 있으며, 그것을 노래한 것이다.
5 **園**: 앞의 작품과 원문의 한자가 다르다.
6 **李の花か**: 여기에서 일단 종지된다.
7 **殘りたるかも**: 어둑할 무렵의 풍경에 자두 꽃·눈을 혼동하기 쉬운 것도 사실이지만, 이 때 작자의 시각은 심리적으로 정해져 있지 않다.

天平勝寶 2년(750) 3월 1일 저녁에,
봄 정원의 桃李 꽃을 바라보고 지은 2수

4139　봄의 정원에/ 붉은 색이 빛나네/ 복숭아꽃이/ 빛나는 아래 길에/ 나타나는 소녀여

🌸 해설

　봄의 정원에 붉은 색이 빛나고 있네. 복숭아꽃 나무 아래가 빛나는 길에 나타난 여인이여라는 내용이다.

　中西 進은 少女를 '환영인가'라고 하였다. 私注에서는 소녀들 복수로 보았다[『萬葉集私注』 9, p.119]. 靑木生子는, '아내 坂上大孃이 越中에 내려와 있었다는 것은, 天平勝寶 2년(750) 2월 18일의 작품인 권제18의 4138번가의 '妹', 그 뒤의 3월 8일 작품인 4154번가의 '妻屋'과 4169번가와 4170번가의 제목 등에 의해 명백하다. 권제18에서 天平勝寶 원년의 노래 기록은 7월 7일의 4125~4127번가 이후 4개월간의 공백기가 있는데, 이 기간에 家持는 大帳使로서 도읍에 들어갔다가 돌아올 때에 아내를 奈良의 도읍에서 데리고 왔다고 추측할 수 있다'고 하고, '처음으로 아내를 맞이한 越中 생활에서의 봄은, 家持에게 충족감을 부여하고 시적 감흥을 불러일으키지 않을 수 없었던 것이다'고 하였다[『萬葉集全注』 19, pp.16~17]. 소녀를 大伴家持의 아내 坂上大孃으로 본 것이다.

4140　우리 정원의/ 자두나무 꽃인가/ 정원에 내린/ 옅은 눈이 아직도/ 남아 있는 것인가

🌸 해설

　우리 정원의 자두나무 꽃이 흩어진 것인가. 아니면 정원에 내린 옅은 눈이 아직도 남아 있는 것인가라는 내용이다.

　大系와 全注에서는 中西 進과 마찬가지로 2구에서 끊고, '우리 정원의 자두나무 꽃이 흩어진 것인가. 아니면 정원에 내린 옅은 눈이 아직도 남아 있는 것인가'로 해석하였다[『萬葉集』 4, p.320], (『萬葉集全注』 19, p.17)].

　私注에서는 제3구에서 끊어, '우리 정원의 자두나무 꽃이 흩어진 것인가'로 해석하고, 이 작품은 旅人의 권제5의 8822번가 (花散る ひさかたの 天より雪の 流れ來るかも: 우리 정원에/ 매화꽃이 지네요/ (히사카타노)/ 하늘에서 흰눈이/ 내리는 것인가요 [주인])를 모방한 것일 것이라고 하였다[『萬葉集私注』 9, p.120]. 全集에서도 '李の花か 庭に散る'에서 끊고, 私注와 마찬가지로 해석하였다[『萬葉集』 4, p.297].

　제2구의 원문 '李花可'의 '可'를 私注와 全集에서도 'か'로 읽었는데, 이렇게 읽는다면 2구에서 일단 끊는 것이 맞는 듯하다.

見¹飜翔鴫²作歌一首

4141　春儲而　物悲尓　三更而　羽振鳴志藝　誰田尓加須牟

春まけて　物悲しきに³　さ夜更けて　羽振き鳴く鴫　誰が田にか住む⁴

はるまけて　ものがなしきに　さよふけて　はぶきなくしぎ　たがたにかすむ

二日，攀⁵柳黛⁶思京師歌一首

4142　春日尓　張流柳乎　取持而　見者京之　大路所念

春の日に　張れる柳を　取り持ちて　見れば都の　大路⁷思ほゆ

はるのひに　はれるやなぎを　とりもちて　みればみやこの　おほぢおもほゆ

---

1 **見**: 노래에 밤이 깊었다고 하였으므로 보고 있지 않다. 소리를 듣고 상상하는 것이다.
2 **鴫**: 도요새.
3 **物悲しきに**: 家持는 자주 春愁를 노래한다.
4 **誰が田にか住む**: 돌아가는 도요새가 한때 멈추는 것이다.
5 **攀**: 꺾는 것이다.
6 **柳黛**: 黛는 眉墨으로 눈썹을 의미하며, 버들이 눈썹 모양 같으므로 버들을 柳黛라고 한다. 미녀를 연상한 표현이다.
7 **大路**: 버들은 심은 도읍은 넓은 길이다.

날아가는 도요새를 보고 지은 노래 1수

4141 봄이 되어서/ 어쩐지 울적한데/ 밤이 깊어서/ 울고 있는 도요새/ 어느 밭에 사는가

🌸 해설

   봄이 되어서 어쩐지 마음이 울적한데, 밤이 깊어서 날개를 치며 우는 도요새는 어느 곳의 밭에 사는 것인가라는 내용이다. 즉 날아가서 어느 밭에서 멈출 것인가라는 내용이다.
   中西 進은 '誰が田'을 '어느 곳의 밭'으로 해석하였다. 大系・私注・全集・全注에서는 '누구의 밭'으로 해석하였다. 全集에서는, '田과 鳥가 합쳐진 글자 '鴫'에서 생각하여 지은 노래인가'라고 하였다『萬葉集』 4, p.298].

2일, 버들을 꺾어 도읍을 생각하는 노래 1수

4142 봄날 한창 때/ 싹이 돋은 버들을/ 꺾어서 쥐고/ 보면요 도읍 쪽의/ 넓은 길 그립네요

🌸 해설

   봄날, 싹이 돋은 버들을 꺾어서 쥐고 보면, 도읍의 버들을 심은 넓은 길이 생각나네요라는 내용이다.
   中西 進은 도읍을 幻視하는 망향가라고 하였다. 全集에서는, '平城京의 가로수로 버들을 심었으므로 말한 것이다'고 하였다『萬葉集』 4, p.298].
   青木生子는, '國守의 임기는 5년인데, 越中 생활도 햇수로 5년이 된 家持에게 도읍에 대한 생각은 더욱 절실하였을 것이다. 봄은 관료들의 임명, 교체 시기이기도 한 것이 이 기분에도 전해지고 있을 것이다'고 하였다『萬葉集全注』 19, p.21].

攀折堅香子草¹花歌一首

4143   物部乃   八十嬬嬬等之   挹乱   寺井之於乃   堅香子之花

        物部の²   八十少女らが   汲みまがふ   寺井³の上⁴の   堅香子の花

        もののふの   やそをとめらが   くみまがふ   てらゐのうへの   かたかごのはな

見歸鴈⁵歌二首

4144   燕來   時尓成奴等   鴈之鳴者   本郷思都追   雲隱喧

        燕⁶來る   時になりぬと   雁がね⁷は   本郷⁸思ひつつ   雲隱り鳴く

        つばめくる   ときになりぬと   かりがねは   くにしのひつつ   くもがくりなく

---

1 **堅香子草**: 얼레지. 백합목 백합과의 여러해살이 풀이다. 가재무릇이라고도 한다.
2 **物部の**: 궁정의 신하를 말한다. 숫자가 많으므로 '八十'을 수식한다.
3 **寺井**: 절에 솟아나는 우물이다.
4 **上**: 주변이다.
5 **歸鴈**: 봄에 제비와 교대하여 북쪽으로 날아가는 기러기이다.
6 **燕**: 제비를 노래한 유일한 예이다.
7 **雁がね**: 본래 기러기 소리를 말하는 것이지만, 여기에서는 기러기를 가리킨다.
8 **本郷**: 북쪽의 고향이다.

얼레지꽃을 꺾는 노래 1수

4143 (모노노후노)/ 많은 소녀들이요/ 물들을 긷는/ 절의 우물 주위의/ 얼레지의 꽃이여

해설

   궁정의 신하들처럼 그렇게 많은 소녀들이 법석대며 물을 긷는 절의 우물 주변에 피어 있는 얼레지꽃이여라는 내용이다.
   '寺井'에 대해 全集에서는, '越中에 國分寺가 세워진 것은 天平勝寶 8년(756) 12월이라 생각되며, 그 위치는 高岡市 伏木一의 宮의 땅이라고 한다. 따라서 家持가 재임할 당시에 國分寺는 없었고, 소규모의 國府寺가 있을 뿐이었다. 이 寺井은 國府寺의 우물을 말하는 것이겠지만 그 소재지는 알 수 없다'고 하였다[『萬葉集』 4, p.298].

돌아가는 기러기를 본 노래 2수

4144 제비가 오는/ 계절이 되었다고/ 기러기는요/ 본 고향을 그리며/ 구름 속에서 우네

해설

   제비가 오는 계절인 봄이 되었다고, 기러기는 북쪽에 있는 본 고향을 그리워하며 구름 속에서 우네라는 내용이다.
   中西 進은, 작자가 고향을 생각하는 마음을 남은 노래라고 하였다.
   全集에서는, '『만엽집』에서 봄의 기러기(歸雁)를 노래한 예는 매우 드물다'고 하였다[『萬葉集』 4, p.298].

4145 春設而　如此帰等母　秋風尓　黄葉山乎　不超來有米也 [一云, 春去者 帰此鴈]

春設けて　かく歸るとも　秋風に　黄葉の山を　超え來ざらめや[1] [一は云はく, 春されば　歸るこの雁]

はるまけて　かくかへるとも　あきかぜに　もみちのやまを　こえこざらめや [あるはいはく, はるされば　かへるこのかり]

夜[2]裏聞千鳥喧歌二首

4146 夜具多知尓　寐覺而居者　河瀬尋　情毛之努尓　鳴知等理賀毛

夜ぐたちに[3]　寢覺めて居れば　川瀬[4]尋め　情もしのに　鳴く千鳥かも

よぐたちに　ねさめてをれば　かはせとめ　こころもしのに　なくちどりかも

4147 夜降而　鳴河波知登里　宇倍之許曽　昔人母　之努比來尓家礼

夜ぐたちて　鳴く川千鳥　うべしこそ[5]　昔の人[6]も　しのひ[7]來にけれ

よぐたちて　なくかはちとり　うべしこそ　むかしのひとも　しのひきにけれ

---

1 **超え來ざらめや**: 'や'는 강한 부정을 동반한 의문을 나타낸다.
2 **夜**: 3월 2일의 밤이다.
3 **夜ぐたちに**: 'くたつ'는 쇠약해지는 것이다.
4 **川瀬**: 射水川의 얕은 여울이다.
5 **うべしこそ**: 'うべ'를 'し', 'こそ'가 강조한다.
6 **昔の人**: 266·925번가 등을 말하는가.
7 **しのひ**: 마음이 끌리는 상태이다.

4145　봄이 되어서/ 이렇게 돌아가도/ 가을바람에/ 단풍이 든 산을 또/ 넘잖는 일 있을까 [또는 말하기를, 봄이 되면요/ 돌아가는 기러기]

해설

　봄이 되어서 기러기가 이렇게 돌아가지만 가을바람이 불면 단풍이 든 산을 또 넘어서 오지 않는 일이 있을 수 있겠는개[또는 말하기를, 봄이 되면 돌아가는 기러기]라는 내용이다.

　봄이 되어서 북쪽으로 돌아가는 기러기이지만, 가을이 되면 다시 돌아올 것이니 너무 슬퍼하지 말자고 스스로 위로하는 마음을 담은 노래이다.

밤중에 새가 우는 것을 듣는 노래 2수

4146　한밤중 지나/ 잠이 깨어 있으면/ 여울을 찾아/ 마음도 지치도록/ 우는 물떼새인가

해설

　한밤중이 지나서 잠이 깨어 있으니, 얕은 여울을 찾아서, 마음도 힘이 빠져 지치도록 우는 물떼새인가라는 내용이다.

　私注에서는, '情もしのには 人麿의 권제3의 266번가를 생각하게 하는 표현으로 家持도 人麿의 노래를 알고 있었다고 보아도 좋을 것이다'고 하였다[『萬葉集私注』 9, p.124].

　全集에서는, '작자 家持는 射水川 옆에 있는 동쪽 관사에서 듣고 있었을 것이다'고 하였다[『萬葉集』 4, p.299].

4147　한밤중 지나/ 우는 강의 물떼새/ 당연하게도/ 옛날 사람들도요/ 마음 끌렸던 거네

해설

　한밤중이 지나서 우는 강의 물떼새여. 당연하게노 옛널 사람들도 그 울음소리에 마음이 끌려왔던 것이네라는 내용이다.

　'昔の人も しのひ來にけれ'에 대해 青木生子는, '柿本人麻呂(권제3, 266)와 山部赤人(권제6, 925) 등을 염두에 두고 부른 것인가'라고 하였다[『萬葉集全注』 19, p.28].

聞曉¹鳴雉歌二首

4148　椙野尓　左乎騰流雉　灼然　啼尓之毛将哭　己母利豆麻可母

　　　杉の野に　さ躍る雉　いちしろく²　音にしも哭かむ³　隠妻⁴かも

　　　すぎののに　さをどるきぎし　いちしろく　ねにしもなかむ　こもりづまかも

4149　足引之　八峯之雉　鳴響　朝開之霞　見者可奈之母

　　　あしひきの　八峰⁵の雉　鳴き響む⁶　朝明の霞⁷　見ればかなしも

　　　あしひきの　やつをのきぎし　なきとよむ　あさけのかすみ　みればかなしも

---

1 **曉**: 잠을 제대로 자지 못하고 맞이한 3일 새벽이다.
2 **いちしろく**: 현저하게.
3 **音にしも哭かむ**: 'ね'는 우는 것이다. '音にしも哭かむ' 전체가 우는 것을 강조한 표현이다.
4 **隠妻**: 사람들의 눈을 꺼리는 아내이다. 그런데 울어서 알려져 버렸다.
5 **八峰**: 많은 봉우리이다.
6 **響む**: 자동사이다.
7 **朝明の霞**: 몽롱한 풍경이다.

새벽에 우는 꿩을 듣는 노래 2수

4148   삼나무 들에/ 날고 있는 꿩이여/ 표시가 나게/ 소리를 내어서 울/ 숨겨 놓은 아낸가

 해설

　삼나무가 나 있는 야산에서 날고 있는 수꿩이여. 표시가 나게 소리를 내어서 울어 버릴 정도로 그리운,
숨겨 놓은 암꿩인 것인가라는 내용이다.
　中西 進은 수꿩(장끼)이 우는 것은 숨겨 놓은 짝인 암꿩(까투리)을 그리워해서라고 보았다.
　그러나 大系에서는, '삼나무 야산/ 날고 있는 꿩이여/ 표시가 나게/ 소리를 내어 우는/ 숨은 아내
같은가'로 해석하였다!『萬葉集』 4, p.322l. 私注 · 注釋 · 全集 · 全注에서도 마찬가지로 해석하였다. 이렇
게 해석하면 울고 있는 꿩이, 마치 사람들의 눈을 꺼려하며 숨어 있는 아내가 그리움을 참지 못하여
우는 것과 같다는 뜻이 된다. 즉 우는 행위가, 남몰래 숨어 있는 아내가 우는 것과 같다는 뜻이 되어
中西 進의 해석과는 차이가 난다.
　全集에서는, '家持는 소년기에도 기러기를 의인화하여 노래한 것이(1446번가) 있다'고 하였다!『萬葉
集』 4, pp.299~300l. 삼나무 야산에서 날고 있는 꿩이 운다고 한 것으로 보면 수꿩으로 해석하는 것이
좋을 듯하다.

4149   (아시히키노)/ 산들 봉우리에 꿩/ 울어 대는요/ 새벽녘의 안개를/ 보면 슬퍼지네요

 해설

　산봉우리마다 꿩이 계속 울어 대는 새벽녘의 안개를 보면 슬프다는 뜻이다.

遙聞泝江¹船人之唱歌一首

4150　朝床尓　聞者遙之　射水河　朝己藝思都追　唱船人

　　　朝床に　聞けば遙けし²　射水川　朝漕ぎしつつ　歌ふ船人³

　　　あさどこに　きけばはるけし　いみづかは　あさこぎしつつ　うたふふなびと

三日⁴，守大伴宿祢家持之舘宴歌三首

4151　今日之爲等　思而標之　足引乃　峯上之桜　如此開尓家里

　　　今日のためと　思ひて標めし　あしひきの　峰の上の櫻　かく咲きにけり⁵

　　　けふのためと　おもひてしめし　あしひきの　をのへのさくら　かくさきにけり

---

1 **江**: 入江. 여기서는 射水川이다.
2 **聞けば遙けし**: 주어 唱가 생략되었다.
3 **歌ふ船人**: 唱에서 사람으로 관심이 옮겨간다.
4 **三日**: 上巳 節會.
5 **櫻 かく咲きにけり**: 봉우리와 같은 먼 풍경이 아니라, 화병 등에 꽂은 꽃인가.

멀리 강을 거슬러 올라가는 뱃사람의 노래를 듣는 노래 1수

4150 아침 침상서/ 들으면 아득하네/ 이미즈(射水) 강에/ 아침 배를 저으며/ 노래하는 뱃사람

🌸 **해설**

아침에 잠자리에서 들으면 멀리서 노래가 들려오네. 이미즈(射水) 강에서 아침 배를 노 저으면서, 노래를 부르고 있는 뱃사람이여라는 내용이다.

全集에서는, '4166번가와 마찬가지로 家持는 동쪽 관사에서 듣고 있었을 것이다'고 하였다[『萬葉集』 4, p.300].

3일에, 장관 오호토모노 스쿠네 야카모치(大伴宿禰家持)의 관사에서 연회하는 노래 3수

4151 오늘 위해서라/ 생각하고 표시한/ (아시히키노)/ 봉우리의 벚꽃은/ 이렇게 피었네요

🌸 **해설**

오늘을 위해서라고 생각하고 사람들이 꺾지 못하게 표시를 한 산봉우리의 벚꽃은 이렇게 피었네요라는 내용이다.

벚꽃을 中西 進은, 화병에 꽂은 꽃으로 추정을 하였다.

靑木生子도, '꽃꽂이 한 벚꽃이라 해도 자랑스럽게 말하며, 산봉우리의 멋진 벚꽃을 생각하게 하는 작법이, 오히려 환영하는 효과를 더한 것이라 생각된다'고 하였다[『萬葉集全注』 19, p.34].

제1구가 여섯 글자여서, 정형 5글자에서 벗어난 '字余り(지아마리)'인데 全集에서는, '다음 구의 처음에 思ふ・言ふ 등의 ア행의 소리로 시작하는 말이 올 때는, 인용의 卜는 다음 구로 옮겨가서 字余り의 예외라고 생각하는 것이 가능'하다고 하였다[『萬葉集』 4, p.300].

4152　奥山之　八峯乃海石榴　都婆良可尓　今日者久良佐祢　大夫之徒

奥山の　八峰の椿[1]　つばらかに[2]　今日は暮さね[3]　大夫[4]のとも

おくやまの　やつをのつばき　つばらかに　けふはくらさね　ますらをのとも

4153　漢人毛　機浮而　遊云　今日曽和我勢故　花縵世余

漢人も[5]　筏浮べて[6]　遊ぶとふ　今日そわが背子　花縵せよ[7]

からひとも　いかだをうかべて　あそぶとふ　けふそわがせこ　はなかづらせよ

八日，詠白大鷹[8]歌一首并短歌

4154　安志比奇乃　山坂超而　去更　年緒奈我久　科坂在　故志尓之須米婆　大王之　敷座國者
京師乎母　此間毛於夜自等　心尓波　念毛能可良　語左氣　見左久流人眼　乏等　於毛比志繁
曽己由惠尓　情奈具也等　秋附婆　芽子開尓保布　石瀬野尓　馬太伎由吉氐　乎知許知尓
鳥布美立　白塗之　小鈴毛由良尓　安波勢也理　布里左氣見都追　伊伎騰保流　許己呂能宇知
乎　思延　宇礼之備奈我良　枕附　都麻屋之内尓　鳥座由比　須惠弖曽我飼　真白部乃多可

---

1 **椿**: 'つばき'…'つばら'로 같은 소리가 이어진다.
2 **つばらかに**: 충분히 마음껏 즐겁게.
3 **暮さね**: 다른 사람에게 권유하는 것이다.
4 **大夫**: 용감하고 멋진 남자. 연회석에 있는 사람들을 말한 것이다.
5 **漢人も**: 'から'는 중국과 조선 전체를 말한다.
6 **筏浮べて**: 上巳의 曲水宴에 뗏목을 띄웠다고 하는 내용의 문헌은 없다. 배를 띄운 것인가.
7 **花縵せよ**: 원문 '花縵世余'의 '余'를 '奈'로 하여 'な'로 읽는 설도 있다.
8 **大鷹**: 난 지 3년이 된 암컷 매. 靑(蒼)鷹이라고도 쓴다.

4152 깊은 산속의/ 봉우리들 동백꽃/ 맘껏 즐겁게/ 오늘을 보냅시다/ 대장부들 여러분

🌸 **해설**

깊은 산속의 산봉우리들의 동백꽃의 그 이름처럼, 충분히 마음껏 즐겁게 오늘을 보냅시다. 멋진 대장부 여러분이여라는 내용이다.

'椿(つばき)'과 '마음껏 즐겁게(つばらかに)'의 소리가 유사한 것을 이용하면서 연회 인사를 한 노래이다.

4153 카라(漢) 사람도/ 뗏목을 띄워 가지고/ 놀았다 하는/ 오늘 그대들이여/ 머리 꽃 장식하죠

🌸 **해설**

중국과 조선 사람들도 뗏목을 띄워서 놀았다고 하는 上巳節인 오늘에야말로 친애하는 그대들이여. 꽃으로 머리에 장식을 합시다라는 내용이다.

배를 띄우고 꽃으로 머리에 장식을 하고 曲水宴을 마음껏 즐겨보자는 뜻이다.

'漢(から)人'을 全集에서는, '본래 조선 반도 남부를 지칭한 것이지만, 여기에서는 중국 본토를 말한다'고 하였다『萬葉集』4, p.300].

'花縵世余'의 '余'를 私注에서는 中西 進과 마찬가지로 '余'로 보았다『萬葉集私注』9, p.128].

그러나 大系・全集・全注에서는 '奈'로 보아서 '나'로 읽었다(大系『萬葉集』4, p.323), (全集『萬葉集』4, p.300), (『萬葉集全注』19, p.35)].

8일, 3년 된 흰 매를 읊은 노래 1수와 短歌

4154 (아시히키노)/ 산과 언덕을 넘어/ 와서는 가는/ 세월 오래도록/ (시나자카루)/ 코시(越)에 살다 보니/ 우리 대왕이/ 다스리는 나라는/ 도읍하고요/ 여기도 같다고는/ 마음으로는/ 생각을 하지만도/ 이야기 하고/ 만나고 하는 일도/ 거의 없다고/ 생각하니 괴롭네/ 그러하므로/ 마음 위로 될까고/ 가을이 되면/ 싸리꽃 아름다운/ 이하세(石瀬) 들에/ 말을 체찍질 해 가/ 여기저기로/ 새 쫓아다니며/ 은박을 입힌/ 방울 소리도 좋게/ 매를 놓아서/ 멀리 올려다보며/ 울적하였던/ 마음의 속까지를/ 시원케 하고/ 그것을 즐기면서/ (마쿠라즈쿠)/ 신혼집의 안에다/ 새장 만들어/ 두고는 내가 키웠네/ 흰 점이 있는 매를

あしひきの　山坂[9]越えて　ゆき更る[10]　年の緒[11]長く　しなざかる[12]　越にし住めば[13]　大君の　敷きます國は　都をも　ここも同じと[14]　心には　思ふものから　語り放け[15]　見放くる人　眼　乏しみと[16]　思し繁し　そこゆゑに　情和ぐやと　秋づけば　萩咲きにほふ[17]　石瀬野[18]に　馬だき[19]行きて　遠近に　鳥踏み立て[20]　白塗の[21]　小鈴もゆらに[22]　あはせ遣り[23]　ふり放け見つつ　いきどほる[24]　心の中を　思ひ伸べ　うれしびながら　枕づく[25]　妻屋[26]のうちに　鳥座[27]結ひ　据ゑてそわが飼ふ　眞白斑[28]の鷹

あしひきの　やまさかこえて　ゆきかはる　としのをながく　しなざかる　こしにしすめば　おほきみの　しきますくには　みやこをも　ここもおやじと　こころには　おもふものから　かたりさけ　みさくるひとめ　ともしみと　おもひししげし　そこゆゑに　こころなぐやと　あきづけば　はぎさきにほふ　いはせのに　うまだきゆきて　をちこちに　とりふみたて　しらぬりの　こすずもゆらに　あはせやり　ふりさけみつつ　いきどほる　こころのうちを　おもひのべ　うれしびながら　まくらづく　つまやのうちに　とくらゆひ　すゑてそわがかふ　ましらふのたか

---

9 山坂: 도읍과의 사이의 산과 언덕이다.
10 ゆき更る: 와서는 간다.
11 年の緒: 긴 것을 '…緒'라고 하였다.
12 しなざかる: '層(しな)離(ざか)る'이다. 몇 겹이나 산을 사이에 두고 멀다는 뜻이다. '越'을 상투적으로 수식하는 枕詞이다.
13 越にし住めば: 지금까지 3년 반이 지났다.
14 ここも同じと: 956번가 참조.
15 語り放け: 'さけ'는 멀리 동작이 미친다는 뜻이다. 따라서 이하 3구는 도읍 사람과 이야기를 하거나 만나거나 하는 일이 적다.
16 乏しみと: '…みと'는 '…므로(…이므로)'의 뜻의 관용구이다.
17 萩咲きにほふ: 여러 색깔의 아름다운 것이다.
18 石瀬野: 당시 新川郡의 지명이다. 또 國府 가까이의 石瀬(いしぜ: 이시제)라고 하는 설도 있다.
19 馬だき: 'たく'는 채찍질하는 것이다.
20 鳥踏み立て: 들에 들어가 새를 쫓는 것이다.
21 白塗の: 은박을 입힌.
22 小鈴もゆらに: 'ゆら'는 구슬, 방울이 서로 부딪히는 소리를 형용한다.
23 あはせ遣り: 'あふ'는 격투하는 것이다. 매를 놓아서 새를 잡게 한다.
24 いきどほる: 울분 상태이다.
25 枕づく: 아내와 베개를 함께 뜻하는 것으로 妻屋을 형용한다.
26 妻屋: 아내와 함께 머무는 건물이다. 이상의 서술은 아내가 없다는 것인가.
27 鳥座: 새장. 새가 자는 곳이다.
28 眞白斑: 매에는 赤斑·黑斑·白斑이 있다고 한다.

발을 끌고 걸어야 하는 힘든 산과 언덕을 넘어서 와서는, 갔다가 다시 돌아서 오는 세월이 오래도록, 겹겹의 산이 가로막고 있는 먼 코시(越) 나라에 살고 있으므로, 왕이 다스리는 나라는 도읍이나 여기나 다 같다고 마음으로는 생각을 하지만, 사람들과 이야기를 하기도 하고 만나기도 하는 일도 멀고 거의 없다고 생각을 하니, 마음이 울적하여 견딜 수가 없네. 그래서 마음이 위로를 받을 수 있을까 하여, 가을이 되면 싸리꽃이 피어서 아름다운 이하세(石瀬) 들에 말을 채찍질하여 가서 여기저기 들판을 밟고 들어가 새를 쫓고, 은박을 입힌 작은 방울 소리도 상쾌하게 매를 놓아서 날려 보내고, 그 모습을 멀리 눈으로 쫓아 올려다보면서 울적하였던 마음속을 시원하게 하고, 그것을 즐기면서 베개를 베는 신혼집 안에다 새장을 만들어 두고는 내가 키운 것이네. 순백의 점들이 있는 매를이라는 내용이다.

靑木生子는, '家持는 天平 19년(747) 9월에 <잃어버린 매>에 대해서 긴 長歌(권제17의 4011~4015번가)로 노래하고 있는데, 그 후에 매를 얻어 키우는, 매에 대해 보통이 아닌 집착을 다시 長歌로 부른 것이다. 앞의 작품은 특이한 내용, 구성을 가진 웅장한 작품은 아니지만『만엽집』중에서 매를 소재로 한 것은 이것뿐이라는 점에서 주목된다. 이것은 漢人의 놀이를 모방한 上巳의 연회의 앞의 노래들에 이어, 이 작품도 중국의 시와 賦로 노래한 것이 많은 매를 작품화하여, 앞으로 가을의 매사냥을 준비하고 있는 것을 말하여 여기에 넣은 것인가. 또 詠物 長歌는 특히 高橋蟲麻呂에게 현저하게 보이지만, 家持가 '詠'이라고 제목을 하고 長歌를 지은 것은 이것이 최초이다'고 하였다[『萬葉集全注』19, p.41].

4155　矢形尾乃　麻之路能鷹乎　屋戸尓須惠　可伎奈泥見都追　飼久之余志毛

　　　矢形尾[1]の　眞白の鷹を　屋戸に据ゑ　かき撫で[2]見つつ　飼はくし[3]好しも

　　　やかたをの　ましろのたかを　やどにすゑ　かきなでみつつ　かはくしよしも

潜鸕[4]詞一首并短歌

4156　荒玉能　年徃更　春去者　花耳尓保布　安之比奇能　山下響　堕多藝知　流辟田乃　河瀬尓
　　　年魚兒狭走　嶋津鳥　鸕養等母奈倍　可我理左之　奈頭佐比由氣婆　吾妹子我　可多見我氐良
　　　等　紅之　八塩尓染而　於己勢多流　服之襴毛　等寶利氐濃礼奴

　　　あらたまの　年ゆき更り　春されば　花のみ[5]にほふ　あしひきの　山下響み　落ち激ち[6]
　　　流る辟田の　川の瀬に　年漁子さ走る　島つ鳥[7]　鵜飼ともなへ　篝さし　なづさひ[8]行けば
　　　吾妹子が　形見がてらと[9]　紅の　八入に[10]染めて　寄せたる　衣の裾も　とほりて濡れぬ[11]

　　　あらたまの　としゆきかはり　はるされば　はなのみにほふ　あしひきの　やましたとよみ
　　　おちたぎち　ながるさきたの　かはのせに　あゆこさばしる　しまつとり　うかひともなへ
　　　かがりさし　なづさひゆけば　わぎもこが　かたみがてらと　くれなゐの　やしほにそめて
　　　おこせたる　ころものすそも　とほりてぬれぬ

---

1 **矢形尾**: 꼬리 등의 깃털이 화살 끝 모양을 하고 있는 것.
2 **かき撫で**: 'かき'는 접두어이다.
3 **飼はくし**: '飼はく'는 '飼ぶ'의 명사형이다. 'し'는 강조의 뜻이다.
4 **潜鸕**: 잠기게 한다는 뜻이다.
5 **花のみ**: 다른 것은 눈에 띄지 않고 꽃만.
6 **落ち激ち**: 급류인 상태.
7 **島つ鳥**: 사다새의 형용. 이 전후의 내용은 4011번가와 유사하다.
8 **なづさひ**: 힘든 모양이다.
9 **形見がてらと**: '形見'은 모습을 그리워하는 것이다. 'がてら'는 반쯤 그러하다는 뜻이다. 아내 坂上大嬢이
　　내려온 것은 天平勝寶 2년(750) 2월 21일 이후(4169 이후). 이 작품에서도 越中에 부재 상태임을 나타낸다.
10 **八入に**: 한 번 염색물에 담그는 것을 一入이라고 한다. 남자의 복장으로는 화려한 것이다.
11 **とほりて濡れぬ**: 끝의 2구 '衣の裾も とほりて濡れぬ'는 135번가의 끝 2구를 변용한 것이다.

4155　화살 형 꼬리/ 순백 점들의 매를/ 집에 두고서/ 어루만지고 보며/ 키우는 것 즐겁네

✿ 해설

화살 모양의 꼬리를 가진, 순백 점들이 있는 매를 집에 두고, 어루만지고 보면서 키우는 것은 아주 기분이 좋은 일이네라는 내용이다.

가마우지를 물에 넣는 노래 1수와 短歌

4156　(아라타마노)/ 해가 다시 돌아와/ 봄이 되니까/ 꽃들이 아름다운/ (아시히키노)/ 산 아래를 울리며/ 격류 이루며/ 흐르는 사키타(眸田)의/ 강여울에는/ 은어 새끼 달리네/ (시마츠토리)/ 새로 잡는 어부와/ 화톳불 피워/ 물에 젖으며 가면/ 나의 아내가/ 자신인 듯 보라고/ 붉은 색으로/ 진하게 물들여서/ 보내어 왔던/ 옷의 끝자락도요/ 물에 젖어 버렸네

✿ 해설

새로운 영이 담긴 해가 다시 돌아와 봄이 되니, 온통 꽃들이 아름다운 산 아래를 소리를 울리며 떨어져 흐르는 사키타(眸田)의 강여울에는, 은어새끼가 빠르게 움직이네. 새를 이용해서 물고기를 잡는 어민을 데리고, 화톳불을 피워서 힘들게 물에 젖으면서 가면, 나의 아내가 자신을 보듯이 하기도 하라고, 붉은 색의 염색물에 여러 번 염색을 해서 진하게 물들여 보낸 화려하고 아름다운 옷의 끝자락도 물에 젖어 버렸네라는 내용이다.

'花耳尓保布'를 大系・私注・全集・全注에서는 中西 進과 마찬가지로 '花のみにほふ'로 보았다. 그러나 注釋에서는 '花のみ(咲き)にほふ'로 읽어 '花さきにほふ'가 더 낫다고 하였다[『萬葉集注釋』 19, p.33].

'年漁子さ走る'에 대해 全集에서는, '3월 8일은 양력으로 4월 18일에 해당한다. 5, 6센티 정도 자란 은어가 바다에서 강으로 올라오는 시기로 아직 잡을 정도가 아니라서 다소 허구가 있을 것이다'고 하였다[『萬葉集』 4, p.302].

'形見がてらと'로 미루어 中西 進은, 家持의 아내 坂上大孃이 越中에 없다고 보았다. 그러나 이때 아내는 越中에 있었다고 보는 설도 있다.

4154번가에서는 가을에 매로 사냥을 하는 즐거움을, 이 작품에서는 봄에 사다새로 물고기를 잡는 즐거움을 노래하였다.

4157　紅乃　衣尒保波之　辟田河　絶己等奈久　吾等眷牟

　　　　紅の　衣にほほし[1]　辟田川　絶ゆることなく　われ顧みむ[2]

　　　　くれなゐの　ころもにほはし　さきたがは　たゆることなく　われかへりみむ

4158　毎年尒　鮎之走婆　左伎多河　鸕八頭可頭氣氏　河瀬多頭祢牟

　　　　毎年に　鮎し走らば　辟田川　鵜八頭[3]潜けて　川瀬尋ねむ

　　　　としのはに　あゆしはしらば　さきたがは　うやつかづけて　かはせたづねむ

季春[4]三月九日，擬出擧[5]之政行於舊江村[6]，
道上属目[7]物花[8]之詠[9] 并興中所作之歌[10] 過澁谿[11]埼見巖上樹歌一首 樹名都萬麻[12]

4159　礒上之　都萬麻乎見者　根乎延而　年深有之　神左備尒家里

　　　　磯の上の　都萬麻を見れば　根を延へて[13]　年深からし[14]　神さび[15]にけり

　　　　いそのうへの　つままをみれば　ねをはへて　としふかからし　かむさびにけり

---

1 衣にほはし: 마지막구로 이어진다.
2 われ顧みむ: 제4, 5구는 찬미가에서 상투적으로 사용하는 표현이다.
3 鵜八頭: 몇 마리나.
4 季春: 늦은 봄이다.
5 出擧: 춘궁기에 곡식 등을 빌려 가을에 이자와 함께 갚는 제도이다.
6 舊江村: 二上山의 북쪽이다.
7 属目: 눈으로 접한 것이다.
8 物花: 풍물.
9 詠: 4159번가를 가리킨다.
10 并興中所作之歌: 4160번가부터 4165번가까지를 가리킨다.
11 澁谿: 二上山의 동북쪽이다.
12 樹名都萬麻: 후박나무이다.
13 根を延へて: 길게 벋는 것이다.
14 深からし: '深かくあらし'의 축약형이다.
15 神さび: 'さぶ는 그럴 듯한 모습을 나타내는 것이다.

4157 붉은 색깔의/ 옷을 더 붉게 하며/ 사키타(磧田) 강을/ 끊어지는 일 없이/ 난 계속해서
보자

해설

붉은 색깔의 옷을 물에 젖게 하여 색을 더 붉게 하면서, 사키타(磧田) 강을 끊어지는 일이 없이 언제까
지나 나는 계속 반복해서 보자라는 내용이다.

4158 오는 해마다/ 은어 노는 철 되면/ 사키타(磧田) 강에/ 도요새 많이 풀어/ 강여울 찾아가자

해설

해가 새로 돌아올 때마다, 은어가 강에 올라와서 헤엄을 치는 계절이 되면, 사키타(磧田) 강에 도요새
를 물에 많이 들어가게 하면서 강여울 찾아가자라는 내용이다.
해마다 봄이 되면 사키타(磧田) 강에서 도요새로 은어를 잡는 즐거움을 맛보고 싶다는 뜻이다.

늦은 봄 3월 9일에, 出擧 일로 후루에(舊江)村에 가서
도중에 풍물을 본 노래. 그래서 감흥대로 지은 노래.

시부타니(澁谿) 곶을 지나 바위 위의 나무를 본 노래 1수
나무 이름은 후박나무이다

4159 바위의 위의요/ 후박나무를 보면/ 뿌리를 벋어/ 몇 년도 된 것 같네/ 신성하게 보이네

해설

바위 위의 후박나무를 보면 뿌리를 길게 벋어서 몇 년이나 된 것 같네. 신성하게 보이네라는 내용이다.
靑木生子는, '오래 된 나무를 찬미한 노래. (중략) 이 지방에서 신성한 나무로 숭배되고 있는 '츠마마(후
박나무)'라는 특수한 나무에 흥미를 가지고 나무 이름에 주까지 붙여서 노래 부르고 있다. '東風'(권제
17의 4017번가)과 '葦付'(권제17의 4021번가)에 주를 붙여서 노래하고 있는 것과 마찬가지로 越中의 풍속
과 풍물에 관심을 가진 國守로서의 家持의 태도를 엿볼 수 있다'고 하였다[『萬葉集全注』19, p.50].
中西 進은, "属目物花之詠'은 4159번가를 가리키며, 興中所作之歌는 4160번가부터 4165번가까지를
가리킨다고 하였다. 全集에서도, '이 제목은 4165번가까지의 7수를 말한다. '物花'를 본 작품은 4159번가
뿐이다. 나머지 6수는 모두 興中所作之歌이다'고 하였다[『萬葉集』 4, p.303].

悲世間無常[1]歌一首并短歌

4160　天地之　遠始欲　俗中波　常無毛能等　語續　奈我良倍伎多礼　天原　振左氣見婆　照月毛　盈昊之家里　安之比奇乃　山之木末毛　春去婆　花開尓保比　秋都氣婆　露霜負而　風交　毛美知落家利　宇都勢美母　如是能未奈良之　紅能　伊呂母宇都呂比　奴婆多麻能　黒髮變　朝之咲　暮加波良比　吹風能　見要奴我其登久　逝水能　登麻良奴其等久　常毛奈久　宇都呂布見者　尓波多豆美　流渧　等騰米可祢都母

天地の　遠き初めよ[2]　世の中は　常なきものと　語り繼ぎ　ながらへ[3]來れ　天の原　ふり放け見れば　照る月も　滿ち欠けしけり[4]　あしひきの　山の木末も　春されば　花咲きにほひ　秋づけば　露霜負ひて[5]　風交り[6]　黄葉散りけり　うつせみも[7]　かく[8]のみならし　紅の　色も移ろひ　ぬばたまの　黒髮變はり　朝の咲み[9]　暮變はらひ[10]　吹く風の[11]　見えぬが如く　逝く水の　留らぬ如く　常もなく　移ろふ見れば　にはたづみ[12]　流るる涙　止みかねつも

あめつちの　とほきはじめよ　よのなかは　つねなきものと　かたりつぎ　ながらへきたれ　あまのはら　ふりさけみれば　てるつきも　みちかけしけり　あしひきの　やまのこぬれも　はるされば　はなさきにほひ　あきづけば　つゆしもおひて　かぜまじり　もみちちりけり　うつせみも　かくのみならし　くれなゐの　いろもうつろひ　ぬばたまの　くろかみかはり　あさのゑみ　ゆふへかはらひ　ふくかぜの　みえぬがごとく　ゆくみづの　とまらぬごとく　つねもなく　うつろふみれば　にはたづみ　ながるるなみだ　とどみかねつも

---

1 **世間無常**: 불교 용어의 일본어 표현.
2 **遠き初めよ**: 천지개벽 이래. 'よ'는 '~로부터'.
3 **ながらへ**: 'へ'는 계속을 나타낸다.
4 **滿ち欠けしけり**: 비슷한 표현이 442번가, 1270번가에 보인다.
5 **露霜負ひて**: 이슬과 서리를 받아서.
6 **風交り**: '散りけり'로 이어진다.
7 **うつせみも**: 현실체험을 말한다.
8 **かく**: 무상을 가리킨다.
9 **朝の咲み**: '咲'는 '笑'의 俗字이다.
10 **暮變はらひ**: 'ひ'는 계속을 나타내다.
11 **吹く風の**: 이하 유사한 표현이 3625번가에 보인다.
12 **にはたづみ**: 정원에 흘러서 고인 물이다. '流るる涙'를 형용한 것이다.

세상 무상을 슬퍼하는 노래 1수와 短歌

4160 천지개벽의/ 멀고 먼 시작부터/ 세상살이는/ 무상한 것이라고/ 하는 말들이/ 전해져 왔으므로/ 넓은 하늘을/ 올려다 쳐다보면/ 빛나는 달도/ 차고 이지러지네/ (아시히키노)/ 산의 나무 끝에도/ 봄철이 오면/ 꽃이 피어 예쁘고/ 가을이 되면/ 이슬 서리 맞아서/ 바람에 섞여/ 낙엽이 떨어지네/ 세상 사람도/ 이와 같은 듯하네/ 홍안의 얼굴/ 나이 들어 변하고/ 검은 머리도/ 하얗게 세어 가네/ 아침의 미소/ 저녁에 변해 가고/ 부는 바람이/ 눈에 보이지 않듯/ 흐르는 물이/ 멈추지 않고 가듯/ 멈춤이 없이/ 변해 가는 것 보면/ 흘러내리는 눈물/ 멈추게 할 수 없네

해설

　천지개벽한 멀고 먼 옛날부터 시작해서, 세상살이는 무상한 것이라고 하는 말들이 전해져 내려온 것이네. 넓은 하늘을 올려다보아도 빛나는 달에는 차고 이지러짐이 있네. 발을 끌며 걸어야 하는 힘든 산의 나무 끝에도, 봄철이 오면 아름다운 꽃이 피고, 가을이 되면 이슬과 서리를 이기지 못하여 바람 속에 단풍잎이 지네. 세상 사람도 이와 같은 듯하네. 발그스레 아름답던 얼굴도 드디어 나이 들어서 늙고, 다슬기 창자처럼 검던 머리카락도 하얗게 세고, 아침에 웃던 얼굴도 저녁에는 변해 버리네. 부는 바람이 눈에 보이지 않듯이, 흐르는 물이 멈추지 않고 가듯이, 세상의 만물이 무상하게 변해 가는 것을 보면, 정원을 흐르는 빗물처럼 흘러내리는 눈물을 멈추게 할 방법도 없네라는 내용이다.
　私注에서는, '작품의 구상은 권제5의(804번가) 憶良의 작품〈哀世間難住歌〉를 답습한 것일 것이다. 아마 憶良을 모방하려는 것이 창작 동기이기도 했을 것이다'고 하였다『萬葉集私注』9, p.137].

4161 言等波奴　木尚春開　秋都氣婆　毛美知遅良久波　常乎奈美許曽 [一云, 常无牟等曽]

言問はぬ¹　木すら春吹き　秋づけば　黄葉散らく²は　常を無みこそ³ [一は云はく, 常無けむとそ⁴]

こととはぬ　きすらはるさき　あきづけば　もみちぢらくは　つねをなみこそ [あるいはいはく, 一云つねなけむとそ]

4162 宇都世美能　常无見者　世間尓　情都氣受弖　念日曽於保伎 [一云, 嘆日曽於保吉]

うつせみの　常無き見れば　世の中に　情つけずて⁵　思ふ日そ多き [一は云はく, 嘆く日そ多き]

うつせみの　つねなきみれば　よのなかに　こころつけずて　おもふひそおほき [あるいは はく, なげくひそおほき]

豫作七夕歌一首⁶

4163 妹之袖　和礼枕可牟　河湍尓　霧多知和多礼　左欲布氣奴刀尓

妹⁷が袖　われ枕かむ　川の瀬に　霧立ち渡れ⁸　さ夜更けぬとに⁹

いもがそで　われまくらかむ　かはのせに　きりたちわたれ　さよふけぬとに

---

1 **言問はぬ**: 말을 하는 동물에 대해, 나무조차도라는 뜻이다.
2 **散らく**: '散る'의 명사형이다.
3 **常を無みこそ**: '常'이 없으므로.
4 **常無けむとそ**: 제5구의 다른 표현이다. 'む'는 나무를 주체로 한 추량인가. 나무가 '常なけむ'라고 생각해서 변한다.
5 **情つけずて**: 마음이 가지 않아 집중할 수 없어서.
6 **豫作七夕歌一首**: 견우의 입장에서 지은 노래. '豫'는 7월 7일 이전에라는 뜻이다. 시기상조인 것은 이 작품들이 憶良의 작품에 대한 追和이기 때문이다.
7 **妹**: 직녀를 말한다.
8 **霧立ち渡れ**: 안개 속에 숨어서 베개를 베려고.
9 **さ夜更けぬとに**: 'と'는 장소를 말한다. 시점에도 사용하며 부정과 호응하는 경우가 많다.

4161 말을 못하는/ 나무도 봄엔 피고/ 가을이 되면/ 단풍이 지는 것은/ 무상한 때문이네 [또는
　　　 말하기를, 무상하다 해서네]

🌸 **해설**

　　말을 하지 못하는 나무조차도 봄에는 꽃이 피고 가을이 되면 단풍이 지는 것은 무상하기 때문이네[또
는 말하기를, 무상하다고 생각해서네]라는 내용이다.
　　4160번가의 앞부분을 반복해서 노래한 것이다. 자연계의 식물이 봄에는 꽃이 피고, 가을이 되면 단풍
으로 물들어서 지는 것은 세상이 무상하기 때문이라는 뜻이다.

4162 현실 세상의/ 무상한 모습 보면/ 세상의 일에/ 집중할 수가 없어/ 근심하는 날 많네 [또는
　　　 말하기를, 탄식하는 날이 많네]

🌸 **해설**

　　현실 세상의 무상한 모습을 보면 세상의 일에 완전히 집중할 수가 없어서 근심을 하는 날이 많네[또는
말하기를, 탄식하는 날이 많네]라는 내용이다.
　　'世の中に 情つけずて'에 대해 全集에서는, 요령 좋게 설치는 일도 없이, 시류에 분격하여 仲麻呂 정권
타도에 여념이 없는 사람들에게 동조를 하지도 않고 살았던 家持의 독특한 처세술을 상징하는 표현으로
주목된다'고 하였다『萬葉集』 4, p.305].

미리 짓는 칠석 노래 1수

4163 아내의 소매/ 나는 베개로 하자/ 강의 여울에/ 안개여 피어 다오/ 밤 깊어지기 전에

🌸 **해설**

　　아내의 옷소매를 나는 베개로 하여 잠을 자고 싶네. 그러니 강의 여울에 안개어 피어다오. 밤이 더
깊어지기 전에라는 내용이다.
　　강여울에 안개가 끼어 있으면 그 속에 숨어서 직녀의 옷소매를 베개로 하여 함께 잠을 자고 싶다는
뜻이다.

慕振勇士¹之名²歌一首并短歌

4164　知智乃實乃　父能美許等　波播蘇葉乃　母能美己等　於保呂可尓　情盡而　念良牟　其子奈礼

夜母　大夫夜　无奈之久可在　梓弓　須惠布理於許之　投矢毛知　千尋射和多之　劒刀

許思尓等理波伎　安之比奇能　八峯布美越　左之麻久流　情不障　後代乃　可多利都具倍久

名乎多都倍志母

ちち³の實の　父の命　柞葉⁴の　母の命　おほろかに⁵　情盡して⁶　思ふらむ　その子なれや

も⁷　大夫や⁸　空しくあるべき　梓弓　末振り起こし　投矢⁹以ち　千尋¹⁰射渡し　劍大刀¹¹

腰に取り佩き　あしひきの　八峰¹²踏み越え　さし任くる¹³　情障らず¹⁴　後の代の¹⁵　語り繼

ぐべく　名を立つべしも

ちちのみの　ちちのみこと　ははそばの　ははのみこと　おほろかに　こころつくして

おもふらむ　そのこなれやも　ますらをや　むなしくあるべき　あづさゆみ　すゑふりおこ

し　なげやもち　ちひろいわたし　つるぎたち　こしにとりはき　あしひきの　やつをふみこ

え　さしまくる　こころさやらず　のちのよの　かたりつぐべく　なをたつべしも

---

1 **勇士**: 그 당시 일반적으로는 風流士(미야비토)를 이상적으로 생각하였다.
2 **名**: 명예로운 이름이다.
3 **ちち**: 어떤 식물인지 알 수 없다. 'いぬびわ'인가. 같은 소리로 '父'에 연결한 것이다.
4 **柞葉**: '小樽(코나라: 졸참나무)'이다. 같은 음으로 '母'에 이어진다.
5 **おほろかに**: 적당하게, 깊이 생각하지 않고.
6 **情盡して**: 걱정을 한다. 부모로서 자식을 생각하는 근심이다.
7 **その子なれやも**: 'やも'는 강한 부정을 동반한 의문을 나타낸다.
8 **大夫や**: 이하 978번가에 의한 것이다.
9 **投矢**: 화살을 쏘는 것을 말한다.
10 **千尋**: 1히로는 두 팔을 벌린 길이이다.
11 **劍大刀**: 劍은 直刀, 太刀는 曲刀이지만 합쳐서 칼을 말한다. 이하 句의 典據는 804번가이다.
12 **八峰**: 도읍과 越 사이의 많은 산을 말한다.
13 **さし任くる**: 'さす', 'まく'는 모두 임명한다는 뜻이다. 정확하게는 수동 표현이다.
14 **情障らず**: 마음을 마음껏 발휘해서.
15 **後の代の**: 이하의 典據는 978번가이다.

용사의 이름을 떨치기를 원하는 노래 1수와 短歌

4164 (치치노미노)/ 아버지하고요/ (하하소바노)/ 어머니하고가/ 그저 그렇게/ 마음을 쓰면서
요/ 근심 걱정할/ 그런 자식일까요/ 대장부라면/ 허망해서 될 것인가/ 가래나무 활/ 끝을
힘껏 당겨서/ 화살 가지고/ 멀리까지 쏘아서/ 큰 칼일랑은/ 허리에다 차고서/ (아시히키
노)/ 겹겹의 산을 넘어/ 임명을 받은/ 마음을 발휘해서/ 후대에까지/ 이야기로 전해질/
명성 떨쳐야 하네

해설

　아버지와 어머니가 그저 그렇게 대충 마음을 쓰면서 근심 걱정을 할 그런 자식일까요. 절대 그렇지
않네. 대장부라고 해서 허망하게 살아서 될 것인가. 절대 그렇게 살아서는 안 되네. 가래나무로 만든
멋진 활의 끝을 힘껏 당겨서 화살로 멀리 쏘고, 큰 칼을 허리에 차고 험한 겹겹의 산을 넘어서 이곳에
임명을 받은 마음을, 어떤 것에도 방해를 받지 않고 충분히 발휘해서 후세에 이야기로 전해질 그런
명성을 떨쳐야 하네라는 내용이다.
　4165번가 뒤의 左注를 보면 이 작품은 憶良의 작품에 追和한 것임을 알 수 있다.
　靑木生子는, 憶良이 '士'로서 관료의 명성을 떨치는 것을 남자의 본분이라고 하는 漢魏六朝 이래의
사상을 이어받은 의미를 가지고 있음에 비해, 家持의 경우는 '士'에 대한 '용사'와 '대장부'로서 武門 大伴
氏의 이름을 계승 발전시켜 가지 않으면 안 되는 대장부 의식의 고양을 가지고 전체를 정리하고 있다.
家持에게는 세상 무상을 슬퍼하여 '世の中に情つけずて', '思ふ日'(4162번가)이 많다고 노래하는 한편, 이
대장부 정신에 스스로를 몰고 가는 것이 있었다'고 하였다[『萬葉集全注』19, p.65].

4165 　大夫者　名乎之立倍之　後代尓　聞繼人毛　可多里都具我祢

　　　　大夫は　名をし立つべし　後の代に　聞き繼ぐ人も　語り繼ぐがね

　　　　ますらをは　なをしたつべし　のちのよに　ききつぐひとも　かたりつぐがね

　　　左注　右二首, 追[1]和[2]山上憶良臣作歌[3].

詠霍公鳥[4]并時花[5]歌一首并短歌

4166 　毎時尓　伊夜目都良之久　八千種尓　草木花左伎　喧鳥乃　音毛更布　耳尓聞　眼尓視其等尓
　　　　宇知嘆　之奈要宇良夫礼　之努比都追　有來波之尓　許能久礼能　四月之立者　欲其母理尓
　　　　鳴霍公鳥　從古昔　可多里都藝都流　鶯之　宇都之真子可母　菖蒲　花橘乎　嬢嬬良我
　　　　珠貫麻泥尓　赤根刺　晝波之賣良尓　安之比奇乃　八丘飛超　夜干玉乃　夜者須我良尓
　　　　曉　月尓向而　往還　喧等余牟礼杼　何如将飽足

　　　　時ごとに　いや珍らしく[6]　八千種に　草木花咲き　鳴く鳥の　聲も變はらふ[7]　耳に聞き
　　　　眼に見るごとに[8]　うち嘆き[9]　萎えうらぶれ[10]　しのひつつ　ありける間に[11]　木の晩の[12]

---

1 **追**: 훗날.
2 **和**: 창화.
3 **山上憶良臣作歌**: 978번가를 가리킨다.
4 **霍公鳥**: 여름의 새로, 家持는 이것을 많이 기다리고 있었다. 4168번가 左注 참조.
5 **時花**: 노래 속의 창포, 홍귤나무 꽃을 말한다.
6 **いや珍らしく**: 사랑해야만 한다.
7 **聲も變はらふ**: 'ふ'는 계속을 나타낸다.
8 **眼に見るごとに**: 각각의 화조를 보고 듣는다 해도.
9 **うち嘆き**: 이하 4구는 두견새를 기다리는 모습이다.
10 **萎えうらぶれ**: 마음이 쓸쓸한 상태이다.
11 **ありける間に**: 'はし'는 때. 'ありける間に'를 '爭ふ間に'로 읽는 견해도 있다.
12 **木の晩の**: 나무 아래가 어둡게 된다.

4165 대장부라면/ 명성 떨쳐야 하네/ 뒷날 후세에/ 전해 들은 사람들/ 말로 전해 가도록

✿ 해설

대장부는 멋진 명성을 떨쳐야만 하는 것이네. 뒷날 후세에 이야기를 전해 들은 사람들이 또 이야기를 이어서 전해 가도록이라는 내용이다.

대장부라면 명성을 떨쳐서, 후대 사람들이 계속 이야기를 전해 가도록 해야 한다는 뜻이다.

좌주 위의 2수는, 야마노우혜노 오쿠라노 오미(山上憶良臣)가 지은 노래에 창화한 것이다.

두견새와 계절의 꽃을 읊은 노래 1수와 短歌

4166 4계절 각각/ 한층 신기하게도/ 각양각색의/ 초목의 꽃이 피고/ 우는 새의요/ 소리도 다른 듯해/ 귀로 듣고요/ 눈으로 볼 때마다/ 탄식을 하며/ 마음도 힘이 빠져/ 그리워하며/ 지내 오는 동안에/ 나뭇잎 자란/ 4월이 되니까요/ 밤 어둠 속에/ 우짖는 두견새여/ 옛날서부터/ 말로 전하여져 온/ 꾀꼬리새의/ 진짜의 새끼인가/ 창포꽃이랑/ 홍귤나무의 꽃을/ 소녀들이요/ 구슬로 뀈 때까지/ (아카네사스)/ 낮에는 하루 종일/ (아시히키노)/ 산들을 날아 넘어/ (누바타마노)/ 밤에는 밤새도록/ 새벽녘의요/ 달을 향하여서는/ 날아갔다 와/ 울어대지만서도/ 싫증이 나는 일 없네

✿ 해설

4계절마다 각각 한층 신기하게도 각양각색의 풀과 나무의 꽃이 피고, 우는 새의 소리도 다르게 생각되네. 그것들을 귀로 듣고 눈으로 볼 때마다 탄식을 하며 마음도 힘이 빠져서 그리워하며 지내왔는데, 나뭇잎이 자라 무성해져서 나무 아래에 그늘이 생겨서 어두운 4월이 되니, 밤이 되어 어두울 때 우는 두견새여. 옛날부터 말로 전하여져 온 꾀꼬리의 진짜 새끼인가. 창포꽃과 홍귤나무의 꽃을 소녀들이 구슬로 뀈 때까지 환한 낮에는 하루 종일 험한 산들을 날아서 넘어가고, 어두운 밤에는 밤새도록 새벽의 달을 향하여서 날아갔다가 날아왔다가 하며 울어대지만 아무리 들어도 싫증이 나는 일이 없네라는 내용이다.

四月し立てば　夜隱りに¹³　鳴く霍公鳥　古ゆ　語り繼ぎつる　鶯の　現し眞子かも¹⁴　菖蒲¹⁵
花橘¹⁶を　少女らが　珠貫くまでに　茜さす　晝はしめらに　あしひきの　八峰飛び越え
ぬばたまの¹⁷　夜はすがらに¹⁸　曉の　月に向ひて　行き還り　鳴き響むれど　いかに¹⁹飽き
足らむ

ときごとに　いやめづらしく　やちぐさに　くさきはなさき　なくとりの　こゑもかはらふ
みみにきき　めにみるごとに　うちなげき　しなえうらぶれ　しのひつつ　ありけるはしに
このくれの　うづきしたてば　よごもりに　なくほととぎす　いにしへゆ　かたりつぎつる
うぐひすの　うつしまこかも　あやめぐさ　はなたちばなを　をとめらが　たまぬくまでに
あかねさす　ひるはしめらに　あしひきの　やつをとびこえ　ぬばたまの　よるはすがらに
あかときの　つきにむかひて　ゆきかへり　なきとよむれど　いかにあきだらむ

反歌二首

4167　毎時　弥米頭良之久　咲花乎　折毛不折毛　見良久之余志母

時ごとに　いや珍らしく　咲く花を　折りも折らずも　見らく²⁰し好しも

ときごとに　いやめづらしく　さくはなを　をりもをらずも　みらくしよしも

---

13 **夜隱りに**: 밤의 어둠 속에.
14 **現し眞子かも**: 두견새가 꾀꼬리의 둥지에 알을 낳고 꾀꼬리가 키운다고 하는 것이다. 1755번가 참조.
　　‘現し’는 진실의. 眞子는 愛子이다.
15 **菖蒲**: 이하 단오절의 관습이다.
16 **花橘**: 홍귤나무 꽃이다.
17 **ぬばたまの**: 烏扇(범부채). 열매의 검은 색으로 인해 검은 것을 수식한다.
18 **夜はすがらに**: 619・3732번가 참조.
19 **いかに**: 부정을 동반한 의문의 부사이다.
20 **見らく**: ‘見る’의 명사형이다.

노래 내용을 보면 기다리던 두견새가 와서 낮에도 하루 종일, 그리고 밤에도 밤새도록 울지만 싫증이 나지 않는다는 뜻이다. 기다리던 두견새가 계절이 되자 와서 우는 것을 기뻐한 노래이다.

그러나 左注를 보면 아직 오지 않은 두견새를 노래한 것이라고 하였다.

靑木生子는, '家持에게 있어서는 한문학에서 보는 자연 경물 그 자체의 미를, 전통적인 長歌 속에 詠物詩로 새롭게 전개를 보인 것 같지만 그 실체는 어떠할까. 앞에서 말한 것처럼 이 長歌는 찬가의 방법을 자연을 노래한 것에 적용하여, 두견새에 대한 애착을 노래한 것이 되지만, 순수한 자연 경물로서 화조를 읊은 詠物의 관점에서 본다면 영물적인 제재는 있지만 표현은 충분하지 않다. 두견새의 정태와 이것을 애석하게 여기는 자신의 마음의 상태가 함께 서술되어 있어서, 사물이 주된 것인지 생각이 주된 것인지 어느 쪽인지 알 수 없다. (중략) 家持의 花鳥諷詠歌는 사실상 화조를 극히 좋아하는 화조에 대한 相聞, 연가일 뿐이다'고 하였다『萬葉集全注』19, p.70l.

反歌 2수

4167　사계절 따라/ 한층 신기하게도/ 피는 꽃을요/ 꺾든지 꺾지 않든/ 보는 것은 좋으네

❀ 해설

사계절 철따라 한층 신기하게도 피는 꽃을 꺾든지 꺾지 않든지, 그 아름다운 꽃들을 보는 것은 즐겁네 라는 내용이다.

계절마다 달리 피는 각양의 꽃들을 보는 즐거움을 노래한 것이다.

제목의, 계절의 꽃에 관한 反歌이다.

4168　毎年尓　來喧毛能由惠　霍公鳥　聞婆之努波久　不相日乎於保美 [毎年謂之等之乃波]

　　　毎年に　來鳴くものゆゑ　霍公鳥　聞けばしのはく[1]　逢はぬ日を多み [毎年は, としのはと謂ふ]

　　　としのはに　きなくものゆゑ　ほととぎす　きけばしのはく　あはぬひをおほみ [毎年はとしのはといふ]

　　左注　右, 廿日, 雖未及時[2], 依興預作之.

爲家婦[3]贈在京尊母[4], 所誂[5]作歌一首并短歌

4169　霍公鳥　來喧五月尓　咲尓保布　花橘乃　香吉　於夜能御言　朝暮尓　不聞日麻祢久　安麻射可流　夷尓之居者　安之比奇乃　山乃多乎里尓　立雲乎　余曽能未見都追　嘆蘇良　夜須家奈久尓　念蘇良　苦伎毛能乎　奈呉乃海部之　潜取云　真珠乃　見我保之御面　多太向　将見時麻泥波　松栢乃　佐賀延伊麻佐祢　尊安我吉美[御面謂之美於毛和]

　　　霍公鳥　來鳴く五月に　咲きにほふ　花橘の　香ぐはしき[6]　親の御言 朝暮に　聞かぬ日まねく[7]　天離る　夷にし居れば　あしひきの　山のたをりに[8]　立つ雲を　外のみ[9]見つつ　嘆くそら[10]

---

1 **しのはく**: 'しのぶ'의 명사형이다. 영탄.
2 **時**: 두견새가 우는 立夏를 말한다.
3 **家婦**: 작자가 있는 越中으로 내려온 아내. 坂上大嬢이다. 이전에 내려온 확실한 증거는 없으며 오히려 부재 상태인 듯하다.
4 **尊母**: 坂上郎女이다.
5 **所誂**: 부탁을 받아서.
6 **香ぐはしき**: 좋은 향기가 가득한. 御言의 존귀함을 나타낸다.
7 **聞かぬ日まねく**: 많은 수라는 뜻의 형용사이다.
8 **山のたをりに**: 'たを'는 '撓(たわ)む'등과 같은 어근이다. 凹 부분. 越에서 도읍 방면의 산이다.
9 **外のみ**: 넘는 일이 없이.
10 **嘆くそら**: 이하 4구의 유형적 표현---534·3969번가 참조.

4168　해마다 항상/ 와서는 우는 것인/ 두견새를요/ 들으면 맘 끌리네/ 만나지 않는 날 많아

　　　　[매년은, としのは(해마다)라고 한다]

🌸 **해설**

　해마다 항상 와서 우는 것인 두견새 소리를 들으면 마음이 끌리네. 만나지 않는 날이 많으므로[매년은, としのは(토시노하: 해마다)라고 한다]라는 내용이다.

　제목의 두견새에 관한 反歌이다.

　　좌주　위는, 20일, 비록 아직 때가 되지 않았지만, 흥에 의해 미리 지었다.

'廿日'을 全集에서는 태양력으로 4월 30일이라고 하였다[『萬葉集』 4, p.308]. 靑木生子는 태양력으로 5월 4일이라고 하였다[『萬葉集全注』 19, p.72].

'依興預作之'에 대해 靑木生子는, '아내의 부탁으로 도읍의 坂上郞女에게 보내는 노래(4169~4170)가 도읍에 도착할 무렵인 초여름의 풍물을 앞부분에 생각하여 묘사한 것과 관련하여, 이것은 초여름의 도읍에 대한 그리움이 감흥을 불러 일으켜서 시기보다 빨리 미리 지은 것일 것이다'고 하였다[『萬葉集全注』 19, p.72].

아내의, 도읍에 있는 어머니에게 보내기 위하여
부탁을 받아서 지은 노래 1수와 短歌

4169　두견새가요/ 와서 우는 5월에/ 예쁘게 피는/ 홍귤나무 꽃처럼/ 무척 그리운/ 부모님 말씀을/ 아침과 저녁/ 못 듣는 날이 많고/ (아마자카루)/ 시골에 있으므로/ (아시히키노)/ 산의 들어간 쪽에/ 이는 구름을/ 멀리서 바라보며/ 탄식을 하는/ 몸도 안 편하고/ 생각을 하는/ 몸도 괴로운 것을/ 나고(奈吳)의 어부가/ 잠수해서 캔다는/ 진주와 같이/ 보고 싶은 얼굴/ 일랑/ 직접적으로/ 보게 되는 날까지/ (마츠카헤노)/ 평안히 있으세요/ 존경하는 어머니여

　　　　[御面은 'みおもわ(미오모와)'라고 한다]

安けなくに　思ふそら　苦しきものを[11]　奈呉[12]の海人の　潜き取るとふ[13]　眞珠の[14]　見が欲し
御面　直向ひ　見む時までは　松柏の[15]　榮えいまさね　尊き吾が君[御面はみおもわと謂ふ]

ほととぎす　きなくさつきに　さきにほふ　はなたちばなの　かぐはしき　おやのみこと
あさよひに　きかぬひまねく　あまざかる　ひなにしをれば　あしひきの　やまのたをりに
たつくもを　よそのみみつつ　なげくそら　やすけなくに　おもふそら　くるしきものを
なごのあまの　かづきとるとふ　しらたまの　みがほしみおもわ　ただむかひ　みむときま
では　まつかへの　さかえいまさね　たふときあがきみ[御面はみおもわといふ]

反歌[16]

4170　白玉之　見我保之君乎　不見久尓　夷尓之乎礼婆　伊家流等毛奈之

白玉の　見が欲し君を　見ず久に　夷にし居れば　生けるともなし[17]

しらたまの　みがほしきみを　みずひさに　ひなにしをれば　いけるともなし

---

11 **苦しきものを**: 역접적 영탄을 나타낸다. 심리적으로는 다음에 이어지지만 문맥상으로는 다음에 이어지지 않는다.
12 **奈呉**: 富山縣 新湊市의 바다이다.
13 **潜き取るとふ**: 'とふ'는 'といふ'의 축약형이다.
14 **眞珠の**: '見が欲し'에 이어지지만 '御面'의 형용도 된다.
15 **松柏の**: 柏은 檜(노송나무)의 종류이다. 松柏으로 상록의 대표적인 것이 되는 한자를 일본어화한 것이다.
16 **反歌**: 底本에는 이 다음에 '一首'가 있다. 元曆校本을 따른다.
17 **生けるともなし**: 조사 'と'는 종지형을 받으므로 정확하게는 'いけりともなし'이다. 잘못 사용된 것이다. 이 'と'를 '利(예리한 마음)'라는 명사형으로 보는 설도 있다.

두견새가 와서 우는 5월에 예쁘게 피는 홍귤나무 꽃처럼, 그리운 부모님의 말씀을 아침저녁으로 듣지 못하는 날이 많고, 하늘 멀리 떨어져 있는 시골에 있으므로, 험한 산의 들어간 부분 쪽에 이는 구름을 멀리서 바라보며 탄식을 하는 몸도 편하지 않고, 생각을 하는 몸도 괴로운 것을. 나고(奈吳) 바다의 어부가 물에 들어가서 캔다고 하는 진주와 같이, 보고 싶은 얼굴을 직접 눈으로 보는 날까지는 사시사철 푸르른 송백처럼 변함없이 건강하게 있어 주세요. 존경하는 어머니여[御面은 'みおもわ(미오모와)'라고 한다]라는 내용이다.

　　私注에서는 '이때 이미 아내 坂上大孃은 越中에 내려와 있었던 것'이라고 하였다[『萬葉集私注』 9, p.148].

　　靑木生子도, '전년(天平勝寶 원년: 749) 가을에 내려왔다고 추정되는 家持의 아내 坂上大孃'이라고 하였다[『萬葉集全注』 19, p.74].

反歌

4170　　진주와 같이/ 보고 싶은 그대를/ 오래 못 보고/ 시골에 있으므로/ 산 것 같지를 않네

　　진주처럼 귀하게 보고 싶다고 생각하는 그대를 오랫동안 보지 못하고 시골에 있으므로, 살아 있어도 산 것 같지를 않네라는 내용이다.

廿四日，應立夏四月節[1]也. 因此廿三日之暮，忽[2]思霍公鳥曉喧聲作歌二首

4171　常人毛　起都追聞曽　霍公鳥　此曉尒　來喧始音

　　　常人も[3]　起きつつ聞くそ　霍公鳥　この曉に　來鳴く初聲

　　　つねひとも　おきつつきくそ　ほととぎす　このあかときに　きなくはつこゑ

4172　霍公鳥　來喧響者　草等良牟　花橘乎　屋戸尒波不殖而

　　　霍公鳥　來喧き響まば[4]　草取らむ[5]　花橘を　屋戸には植ゑずして

　　　ほととぎす　きなきとよまば　くさとらむ　はなたちばなを　やどにはうゑずして

1　**立夏四月節**: 입하는 중국에서 말하는 24절기의 하나이다. 이것을 달과 중복하여 말한 것이다.
2　**忽**: 시기가 아닌데라는 뜻이다.
3　**常人も**: 세상의 보통 사람이다. 더구나 자신은이라는 느낌이 있다.
4　**響まば**: 여름이 되어서 운다면.
5　**草取らむ**: 두견새가 권농의 새로 된 후대의 관습이 이미 있었던 것인가. 1943번가와도 비슷하다.
　　이것도 越中에서 지은 작품으로 생활적인 냄새가 묻어난다. 또 두견새는 산에서 마을로 내려오므로, 산과
　　들, 마을에서 두견새 소리를 듣는 시기가 다르다. 홍귤나무에서 우는 것은 마지막 단계이다.

24일은 立夏인 4월의 절기에 해당한다. 이에 23일 저녁에 갑자기 두견새가 새벽에 우는 소리를 생각하여 지은 노래 2수

4171 보통 사람도/ 깨어 있으며 듣네/ 두견새가요/ 이 밤 동이 틀 무렵/ 와서 우는 첫 소릴

🌸 해설

세상의 보통 사람들도 깨어 일어나 있으면서 듣는 것이라네. 두견새가 동이 틀 무렵에 와서 우는 첫 소리를이라는 내용이다.

하물며 자신도 깨어서 두견새가 우는 첫소리를 기쁘게 듣는다는 내용이다. 실제로 듣는 것은 아니고 입하이므로 두견새가 와서 울기를 기다리며 지은 노래이다.

'來喧始音'을 大系·注釋·全集·全注에서는 中西 進과 마찬가지로 '와서 우는 첫소리를'로 해석하였다. 그러나 私注에서는, '來鳴け初聲(와서 울어라 첫 소리를)'으로 읽어 명령형으로 해석하였다『萬葉集私注』9, p.150].

靑木生子는, '家持의 曆法 의식은 두견새를 비롯하여 그의 문예작품의 소재·발상과 관련된 것이 매우 많다'고 하였다『萬葉集全注』19, p.78].

4172 두견새가요/ 와서 울어댄다면/ 풀 뽑읍시다/ 홍귤의 나무를요/ 집에 심을 필요도 없이

🌸 해설

두견새가 와서 울어댄다면 농사를 위해 밭의 풀을 뽑읍시다. 홍귤나무를 집에 새삼스럽게 심을 필요도 없이라는 내용이다.

'屋戶には植ゑずして'는 그 뜻이 명확하지 않다. 私注에서는, '越中에는 홍귤나무가 귀하여 家持의 관사에도 홍귤나무가 없었으므로, 그것을 심기보다는'으로 해석하였다『萬葉集私注』9, p.151]. 홍귤나무가 없으므로 구태여 새로 심기보다는으로 해석한 것이다. 그러나 全集에서는, '越中의 家持 관사에는 홍귤나무가 있었던 것이 확실하다. 여기에서는 그런 나무는 필요가 없다고 할 생각으로 말한 것인가'라고 하였다『萬葉集』4, p.310]. 靑木生子도, '家持의 관사에는 홍귤나무가 심어져 있었지만(4207번가), 越中에는 토지로 인해 '橙橘'이 귀하였다. 花橘은 두견새가 즐겨 와서 우는 나무로 인식되었지만, 여기서는 그런 나무도 정원에 심을 필요가 없다는 뜻인가'라고 하였다『萬葉集全注』19, p.79].

家持의 관사에 홍귤나무가 있었느냐, 없었느냐 하는 것이 중요한 것이 아니라, 두견새가 들에서 울고 마지막에 홍귤나무 꽃에 와서 우는 것이므로, 집에서 새가 와서 울기를 기다리지 말고 들에서 우는 두견새 소리를 먼저 듣고 싶다는 뜻으로 해석하면 무난할 것 같다.

贈京丹比[1]家歌一首

4173 妹乎不見　越國敝尔　經年婆　吾情度乃　奈具流日毛無

妹[2]を見ず　越の國邊に　年經れば　わが情神の[3]　和ぐる日もなし

いもをみず　こしのくにへに　としふれば　わがこころどの　なぐるひもなし

追和筑紫大宰之時春苑梅歌[4]一首

4174 春裏之　樂終者　梅花　手折乎伎都追　遊尔可有

春の裏の　樂しき終[5]は　梅の花　手折り招きつつ[6]　遊ぶにあるべし

はるのうちの　たのしきをへは　うめのはな　たをりをきつつ　あそぶにあるべし

左注　右一首, 廿七日, 依興作之.

---

1 **丹比**: 대신들을 많이 배출한 명문가이다. 人麿로부터 家持에 이르기까지 和歌를 전한 공적도 많다.
2 **妹**: 확실하지 않다. 大伴에서 시집간 사람이 있었는가.
3 **情神の**: 확실한 마음. 利心과 같다.
4 **春苑梅歌**: 815번가 이하 32수. 직접적으로는 첫째 작품을 말한다.
5 **終**: '終ふ'의 명사형. 이 외에 다른 예가 없다.
6 **招きつつ**: 매화를 초대하는 것이다.

도읍의 타지히(丹比) 집에 보낸 노래 1수

4173 그대 못 보고/ 코시(越)國 주변에서/ 몇 년 지내니/ 나의 마음속은요/ 편안할 날이 없네

🌸 해설

그대를 만나지 못하고 越中에서 몇 년이나 지내고 있으니 나의 마음은 편할 날이 없네요라는 내용
이다.

'妹'에 대해 私注에서는, 家持와 친분이 있었던 丹比氏의 어느 집, 아마도 縣守나 廣成 등의 집, 左大臣
嶋의 일족으로 보인다. (중략) 연정으로 볼 수도 있지만, 지인과의 단순한 인사로도 이 정도는 노래할
수 있을 것이다'고 하였다『萬葉集私注』9, p.152]. 靑木生子는, '丹比氏 집안에 시집간 田村大孃(大伴宿奈
麻呂의 딸로 坂上大孃의 이복 언니), 그 집에 시집간 家持의 친여동생 大伴留女女郎 등 여러 설이 있지만,
妹는 丹比 집안의 여성이며, 家持의 母(旅人의 아내)의 집안인 丹比氏 집에 살고 있던 家持의 친여동생
留女女郎이라고 하는 견해를 따라야 할까. 다만 이 작품의 뒤에 보이는 4184번가의 左注, 4197~4198번가
의 左注에는 '留女女郎'의 이름이 명기되어 있음에 비해, 이 작품과 4213번가의 제목과 左注에는 '京丹比
家'라고만 기록한 차이가 있는데, 완전히 같은 사람이라고 보아도 좋을까 하는 문제가 남는다. 留女라고
하면 친여동생, 大孃에게는 시누이이며, 妹를 누구로 보든 연애는 아니고 남매, 자매 관계의 '여동생'에
대한 친애의 호칭이라고 할 수 있다'고 하였다『萬葉集全注』19, pp.80~81].

츠쿠시(筑紫)의 大宰 때의 봄 정원의 매화 노래에 追和한 1수

4174 봄놀이 가운데/ 제일 즐거운 것은/ 매화꽃을요/ 손으로 꺾으면서/ 노는 것이 틀림없네

🌸 해설

봄에 하는 여러 놀이 가운데에서 제일 즐거운 것은 매화꽃을 손으로 꺾으면서 노는 것이겠지요라는
내용이다.

츠쿠시(筑紫)의 大宰 때는 天平 2년(730) 정월 13일의 연회를 말한다.

좌주 위의 1수는, 27일, 흥에 의해 지은 것이다.

詠霍公鳥二首

4175　霍公鳥　今來喧曽无　菖蒲　可都良久麻泥尔　加流々日安良米也 [毛能波三箇辭闕之]

わが霍公鳥　今來鳴き始む　菖蒲　蘰く[1]までに　離るる[2]日あらめや [も・の・は, 三箇の辭を闕く[3]]

ほととぎす　いまきなきそむ　あやめぐさ　かづらくまでに　かるるひあらめや [も・の・は, みつのことをかく]

4176　我門從　喧過度　霍公鳥　伊夜奈都可之久　雖聞飽不足 [毛能波氏尔乎六箇辭闕之]

わが門ゆ[4]　鳴き過ぎ渡る　霍公鳥　いや懷かしく　聞けど飽き足らず[5] [も・の・は・て・に・を, 六箇の辭を闕く[6]]

わがかどゆ　なきすぎわたる　ほととぎす　いやなつかしく　きけどあきだらず [も・の・は・て・に・を, むつのことをかく]

---

1 **蘰く**: 'く'는 '머리 장식으로 한다'는 뜻의 조사이다.
2 **離るる**: 두견새가.
3 **三箇の辭を闕く**: 기본적인 세 개의 조사를 피하고 시도한 장난스런 작품이다.
4 **わが門ゆ**: 'ゆ'는 경과를 나타낸다.
5 **飽き足らず**: '飽く', '足る' 모두, 충분히 만족한다는 뜻이다.
6 **六箇の辭を闕く**: 앞의 작품보다 세 개의 조사를 추가하였다.

두견새를 노래한 2수

4175 두견새가요/ 지금 와서 우네요/ 창포꽃을요/ 장식할 때까지는/ 가 버리는 날 있을까 [も·
の·は 세 개의 말을 피하다]

🌸 **해설**

두견새가 지금 와서 울기 시작했네. 창포꽃을 머리 장식으로 하는 5월 5일 단오까지, 날아가 버리는
날이 어찌 있을 것인개も·の·は 세 글자를 피하다]라는 내용이다.

5월 5일까지 계속 두견새 소리를 들을 수 있을 것이라는 뜻이다. 일본 和歌에서 가장 많이 쓰이는
세 개의 조사인 '모, 노, 하'를 사용하지 않으려고 계획하고 지은 노래이다.

全集에서는, '노래에 많이 사용되는 세 개의 조사 も·の·は를 사용하지 않도록 미리 제한하여 지은
노래. 다음의 노래에는 て·に·を도 추가하고 있지만 이 노래도 て·を를 포함하고 있지 않다. 지적인
유희의 작품'이라고 하였다『萬葉集』 4, p.311].

4176 우리 집 문을/ 울면서 날아가는/ 두견새는요/ 한층 마음 끌려서/ 들어도 싫증 안 나네
[も·の·は·て·に·を 여섯 글자를 피하다]

🌸 **해설**

우리 집의 문을 울면서 날아 지나가는 두견새는, 그 우는 소리에 한층 마음이 끌려서 우는 소리를
아무리 들어도 싫증이 나지 않네[も·の·は·て·に·を 여섯 개의 말을 피하다]라는 내용이다.

위의 작품의 'も·の·は(모·노·하)'에다 'て·に·を(테, 니, 오)'까지 사용하지 않고 지은 노래이다.

四月三日，贈越前判官大伴宿祢池主[1]霍公鳥歌，
不勝感舊之意述懷一首并短歌

4177　和我勢故等　手携而　曉來者　出立向　暮去者　振放見都追　念暢　見奈疑之山尓　八峯尓波

霞多奈婢伎　谿敝尓波　海石榴花咲　宇良悲　春之過者　霍公鳥　伊也之伎喧奴　獨耳

聞婆不怜毛　君与吾　隔而戀流　利波山　飛超去而　明立者　松之狹枝尓　暮去者　向月而

菖蒲　玉貫麻泥尓　鳴等余米　安寐不令宿　君乎奈夜麻勢

わが背子と　手携はりて[2]　明け來れば　出で立ち向ひ　夕されば　ふり放け見つつ　思ひ暢べ[3]　見和ぎし山に[4]　八峰には　霞たなびき　谿邊には　椿花咲き　うら悲し[5]　春し過ぐれば　霍公鳥　いや重き鳴きぬ　獨りのみ　聞けばさぶしも　君と吾　隔りて戀ふる　礪波山[6]　飛び越え行きて　明け立たば　松のさ枝に[7]　夕さらば　月に向ひて　菖蒲　玉貫く[8]までに　鳴き響め　安眠寝しめず　君を惱ませ[9]

わがせこと　てたづさはりて　あけくれば　いでたちむかひ　ゆふされば　ふりさけみつつ
おもひのべ　みなぎしやまに　やつをには　かすみたなびき　たにへには　つばきはなさき
うらがなし　はるしすぐれば　ほととぎす　いやしきなきぬ　ひとりのみ　きけばさぶしも
きみとわれ　へなりてこふる　となみやま　とびこえゆきて　あけたたば　まつのさえだに
ゆふさらば　つきにむかひて　あやめぐさ　たまぬくまでに　なきとよめ　やすいねしめず
きみをなやませ

---

1 **越前判官大伴宿祢池主**: 天平 20년(748)에 越中掾으로 전임. 다음의 '舊'는 재임할 때를 말한다. 판관은 掾과 같다. 3등관이다.
2 **手携はりて**: 196·4006번가 등.
3 **思ひ暢べ**: 마음속의 울적함을 씻는다. 4154번가 참조.
4 **見和ぎし山に**: 보고 마음이 편안해진 산이다. 二上山을 말한다.
5 **うら悲し**: 감정을 삽입한 것이다. 'たなびき(안개가 끼고)', '咲き(피고)' 해서 봄이 지나간다고 하는 문맥의 중간.
6 **礪波山**: 두 사람을 가로막고 있어서 서로 그리워하고 있는 礪波山.
7 **さ枝に**: 'さ'는 미칭의 접두어이다.
8 **玉貫く**: 5월 5일의 관습이다.
9 **君を惱ませ**: 풍류로 노는 것이다.

4월 3일에, 코시노 미치노쿠치(越前)의 판관 오호토모노 스쿠네 이케누시(大伴宿禰池主)에게 보내는 두견새 노래, 옛날을 그리워하는 정을 이기지 못하여 생각을 말한 1수와 短歌

4177 나의 그대와/ 손을 서로 잡고서/ 날이 밝으면/ 밖에 나가서 보고/ 저녁이 되면/ 멀리 바라 보면서/ 울적함 씻고/ 보고 맘 편해진 산/ 봉우리들엔/ 안개가 끼어 있고/ 계곡 쪽에는/ 동백꽃을 피워서/ 마음 슬프게/ 봄이 지나 갔으니/ 두견새가요/ 한층 계속해 우네/ 혼자서 만이/ 들으면 쓸쓸하네/ 그대 나 사이/ 막아 그립게 하는/ 토나미(礪波) 산을/ 날아 넘어서 가서/ 새벽녘에는/ 소나무 잔가지에/ 저녁이 되면/ 달을 향하여서요/ 창포꽃을요/ 구슬로 꿸 때까지/ 울어 대어서/ 편히 잠을 못 자게/ 그대를 괴롭히게

🌸 해설

　그대와 손을 서로 잡고서 날이 밝으면 밖에 나가서 바라보고, 저녁 무렵이 되면 멀리 바라보면서 마음에 쌓인 울적함을 씻고 마음을 편안하게 하였던 산봉우리들에는 안개가 끼어 있고, 계곡에는 동백꽃을 피워서, 마음이 슬프게도 봄이 지나가 버렸으므로, 지금은 두견새가 한층 시끄럽게 계속해서 울게 되었네요. 혼자서만 들으면 마음이 쓸쓸하네요. 그대와 나 사이를 가로 막고 있어서 그립게 하는 토나미 (礪波) 산을 날아 넘어가서, 새벽녘에는 소나무의 작은 가지에 앉아, 저녁이 되면 달을 향하여서, 창포꽃을 구슬로 꿰는 5월 5일 단오까지 울어 대어서, 편히 잠을 못 자게 그대를 괴롭히게라는 내용이다.
　봄이 지나고 여름이 되자 두견새가 와서 우는데, 두견새 소리를 혼자 들으니 쓸쓸해서, 그 두견새가 家持와 池主 사이를 가로 막고 있는 토나미(礪波) 산을 날아서 넘어가서 새벽에는 소나무 가지에 앉아서 울고, 밤에는 달을 향하여서 울고, 5월 5일 단오 때까지 계속해서 울어서 池主가 家持를 생각하느라고 편안하게 잠을 자지 못하도록 괴롭히라는 뜻이다.
　이것은 家持가 池主를 생각하느라고 잠을 제대로 잘 수 없다는 뜻이겠다.
　'四月三日'을 全集에서는 태양력 5월 12일이라고 하였다. 靑木生子는 태양력 5월 16일이라고 하였다 『萬葉集全注』 19, p.87].

4178　吾耳　聞婆不怜毛　霍公鳥　丹生之山邊尓　伊去鳴尓毛

われのみし[1]　聞けばさぶしも　霍公鳥　丹生[2]の山邊に　い行き[3]鳴かにも[4]

われのみし　きけばさぶしも　ほととぎす　にふのやまへに　いゆきなかにも

4179　霍公鳥　夜喧乎爲管　和我世兒乎　安宿勿令寐　由米情在

霍公鳥　夜鳴をしつつ　わが背子[5]を　安眠な寢しめ[6]　ゆめ[7]情あれ[8]

ほととぎす　よなきをしつつ　わがせこを　やすいなねしめ　ゆめこころあれ

不飽感霍公鳥之情[9]，述懷作歌一首并短歌

4180　春過而　夏來向者　足檜木乃　山呼等余米　左夜中尓　鳴霍公鳥　始音乎　聞婆奈都可之　菖蒲　花橘乎　貫交　可頭良久麻泥尓　里響　喧渡礼騰母　尚之努波由

春過ぎて　夏來向へば[10]　あしひきの　山呼び響め[11]　さ夜中に　鳴く霍公鳥　初聲を[12]　聞けばなつかし　菖蒲　花橘を　貫き交へ　蘰く[13]までに　里響め　鳴き渡れども　猶し[14]しのはゆ

---

1 **われのみし**: 長歌를 조금 고친 것이다.
2 **丹生**: 越前 國府가 있는 石川縣 武生市 서부.
3 **い行き**: 'い'는 접두어이다.
4 **鳴かにも**: 'にも'는 願望을 나타낸다.
5 **わが背子**: 池主를 말한다.
6 **な寢しめ**: 'な'는 금지를 나타낸다.
7 **ゆめ**: 위의 부정을 강조하여 사용한 것이다.
8 **情あれ**: 동정심을 구하는 표현이다.
9 **不飽感霍公鳥之情**: 여전히 충분하지 않다.
10 **夏來向へば**: 향해서 온다.
11 **山呼び響め**: 타동사이다.
12 **初聲を**; 다음의, 머리 장식으로 하는 무렵의 소리와 대조된다.
13 **蘰く**: 단오 때의 풍속이다.
14 **猶し**: 강조의 뜻이다.

4178　나 혼자서만/ 들으면 쓸쓸하네/ 두견새야 넌/ 니후(丹生)의 산 근처에/ 가서 울면 좋겠네

✿ 해설

　　나 혼자서만 두견새 소리를 들으면 쓸쓸하네. 그러니 두견새는 나의 친구가 있는 니후(丹生)의 산 근처에도 가서 울어 주면 좋겠네라는 내용이다.

　　家持 혼자서 두견새 소리를 들으면 쓸쓸하니, 池主가 있는 越前의 니후(丹生) 산 쪽에 가서도 울어 주기를 바란다는 뜻이다.

4179　두견새야 넌/ 밤새도록 울어서/ 나의 친구를/ 잠 못 들게 해 절대/ 내 마음을 알아 줘

✿ 해설

　　두견새야 너는 밤새도록 계속 울어서 나의 친구가 절대로 잠을 들지 못하게 하렴. 나의 마음을 부디 잘 이해해주기 바란다라는 내용이다.

　　長歌의 끝 부분의 내용이다. 두견새가 밤새도록 울어서 池主가 家持를 생각하느라고 편안하게 잠을 자지 못하도록 괴롭히라는 뜻이다.

두견새를 느끼는 정을 이기지 못하여
생각을 말하여 지은 노래 1수와 短歌

4180　봄이 지나고/ 여름이 찾아오면/ (아시히키노)/ 산을 울어 울리며/ 한밤중에요/ 울어 대는/ 두견새/ 첫 울음소리/ 들으면 맘 끌리네/ 창포꽃에다/ 홍귤나무의 꽃을/ 섞어 꿰어서/ 장식을 할 때까지/ 마을 울리며/ 계속 울어대지만/ 한층 마음 끌리네

✿ 해설

　　봄이 지나고 여름이 찾아오면 험한 산이 울리도록 한밤중에 우는 두견새야. 그 첫 울음소리를 들으면 마음이 끌리네. 창포꽃에다 홍귤나무의 꽃을 섞어 꿰어서 머리 장식으로 하는 5월 5일 단오 때까지 마을을 온통 울리면서 계속 울어대지만 그래도 싫증이 나지 않고 여전히 한층 더 마음이 끌리네라는 내용이다.

はるすぎて　なつきむかへば　あしひきの　やまよびとよめ　さよなかに　なくほととぎす
はつこゑを　きけばなつかし　あやめぐさ　はなたちばなを　ぬきまじへ　かづらくまでに
さととよめ　なきわたれども　なほししのはゆ

反歌三首

4181　左夜深而　曉月尓　影所見而　鳴霍公鳥　聞者夏借

　　　さ夜更けて　曉[1]月に　影見えて[2]　鳴く霍公鳥　聞けばなつかし

　　　さよふけて　あかときづきに　かげみえて　なくほととぎす　きけばなつかし

4182　霍公鳥　雖聞不足　網取尓　獲而奈都氣奈　可礼受鳴金

　　　霍公鳥　聞けども飽かず　網取りに[3]　獲りて懐けな[4]　離れず鳴くがね[5]

　　　ほととぎす　きけどもあかず　あみとりに　とりてなつけな　かれずなくがね

---

1 **曉**: 시간의 경과를 따른 표현이다.
2 **影見えて**: 모습이 보여서.
3 **網取りに**: 그물을 쳐서 잡는 것이다.
4 **獲りて懐けな**: 따르게 하는 것이다. 'な'는 願望을 나타낸다.
5 **鳴くがね**: 'がね'는 '~를 위해서'라는 뜻으로 원망을 나타내는 것도 된다.

反歌 3수

4181 밤이 깊어서/ 새벽이 되면 달에/ 모습 비추며/ 우는 두견새 소리/ 들으면 정겹네요

 해설

밤이 깊어지고 새벽이 되어 달에 모습을 비추면서 우는 두견새 소리를 들으면 마음이 끌리네요라는 내용이다.

4182 두견새는요/ 들어도 싫증 안 나/ 그물을 쳐서/ 잡아와 길들이자/ 항상 듣기 위하여

 해설

두견새는, 우는 소리를 아무리 들어도 싫증이 나지 않네. 그러니 그물을 쳐서 잡아와서 길들이자. 항상 곁에 두고 그 소리를 듣기 위하여라는 내용이다.

4183 霍公鳥　飼通良婆　今年經而　來向夏波　麻豆将喧乎

霍公鳥　飼ひ通せらば¹　今年經て²　來向ふ³夏は　まづ⁴鳴きなむを

ほととぎす　かひとほせらば　ことしへて　きむかふなつは　まづなきなむを

從京師贈來⁵歌一首

4184 山吹乃　花執持而　都礼毛奈久　可礼尓之妹乎　之努比都流可毛

山吹の　花取り持ちて　つれもなく⁶　離れにし⁷妹⁸を　思ひつるかも

やまぶきの　はなとりもちて　つれもなく　かれにしいもを　しのひつるかも

左注　右, 四月五日, 從留京之女郎⁹所送也.

---

1 **飼ひ通せらば**: 완료를 나타낸다.
2 **今年經て**: 금년의 계절이 끝나서.
3 **來向ふ**: 4180번가.
4 **まづ**: 다른 두견새보다 먼저.
5 **贈來**: '寄こす'와 같다.
6 **つれもなく**: '連(つれ)も 無く'로 관계가 없는 것이다.
7 **離れにし**: 'に'는 완료를 나타낸다.
8 **妹**: 坂上大孃이다.
9 **留京之女郎**: 坂上大孃과 친한 家持의 여동생(4197번가와의 증답으로 보아)으로 丹比家의 某郎女(4173번가)
　와 같은 사람인지 알 수 없지만, 大孃과 下向 가능한 어투로 보면 미혼의 여동생인가.

4183　두견새를요/ 계속해 키운다면/ 올해 지나도/ 다가오는 여름엔/ 제일 먼저 울 텐데

✿ 해설

　두견새를 계속해서 키운다면 올해가 지나도, 다가오는 내년 여름에는 다른 두견새가 와서 울기 전에 제일 먼저 울 텐데라는 내용이다.

도읍에서 보내 온 노래 1수

4184　황매화나무/ 꽃을 손에 들고서/ 무심하게도/ 떠나가 버린 그댈/ 그리워하고 있죠

✿ 해설

　황매화나무의 꽃을 꺾어 손에 들고는, 무심하게도 나를 버려두고 떠나가 버린 그대를 그리워하고 있는 것이랍니다라는 내용이다.

　家持의 아내인 坂上大孃이, 남편이 근무하고 있는 越中으로 가고 난 뒤, 女郎이 坂上大孃을 그리워하며 부른 노래이다.

　'つれもなく'를 全集에서는, '家持의 아내인 坂上大孃이 남편의 근무지로 가 버리자, 작자를 생각하지 않는 것을 원망하여 지은 것'이라고 하였다『萬葉集』 4, p.315].

　좌주　위는, 4월 5일에, 도읍에 남아 있던 女郎이 보낸 것이다.

　'留京之女郎'을 大系와 注釋에서는, '家持의 여동생을 가리킨다'고 하였다(『萬葉集』 4, p.337), (『萬葉集注釋』 19, p.75]. 全集에서도, '4198번가의 左注에도 보여, 家持의 여동생인 것을 알 수 있다. 家持·書持와 친남매로 坂上大孃과도 친했을 것이다. 留女의 뜻은 명확하지 않지만, 大伴氏 같은 귀족 집안에서는 안주인이 집을 비운 동안에, 대신 집안을 보살피며 조상 제사를 지내는 책임을 맡은 여성이 있었던 것이 아닐까'라고 하였다『萬葉集』 4, p.315]. 靑木生子도, "留女'는, 여기서는 안주인인 大孃이 집을 비운 동안 집을 지키고 있는 여성이라는 뜻인가. '女郎'은 좋은 집안의 여성을 일컫는 말이다. 家持의 여동생을 가리킨다'고 하였다『萬葉集全注』 19, p.97]. 그러나 私注에서는, '이 노래는 家持의 아내인 坂上大孃에게 온 것이므로 '女'는 大孃의 딸로 보아야만 할 것이다. 大孃의 나이를 확실히 알 수 없지만, 이미 장성한 딸이 있었다는 것을 부정할 이유도 없다. (중략) 이 노래에 대한 返歌는 家持가 대신 짓고 있는 것은, 다음의 4197·4198번가와 같으므로 이 작품도 조모인 坂上郎女의 대작으로 충분히 볼 수 있다. 혹은 나아가 坂上郎女가 자신의 감정을 어느 정도 손녀인 女郎의 입장에서 노래하고 있다고 보는 것이 자연스러울지도 모른다'고 하였다『萬葉集私注』 9, p.159].

詠山振花¹歌一首并短歌

4185　宇都世美波　戀乎繁美登　春麻氣氏　念繁波　引攀而　折毛不折毛　每見　情奈疑牟等
繁山之　谿敝尓生流　山振乎　屋戸尓引殖而　朝露尓　仁保敝流花乎　每見　念者不止
戀志繁母

うつせみは²　戀を繁みと　春設けて　思ひ繁けば　引き攀ぢて³　折りも折らずも⁴　見る每
に　情和ぎむと　繁山の　谿邊に生ふる　山吹を　屋戸に引き植ゑて　朝露に　にほへる⁵花
を見る每に　思ひは止まず　戀し繁しも⁶

うつせみは　こひをしげみと　はるまけて　おもひしげけば　ひきよぢて　をりもをらずも
みるごとに　こころなぎむと　しげやまの　たにへにおふる　やまぶきを　やどにひきうゑ
て　あさつゆに　にほへるはなを　みるごとに　おもひはやまず　こひししげしも

4186　山吹乎　屋戸尓殖弖波　見其等尓　念者不止　戀己曽益礼

山吹を　屋戸に植ゑては⁷　見るごとに　思ひは止まず　戀こそ益れ⁸

やまぶきを　やどにうゑては　みるごとに　おもひはやまず　こひこそまされ

---

1 **詠山振花**: 보내어 온 노래에 촉발되어 지은 것이다.
2 **うつせみは**: 현실 체험을 말한다.
3 **引き攀ぢて**: 끌어당기는 것이다.
4 **折りも折らずも**: 심은 뒤에.
5 **にほへる**: 색이 아름답게 빛나는 것이다.
6 **戀し繁しも**: 결국 마음은 편하지 않았다는 뜻이다.
7 **屋戸に植ゑては**: 여기서 일단 끊어진다.
8 **こそ益れ**: 'こそ'의 강조 표현이지만 역접적으로 'ものを'의 느낌이 들어 있다.

황매화 꽃을 읊은 노래 1수와 短歌

4185 인간의 몸은/ 그리움 많으므로/ 봄이 되어서/ 생각이 많아지네/ 끌어당겨서/ 꺾든지 꺾지
않든/ 보는 때마다/ 마음이 편해질까/ 무성한 산의/ 계곡 쪽에 나 있는/ 황매화나무/ 집에
다 옮겨 심어서/ 아침 이슬에/ 색깔이 고운 꽃을/ 보는 때마다/ 생각 멈추지 않고/ 그리움
더해지네

🌸 **해설**

이 세상 사람의 몸이란 것은 그리움이 많으므로, 봄이 되니 이것 저것 생각이 많아지네. 끌어당겨서
꺾든지 꺾지 않든지 볼 때마다 마음이 편해질까 하고 생각을 하고, 나무들이 무성한 산의 계곡 쪽에
나 있는 황매화나무를 집에 옮겨 심어서, 아침 이슬에 색깔이 아름답게 빛나는 꽃을 볼 때마다 그리움이
멈추기는커녕 오히려 그리움이 더해지기만 하네라는 내용이다.

4184번가에서 황매화로 그리움을 노래한 것에 대해 답한 노래이다.

全集에서는, '家持가 아내인 坂上大孃 대신에 지은 것으로, 이 그리움은 大孃의 留女에 대한 사모의
정을 나타낸다'고 하였다『萬葉集』 4, p.315].

4186 황매화를요/ 우리 집에 심으면/ 보는 때마다/ 생각 멈추지 않고/ 그리움 더해지네

🌸 **해설**

황매화를 우리 집에 심어서 아름다운 꽃을 보면, 볼 때마다 생각이 멈추지 않고 오히려 그리움이
더 커지기만 하네라는 내용이다.

4105번가의 뒷부분의 내용을 그대로 이용한 것이다.

六日，遊覧布勢水海¹作歌一首并短歌

4187 念度知　大夫能　許能久礼　繁思乎　見明良米　情也良牟等　布勢乃海尓　小船都良奈米

真可伊可氣　伊許藝米具礼婆　乎布能浦尓　霞多奈妣伎　垂姫尓藤浪咲而　濱浄久　白波左和

伎　及々尓　戀波末左礼杼　今日耳　飽足米夜母　如是己曽　弥年乃波尓　春花之　繁盛尓

秋葉能　黄色時尓　安里我欲比　見都追思努波米　此布勢能海乎

思ふどち²　大夫³の　木の暗⁴　繁き思ひを　見明らめ⁵　情遣らむと　布勢の海に　小船連並

め　眞櫂⁶懸け　い漕ぎ廻れば　乎布の浦⁷に　霞たなびき　垂姫に　藤波⁸咲きて　濱清く

白波騒き　しくしくに⁹　戀は益れど　今日のみに　飽き足らめやも¹⁰　かくしこそ　いや毎

年に　春花の　繁き盛りに　秋の葉の　黄色の時に　あり通ひ¹¹　見つつ思はめ¹²　この布勢の

海を

おもふどち　ますらをのこの　このくれ　しげきおもひを　みあきらめ　こころやらむと

ふせのうみに　をぶねつらなめ　まかいかけ　いこぎめぐれば　をふのうらに　かすみたな

びき　たるひめに　ふぢなみさきて　はまきよく　しらなみさわき　しくしくに　こひはまさ

れど　けふのみに　あきだらめやも　かくしこそ　いやとしのはに　はるはなの　しげきさか

りに　あきのはの　もみちのときに　ありがよひ　みつつしのはめ　このふせのうみを

---

1 **布勢水海**: 國府 근처의 명승지로 자주 유람했던 호수이다. 3991번가의 제목.
2 **思ふどち**: 'どち'는 동료이다.
3 **大夫**: 용감하고 멋진 남자이다. 동행하는 사람들에 대한 경칭이다.
4 **木の暗**: 여름에, 나무 아래가 그늘진 것을 말한다.
5 **見明らめ**: 경치를 보고 마음의 울적함을 떨쳐 버린다.
6 **眞櫂**: 배의 좌우 양현에 단 노를 말한다.
7 **乎布の浦**: '乎布・垂姫'는 해안의 명칭이다. 3993・4046번가 참조.
8 **藤波**: 물결처럼 피는 등나무 꽃이다.
9 **しくしくに**: 겹친다는 뜻이다.
10 **飽き足らめやも**: 'やも'는 강한 부정을 동반한 의문을 나타낸다.
11 **あり通ひ**: 'あり'는 계속한다는 뜻이다.
12 **見つつ思はめ**: 감상한다는 뜻이다.

6일에, 후세(布勢) 호수에서 유람하며 지은 노래 1수와 短歌

4187 마음이 맞는/ 대장부 동료끼리/ 나무 그늘/ 생각 많은 마음을/ 보며 떨치고/ 기분전환/ 하려고/ 후세(布勢)의 바다에/ 작은 배들을 띄워/ 노를 달아서/ 저어서 돌아가면/ 오후(乎布)의 포구에/ 안개가 끼어 있고/ 타루히메(垂姬)엔/ 등꽃이 피어 있고/ 해변도 맑아/ 흰 파도 일어나서/ 끊이지 않듯/ 그리움 더하지만/ 오늘만으로/ 만족할 수 있을까/ 이러하듯이/ 계속해서 해마다/ 봄의 꽃들이/ 한창 피어 있을 때/ 가을 단풍이/ 붉게 물드는 때에/ 계속 다니며/ 보며 즐겨봅시다/ 이 후세(布勢)의 바다를요

해설

　마음이 맞는 멋진 사내대장부들끼리, 여름에 나뭇잎이 우거져서 나무 아래가 그늘이 져서 어둡듯이, 그렇게 이것저것 생각이 많은 마음을, 호수를 보면서 떨쳐 버리고 기분전환을 하려고 후세(布勢)의 바다에 작은 배들을 나란히 띄워서, 배의 양쪽 현에다 노를 달아서 배를 저어서 돌아가면, 오후(乎布)의 포구에는 안개가 끼어 있고, 타루히메(垂姬)에는 등꽃이 피어 있고, 해변도 깨끗하며, 흰 파도가 끊이지 않고 계속 일어나듯이 그렇게 그리움이 더하지만, 오늘만으로 만족할 수가 있을까. 오늘처럼 이렇게 계속해서 해마다, 봄의 꽃들이 한창 피어 있을 때, 또 가을 단풍이 붉게 물들 때 계속 다니며 보며 즐겨 봅시다. 이 후세(布勢)의 바다를이라는 내용이다.

　'戀は益れど'의 '戀'을 全集에서는, '관료들이 도읍에 남겨 두고 온 가족에 대한 마음을 가리키는 것이라 생각된다. 그러나 문맥상으로 보면 지금 눈앞에 보고 있는 布勢水海에 마음이 끌리는 생각을 말하는 것 같다'고 하였다[『萬葉集』 4, p.316].

4188　藤奈美能　花盛尓　如此許曽　浦己藝廻都追　年尓之努波米

　　　　藤波の　花の盛りに　かく¹しこそ　浦漕ぎ廻つつ²　年に思はめ

　　　　ふぢなみの　はなのさかりに　かくしこそ　うらこぎみつつ　としにしのはめ

贈水鳥³越前判官大伴宿祢池主歌一首并短歌

4189　天離　夷等之在者　彼所此間毛　同許己呂曽　離家　等之乃經去者　宇都勢美波　物念之氣思
　　　　曽許由惠尓　情奈具左尓　霍公鳥　喧始音乎　橘　珠尓安倍貫　可頭良伎氐　遊波之母
　　　　麻須良乎々　等毛奈倍立而　舛羅河　奈頭左比泝　平瀬尓波　左泥刺渡　早湍尓　水鳥乎潜都
　　　　追　月尓日尓　之可志安蘇婆祢　波之伎和我勢故

　　　　天離る　夷としあれば⁴　彼所此間も　同じ心そ　家離り　年の經ぬれば　うつせみは　物思繁
　　　　し　そこ故に　情慰⁵に　霍公鳥　鳴く初聲を⁶　橘の　珠に合へ貫き　蘰きて　遊ばふ間も⁷
　　　　大夫⁸を　ともなへ立てて　叔羅川⁹　なづさひ¹⁰泝り　平瀬¹¹には　小網さし渡し¹²　早瀬には
　　　　水鳥を潜けつつ　月に日に　然し¹³遊ばね¹⁴　愛しきわが背子

1　**かく**: 현재의 체험을 가리킨다.
2　**廻つつ**: '廻(み)る'는 'めぐる(돌다)'의 뜻이다.
3　**水鳥**: 鵜(사다새)를 말한다.
4　**夷としあれば**: 越前도 越中도.
5　**情慰**: 명사이다.
6　**鳴く初聲を**: 소리를 열매와 함께 실에 꿴다고 생각했다. 1465번가 참조.
7　**遊ばふ間も**: 'はし'는 時. 'あそばむ間'으로 훈독하는 경우도 있다.
8　**大夫**: 池主의 동료인 관료를 가리킨다.
9　**叔羅川**: 池主가 사다새를 키워야 할 개울. 日野川인가.
10　**なづさひ**: 힘든 모양이다.
11　**平瀬**: 바위가 평평해서 조용한 개울이다.
12　**小網さし渡し**: 작은 그물을 친다.
13　**然し**: 강조의 뜻이다.
14　**遊ばね**: 부탁하는 것이다.

4188　등나무 꽃이/ 한창 피어 있을 때/ 지금과 같이/ 포구를 저어 돌며/ 해마다 감상하자

🌸 **해설**

등나무 꽃이 한창 피어 있을 때, 지금 포구를 노 저어서 돌며 즐기고 있듯이, 해마다 이렇게 하며 감상하자라는 내용이다.

사대새를, 코시노 미치노쿠치(越前)의 판관 오호토모노 스쿠네 이케누시(大伴宿禰池主)에게 보내는 노래 1수와 短歌

4189　(아나자카루)/ 시골에 있으므로/ 그대도 나도/ 같은 마음이겠죠/ 집을 떠나서/ 몇 년이 지났으니/ 현실의 몸은/ 근심들이 많네요/ 그러하므로/ 마음 달래기 위해/ 두견새가요/ 우는 첫 울음소리/ 홍귤 열매의/ 구슬에 함께 꿰어/ 머리에 쓰고/ 놀고 있는 동안도/ 대장부들을/ 함께 청하여 가서/ 시쿠라(叔羅) 강을/ 젖으며 올라가서/ 느린 물살엔/ 그물을 흘려 두고/ 빠른 물살엔/ 사다새를 넣어서/ 달마다 매일/ 그렇게 놀아 줘요/ 친애하는 그대여

🌸 **해설**

하늘 멀리 떨어져 있는 시골에 있으므로 그대도 나도 같은 마음이겠지요. 집을 떠나서 몇 년이나 지났으니 현실 사람의 몸은 이것저것 울적한 생각들이 많네요. 그런 울적한 마음을 떨쳐 버리기 위해 소쩍새가 우는 첫 울음소리를, 홍귤의 구슬에 함께 꿰어서 머리에 쓰고 놀고 있는 동안에도, 대장부들을 함께 청하여 가서 시구리(叔羅) 강을 몸에 젖으며 올라가서, 느린 물살에는 그물을 흘려 두고 빠른 물살에는 사다새를 넣어서 물고기를 잡으며, 달마다 날마다 그렇게 놀아 주세요. 친애하는 그대여라는 내용이다.

사다새를 코시노 미치노쿠치(越前)의 판관인 大伴宿禰池主에게 보내며, 작자인 家持 자신과 마찬가지로 사다새로 물고기를 잡으며, 멀리 시골에서 생활하는 마음의 울적함을 씻고 놀아 달라고 노래한 것이다.

あまざかる　ひなとしあれば　そこここも　おやじこころそ　いへさかり　としのへぬれば
うつせみは　ものもひしげし　そこゆゑに　こころなぐさに　ほととぎす　なくはつこゑを
たちばなの　たまにあへぬき　かづらきて　あそぶはしも　ますらをを　ともなへたてて
しくらがは　なづさひのぼり　ひらせには　さでさしわたし　はやきせに　うをかづけつつ
つきにひに　しかしあそばね　はしきわがせこ

4190　叔羅河　湍乎尋都追　和我勢故波　宇可波多々佐祢　情奈具左尓

叔羅川　瀬を尋ねつつ　わが背子は　鵜川立たさね[1]　情慰に

しくらがは　せをたづねつつ　わがせこは　うかはたたさね　こころなぐさに

4191　鸕河立　取左牟安由能　之我波多波　吾等尓可伎无氣　念之念婆

鵜川立て　取らさむ[2]鮎の　其[3]が鰭[4]は　われにかき向け[5]　思ひし思はば[6]

うかはたて　とらさむあゆの　しがはたは　われにかきむけ　おもひしおもはば

左注　右, 九日附使贈之.

---

1 **鵜川立たさね**: 사다새를 키우는 것을 '鵜川立つ'라고 하였다.
2 **取らさむ**: 'さ'는 경어이다.
3 **其**: 문맥 지시어이다.
4 **鰭**: 생선의 지느러미. 'ひれなり'라고도 한다.
5 **かき向け**: 'かき'는 접두어이다. '向け'는 명령형이다.
6 **思ひし思はば**: '思ふ'의 강조 표현이다.

4190　시쿠라(叔羅) 강의/ 여울 찾아가면서/ 그대께서는/ 사다새 키우세요/ 마음 위로 되도록

 해설

　시쿠라(叔羅) 강의 여울을 찾아가면서 그대는 사다새를 키우세요. 시골에 있으면서 쌓이는 마음의
울적함을 씻고 위로를 받을 수 있도록이라는 내용이다.

4191　사다새 띄워/ 잡는다면 은어의/ 그 지느러미/ 나에게 보내세요/ 생각을 해 준다면요

 해설

　사다새를 물에 들어가게 해서 잡는 은어의 그 지느러미는 나에게 보내어 주세요. 만약 나를 생각한다
면이라는 내용이다.

　　　좌주　위는, 9일에 사람을 통해 보내었다.

詠霍公鳥并藤花一首[1]并短歌

4192　桃花　紅色尓　々保比多流　面輪乃宇知尓　青柳乃　細眉根乎　咲麻我理　朝影見都追

嬻嬬良我　手尓取持有　真鏡　盖上山尓　許能久礼乃　繁谿邊乎　呼等余米　旦飛渡　暮月夜

可蘇氣伎野邊　遙々尓　喧霍公鳥　立久々等　羽觸尓知良須　藤浪乃　花奈都可之美　引攀而

袖尓古伎礼都　染婆染等母

桃の花[2]　紅色に　にほひたる　面輪[3]のうちに　青柳の[4]　細き眉根を　咲みまがり[5]　朝影[6]見
つつ　少女らが　手に取り持てる　眞鏡[7]　二上山[8]に　木の暗[9]の　繁き谿邊を　呼び響め
朝飛び渡り　夕月夜[10]　かそけき野邊に　遙遙に　鳴く霍公鳥　立ち潜く[11]と　羽觸[12]に散らす
藤波の　花なつかしみ　引き攀ぢて[13]　袖に扱入れ[14]つ　染まば染むとも

もものはな　くれなゐいろに　にほひたる　おもわのうちに　あをやぎの　ほそきまよねを
ゑみまがり　あさかげみつつ　をとめらが　てにとりもてる　まそかがみ　ふたがみやまに
このくれの　しげきたにへを　よびとよめ　あさとびわたり　ゆふづくよ　かそけきのへに
はろはろに　なくほととぎす　たちくくと　はぶりにちらす　ふぢなみの　はななつかしみ
ひきよぢて　そでにこきれつ　しまばしむとも

---

1 詠霍公鳥并藤花一首: 이미 두견새와 계절 꽃의 노래가 있었다. 4166번가 참조.
2 桃の花: 4139번가 참조. 이하 3구는 홍안의 관용적인 표현이다. 또 이하 '眞鏡'까지 二上山에 이어지는, 수식하는 내용이다.
3 面輪: 'わ'는 둥근 것을 나타내는 접미어이다.
4 青柳の: 아름다운 눈썹의 관습적인 표현이다.
5 咲みまがり: 정확하게는 '眉根をまげ'라고 있는 곳이다.
6 朝影: 거울 속에.
7 眞鏡: 거울의 美稱이다. 'まそ'는 'ますみ(眞澄)'의 축약이라고 한다.
8 二上山: 거울의 뚜껑(蓋:ふた)에서 二(ふた)上山으로 이어진다. 이하 두견새에 대한 표현이다.
9 木の暗: 나무 밑의 그늘이다.
10 夕月夜: 여기서는 달빛이다.
11 立ち潜く: 'くく'는 'くぐる(들어가다)'이다.
12 羽觸: 날개를 치는 것이다. 날개에 닿는 것은 아니다.
13 引き攀ぢて: 이하 유사한 표현이 1644번가에 보인다. 'よづ'는 끌어당기는 것이다.
14 扱入れ: 'こきいる'의 축약형이다.

두견새와 등꽃을 노래한 1수와 短歌

4192 복숭아꽃이/ 고운 붉은 색으로/ 빛나는 듯한/ 얼굴 가운데에서/ 버들과 같은/ 가느다란
눈썹을/ 구부려 웃고/ 아침 모습 비추며/ 소녀들이요/ 손에다 잡고 있는/ 거울의 뚜껑/
후타가미(二上)의 산에/ 나무 그늘이/ 짙은 계곡 쪽을요/ 울어 울리며/ 아침에 날아가고/
저녁 달빛이/ 어렴풋한 들녘에/ 아득하게도/ 울고 있는 두견새/ 들어가서는/ 날개를 쳐서
흩는/ 등 물결 같은/ 꽃에 마음 끌려서/ 끌어 당겨서/ 소매에다 넣었네/ 물들면 들더라도

🌸 해설

　복숭아꽃이 붉은 색으로 아름답게 빛나는 것처럼, 그렇게 아름다운 얼굴 가운데 푸른 버들과 같은
가느다란 눈썹을 둥글게 구부리며 웃고, 아침의 모습을 비추어 보며 소녀들이 손에 잡고 있는 거울의
뚜껑과 발음이 같은 후타가미(二上) 산에, 나무 밑 그늘을 어둡게 한 나무들이 많은 계곡을 울리면서
울고 아침에 날아가고, 저녁 달빛이 어렴풋한 들녘에 아득하게 우는 두견새여. 네가 등나무에 들어가
가지를 옮겨 다니며 날개를 쳐서 흩뿌리는 등꽃에 마음이 끌려서, 등나무 가지를 끌어당겨서 꽃을 따서
옷소매에다 넣었네. 옷이 꽃잎에 물이 들면 들더라도라는 내용이다.
　青木生子는, '전반부의 序가 길고, 세세하게 미녀의 얼굴을 묘사하고 있는 것은, 권제19의 앞부분을
의식함과 동시에, 大嬢과 留女를 마음에 두고 있기 때문일까'라고 하였다「萬葉集全注」19, p.116].

4193　霍公鳥　鳴羽觸尓毛　落尓家利　盛過良志　藤奈美能花 [一云, 落奴倍美　袖尓古伎納都藤浪乃花也]

霍公鳥　鳴く羽觸にも　散りにけり[1]　盛り過ぐらし[2]　藤波の花 [一は云はく, 散りぬべみ[3]袖に扱入れつ　藤波の花]

ほととぎす　なくはぶりにも　ちりにけり　さかりすぐらし　ふぢなみのはな [あるはいはく, ちりぬべみ　そでにこきれつ　ふぢなみのはな]

左注　同九日作之.

更[4]怨霍公鳥呻晚歌三首

4194　霍公鳥　喧渡奴等　告礼騰毛　吾聞都我受　花波須疑都追

霍公鳥　鳴き渡りぬと　告ぐれども　われ聞き繼がず[5]　花は過ぎつつ

ほととぎす　なきわたりぬと　つぐれども　われききつがず　はなはすぎつつ

---

1 散りにけり: 회상. 정신을 차리고 보니 져 있었다.
2 盛り過ぐらし: 앞부분을 근거로 하는 추량이다.
3 散りぬべみ: 'べみ'는 'べし'에 'み'가 첨가된 형태이다. 『古今集』에 많이 보인다.
4 更: 앞의 작품에 더하여.
5 われ聞き繼がず: 제5구와의 관계에서 계속 듣는 것을 '聞き繼ぐ'로 표현했다고 해석한다.

4193 　두견새가요/ 우는 날개짓에요/ 져 버렸네요/ 한창 때가 지난 듯/ 등나무의 꽃이여 [혹은
　　　 말하기를, 져버릴 듯해/ 소매 속에 넣었네/ 등나무의 꽃을요]

✿ 해설

　　두견새가 울며 날개를 약간 흔들 때 그 움직임으로 인해 져 버렸네요. 한창 때가 지난 듯하네. 등나무
　의 꽃이여[혹은 말하기를, 져버릴 듯해 소매 속에 넣었네 등나무의 꽃을요]라는 내용이다.
　　두견새가 등나무 가지에 앉아서 울며 날개를 치는 바람에 등꽃이 다 져 버렸다는 내용이다.

　　좌주 　같은 9일에 지었다.

다시, 두견새가 우는 것이 늦은 것을 원망한 노래 3수

4194 　두견새가요/ 울며 날고 있다고/ 말을 하지만/ 나는 계속 못 듣네/ 꽃은 지고 있는데

✿ 해설

　　두견새가 울며 날고 있다고 사람들은 말을 하지만, 나는 계속 듣지 못하고 있네. 꽃은 한창 때가
　지나가고 있는데라는 내용이다.

4195　吾幾許　斯努波久不知尓　霍公鳥　伊頭敝能山乎　鳴可将超

わが幾許[1]　思はく[2]知らに[3]　霍公鳥　何方の山を　鳴きか越ゆらむ

わがここだ　しのはくしらに　ほととぎす　いづへのやまを　なきかこゆらむ

4196　月立之　日欲里乎伎都追　敲自努比　麻泥騰伎奈可奴　霍公鳥可母

月立ちし　日より招きつつ[4]　うち思ひ　待てど來鳴かぬ　霍公鳥かも

つきたちし　ひよりをきつつ　うちじのひ　まてどきなかぬ　ほととぎすかも

贈京人[5]歌二首

4197　妹尓似　草等見之欲里　吾標之　野邊之山吹　誰可手乎里之

妹に似る　草と見しより　わが標めし　野邊の山吹　誰か手折りし[6]

いもににる　くさとみしより　わがしめし　のへのやまぶき　たれかたをりし

---

1 **幾許**: 정도가 두드러진다는 뜻의 부사이다.
2 **思はく**: '思ふ'의 명사형이다.
3 **知らに**: 부정의 뜻이다.
4 **日より招きつつ**: 4174번가. 두견새를.
5 **京人**: 4184번가의 左注 참조. 坂上大嬢과 친한 家持의 여동생(4197번가와의 증답으로 보아)으로, 丹比家의 某郎女(4173번가)와 같은 사람인지 알 수 없지만, 大嬢과 下向 가능한 어투로 보면 미혼의 여동생인가.
6 **誰か手折りし**: 구애한다는 뜻이다. 다만 여성 동료라고 생각하면 친밀한 관계를 가진 것이 된다. 그것을 사랑의 노래의 상투적인 표현으로 말한 句이다.

4195 　내가 얼마나/ 생각는지 모르고/ 두견새는요/ 어느 방향의 산을/ 울며 넘고 있을까

🌸 해설

　내가 얼마나 생각하는지 그것도 모르고, 두견새는 어느 방향의 산을 울며 넘고 있을 것일까라는 내용이다.
　두견새에 대한 애착을 노래한 것이다.

4196 　4월달이 된/ 날부터 초대하며/ 그리워하며/ 기다려도 안 오는/ 두견새인 것인가

🌸 해설

　4월이 된 날부터 초대하며 그리워하며 기다리고 있는데, 와서 울지 않는 두견새인 것인가라는 내용이다.
　두견새가 와서 울기를 기다리는 노래이다.

도읍 사람에게 보내는 노래 2수

4197 　그대와 닮은/ 풀이라 보고부터/ 내가 표시한/ 들판의 황매화는/ 누가 꺾은 것인가

🌸 해설

　그대와 닮은 풀이라고 생각하고 나서부터 내가 표시를 하여 소중히 해 온, 들판의 황매화는 누가 손으로 꺾은 것인가라는 내용이다.
　家持가 大孃 대신에 지어서 도읍으로 보낸 노래이다.

4198　都礼母奈久　可礼尓之毛能登　人者雖云　不相日麻祢美　念曽吾爲流

つれもなく　離れにしものと　人はいへど[1]　逢はぬ日まねみ[2]　思ひそわがする

つれもなく　かれにしものと　ひとはいへど　あはぬひまねみ　おもひそわがする

左注　右，爲贈留京之女郎[3]，所誂家婦作也．女郎者即守大伴家持之妹．

十二日[4]，遊覧布勢水海[5]，船泊於多祜灣[6]望見藤花，各述懷作歌四首

4199　藤奈美乃　影成海之　底清美　之都久石乎毛　珠等曽吾見流

藤波の　影なす[7]海の　底清み　沈く[8]石をも　珠とそわが見る

ふぢなみの　かげなすうみの　そこきよみ　しづくいしをも　たまとそわがみる

左注　守大伴宿祢家持

---

1 **人はいへど**: 4184번가를 가리킨다.
2 **逢はぬ日まねみ**: 'まねし(수가 많은 것)'에 'み'가 첨가된 형태이다.
3 **女郎**: 이 이하의 주는 후대에 붙인 주일 것이다.
4 **十二日**: 4월 12일이다.
5 **布勢水海**: 家持가 자주 유람한 곳이다. 國府 서북쪽 富山縣 氷見市.
6 **多祜灣**: 호수 동남쪽 해안이다. 이곳의 등나무도 가끔 노래 불리어졌다.
7 **影なす**: 물속에 등나무의 모습을 드러낸다.
8 **沈く**: 가라앉는다는 뜻이다.

4198 무정하게도/ 떠나간 것이라고/ 사람은 말해도/ 못 만나는 날 많아/ 근심을 내가 하네요

무정하게도 떠나가 버린 것이라고 그대는 말을 하지만, 만나지 못하는 날이 많으니 나는 근심에 잠겨 있네요라는 내용이다.

좌주 위는, 도읍에 남아 있는 女郎에게 보내기 위하여, 아내에게 부탁을 받아 지었다. 女郎은 즉 오호토모노 야카모치(大伴家持)의 여동생이다.

12일에, 후세(布勢) 호수에서 유람하고 다코(多祜) 만에 배를 정박시키고 등꽃을 바라보며 각각 생각하는 바를 말하여 지은 노래 4수

4199 등꽃 물결이/ 모습 비추는 바다/ 바닥 맑아서/ 가라앉은 돌조차/ 구슬이라 나는 보네

물결을 이루는 등꽃이 그 모습을 비추는 호수 바닥이 깨끗해서, 바닥에 가라앉아 있는 돌조차 나는 구슬로 보네라는 내용이다.

全集에서는, '家持는(아마도 다른 國司들도) 6일 전인 4월 6일에도 布勢 호수를 유람하고 있다. 國司와 같은 長上官은 일반적으로 6일마다 휴일이 있었다. 家持는 그것을 이용해서 또 찾아간 것'이라고 하였다 [『萬葉集』 4, p.321].

靑木生子는, 'l二口은 양력 5월 25일'이라고 하였다[『萬葉集全注』 19, p.124]. 그리고 또, '이하 4206번 가까지 같은 유람 때의 작품이며 처음과 끝을 家持의 작품으로 장식하고 있나. 이 경우 家持를 비롯하여 작자인 관료들의 성명을 기록하고 있는 것은 공적인 유람 때의 연회 노래이기 때문이다. 이하 4수는 장관, 차관, 판관으로 관직 순서대로 노래 불리어지고 있다'고 하였다[『萬葉集全注』 19, p.125].

좌주 장관 오호토모노 스쿠네 야카모치(大伴宿禰家持)

만엽집 권 제19 89

4200 多祜乃浦能　底左倍尓保布　藤奈美乎　加射之氏将去　不見人之爲

多胡の浦の　底さへにほふ¹　藤波を　挿頭して²行かむ　見ぬ人³のため

たこのうらの　そこさへにほふ　ふぢなみを　かざしてゆかむ　みぬひとのため

左注 次官⁴内蔵忌寸縄麿

4201 伊佐左可尓　念而來之乎　多祜乃浦尓　開流藤見而　一夜可経

いささかに⁵　思ひて來しを　多祜の浦に　咲ける藤見て⁶　一夜經ぬ⁷べし⁸

いささかに　おもひてこしを　たこのうらに　さけるふぢみて　ひとよへぬべし

左注 判官久米朝臣廣繩

---

1 **底さへにほふ**: 바닥까지 색채가 아름답게 빛난다.
2 **挿頭して**: 풍류의 관습이다.
3 **見ぬ人**: 國府에 머물고 있는 사람이다.
4 **次官**: 介와 같다.
5 **いささかに**: (아름다움이) 매우 조금인가 하고.
6 **咲ける藤見て**: '見て經ぬべし'의 뜻으로, 보았으므로 '經ぬべし'라고 생각한 것은 아니다.
7 **一夜經ぬ**: 'ぬ'는 강조의 뜻이다. 반드시 그렇게 해야 한다는 것이다.
8 **べし**: 너무 아름다워서.

4200 타코(多胡)의 포구의/ 바닥까지 빛나는/ 등꽃 물결을/ 머리에 꽂고 가자/ 못 본 사람 위하여

❀ 해설

타코(多胡) 포구의 바닥까지 비추며 아름답게 빛나는 물결 같은 등꽃을 머리에 꽂고 가자. 이 아름다운 풍경을 보지 못한 사람을 위하여라는 내용이다.

> **좌주** 차관 쿠라노 이미키 나하마로(內藏忌寸繩麿)
> '內藏忌寸繩繩麿'에 대해 靑木生子는, "忌寸"은 성, '伊美吉'이라고도 쓴다. 正倉院 문서에 의하면 天平 17년(745)에 정6위상, 大藏의 小丞이었음을 알 수 있고, 그 후에 越中國의 차관으로 부임하여 天平勝寶 3년(751) 8월에, 家持가 少納言이 되어 상경할 때도 차관으로 재임하고 있다'고 하였다[『萬葉集全注』19, pp.126~127].

4201 대수롭잖게/ 생각하고 왔는데/ 타코(多胡)의 포구에/ 피었는 등꽃 보니/ 하룻밤 자야겠네

❀ 해설

대단한 것도 아닐 것이라고 생각을 하고 왔는데, 타코(多胡)의 포구에 피어 있는 등꽃을 보니 하룻밤 지새워야겠네라는 내용이다.

'いささか'를 大系에서도, '대단한 것은 아니라고. いささか는 가치 평가해서 적다고 생각하는 정도'로 해석하였다[『萬葉集』4, p.344]. 中西 進과 마찬가지로 본 듯하다. 全集에서는, '작자인 久米廣繩은, 布勢의 등꽃도 이미 거의 다 져 버리고, 남아 있다고 해도 아주 조금밖에 없을 것이라고 생각하고 갔는데, 하룻밤 머물고 싶을 정도로 훌륭했다'고 하였다[『萬葉集』4, p.321].

'いささか'를 등꽃의 아름다움의 정도로 보든, 꽃이 남아 있는 정도로 보든 모두 등꽃에 대한 것으로 해석한 점에서는 일치된다. 그러나 注釋에서는, "그냥 들러볼 참으로 왔는데'라는 뜻으로 등꽃에 대한 감상은 아니다'고 하였다[『萬葉集注釋』19, p.96]. 등꽃에 대한 생각은 하지도 않고 들렀는데 등꽃이 너무 아름다워서 하룻밤 묵고 싶다고 생각한 것이라고 해석한 것이다. 靑木生子도 注釋의 해석을 따르고 있다[『萬葉集全注』19, p.128]. 中西 進은, 앞의 작품의 '行かむ'에 대해 이 작품에서는 '아니, 머물러야만 한다'고 보았다.

> **좌주** 판관 쿠메노 아소미 히로나하(久米朝臣廣繩)
> '久米朝臣廣繩'에 대해 靑木生子는, '正倉院 문서에 의하면 天平 17년(745)에 少允 종7위상이었다. 天平 19년(747) 가을 무렵, 越前掾으로 전근을 간 大伴池主의 후임으로 越中掾이 되었다. 家持가 越中에

4202　藤奈美乎　借廬尓造　灣廻爲流　人等波不知尓　海部等可見良牟

　　　藤波を　假廬に造り[1]　浦廻する　人とは知らに[2]　海人とか見らむ[3]

　　　ふぢなみを　かりほにつくり　うらみする　ひととはしらに　あまとかみらむ

　　　左注　久米朝臣繼麿[4]

恨霍公鳥不喧歌[5]一首

4203　家尓去而　奈尓乎將語　安之比奇能　山霍公鳥　一音毛奈家

　　　家に行きて　何を語らむ　あしひきの　山霍公鳥[6]　一聲も鳴け

　　　いへにゆきて　なにをかたらむ　あしひきの　やまほととぎす　ひとこゑもなけ

　　　左注　判官久米朝臣廣繩

　　1 **假廬に造り**: 앞의 작품의 마지막 구를 이어간 것이다.
　　2 **知らに**: 부정의 뜻이다.
　　3 **海人とか見らむ**: 人麿 등이 사용한 관용구이다. 252번가 참조.
　　4 **久米朝臣繼麿**: 관직명이 없는 것으로 보아 미미한 직책일 것이다. 어떤 사람인지 알 수 없다.
　　5 **恨霍公鳥不喧歌**: 이하 작품은 다른 제목이지만 4199번가 이하 4206번가까지 이어지는 작품들이다.
　　6 **山霍公鳥**: 산에서 우는 두견새이다.

재임할 때 자주 이름이 보이며, 池主를 뒤이어 家持의 歌心을 뒷받침해 준 인물이다'고 하였다『萬葉集全注』19, p.128]. 廣繩을, 大系에서는 '히로노리'로 읽었다『萬葉集』4, p.345]. 全集에서는 '히로츠나'로 읽었다『萬葉集』4, p.321]. 青木生子도 '히로츠나'로 읽었다『萬葉集全注』19, p.127].

4202 등꽃 물결을/ 임시 거처로 하고/ 포구를 도는/ 사람인 줄 모르고/ 어부로 보겠나요

❀ 해설

등꽃 물결을 임시 거처로 하고, 포구를 유람하며 즐기는 사람들인 것도 모르고, 사람들은 우리를 어부로 볼까요라는 내용이다.

좌주 판관 쿠메노 아소미 츠기마로(久米朝臣繼麿)
私注에서는, '久米繼麿는 관직을 기록하지 않은 廣繩의 가족 등이며, 사적으로 따라간 것일까'라고 하였다『萬葉集私注』9, p.173]. 全集에서도, '廣繩의 가족인가'라고 하였다『萬葉集』4, p.322]. 青木生子도, '廣繩의 가족일 것이다'고 하였다『萬葉集全注』19, p.129].

두견새가 울지 않는 것을 원망하는 노래 1수

4203 집에 돌아가서/ 무엇을 얘기할까/ (아시히키노)/ 산의 두견새야 넌/ 한번이라도 울게

❀ 해설

집에 돌아가면 누엇을 신물로 이야기할까 힘들게 걸어가야 하는 험한 산의 두견새야. 한번이라도 울어 주렴이라는 내용이다.
집에 돌아가면 사람들에게 선물로 이야기해 줄 수 있도록, 한번이라도 울어 달라고 두견새에게 부탁하는 노래이다.

좌주 판관 쿠메노 아소미 히로나하(久米朝臣廣繩)

見攀折¹保寶葉²歌二首

4204 　吾勢故我　捧而持流　保寶我之婆　安多可毛似加　青盖

　　　わが背子³が　捧げて持てる　ほほがしは　あたかも似るか　青き蓋⁴

　　　わがせこが　ささげてもてる　ほほがしは　あたかもにるか　あをききぬがさ

　　　左注　講師⁵僧惠行⁶

4205 　皇神祖之　遠御代三世波　射布折　酒飲等伊布曽　此保寶我之波

　　　皇神祖⁷の　遠御代御代は　い布き折り⁸　酒⁹飲みきといふそ　このほほがしは

　　　すめろきの　とほみよみよは　いしきをり　きのみきといふそ　このほほがしは

　　　左注　守大伴宿祢家持

---

1 **攀折**: 끌어당겨서 꺾었다.
2 **保寶葉**: 후박나무. 계란 모양의 큰 잎을 가진다.
3 **わが背子**: 家持이다.
4 **青き蓋**: 귀인들에게 씌워주는, 비단으로 만든 일산이다. 家持에 대한 찬미가 있다.
5 **講師**: 國師와 같은 것인가. 國師는 각 지역에 임명된 승려 관료이다. 후에 國分寺에 소속되어 延曆 14년(795) 8월 이후에 강사로 명칭이 바뀌었다.
6 **惠行**: 어떤 사람인지 알 수 없다.
7 **皇神祖**: 천황의 조상 및 천황을 가리킨다.
8 **い布き折り**: 'い'는 접두어이다. '布き折り'는 잎을 통 모양으로 만들어서 술그릇으로 사용한 것을 말한다.
9 **酒**: 제의의 관행을 말하고 있으므로, 술도 고어 'き'를 사용한 것인가.

끌어당겨서 꺾은 후박나무를 본 노래 2수

4204 나의 그대가/ 바쳐서 들고 있는/ 후박나무는/ 흡사하게 닮았네/ 푸른 비단의 일산

해설

    家持 그대가 높이 바쳐서 들고 있는 후박나무는, 귀인들이 사용하는 푸른 비단으로 만든 일산(日傘)과 흡사하게 닮았네요라는 내용이다.
    家持를 귀인으로 보고 높이 찬미한 노래이다.

    좌주 講師 승려 에교우(惠行)

4205 천황 신들의/ 먼 옛날 시대에는/ 펴서 접어서/ 술을 마셨다고 하네/ 이 후박나무는요

해설

    먼 옛날 천황 시대에는, 펴서 접어서 술잔 모양처럼 만들어, 거기에다 술을 따라서 마셨다고 하는 것이네. 이 후박나무 잎은이라는 내용이다.
    青木生子는, '일산으로 비유해서 家持를 찬미한 앞의 노래의 뜻을, 尙古 정신에 의한 후박나무에 대한 찬미로 바꾸어 연회석의 축가로 사용했다'고 하였다(『萬葉集全注』 19, p.133].

    좌주 장관 오호토모노 스쿠네 야카모치(大伴宿禰家持)

還時濱上仰見月光歌一首

4206　之夫多尓乎　指而吾行　此濱尓　月夜安伎氐牟　馬之末時停息

　　　　澁谿¹を　指してわが行く　この濱に²　月夜飽きてむ³　馬暫し停め⁴

　　　　しぶたにを　さしてわがゆく　このはまに　つくよあきてむ　うましましとめ

　　　　左注　守大伴宿祢家持

廿二日, 贈判官久米朝臣廣繩, 霍公鳥怨恨歌⁵一首幷短哥

4207　此間尓之氐　曽我比尓所見　和我勢故我　垣都能谿尓　安氣左礼婆　榛之狹枝尓　暮左礼婆

　　　　藤之繁美尓　遙々尓　鳴霍公鳥　吾屋戸能　殖木橘　花尓知流　時乎麻太之美　伎奈加奈久

　　　　曽許波不怨　之可礼杼毛　谷可多頭伎氐　家居有　君之聞都々　追氣奈久毛宇之

　　　　此間⁶にして　背向⁷に見ゆる　わが背子⁸が　垣内⁹の谷に　明けされば　榛¹⁰のさ枝に　夕さ

돌아갈 때 해변에서 달빛을 바라본 노래 1수

4206 시부타니(澁谿)를/ 향하여 내가 가는/ 이 해변에서/ 달빛을 만끽하자/ 잠시 말을 멈추게

해설

시부타니(澁谿)를 향해 우리가 돌아가고 있는 이 해변에서 멋진 달빛을 충분히 즐기자. 그러니 잠시 말을 멈추게라는 내용이다.

私注에서는 4월 12일의 달이라고 하였다[『萬葉集私注』 9, p.176].

좌주 장관 오호토모노 스쿠네 야카모치(大伴宿禰家持)

22일에, 판관 쿠메노 아소미 히로나하(久米朝臣廣繩)에게 보내는, 두견새에 대한 원한의 노래 1수와 短歌

4207 여기로부터/ 뒤쪽으로 보이는/ 나의 그대의/ 담장 안의 계곡에/ 아침이 되면/ 개암나무 가지에/ 저녁이 되면/ 무성한 등꽃 속에/ 아득하게도/ 우는 두견새는요/ 우리 집에요/ 심은 홍귤나무의/ 꽃들이 지는/ 때 아직 이르다고/ 와서 울잖네/ 그건 원망 않지만/ 그렇지만도/ 계곡의 가까이에/ 살면서 있는/ 그대가 들으면서/ 말 안 하니 괴롭네

해설

내가 살고 있는 이곳 관사에서 뒤쪽으로 보이는 그내의 집을 둘러싼 계곡에서, 아침이 되면 개암나무 가지에 그리고 저녁이 되면 만발한 등꽃 속에 멀리서 우는 두견새는, 우리 집에 심은 홍귤나무 꽃들이 피어서 질 때가 아직 아니라고 와서 울지를 않네. 그것은 원망스럽게 생각하지 않지만, 그러나 계곡의 가까이에 살고 있는 그대가, 두견새 소리를 귀로 들으면서 알려 주지 않는 것도 괴로운 일이네라는 내용이다.

れば　藤の繁みに　遙遙に　鳴く霍公鳥　わが屋戸の　植木橘[11]　花に散る[12]　時を未だしみ[13]　來鳴かなく[14]　そこは怨みず　しかれども　谷片付きて　家居せる　君が聞きつつ　告げなくも[15]憂し

ここにして　そがひにみゆる　わがせこが　かきつのたにに　あけされば　はりのさえだに　ゆふされば　ふぢのしげみに　はろはろに　なくほととぎす　わがやどの　うゑきたちばな　はなにちる　ときをまだしみ　きなかなく　そこはうらみず　しかれども　たにかたづきて　いへゐせる　きみがききつつ　つげなくもうし

反歌一首

4208　吾幾許　麻氐騰來不鳴　霍公鳥　比等里聞都追　不告君可母

わが幾許[16]　待てど來鳴かぬ　霍公鳥　ひとり聞きつつ　告げぬ君かも

わがここだ　まてどきなかぬ　ほととぎす　ひとりききつつ　つげぬきみかも

11　**植木橘**: 계곡의 자연에 대비시킨, 심은 홍귤.
12　**花に散る**: 꽃이 피어서 진다.
13　**時を未だしみ**: 때가 아직 아니라고 해서.
14　**來鳴かなく**: 'なく'는 'ず'의 명사형이다.
15　**告げなくも**: 'も'는 영탄이다.
16　**幾許**: 정도가 두드러진다는 뜻의 부사이다.

家持가 살고 있는 관사에는 때가 아직 일러서인지 두견새가 와서 울지 않는데, 그것은 괜찮다고 해도, 히로나하(廣繩)가 계곡 가까이에 살면서 두견새 소리를 듣고 있을 텐데도, 두견새 소리를 들은 것을 알려 주지 않으니 섭섭하다 뜻이다.

22일을 靑木生子는 태양력으로 6월 4일이라고 하였다[『萬葉集全注』 19, p.135].

反歌 1수

4208   내가 이렇게/ 기다려도 오잖는/ 두견새인데/ 혼자서 들으면서/ 말하지 않는 그대

🌸 해설

내가 이렇게나 기다리고 있는데도 와서 울지 않는 두견새를, 혼자서 들으면서 알려 주지 않는 그대인 가라는 내용이다.

두견새가 울었다는 소식을 간접적으로라도 듣고 싶은 간절한 마음을, 히로나하(廣繩)에 대한 원망으로 노래한 것이다.

詠霍公鳥歌一首并短歌

4209 多尓知可久　伊敝波乎礼騰母　許太加久氐　佐刀波安礼騰母　保登等藝須　伊麻太伎奈加受
奈久許惠乎　伎可麻久保理登　安志多尓波　可度尓伊氐多知　由布敝尓波　多尓乎美和多之
古布礼騰毛　比等己惠太尓母　伊麻太伎己要受

谷近く　家は居れども　木高くて[1]　里はあれども　ほととぎす　いまだ來鳴かず　鳴く聲を
聞かまく[2]欲りと　朝には　門に出で立ち　夕には　谷を見渡し　戀ふれども　一聲だにも[3]
いまだ聞えず

たにちかく　いへはをれども　こだかくて　さとはあれども　ほととぎす　いまだきなかず
なくこゑを　きかまくほりと　あしたには　かどにいでたち　ゆふへには　たにをみわたし
こふれども　ひとこゑだにも　いまだきこえず

4210 敷治奈美乃　志氣里波須疑奴　安志比紀乃　夜麻保登等藝須　奈騰可伎奈賀奴

藤波の　繁りは[4]過ぎぬ　あしひきの　山ほととぎす　などか來鳴かぬ[5]

ふぢなみの　しげりはすぎぬ　あしひきの　やまほととぎす　などかきなかぬ

左注　右, 廿三日, 據久米朝臣廣繩和[6].

---

1 **木高くて**: 마을은 나무가 높지만.
2 **聞かまく**: 듣기를 원하여. 'まく'는 'む'의 명사형이다.
3 **一聲だにも**: '…만이라도'. 최저의 것을 말하는 어법이다.
4 **繁りは**: 꽃이 한창인 것을 말하였다.
5 **などか來鳴かぬ**: 같은 작자의, 유사한 표현이 4050번가에 보인다.
6 **和**: 返歌이다.

두견새를 읊은 노래 1수와 短歌

4209 계곡 가까이/ 집은 있지만서도/ 나무가 높은/ 마을이긴 하지만/ 두견새는요/ 아직 와 울지
      않네/ 우는 소리를/ 듣기를 원하므로/ 아침에는요/ 문밖에 나가 서서/ 저녁에는요/ 계곡을
      바라보며/ 그리워해도/ 소리 한 번이라도/ 아직 들리지 않네

✿ 해설

　　계곡 가까이에 비록 집이 있어서 살고 있어도, 나무가 높고 울창한 마을이기는 하지만, 두견새는
아직 와서 울지를 않네요. 우는 소리를 듣고 싶어서 아침에는 문밖에 나가 서서, 저녁에는 계곡을 바라보
며 두견새의 우는 소리를 그리워해도, 울음소리가 아직 한 번도 들리지 않네요라는 내용이다.
　　앞의 작품에 대해 답한 노래이다. 家持가 두견새의 울음소리를 들었다는 소식을 히로나하(廣繩)가
전해주지 않는 것에 대해 원망하자, 廣繩은 자신도 두견새 소리를 기다리고 있지만 아직 들은 적이
없다고 노래하고 있다.

4210 등나무 꽃이/ 한창 때는 지났네/ (아시히키노)/ 산의 두견새는요/ 왜 와서 울지 않나

✿ 해설

　　물결이 치는 듯한 등꽃이 한창인 때는 지났네. 그런데 산의 두견새는 왜 아직도 와서 울지 않는
것일까라는 내용이다.
　　두견새가 빨리 와서 울기를 기다리는 노래이다.

　　　좌주 위는, 23일에, 판관 쿠메노 아소미 히로나하(久米朝臣廣繩)가 답한 것이다.

追同處女墓歌¹一首并短歌

4211 古尓　有家流和射乃　久須婆之伎　事跡言継　知努乎登古　宇奈比壯子乃　宇都勢美能
名乎競争登　玉尅　壽毛須底弖　相争尓　嬬問爲家留　憾嬬等之　聞者悲左　春花乃　尓太要盛
而　秋葉之　尓保比尓照有　惜　身之壯尚　大夫之　語勞美　父母尓　啓別而　離家　海邊尓出
立　朝暮尓　満來潮之　八隔浪尓　靡珠藻乃　節間毛　惜命乎　露霜之　過麻之尓家礼
奧墓乎　此間定而　後代之　聞繼人毛　伊也遠尓　思努比尓勢餘等　黄楊小櫛　之賀左志家良
之　生而靡有

古に　ありけるわざ²の　奇ばしき³　事と言ひ繼ぐ　血沼壯士　うなひ壯士⁴の　うつせみの
名を争ふと⁵　たまきはる　命も捨てて　争ひに　妻問しける　少女ら⁶が　聞ば⁷悲しさ
春花の⁸　にほえ榮えて　秋の葉の　にほひに照れる　あたらしき　身の壯すら⁹　大夫の
言いたはしみ¹⁰　父母に　申し別れて¹¹　家離り　海邊に¹²出で立ち　朝夕に¹³　満ち來る潮の
八重波に　靡く珠藻の　節の間も¹⁴　惜しき¹⁵命を　露霜の　過ぎまし¹⁶にけれ　奧墓を
此處と定めて　後の代の　聞き繼ぐ人も　いや遠に　思ひにせよと　黄楊小櫛¹⁷　しか刺しけ
らし¹⁸　生ひて靡けり¹⁹

---

1 **追同處女墓歌**: 1801~1803번가와 1809~1811번가 등.
2 **わざ**: 인간이 하는 것이다.
3 **奇ばしき**: 'くしき(진귀하다)'와 같은 것인가.
4 **血沼壯士 うなひ壯士**: 菟原처녀에게 구혼한 2명의 남자이다. 한 사람은 和泉의 남자, 다른 한 사람은 처녀와 같은 마을의 남자이다.
5 **名を争ふと**: 명예로운 이름을 더럽히지 않으려고 싸운다.
6 **少女ら**: 菟原처녀이다.
7 **聞けば**: 사정을 들으면.
8 **春花の**: 이하 6구는 처녀에 대한 묘사이다.
9 **身の壯すら**: '壯においてすら'라는 뜻이다..
10 **言いたはしみ**: 슬픈 상태. 두 사람의 말을 각각.
11 **申し別れて**: 말하고 헤어져서.
12 **海邊に**: 다른 작품에서는 강에 빠졌다고 한다.
13 **朝夕に**: 이하 5구는 안타까운 목숨에 대한 序이다.
14 **節の間も**: 짧은 것. 조금인 것을 가리킨다.
15 **惜しき**: 'ヲシ'는 '惜シ'・'愛シ'.
16 **過ぎまし**: 'まし'는 죽은 사람에 대한 경의를 나타낸다.
17 **黄楊小櫛**: 처녀의 빗. 빗은 영혼이 깃든 물건으로도 인식되었다.
18 **刺しけらし**: 'けらし'는 'けるらし'의 축약형이다.
19 **生ひて靡けり**: 1811번가에는 血沼壯士 쪽으로 기울어져 있다고 하였다. 무덤의 나무가 悲風에 흔들리는 표현이 한문 서적에 있다.

처녀 무덤의 노래에 追和한 노래 1수와 短歌

4211 머나먼 옛날/ 일어났던 일로서/ 아주 신기한/ 이야기로 전해 온/ 치누(血沼) 남자와/ 우나
히 남자가요/ 인간 세상의/ 명예를 다툰다고/ (타마키하루)/ 목숨도 버리고서/ 결투를
하여/ 구혼을 하였었던/ 처녀 이야기/ 들으면 슬프네요/ 봄꽃과 같이/ 아름답게 피고서/
가을 잎처럼/ 아름답게 빛났던/ 안타깝게도/ 몸이 한창인 때에/ 남성들의요/ 말을 슬퍼하
여서/ 부모님께요/ 작별을 고하고서/ 집을 떠나서/ 해변으로 나가서는/ 조석으로요/ 밀려
오는 조수의/ 겹겹 파도에/ 휩쓸리는 해초의/ 마딘 양 짧고/ 아까운 목숨인데/ (츠유시모
노)/ 사라져 버렸다네/ 그 무덤일랑/ 여기라 정하고는/ 훗날 세상의/ 듣고 전할 사람도/
한층 더 오래/ 생각을 하라고는/ 黃楊 작은 빗/ 이리 꽂은 듯하네/ 자라나 흔들리네

해설

머나먼 옛날에 일어났던 사건으로 아주 신기한 일이라고 이야기로 전해 내려오는, 치누(血沼) 남자와
우나히 남자가 인간 세상의 명예를 걸고, 지지 않으려고 다투어 목숨도 버리고 결투를 하며, 앞을 다투어
구혼을 하였다고 하는 처녀 이야기를 들으면 슬프네요. 봄꽃이 향기롭고 아름답듯이 그렇게 아름답고,
가을 단풍잎이 아름답듯이 그렇게 붉고 아름답게 빛났던, 더할 나위없던 한창 때의 몸이었는데, 두 명의
남자들의 말이 마음을 슬프게 하므로 부모님께 작별을 고하고는 집을 떠나서 해변으로 가서는 아침저녁
으로 밀려오는 바닷물의, 겹겹이 치는 파도에 휩쓸리는 해초의 마디 사이처럼 그렇게 짧고 아까운 목숨인
데, 이슬과 서리가 사라지듯이 그렇게 허망하게 사라져 버렸네요. 그래서 그 무덤을 이곳으로 정하고는,
훗날 듣고 전할 사람도 한층 더 오래 생각을 했으면 좋겠다고, 처녀의 표징인 황양목으로 만든 작은
빗을 이렇게 무덤에 꽂은 듯하네요. 그것이 자라서 바람에 흔들리고 있네요라는 내용이다.

いにしへに　ありけるわざの　くすばしき　こといひつぐ　ちぬをとこ　うなひをとこの
うつせみの　なをあらそふと　たまきはる　いのちもすてて　あらそひに　つまどひしける
をとめらが　きけばかなしさ　はるはなの　にほえさかえて　あきのはの　にほひにてれる
あたらしき　みのさかりすら　ますらをの　こといたはしみ　ちちははに　まをしわかれて
いへざかり　うみへにいでたち　あさよひに　みちくるしほの　やへなみに　なびくたまも
の　ふしのまも　をしきいのちを　つゆしもの　すぎましにけれ　おくつきを　こことさだめ
て　のちのよの　ききつぐひとも　いやとほに　しのひにせよと　つげをぐし　しかさしけら
し　おひてなびけり

4212　乎等女等之　後乃表跡　黄楊小櫛　生更生而　靡家良思母

處女らが　後のしるしと　黄楊小櫛　生ひかはり[1]生ひて　靡きけらしも

をとめらが　のちのしるしと　つげをぐし　おひかはりおひて　なびきけらしも

　左注　右, 五月六日, 依興大伴宿祢家持作之.

4213　安由乎疾　奈呉乃浦廻尓　与須流浪　伊夜千重之伎尓　戀度可母

東風[2]を疾み　奈呉の浦廻[3]に　寄する波　いや千重しきに　戀ひ渡るかも

あゆをいたみ　なごのうらみに　よするなみ　いやちへしきに　こひわたるかも

　左注　右一首, 贈京丹比家[4].

1　**生ひかはり**: 빗이 나무로 살아난 것이다.
2　**東風**: 越의 방언으로 동풍을 'あゆ(아유)'라고 하였다. 4017번가 참조.
3　**奈呉の浦廻**: 富山縣 新湊市. 'み'는 접미어이다.
4　**贈京丹比家**: 4173번가에 보낸 노래가 보인다. 같은 인물이라고 하면 '戀ひ渡る'하는 것은 '妹'이다.

4212   그 아가씨의/ 훗날 기념물로요/ 황양목의 빗/ 나무로 바뀌어 나서/ 바람에 흔들리네

🌸 해설

　처녀의 훗날의 기념물로, 무덤에 꽂은 처녀의 황양목의 빗은 나무가 되어서 나서 자라서는, 가지가 바람에 흔들리고 있네라는 내용이다.

　　좌주 위는, 5월 6일에 흥에 의해 오호토모노 스쿠네 야카모치(大伴宿禰家持)가 지은 것이다.

4213   동풍이 강해서/ 나고(奈呉)의 포구 쪽에/ 치는 파도가/ 한층 겹겹이듯이/ 계속 그리워하네

🌸 해설

　동풍이 강하게 불기 때문에 나고(奈呉)의 포구 쪽으로 밀려오는 파도가 한층 몇 겹으로 겹치네. 그처럼 계속해서 그리워하네라는 내용이다.

　　좌주 위의 1수는, 도읍의 타지히(丹比)의 집에 보낸 것이다.

挽歌一首并短歌[1]

4214　天地之　初時従　宇都曽美能　八十伴男者　大王尓　麻都呂布物跡　定有　官尓之在者　天皇之　命恐　夷放　國乎治等　足日木　山河阻　風雲尓　言者雖通　正不遇　日之累者　思戀　氣衝居尓　玉桙之　道來人之　傳言尓　吾尓語良久　波之伎餘之　君者比來　宇良左備弖　嘆息伊麻須　世間之　猒家口都良家苦　開花毛　時尓宇都呂布　宇都勢美毛　无常阿里家利　足千根之　御母之命　何如可毛　時之波将有乎　眞鏡　見礼杼母不飽　珠緒之　惜盛尓　立霧之　失去如久　置露之　消去之如　玉藻成　靡許伊臥　逝水之　留不得常　狂言哉　人之云都流　逆言乎　人之告都流　梓弓　爪弦夜音之　遠音尓毛　聞者悲弥　庭多豆水　流渧　留可祢都母

天地の　初の時ゆ　うつそみの[2]　八十伴の男[3]は　大君に　まつろふ[4]ものと　定まれる　官[5]にしあれば　大君の　命畏み　夷離る[6]　國を治むと　あしひきの　山川隔り[7]　風雲に[8]　言は通へど　直に逢はず　日の重れば　思ひ戀ひ　氣衝き居るに　玉桙の[9]　道來る人[10]の　傳言に　われに語らく　愛しきよし　君[11]はこの頃　心さびて　嘆かひ坐す　世の中の　憂けく辛けく[12]　咲く花も　時に移ろふ　うつせみも　常無くありけり　垂乳根の[13]　御母の命[14]　何しかも[15]　時しはあらむを[16]　眞鏡[17]　見れども飽かず　珠の緒の[18]　惜しき盛りに

---

1 **挽歌一首并短歌**: 左注 참조.
2 **うつそみの**: 'うつせみの'와 같다.
3 **八十伴の男**: 궁중의 문무백관을 말한다.
4 **まつろふ**: 봉사하는 것이다.
5 **官**: 관직 및 그것에 종사하는 사람이다.
6 **夷離る**: 시골에 멀리 떨어져 있는 것이다. 家持의 체험을 말한다.
7 **隔り**: 'へだつ'와 같다.
8 **風雲に**: 오고가는 풍운 속에. 풍운은 소식을 말하기도 한다.
9 **玉桙の**: 멋진 창을 세운다는 뜻이다.
10 **道來る人**: 도읍에서 오는 심부름꾼이다.
11 **君**: 左注에서 말하는 二郎이다.
12 **憂けく辛けく**: 憶良의 표현을 답습한 것이다. 897번가 참조.
13 **垂乳根の**: 母를 상투적으로 수식하는 枕詞이다.
14 **御母の命**: 母의 존칭이다. 左注에서 말하는 慈母이다.
15 **何しかも**: 이하 2구는 삽입구이다.

挽歌 1수와 短歌

4214 하늘과 땅이/ 열린 처음부터서/ 세상 사람인/ 많은 관료들은요/ 나라 왕에게/ 종사하는 자로서/ 정하여졌는/ 관직에 있기 때문에/ 나라의 왕의/ 명령을 존중하여/ 멀리 떨어진/ 지역 다스리려고/ (아시히키노)/ 산천에 가로막혀/ 풍운에 맡겨/ 소식 왕래 있지만/ 직접 못 만나는/ 날이 겹치다 보니/ 그리워하며/ 한숨 쉬고 있는데/ (타마호코노)/ 길을 오는 사람이/ 전하는 말로/ 나에게 말하기를/ 안타깝게도/ 그대는 요 근래에/ 마음 외롭고/ 탄식하며 있네요/ 이 세상 속의/ 슬프고 괴로운 건/ 피는 꽃도요/ 때 지나면 변하네/ 이 세상도요/ 무상한 것이랍니다/ (타라치네노)/ 어머니께오서는/ 어찌 된 걸까/ 시간은 많이 있는데/ (마소카가미)/ 봐도 싫증 안 나는/ (타마노오노)/ 아까운 한창 때에/ 끼는 안개가/ 없어져 버리듯이/ 내린 이슬이/ 사라져 버리듯이/ (타마모나스)/ 오래 병상에 누워/ 가는 물처럼/ 잡을 수 없었다고/ 불길한 말을/ 사람 말한 것인가/ 무슨 망발을/ 사람이 전하는가/ 가래나무 활/ 쳐 울리는 밤 소리/ 먼 소식으로/ 들어서 슬퍼지니/ (니하타즈미)/ 흘러내리는 눈물/ 멈추게 할 수 없네

🌸 해설

　　하늘과 땅이 열린 태초부터, 세상 사람인 많은 관료들은 왕에게 종사하는 사람으로 정해진 관직에 있으므로, 왕의 명령을 존중히 여겨서 도읍에서 멀리 떨어진 시골 지역을 다스리려고, 다리를 끌고 걸어야 하는 험한 산과 강을 사이에 두고 가로막혀서, 바람과 구름에 맡겨 도읍과 소식은 오가고 있었지만, 직접 만나지 못하는 날이 계속 많이 겹치다 보니, 가족들이 그리워서 한숨을 쉬고 그리워하며 있는데, 멋진 창을 세워 놓은 길을 오는 사람이 전하는 말로 나에게 말하기를, "안타깝게도 그대는 요 근래에 마음이 외롭고 탄식을 하며 있네요. 이 세상 속의 슬프고 괴로운 것은, 피는 꽃도 때가 지나면 변해 가네요. 이 세상도 무상한 것이지요. 젖이 많은 어머니는 어찌 된 것일까. 시간은 많이도 있는데 거울을 보듯이 아무리 보아도 싫증이 나지 않는, 구슬 끈처럼 아까운 목숨이 한창인 때에, 피어오르는 안개가 사라져 버리듯이, 내린 이슬이 꺼져 버리듯이 해초처럼 오래도록 병상에 누워서, 흘러가는 물처럼 잡을 수 없었습니다"라고. 이 무슨 불길한 말을 사람이 한 것인가. 무슨 망발을 사람이 전한 것인가 가래나무로 만든 활을 손톱으로 튕겨서 밤에 울리는 소리처럼, 먼 소식으로 들었으므로, 너무 슬픈 나머지 정원을 흐르는 물처럼 흘러내리는 눈물을 멈추게 할 수 없는 것이네요라는 내용이다.
　　靑木生子는, '家持는 作歌 생애 동안 다음과 같은 挽歌(모두 長歌)를 짓고 있다(反歌는 생략한다).
1. 亡妻를 슬퍼해서 지은 노래(3·466, 天平 11년(739) 7월. 25구) 2. 安積황자가 사망했을 때…지은 노래

立つ霧の　失せゆく如く　置く露の　消ぬるが如く　玉藻なす　靡き臥伏し[19]　逝く水の　留みかねつと　狂言[20]や　人の云ひつる　逆言[21]を　人の告げつる　梓弓[22]　爪ひく夜音の　遠音にも　聞けば悲しみ　にはたづみ[23]　流るる涙　留みかねつも

あめつちの　はじめのときゆ　うつそみの　やそとものをは　おほきみに　まつろふものと　さだまれる　つかさにしあれば　おほきみの　みことかしこみ　ひなさかる　くにををさむと　あしひきの　やまかはへなり　かぜくもに　ことはかよへど　ただにあはず　ひのかさなれば　おもひこひ　いきづきをるに　たまほこの　みちくるひとの　つてことに　われにかたらく　はしきよし　きみはこのころ　うらさびて　なげかひいます　よのなかの　うけくつらけく　さくはなも　ときにうつろふ　うつせみも　つねなくありけり　たらちねの　みおやの　みこと　なにしかも　ときしはあらむを　まそかがみ　みれどもあかず　たまのをの　をしきさかりに　たつきりの　うせゆくごとく　おくつゆの　けぬるがごとく　たまもなす　なびきこいふし　ゆくみづの　とどみかねつと　まがことや　ひとのいひつる　およづれを　ひとのつげつる　あづさゆみ　つまひくよとの　とほとにも　きけばかなしみ　にはたづみ　ながるるなみだ　とどみかねつも

---

16 **時しはあらむを**: 지금이 아니라도라는 뜻의 상투적인 표현이다. 3957번가 참조.
17 **眞鏡**: 맑은 거울로 보는 것을 형용한다. 이 구 다음에 계속해서 비슷한 표현이 자주 나온다. 挽歌이므로 粉飾.
18 **珠の緒の**: 끈에 꿴 구슬을 말한다. 긴 것을 '緒'라고 한다. 같은 소리로 인해 '惜しき'로 이어진다.
19 **靡き臥伏し**: '靡き'는 긴 기간을 말한다. '臥'는 옆으로 눕는 것이다. '伏し'는 평평하게 되는 것이다.
20 **狂言**: 불길한 말. 逆言과 함께 挽歌에 많이 사용된다. 420번가 참조.
21 **逆言**: 반대의 妖言을 말한다.
22 **梓弓**: 이하 '遠音'을 수식한다. 531번가 참조.
23 **にはたづみ**: 정원에 흘러가서 한 곳에 모인 물이다.

(3·475, 天平 16년 2월. 29구) 3. 安積황자가 사망했을 때…지은 노래(3·478, 天平 16년 3월. 43구) 4. 사망한 동생을 슬퍼하는 노래(17·3957, 天平 18년 9월. 51구) 5. 처녀 무덤 노래에 追同하는 노래 1수(19·4211, 天平勝寶 2년(750) 5월. 43구) 挽歌 1수(19·4214, 天平勝寶 2년 5월. 61구) 이중에서 1~3은 越中 부임 이전에, 4~6은 越中시대의 작품이다. 전자의 1의 亡妻 挽歌는 家持의 최초의 挽歌임과 동시에 그의 최초의 長歌이며 人麻呂, 憶良, 旅人 등의 亡妻歌의 흐름을 따라서 지어졌다. 또 2, 3의 安積황자 挽歌는 人麻呂 등의 궁정 의례의 전통을 의식해서 지어졌다. 越中에 내려가기 이전에 家持의 內舍人 시대의 長歌는 5수이지만 그중의 3수는 위의 만가인 점과 아울러 생각하면, 이들 만가, 長歌는 그의 작품 활동상 하나의 흐름이 될 정도의 큰 의미를 가지고 있다고 말할 수 있다. (중략) 후자인 越中시대의 만가에서는 4의 '사망한 동생을 슬퍼하는 노래'와 6의 당면한 사위의 모친의 사망에 대한 만가는, 越中에서 부고를 들은 슬픔과 안타까움의 노래로, 전자의 경우와 분위기가 크게 차이가 난다. 그러나 이들 작품도 가까운 사람의 사망을 애도하는 만가로서, 人麻呂 이하의 亡妻挽歌의 계통에 들어가는 것은 틀림이 없으며, 노래는 만가의 관습적 표현으로 '使'와 '道來る人'의 소식을 'およづれ', 'たはこと'처럼 듣는 부분을 가지고 변화를 모색하고 있는 것이다. 공교롭게도 가까운 사람의 죽음을 만난 것 이상으로, 만가라고 하는 시적 주제에 대한 강한 관심이 작동하고 있는 것은 부정할 수 없다. (중략) 그래서 이 만가에 대해서 살펴보면, 이것은 左注(4216)로 알 수 있듯이, 사위의 모친의 죽음을 마음 아파하고 사위에게 보낸 것으로 이른바 유족에게 보낸 안타까움의 글이라고 한, 이른바 실용적인 뜻도 있었다고 생각된다. 일의 사정은 다르지만 이미 坂上郎女의, 비구니 理願의 죽음에 대한 애도와 동시에 그 보고를 겸한 만가(3·460~461)의 실용성과 일맥상통하는 것으로 만가의 말기의 모습이라고 할 수 있을 것이다. 더구나 그 속에, 간절하게 슬픈 마음을 노래하고 있는 것에 작품으로서의 가치도 무시할 수 없다. 전체의 반에 상당하는 심부름꾼의, 죽음을 알리는 말은, 家持 자신의 비탄의 말로 바뀌어 있기조차 한다. 제목에 '만가'라고 하고 만가의 전통적인 표현과 枕詞를 사용하면서, 거기에 작자 家持가 평소에 안고 있던, 인생과 죽음에 대한 슬픈 감정을 여과 없이 쏟은 것으로, 이것은 그야말로 만가에서 애상가로의 이행을 암시하는 것이라고 할 수 있다'고 하였다[『萬葉集全注』 19, pp.155~157].

反歌二首

4215 遠音毛　君之痛念跡　聞都礼婆　哭耳所泣　相念吾者

遠音にも　君が嘆くと　聞きつれば　哭のみし泣かゆ¹　あひ思ふ²われは

とほとにも　きみがなげくと　ききつれば　ねのみしなかゆ　あひおもふわれは

4216 世間之　无常事者　知良牟乎　情盡莫　大夫尓之氏

世の中の　常無きことは　知るらむを　情盡すな³　大夫にして⁴

よのなかの　つねなきことは　しるらむを　こころつくすな　ますらをにして

[左注] 右, 大伴宿祢家持, 弔智⁵南右大臣家⁶藤原二郎⁷之喪慈母患也. 五月廿七日

---

1 **哭のみし泣かゆ**: 울다의 강조 표현이다. 'ゆ'는 자발.
2 **あひ思ふ**: 서로 생각하는 것이다.
3 **情盡すな**: '情盡す'는 이것저것 생각이 어지러운 것이다. 'な'는 금지를 나타낸다.
4 **大夫にして**: 용감한 남자로.
5 **智**: 사위.
6 **南右大臣家**: 南은 藤原氏를 南家·北家·武家·京家로 구별한 南家이다. 武智麿를 조상으로 하며 當主는 그의 장자 豊成이다. 현재 右大臣.
7 **藤原二郎**: 豊成의 차남. 繼繩(츠구나하)이 그에 해당하지만, 아내는 百濟王明信으로 家持의 딸은 아니다. 딸은 繼繩의 첩이었던 것인가. 그 외 南右大臣家를 藤原仲麿(豊成의 아우)라고 하고, 그 二郎인 久須麿(그 아내도 三島王의 딸인 것으로 알려져 있다)라고 하는 설 등이 있다.

反歌 2수

4215 먼 소식으로/ 그대가 탄식한다/ 들었으므로/ 계속 울어 버리네/ 같은 생각을 해서 난

❀ 해설

아득히 멀리서 듣는 소식에, 그대가 탄식을 하고 있다고 들었으므로 단지 계속 울 뿐입니다. 그대와 같은 생각하고 있는 나는이라는 내용이다.
멀리서 소식을 들었지만 상대방과 마찬가지로 슬프게 생각하므로 작자도 계속 울 뿐이라는 뜻이다.

4216 세상이란 건/ 무상하다는 것을/ 알고 있겠죠/ 너무 상심 마세요/ 씩씩한 남자니까

❀ 해설

세상이 무상하다는 것은 알고 있겠지요. 그러니 너무 상심하지 마세요. 씩씩한 남자니까요라는 내용이다.

좌주 위는, 오호토모노 스쿠네 야카모치(大伴宿禰家持)가, 사위인 南右大臣家의 후지하라노 나카치코(藤原二郎)가 모친상 당한 슬픔을 조문하였다. 5월 27일
'五月廿七日'을 全集에서는 양력 7월 5일이라고 하였다[『萬葉集』 4, p.329].

霖雨晴日作歌一首

4217　宇能花乎　令腐霖雨之　始水逝　縁木積成　将因兒毛我母

うの花を　腐す霖雨[1]の　始水逝[2]　縁る木屑[3]如す　寄らむ兒もがも

うのはなを　くたすながめの　始水逝　よるこづみなす　よらむこもがも

見漁夫火光[4]歌一首

4218　鮪衝等　海人之燭有　伊射里火之　保尓可将出　吾之下念乎

鮪[5]衝くと　海人の燭せる　漁火の　ほ[6]にか出でなむ　わが下思ひを[7]

しびつくと　あまのともせる　いざりびの　ほにかいでなむ　わがしたもひを

左注　右二首, 五月.

---

1 **霖雨**: 여름 장마.
2 **始水逝**: 훈은 확실하지 않다.
3 **木屑**: 나무를 자른 부스러기이다.
4 **漁夫火光**: 어화등이다.
5 **鮪**: 다랑어이다.
6 **漁火의 ほ**: 秀. 무엇이든 빼어난 것을 말한다.
7 **わが下思ひを**: 'を'는 영탄을 나타낸다.

장마가 그친 날 지은 노래 1수

4217   병꽃나무 꽃/ 썩게 하는 장마가/ 始水逝/ 나무 부스럭처럼/ 오는 아이 있다면

해설

　병꽃나무 꽃을 썩게 하며 오래 내리는 장마 때문에 흘러오는 큰 물 앞쪽에 밀려오는 나무 부스러기처럼, 그렇게 다가오는 아이가 있다면 좋겠네라는 내용이다.

　中西 進은 始水逝을 해석하지 않았다. 全集에서는 'はなみづに'로 읽고, 'はなは 先端・先頭라는 뜻'이라고 하였다『萬葉集』 4, p.330]. 靑木生子도, '수량을 불리며 흐르는 先端'이라고 하였다『萬葉集全注』 19, p.161].

어부의 어화를 본 노래 1수

4218   다랑어 찍는/ 어부가 밝혀 놓은/ 어화와 같이/ 바깥으로 드러날/ 내 마음속 생각은

해설

　다랑어를 작살로 찍느라고 어부가 밝혀 놓은 어화의 불꽃처럼, 그렇게 확실하게 드러나서 사람들의 눈에 띄게 되어 버릴까. 내 마음속의 생각은이라는 내용이다.

　어부의 어화를 보고, 그 불꽃처럼 자신의 마음속의 그리움도 사람들 눈에 드러날 것인가라고 노래한 것이다.

　좌주 위의 2수는, 5월.

4219　吾屋戸之　芽子開尓家理　秋風之　将吹乎待者　伊等遠弥可母

　　　わが屋戸の　萩咲きにけり　秋風の　吹かむを待たば　いと遠みかも

　　　わがやどの　はぎさきにけり　あきかぜの　ふかむをまたば　いととほみかも

　　　左注　右一首, 六月十五日[1], 見芽子早花[2]作之.

從京師來贈歌[3]一首并短歌

4220　和多都民能　可味能美許等乃　美久之宜尓　多久波比於伎氏　伊都久等布　多麻尓末佐里氏　於毛敝里之　安我故尓波安礼騰　宇都世美乃　与能許等和利等　麻須良乎能　比伎能麻尓麻

　　仁　之奈謝可流　古之地乎左之氐　波布都多能　和可礼尓之欲理　於吉都奈美　等乎牟麻欲姚

　　伎　於保夫祢能　由久良々々尓耳　於毛可宜尓　毛得奈民延都々　可久古非婆　意伊豆久安我

　　未　氣太志安倍牟可母

　　　海神[4]の　神の命[5]の　御櫛笥[6]に　貯ひ置きて　齋くとふ[7]　珠に益りて　思へりし　吾が子[8]に

　　　はあれど　うつせみの　世の理と　大夫[9]の　引のまにまに　しな離る[10]　越路[11]を指して

　1　**六月十五日**: 양력 7월 26일.
　2　**早花**: 처음 꽃이 피는 것이다. 제일 먼저 핀 가을 싸리꽃이다.
　3　**從京師來贈歌**: 坂上郎女인가.
　4　**海神**: 해신. 바다를 가리킨다.
　5　**神の命**: 신의 존칭이다.
　6　**御櫛笥**: 빗을 넣는 상자이다. 넓게는 소중한 물건을 넣는 상자이다.
　7　**齋くとふ**: 소중하게 하다. 'とふ'는 'といふ'의 축약형이다.
　8　**吾が子**: 坂上大嬢이다.
　9　**大夫**: 家持를 가리킨다.
　10　**しな離る**: 멀리 떨어진 시골을 말한다.
　11　**越路**: 여기에서는 越國을 말한다.

4219　우리 집의요/ 싸리꽃이 피었네/ 가을바람이/ 부는 것 기다리면/ 너무 늦어서일까

해설

　　우리 집의 싸리꽃이 벌써 피었네요. 가을바람이 불기를 기다리면 너무 늦기 때문일까요라는 내용이다. 가을바람이 불기를 기다리기 힘들어서 싸리꽃이 먼저 이렇게 피었다는 뜻이다.

　　全集에서는, '싸리꽃이 피는 것은 일반적으로 양력 9월 20일 전후이지만, 7월에 피는 것도 신기하지는 않다'고 하였다『萬葉集』 4, p.330]. 靑木生子는, '이곳 越中에서는, 도시의 계절감보다 앞서 피는 싸리꽃을 이렇게 노래하였다. 가을바람이 부는 것을 기다리지 못하고, 싸리꽃이 빨리 피는 것에 가련한 연정을 내비치고 있다'고 하였다『萬葉集全注』 19, p.163].

　　좌주　위의 1수는, 6월 15일에 가을 싸리꽃이 처음 핀 것을 보고 지은 것이다.
　'六月十五日'을 全集에서는 양력 7월 22일이라고 하였다『萬葉集』 4, p.330]. 靑木生子는 양력 7월 26일이라고 하였다『萬葉集全注』 19, p.163].

도읍에서 온 노래 1수와 短歌

4220　넓은 바다의/ 바다 속의 신이요/ 상자 속에다/ 보관해 두고서는/ 귀히 한다는/ 진주보다 더하게/ 생각을 했던/ 내 자식이기는 해도/ 현실 세상의/ 일반적 도리로서/ 대장부가요/ 이끄는 대로 따라/ (시나자카루)/ 越國을 향하여서/ (하후츠타노)/ 헤어진 후로부터/ (오키츠나미)/ 반달 같은 눈썹이/ (오호후네노)/ 흔들흔들 하면서/ 눈앞에 아른/ 속절없이 보여서/ 이리 그리면/ 늙어가려는 내 몸/ 과연 견딜 수 있을까

해설

　　바다의 신이 좋은 상자 속에다 넣어 두고는 소중히 여긴다는 진주, 그 이상으로 귀하게 생각을 했던 내 자식이기는 하지만, 현실 세상의 일반적인 도리 때문에, 대장부인 남편이 이끄는 대로 따라서 멀리 떨어진 시골인 越國을 향하여서, 나뭇가지가 갈라지듯이 그렇게 헤어져서 간 후로부터 먼 바다의 물결과 같은 아름다운 눈썹이, 큰 배처럼 흔들흔들 하면서 눈앞에 속절없이 계속 아른거리므로 이렇게 그리워하면, 늙어가는 내 몸이 과연 몸을 지탱할 수 있을까라는 내용이다.

延ふ蔦[12]の　別れにしより　沖つ波　撓む眉引[13]　大船の　ゆくらゆくらに[14]　面影に　もとな[15]
見えつつ　かく戀ひば　老づく吾が身　けだし[16]堪へむかも

わたつみの　かみのみことの　みくしげに　たくはひおきて　いつくとふ　たまにまさりて
おもへりし　あがこにはあれど　うつせみの　よのことわりと　ますらをの　ひきのまにま
に　しなざかる　こしぢをさして　はふつたの　わかれにしより　おきつなみ　とをむまよび
き　おほふねの　ゆくらゆくらに　おもかげに　もとなみえつつ　かくこひば　おいづくあが
み　けだしあへむかも

反歌一首

4221　可久婆可里　古非之久志安良婆　末蘇可我美　弥奴比等吉奈久　安良麻之母能乎

かくばかり　戀しくし[17]あらば　眞澄鏡[18]　見ぬ日時なく　あらましものを[19]

かくばかり　こひしくしあらば　まそかがみ　みぬひときなく　あらましものを

　左注　右二首, 大伴氏坂上郎女, 賜女子大孃也.

---

12 **延ふ蔦**: 가지가 갈라지는 모양에 의해 '別れ'를 상투적으로 수식하는 枕詞이다.
13 **撓む眉引**: 먼 바다의 높은 물결처럼 부드러운 눈썹이다.
14 **ゆくらゆくらに**: 마음이 떠 있는 것을 나타낸다.
15 **もとな**: 의지할 곳이 없이. 'もとなし'의 어간으로 부사이다.
16 **けだし**: 혹은.
17 **戀しくし**: 'し'는 강조를 나타낸다.
18 **眞澄鏡**: 거울의 美稱으로 '見る'를 상투적으로 수식하는 枕詞이다.
19 **あらましものを**: 보지 않는 날이 없이, 보지 않는 때가 없이 있고 싶다.

    左注를 보면 坂上郎女가, 자신의 딸인 坂上大嬢이 남편인 家持를 따라 越中으로 가서 있을 동안 딸을 그리워하는 마음을 노래한 것이다.

'老づく吾が身'에 대해 全集에서는, '和銅 8년(715)에 작자를 매우 사랑했다고 하는 穗積親王이 사망했을 때를 20세라고 가정을 하여, 이때 天平勝寶 2년(750)에는 55세라고 추정하는 설도 있다'고 하였다[『萬葉集』 4, p.331].

青木生子는, '약 3개월 전에 大嬢이 자신의 母인 坂上郎女에게 보낸 노래 4169~4170번가(家持 대작)에 대한 답가이다. 그때 大嬢은 28세, 郎女는 55세 전후로 추정된다'고 하였으며, 또 '권제19에서 예외적으로 1字1음식 표기로 되어 있다. 坂上郎女는 家持와 大嬢에게 도움에 있는 尊母(4169번가의 제목)이므로 家持가 편집을 할 때, 보낸 사람의 원래의 표기를 존중한 것으로 생각된다'고 하였다[『萬葉集全注』 19, p.166].

反歌 1수

4221   이렇게까지/ 그리운 것이라면요/ (마소카가미)/ 보지 않는 때 없이/ 있고 싶은 것인 걸

✿ 해설

이렇게까지 그리운 것이라면, 맑은 거울을 보지 않는 날 보지 않는 때가 없듯이, 늘 보고 있다면 좋겠네라는 내용이다.

'まし'를 全集에서는, '사실에 반대되는 것을 가상하는 조동사. 충분히 보았다면 좋았을 것이라고 후회하고 있는 것'이라고 하였다[『萬葉集』 4, p.331].

青木生子는, '이 노래를 마지막으로『만엽집』에서 坂上郎女의 이름은 보이지 않는다. 그 뒤의 坂上郎女에 대해서는 알 수 없지만, 尾山篤二郎은 坂上郎女에 대한 家持의 挽歌가 없으므로, 家持의 작품의 하한인 天平寶字 3년(759)까지는 살아 있다고 하고 있다'고 하였다[『萬葉集全注』 19, p.168].

　　　좌주　위의 2수는, 오호토모(大伴)氏 사카노우헤노 이라츠메(坂上郎女)가 딸인 오호오토메(大嬢)에게 보낸 것이다.

'賜'에 대해 全集에서는, '『만엽집』에서는 황족이 서민에게 보내는 이외에는 거의 사용하지 않는다. 그러나 坂上郎女가 딸인 大嬢에게 보내는 경우에는 '賜'자를 쓰고 있다'고 하였다[『萬葉集』 4, p.332].

九月三日宴歌二首

4222 　許能之具礼　伊多久奈布里曽　和藝毛故尓　美勢牟我多米尓　母美知等里氐牟

　　　この時雨　いたくな降りそ　吾妹子[1]に　見せむがために　黄葉採りてむ[2]

　　　このしぐれ　いたくなふりそ　わぎもこに　みせむがために　もみちとりてむ

　　　左注　右一首, 掾[3]久米朝臣廣繩作之.

4223 　安乎尓与之　奈良比等美牟登　和我世故我　之米家牟毛美知　都知尓於知米也毛

　　　青丹よし　奈良人[4]見むと　わが背子[5]が　標めけむ[6]黄葉　地に落ちめやも[7]

　　　あをによし　ならひとみむと　わがせこが　しめけむもみち　つちにおちめやも

　　　左注　右一首, 守大伴宿祢家持作之.

---

1 **吾妹子**: 연회석에서의 노래가 항상 그렇듯이, 가상의 여성이겠지만 아내를 가리킨다.
2 **黄葉採りてむ**: 'て'는 완료의 조동사로 강조의 뜻이 있다.
3 **掾**: 3등관이다.
4 **奈良人**: 廣繩의 '吾妹子'를 가리킨다. 도읍인으로 칭찬한 표현이다.
5 **わが背子**: 廣繩을 가리킨다.
6 **標めけむ**: 내 것으로 점유한다. 'けむ'는 과거추량을 나타낸다.
7 **地に落ちめやも**: 'や'는 강한 부정을 동반한 의문을 나타낸다.

9월 3일의 연회의 노래 2수

4222　늦 가을비여/ 심하게 내리지 마/ 내 아내에게/ 보여주기 위해서/ 단풍잎 주워야지

❀ 해설

　늦 가을비여. 심하게 내리지 말아 다오. 내 아내에게 보여 주기 위해서 단풍잎을 주워야지라는 내용
이다.
　九月三日을 全集에서는, '양력 10월 7일이라고 하였다『萬葉集』 4, p.332l. 青木生子는 10월 11일이라
고 하였다『萬葉集全注』 19, p.168l. 그리고 이 작품을 '廣繩이 주인으로서 부른 인사 노래일 것이다'고
하였다『萬葉集全注』 19, p.169l.

　　좌주 위의 1수는, 판관 쿠메노 아소미 히로나하(久米朝臣廣繩)가 지었다.

4223　(아오니요시)/ 나라(奈良)인께 보이려/ 나의 그대가/ 표시를 한 단풍은/ 땅에 떨어질 건가요

❀ 해설

　붉은 색과 푸른 색의 흙이 좋은 나라(奈良)에 살고 있는 사람인 그대의 아내에게 보여주기 위해서,
자기 것으로 표시를 해 둔 단풍은 어찌 허망하게도 땅에 떨어지는 일이 있을 수 있겠는가요라는
내용이다.
　단풍잎이 땅에 떨어질 리가 없다고 하며 家持가 廣繩을 위로한 노래이다.

　　좌주 위의 1수는, 상관 오오토모노 스쿠네 야기고치(大伴宿禰家持)가 지었다.

4224　朝霧之　多奈引田爲尓　鳴鴈乎　留得哉　吾屋戸能波義

朝霧の　たなびく田居[1]に　鳴く雁を　留み得むかも　わが屋戸の萩[2]

あさぎりの　たなびくたゐに　なくかりを　とどみえむかも　わがやどのはぎ

左注　右一首歌者, 幸於芳野宮之時[3], 藤原皇后[4]御作. 但年月未審詳.
十月五日, 河邊朝臣東人[5]傳誦云尓[6].

4225　足日木之　山黄葉尓　四頭久相而　将落山道乎　公之超麻久

あしひきの　山の黄葉に　雫あひて[7]　散らむ[8]山道を　君が越えまく[9]

あしひきの　やまのもみちに　しづくあひて　ちらむやまぢを　きみがこえまく

左注　右一首, 同月十六日[10], 餞之朝集使[11]少目[12]秦伊美吉石竹時, 守大伴宿祢家持作之

---

1 **田居**: 밭이다.
2 **わが屋戸の萩**: 左注로 보아 행행하는 곳의 行宮이라고 보는 것이 자연스럽겠다.
3 **幸於芳野宮之時**: 續紀에 기록된 가을 행행은 天平 8년(736) 6월 27일부터 7월 13일까지이다.
4 **藤原皇后**: 聖武천황의 왕후이다. 藤原不比等의 딸이다. 光明子이다.
5 **河邊朝臣東人**: 和歌 전승에 있어서 중요한 인물이다. 978, 1594번가 참조.
6 **傳誦云尓**: 문장 끝을 마무리하는 관례적인 표현이다.
7 **雫あひて**: 단풍과 물방울이 만나서.
8 **散らむ**: 단풍이 지는 것이다.
9 **君が越えまく**: 'まく'는 'む'의 명사형이다.
10 **同月十六日**: 11월 1일에 도읍으로 들어갈 예정이다.
11 **朝集使**: 11월 1일에 入京 예정.
12 **少目**: 4등관 중에서도 낮은 지위이다.

4224　아침 안개가/ 끼어 있는 밭에서/ 우는 기러기/ 멈추게 할 수 있나/ 우리 집의 싸리는

해설

아침 안개가 끼어 있는 밭에서 우는 기러기를 머물게 할 수 있을 것인가. 우리 집에 피어 있는 싸리는 이라는 내용이다.

기러기가 다른 곳으로 날아가지 못하게 하고 싶은 마음을 노래한 것이다.

'わが屋戸の萩'를 全集에서는, '平城宮의 中宮院의 정원에 피어 있는 싸리일 것이다. 吉野 離宮의 정원의 싸리로 해석하는 설도 있다'고 하였다『萬葉集』 4, p.332].

좌주 위의 1수의 노래는, 吉野宮에 행행하였을 때, 후지하라(藤原)황후가 지었다. 다만 연월은 아직 확실하지 않다.

10월 5일에, 카하베노 아소미 아즈마히토(河邊朝臣東人)가 전하여 읊은 것이라고 한다.

全集에서는, '聖武천황이 吉野 離宮에 행행한 것은 神龜 원년(724) 12월과 天平 8년(736) 6월 27일부터 7월 13일까지의 두 번 뿐이다. 후자 쪽이 가능성이 있지만 기러기와 싸리는 너무 이르다. 오늘날의 『續日本紀』에 보이지 않는 행행이 있었던 것인가'라고 하였다『萬葉集』 4, p.333].

河邊朝臣東人을 靑木生子는, '神護慶雲 원년(767)에 종5위하. 寶龜 원년(770)에 石見守. 天平 5년(733)에 藤原八束(房前의 셋째 아들)의 사자로, 山上憶良이 중병일 때 병문안을 한 적이 있다'고 하였다『萬葉集全注』 19, p.171].

4225　(아시히키노)/ 산의 단풍잎이요/ 빗방울에 젖어/ 지고 있는 산길을/ 그대 넘어감이여

해설

산의 단풍잎에 물방울이 떨어져, 그 물방울에 젖어서 단풍잎이 지고 있는 산길을 그대가 넘어가는 것이여라는 내용이다.

'散らむ山道'를 全集에서는, '越中에서 越前·近江을 지나 도읍으로 올라가는 도중에 있는 산길들을 말한다'고 하였다『萬葉集』 4, p.333].

靑木生子는, '초겨울에 산길을 넘어서 상경하는 일행의 노고를 생각하며 위로하는 송별가'라고 하였다 [『萬葉集全注』 19, p.173].

雪日作歌一首

4226　此雪之　消遺時尓　去來歸奈　山橘之　實光毛将見

この雪の　消[1]殘る時に[2]　いざ行かな　山橘[3]の　實の照るも見む[4]

このゆきの　けのこるときに　いざゆかな　やまたちばなの　みのてるもみむ

左注　右一首, 十二月, 大伴宿祢家持作之.

4227　大殿之　此廻之　雪莫踏祢　數毛　不零雪曽　山耳尓　零之雪曽　由米縁勿　人哉　莫履祢雪者

大殿[5]の　この廻の[6]　雪な踏みそね[7]　しばしばも　降らぬ雪そ　山のみ[8]に　降りし雪そ　ゆめ[9]寄るな　人や　な踏みそね雪は[10]

おほとのの　このもとほりの　ゆきなふみそね　しばしばも　ふらぬゆきそ　やまのみに　ふりしゆきそ　ゆめよるな　ひとや　なふみそねゆきは

---

1 消: 'け'는 'きえ'의 축약형이다.
2 殘る時に: 얕게 내린 눈이 정취가 있는 때에.
3 山橘: 자금우.
4 實の照るも見む: 눈도 열매도.
5 大殿: 멋진 건물이다. 三方沙彌가 불렀을 때는, 北卿의 저택의 건물을 가리키는 것이 된다.
6 この廻の: 동사 'もとほる'에 의한 명사이다.
7 雪な踏みそね: 'な…そね'는 금지를 나타낸다.
8 山のみ: 마을에는 내리지 않고 산에만 내린다는 뜻이다.
9 ゆめ: 금지를 나타내는 부사이다.
10 な踏みそね雪は: 마지막 3구는 이른바 537로 끝나고 있다. 옛 노래의 형식이다.

좌주 위의 1수는, 같은 달 16일에 朝集使 少目인 하다노 이미키 이하타케(秦伊美吉石竹)에게 송별연을 베풀 때, 장관 오호토모노 스쿠네 야카모치(大伴宿禰家持)가 지었다.

'同月十六日'을 全集에서는, '양력 11월 19일. 朝集使는 11월 1일까지 입경하지 않으면 안 되는 규정이 있었으며, 『延喜式』에 의하면 越中에서 상경하는데 17일(내려가는 데는 9일)이 걸리는 것으로 정해져 있었다'고 하였다[『萬葉集』 4, p.333].

눈 오는 날 지은 노래 1수

4226 이 눈이 아직/ 남아 있을 때에요/ 자아 가 보죠/ 산속의 홍귤이요/ 빛나는 것도 보죠

✿ 해설

이 눈이 아직 남아 있을 때에 자아 여러분 갑시다. 산속의 홍귤나무 열매가 눈 속에서 빛나는 것도 봅시다라는 내용이다.

中西 進은 이 작품을 뛰어난 작품이라고 하였다.

좌주 위의 1수는, 12월에, 오호토모노 스쿠네 야카모치(大伴宿禰家持)가 지었다.

4227 대저택의요/ 이곳의 주변의요/ 눈을 밟지 말아요/ 그렇게 자주/ 내리지 않는 눈/ 산 쪽에만이/ 내린 눈이라네/ 절대 접근 마/ 사람들/ 밟지를 말아요 눈은

✿ 해설

대저택의 이 주변이 눈을 밟지 말아 주세요. 그렇게 자주는 내리지 않는 눈이랍니다. 산에만 내리는 눈이랍니다. 그러니 절대로 이곳 가까이로 오지 말아 주세요. 사람들이여. 밟지 말아 주세요 눈은이라는 내용이다.

大系에서는, '이 노래는 처음 3구는 577이라고 하는 片歌의 형식. 다음의 6구는 575777이라는 佛足石歌 형식을 취하고 있는 드문 형식으로 『만엽집』에서 이 작품 외에는 없다'고 하였다[『萬葉集』 4, p.357].

反歌一首

4228　有都々毛　御見多麻波牟曽　大殿乃　此母等保里能　雪奈布美曽祢

ありつつも[1]　見し給はむそ[2]　大殿の　この廻の　雪な踏みそね

ありつつも　めしたまはむそ　おほとのの　このもとほりの　ゆきなふみそね

左注　右二首歌者, 三形沙彌[3], 承贈左大臣藤原北卿[4]之語[5], 依誦之也[6]. 聞之傳者, 笠朝臣子君[7]. 復後傳讀者, 越中國掾久米朝臣廣繩是也.

---

1 **ありつつも**: 이대로 계속.
2 **見し給はむそ**: '見し'는 '見る'의 명사형이다.
3 **三形沙彌**: 三方氏의 沙彌. 山田三方과 동일 인물로도 볼 수 있지만 확실하지 않다. 이때는 말년으로 보이며 다른 곳에서도 그 작품이 전송되고 있다(1027번가).
4 **左大臣藤原北卿**: 房前. 贈은 사후에 左大臣으로 추증되었다는 뜻이다[天平 9년(737) 4월에 사망. 10월에 추증됨]. 北卿은 北家의 卿이다.
5 **語**: 노래를 피로하라는 말이다.
6 **依誦之也**: 입으로 노래했다. 창작한 노래와 구별되며, 전승되던 노래를 부르는 경우가 많다. 이 1수도 어디서나 통용하는 전송가의 유형적인 노래이다.
7 **笠朝臣子君**: 전미상이다.

反歌 1수

4228 언제까지나/ 보실 것이겠지요/ 이 대저택의/ 이 근처 주변의요/ 눈을 밟지 말아요

 해설

언제까지나 계속 보실 것이겠지요. 그러니 이 대저택 주변의 눈을 밟지 말아 주세요라는 내용이다.

좌주 위의 2수의 노래는, 미카타(三形)沙彌가, 左大臣 후지하라노 키타(藤原 北)卿의 말에 의해 부른 것이다. 듣고 전한 사람은 카사노 아소미 코키미(笠朝臣子君)이다. 또 후에 다시 전하여 부른 사람은 越中國의 판관 쿠메노 아소미 히로나하(久米朝臣廣繩)이다.

　左注 원문의 '依誦之也'를 취하여 中西 進은 三形沙彌가 창작한 것이 아니라 전승되던 노래를 부른 것으로 보았다. 大系에서는 '依誦之也'를 취하면서도, '이 左注를 보면 당시의 노래의 창작 · 전파 양상을 잘 알 수 있다. 즉 三形沙彌는 대신 창작한 사람이며 그 최초로 誦詠한 사람이다. 그것을 듣고 기억하고 있던 사람이 笠朝臣子君이며, 그것을 기억하여 家持에게 전한 사람이 久米廣繩이다. 大伴家持 때 비로소 문자로 기록된 것이다. 이처럼 당시의 노래는 처음부터 기록된 것만 있었던 것이 아니고, 오히려 입에서 귀로, 귀에서 입으로 전해졌다. 이런 사정을 이해하면, 권제1의 額田王과 大海人황자와의 上聞歌(20 · 21번가)가 기록된 상황 등도 추측할 수 있다. 즉 노래는 입에서 귀로 전해져, 어느 곳에서 그것이 문자화된 것이 적지 않았던 것이다'고 하였다[『萬葉集』 4, p.359]. 三形沙彌를 代作者로 본 것이다.

그런데 私注 · 全集에서는 底本의 '作誦之也'를 취하여 三形沙彌가 자신이 지은 노래를 부른 것이라고 보았다고 하였다[『萬葉集私注』 9, p.198), (『萬葉集』 4, p.334)]. 靑木生子도 三形沙彌의 창작으로 보았다[『萬葉集全注』 19, p.177].

天平勝寶三年

4229 新　年之初者　弥年尓　雪踏平之　常如此尓毛我

新しき　年の初めは　彌年に[1]　雪踏み平し[2]　常かくにもが[3]

あらたしき　としのはじめは　いやとしに　ゆきふみならし　つねかくにもが

> **左注** 右一首歌者, 正月二日, 守舘集宴[4]. 於時零雪殊多, 積有四尺[5]焉. 即主人大伴宿祢家持, 作此歌也.

4230 落雪乎　腰尓奈都美弖　参來之　印毛有香　年之初尓

降る[6]雪を　腰になづみて[7]　参り來し　驗[8]もあるか　年の初に

ふるゆきを　こしになづみて　まゐりこし　しるしもあるか　としのはじめに

> **左注** 右一首, 三日, 會集介[9]内蔵忌寸繩麿之舘宴樂時, 大伴宿祢家持作之.

---

1 **彌年に**: 'いや・としに(いやとし・にが 아니다)'로, 해마다 한층 더 번영하여라는 뜻이다.
2 **雪踏み平し**: 눈은 풍요를 상징하는 것이므로 그것을 밟는다.
3 **常かくにもが**: 'もが'는 원망을 나타낸다.
4 **守舘集宴**: 新春에 國司가 郡司 등을 모아서 주연을 베푸는 것이 관례였다. 4136·4516번가 참조.
5 **四尺**: 약 120센티미터이다.
6 **降る**: 쌓인다.
7 **腰になづみて**: 힘들다는 뜻이다.
8 **驗**: 효과.
9 **介**: 차관이다.

天平勝寶 3년(751)

4229 새로 시작는/ 해의 처음에는요/ 해마다 더욱/ 눈을 밟아 디디며/ 늘 이리 하고 싶네

해설

새해의 처음에는, 더욱더욱 해마다 눈을 밟아서 디디며 늘 이렇게 연회를 하고 싶네라는 내용이다.
새해 초에 내리는 눈을 풍년의 상징으로 보고, 해마다 눈이 내려서 풍년이 되었으면 좋겠다고 기원하는 마음도 담았다.

大系에서는, '天平勝寶 3년(751)은 大佛開眼의 1년 전이며 좌대신은 橘諸兄이고, 藤原仲麿 등과의 충돌은 아직 표면화되지 않아서, 大伴 일족은 무사하게 1년을 보내었다. 그 편안한 생활을 家持는 새해 초에 기뻐하고 있는 것이다'고 하였다『萬葉集』 4, p.359].

天平勝寶 3년을 青木生子는, '家持 34세. 越中에 부임한 지 6년째. 越中守로서의 마지막 정월이 된다'고 하였다『萬葉集全注』 19, p.180].

좌주 위의 1수 노래는, 정월 2일에, 장관의 관사에 모여 연회하였다. 그때 내린 눈이 특히 많아서 4척 정도 쌓였다. 그래서 주인인 오호토모노 스쿠네 야카모치(大伴宿禰家持)가 이 노래를 지었다.

4230 내려 쌓인 눈/ 허리까지 잠기며/ 방문을 했는/ 보람도 있음이여/ 새해 시작되는 때

해설

점점 내려서 쌓인 눈에 허리까지 잠기면서 힘들게 방문을 했는데 그 보람도 있는 것이네. 새해가 시작되는 때에라는 내용이다.

青木生子는, '繩麻呂가 베푼 주연에 임해서 기쁨을 노래한 인사 노래. 주빈으로서 家持가 부른 것이다'고 하였다『萬葉集全注』 19, p.182].

좌주 위의 1수는, 3일에 차관 쿠라노 이미키 나하마로(内藏忌寸繩麿)의 관사에 모여서 연회하며 즐길 때, 오호토모노 스쿠네 야카모치(大伴宿禰家持)가 지었다.

'内藏忌寸繩麿'에 대해 青木生子는, "忌寸'은 성, '伊美吉'이라고도 쓴다. 正倉院 문서에 의하면 天平 17년(745)에 정6위상, 大藏의 小丞이었음을 알 수 있고, 그 후에 越中國의 차관으로 부임하여 天平勝寶 3년(751) 8월에, 家持가 少納言이 되어 상경할 때도 차관으로 재임하고 있다'고 하였다『萬葉集全注』 19, pp.126~127].

于時，積雪彫成重巖[1]之起，奇巧綵發草樹之花.
属[2]此掾久米朝臣廣繩作歌一首

4231　奈泥之故波　秋咲物乎　君宅之　雪巖尒　左家理家流可母

石竹花は　秋咲くものを　君[3]が家の　雪の巖に　咲けりけるかも

なでしこは　あきさくものを　きみがいへの　ゆきのいはほに　さけりけるかも

遊行女婦[4]蒲生娘子[5]歌一首

4232　雪嶋　巖尒殖有　奈泥之故波　千世尒開奴可　君之挿頭尒

雪の山齋[6]　巖[7]に植ゑたる　石竹花は　千世[8]に咲かぬか[9]　君[10]が挿頭[11]に

ゆきのしま　いはにうゑたる　なでしこは　ちよにさかぬか　きみがかざしに

---

1 **重巖**: 층층의 바위.
2 **属**: 이것에 주목해서.
3 **君**: 繩麿.
4 **遊行女婦**: 연회석에서 옛 노래를 전송하고, 노래를 짓기도 한 여성이다.
5 **蒲生娘子**: 전미상.
6 **山齋**: 숲을 만든 정원이다.
7 **巖**: 앞의 작품의, 눈으로 만든 바위를 말한다.
8 **千世**: 앞의 작품에서 가을꽃이 겨울에 피었다고 노래한 것을 받았다.
9 **咲かぬか**: 'ぬか'는 願望을 나타낸다.
10 **君**: 주빈인 家持를 가리킨다.
11 **挿頭**: 머리에 꽂는 것이다. 또는 그것이다.

이때, 눈을 쌓아서 첩첩이 솟은 바위 모양을 만들고,

교묘하게 초목의 꽃을 만들어서 장식을 하였다.

이것을 보고 판관 쿠메노 아소미 히로나하(久米朝臣廣繩)가 지은 노래 1수

4231 패랭이꽃은/ 가을에 피는 것을/ 그대의 집의요/ 눈으로 된 바위에/ 피었는 것이네요

🌸 해설

패랭이꽃은 가을에 피는 것이지요. 그런데 그대의 집의 눈으로 된 바위에는, 지금 겨울인데도 패랭이 꽃이 피어 있네요라는 내용이다.

家持가 좋아하는 패랭이꽃을 繩麻呂가 만들어서 장식한 것을, 久米朝臣廣繩이 보고 놀랍다고 하며 지은 것이다.

제목의 '奇巧綵發草樹之花' 부분을 大系에서는 물을 들인 것으로 보았다『萬葉集』 4, p.360]. 私注・注 釋・全注에서는 조화로 보았다(『萬葉集私注』 9, p.200), (『萬葉集注釋』 19, p.138), (『萬葉集全注』 19, p.183)]. 조화로 보는 것이 좋겠다.

遊行女婦인 카마후노 오토메(蒲生娘子)의 노래 1수

4232 눈의 정원의/ 바위에 심어 놓은/ 패랭이꽃은/ 영원히 피었으면/ 그대 머리에 꽂게

🌸 해설

눈이 쌓인 정원에, 눈으로 만든 바위에 심어 놓은 패랭이꽃이, 영원히 계속 피었으면 좋겠네요. 그대가 머리에 장식으로 꽂을 수 있도록이라는 내용이다.

全集에서는 주인에 대한 축하 노래라고 하였다『萬葉集』 4, p.336].

'遊行女婦'에 대해 靑木生子는, "遊女'라고 한 것은 平安시대부터이며, 萬葉集에서는 모두 遊行女婦로 쓰고 있다. (중략) 遊行・うかれ에서 한 곳에 머물지 않는 유랑하는 여자, 집시를 연상하는 설도 있지만 반드시 유랑을 의미하는 말은 아니고, 초대를 받으면 어디든지 가는 여자가 '遊行女婦'일 것이라는 설(土 橋 寬)을 따르고 싶다. (중략) 萬葉 시대의 遊行女婦는 귀족의 연회에서 시중을 들 뿐만 아니라 和歌를 잘 짓고, 또 민간에 전해지는 노래를 아름다운 목소리로 불러서 연회자리를 즐겁게 하는 재능과 교양을 가지고 있었던 것이다'고 하였다『萬葉集全注』 19, p.185].

于是諸人酒酣，更深鶏鳴[1]．因此主人内蔵伊美吉繩麿作歌一首

4233　打羽振　鶏者鳴等母　如此許　零敷雪尓　君伊麻左米也母

　　　うち羽振き[2]　鶏は鳴くとも[3]　かくばかり　降り敷く雪に　君いまさ[4]めやも[5]

　　　うちはぶき　とりはなくとも　かくばかり　ふりしくゆきに　きみいまさめやも

守大伴宿祢家持和歌一首

4234　鳴鶏者　弥及鳴杼　落雪之　千重尓積許曽　吾等立可氏祢

　　　鳴く鶏は　彌しき[6]鳴けど　降る雪の　千重に積めこそ　われ立ちかてね[7]

　　　なくとりは　いやしきなけど　ふるゆきの　ちへにつめこそ　われたちかてね

---

　1 **鶏鳴**: 날이 밝았음을 알리는 닭의 울음소리. 연회가 끝나는 것을 아쉬워하는 마음에서 화제가 된다.
　2 **うち羽振き**: '振く'는 흔드는 것이다.
　3 **鶏は鳴くとも**: 'とも'는 원래 가정조건을 나타낸다.
　4 **いまさ**: 여기에서는 '돌아가다'의 경어이다.
　5 **めやも**: 'やも'는 강한 부정을 동반한 의문을 나타낸다.
　6 **彌しき**: 여전히 계속해서.
　7 **立ちかてね**: 'かて'는 할 수 있다는 뜻이다.

이 때, 사람들은 술을 서로 권하고, 드디어 날이 밝아 닭이 울었다. 그래서 주인인 쿠라노 이미키 나하마로(內藏忌寸繩麿)가 지은 노래 1수

4233 날개를 치며/ 닭은 울지만도요/ 이렇게 많이/ 내려 쌓인 눈 속에/ 그대 어찌 돌아갈까

❀ 해설

날개를 치며 닭은 울어 아침이 되었지만, 이렇게 많이 내려 쌓인 눈 속에 그대는 어떻게 돌아갈 수가 있을까요라는 내용이다.

손님들이 돌아가는 것을 아쉬워하며 붙잡는 노래이다.

장관 오호토모노 스쿠네 야카모치(大伴宿禰家持)가 답한 노래 1수

4234 우는 닭은요/ 더욱 울고 있지만/ 내리는 눈이/ 많이도 쌓였으니/ 돌아갈 수가 없네

❀ 해설

우는 닭은 더욱 계속해서 울고 있지만, 내리는 눈이 이렇게도 많이 쌓였으니 나는 돌아갈 수가 없네라는 내용이다.

靑木生子는, '주연의 흥겨움에 빠진 일동의 마음을 대표해서, 주인이 말하는 대로 머물 것을 완곡하게 말하여 답한 노래이다. 어디까지나 내려 쌓이는 눈을 핑계로 한 노래이지만, 주연의 흥을 칭찬한 것임은 말할 필요가 없다'고 하였다(『萬葉集全注』 19, p.188).

太政大臣藤原家¹之縣犬養命婦², 奉天皇³歌一首

4235 天雲乎　富呂尔布美安太之　鳴神毛　今日尔益而　可之古家米也母

　　　天雲を　ほろ⁴に踏みあだし⁵　鳴神も　今日に益りて　畏けめやも⁶

　　　あまくもを　ほろにふみあだし　なるかみも　けふにまさりて　かしこけめやも

左注　右一首, 傳誦椽久米朝臣廣繩也.

悲傷死妻歌一首并短歌 作主未詳⁷

4236 天地之　神者无可礼也　愛　吾妻離流　光神　鳴波多嬢孀　携手　共将有等　念之尔　情違奴
　　　将言爲便　将作爲便不知尔　木綿手次　肩尔取挂　倭文幣乎　手尔取持氐　勿令離等　和礼波
　　　雖禱　巻而寐之　妹之手本者　雲尔多奈妣久

　　　天地の　神は無かれや⁸　愛しき　わが妻離る⁹　光る神¹⁰　鳴はた少女¹¹　携はり¹²　共にあら

---

1 **太政大臣藤原家**: 藤原不比等의 아내의. 不比等은 養老 4년(720) 8월에 사망하였다. 10월에 太政大臣 정1위를 추증.
2 **縣犬養命婦**: 三千代. 光明황후의 생모로 天平 5년(733) 정월에 사망하였다. 命婦는 5위 이상의 부인(內命婦), 또는 5위 이상인 사람의 아내(外命婦). 三千代는 정3위였다.
3 **天皇**: 聖務천황일 것이다.
4 **ほろ**: ほろ·はら는 같은 말이다.
5 **踏みあだし**: 'あだし'는 'あら(荒)し'와 같은 말인가.
6 **畏けめやも**: 'やも'는 강한 부정을 동반한 의문을 나타낸다.
7 **作主未詳**: 작자를 알 수 없는 전송가이다.
8 **無かれや**: '無かればや'의 축약형이다.
9 **わが妻離る**: 사망한 것이다.
10 **光る神**: 천둥을 말한다.
11 **鳴はた少女**: 죽어서 구름이 되어 떠 있는 아내를 두려워하고(畏んでいた) 있었다고 해석해 둔다.
12 **携はり**: 손을 잡는 것이다.

太政大臣 후지하라(藤原)家의
아가타노 이누카히(縣犬養)命婦가, 천황에게 바치는 노래 1수

4235 하늘 구름을/ 산산히 밟아 흩고서/ 치는 천둥 신/ 오늘보다 더 크게/ 무서울 것인가요

해설

넓은 하늘의 구름을 산산히 밟아서 흩으며 치는 천둥의 신도, 오늘보다 더 무서울 것인가요라는 내용이다.

천둥도 오늘의 천황보다 무섭지 않다는 뜻이다. 천둥보다 더한 천황의 위력을 찬탄하며 황공한 마음을 나타낸 노래이다.

좌주 위의 1수는, 전송한 사람은 판관 쿠메노 아소미 히로나하(久米朝臣廣繩)이다.

죽은 아내를 슬퍼한 노래 1수와 短歌 작자는 아직 확실하지 않다

4236 하늘과 땅의/ 신이 없어서인가/ 사랑스러운/ 내 아내 떠나갔네/ 번쩍이는 신/ 울리는 듯한/ 소녀/ 손을 잡고서/ 함께 있으려고요/ 생각을 했던/ 생각 틀려 버렸네/ 어찌 말할지/ 어찌 할지 몰라서/ 흰 천 어깨띠/ 어깨에 걸치고는/ 일본 무늬 천/ 손에 잡아 쥐고서/ 떠나지 말라/ 나는 빌지만서도/ 베개로 해 잔/ 아내의 옷소매는/ 구름으로 끼었네

해설

하늘과 땅의 신이 없기 때문인가. 사랑스러운 나의 아내는 나를 두고 멀리 저 세상으로 떠나가 버렸네. 번쩍이는 신이 소리를 울리는 듯한 소녀와 손을 서로 잡고, 함께 오래 살려고 생각을 하고 있었는데 그 생각이 빗나가 버렸네. 어떻게 말을 해야 할지, 어떻게 하면 좋을지 그 방법도 몰라서, 닥 섬유로 만든 어깨띠를 어깨에 걸치고, 일본의 전통적인 거친 천을 손에 잡아 쥐고서, 떠나가지 말라고 나는 빌지만, 베개로 해서 베고 잔 아내의 옷소매는 구름이 되어 흔들리네라는 내용이다.

むと 思ひしに 情違ひぬ 言はむすべ[13] 爲むすべ知らに 木綿襷[14] 肩に取り掛け 倭文幣[15] を 手に取り持ちて な離けそと[16] われは祈れど 枕きて[17]寝し 妹が手本[18]は 雲にたなびく[19]

あめつちの かみはなかれや うつくしき わがつまさかる ひかるかみ なりはたをとめ たづさはり ともにあらむと おもひしに こころたがひぬ いはむすべ せむすべしらに ゆふたすき かたにとりかけ しつぬさを てにとりもちて なさけそと われはいのれど まきてねし いもがたもとは くもにたなびく

反歌一首

4237 寤尔等 念氏之可毛 夢耳尔 手本巻寐等 見者須便奈之

現にと[20] 思ひてしかも[21] 夢のみに[22] 手本枕き寝と 見るはすべ無し

うつつにと おもひてしかも いめのみに たもとまきぬと みるはすべなし

左注 右二首, 傳誦遊行女婦蒲生是也.

---

13 **言はむすべ**: 이하 2구는 挽歌의 상투적인 표현이다. 이하 병으로 누워 있어서 아무 것도 할 수 없는 상태를 말한다.
14 **木綿襷**: 이하 신에게 비는 표현이다. 예가 많다. 木棉은 닥나무 섬유이다. 襷는 어깨에 걸치는 것이다.
15 **倭文幣**: 倭文은 비단 섬유에 대한 전통적인 직조 방법이다.
16 **な離けそと**: 신이 멀어지는 등.
17 **枕きて**: 베개로 하는 것이다.
18 **手本**: 손목. 여기에서는 소매를 말한다.
19 **雲にたなびく**: 이 구는 앞부분의 빛나는 신에 대응한다. 'に'는 '~로서'라는 뜻이다.
20 **現にと**: 제3구의 꿈.
21 **思ひてしかも**: 'てしか'는 願望을 나타낸다.
22 **夢のみに**: '見る'에 이어진다.

靑木生子는 이 작품에 대해, '축하해야 할 정월의 연회에 어울리지 않게, 아내의 죽음을 슬퍼하는 挽歌가 왜 불리어진 것일까. (중략) 도읍의 肆宴을 생각하게 하는 앞의 노래의 낭송과, 그것에 의해 유발된 고향을 생각하며 그리워하는 분위기이다. 연회의 절정이 지난 분위기 속에 누구의 작품인지도 알 수 없는, 전승되던, 아내를 잃은 사람의 슬픈 長歌가 蒲生에 의해 아름다운 소리로 낭송되자 도읍에 아내를 두고 온 관료들은 자신의 아내를 그리워하는 마음을, 아내를 잃은 슬픔에 얹어서 느끼며 눈물을 머금었을 것이다. 이처럼 挽歌가 죽음을 애도하는 목적에서 벗어나 애수를 달래기 위한 연회와 여행지에서 읊어진 예는, 이 외에 권제15의 3625~3626번가에도 보인다. 이른바 '노래의 轉用'으로 伊藤 博의 설에 상세하다'고 하였다[『萬葉集全注』 19, pp.193~194].

反歌 1수

4237　현실이라고/ 생각하고 싶네요/ 꿈속에서만/ 팔베개 해 자는 것/ 보는 것은 괴롭네

해설

현실이라고 생각하고 싶네요. 꿈속에서만 팔을 베개로 해서 잠을 자는 것은 괴로운 일이네라는 내용이다.

좌주 위의 2수, 전송한 자는 遊行女婦 카마후(蒲生)이다.

二月二日，會集于守舘宴¹作歌一首

4238　君之徃　若久尓有婆　梅柳　誰与共可　吾縵可牟

　　　　君が行　もし久にあらば　梅柳　誰とともにか　わが縵かむ²

　　　　きみがゆき　もしひさにあらば　うめやなぎ　たれとともにか　わがかづらかむ

> **左注**　右, 判官³久米朝臣廣繩, 以正税帳⁴應入京師. 仍守大伴宿祢家持作此歌也. 但越中風土, 梅花柳絮⁵三月初咲耳.

詠霍公鳥歌一首

4239　二上之　峯於乃繁尓　許毛里尓之　彼霍公鳥　待騰來奈賀受

　　　　二上の⁶　峰の上の繁に⁷　こもりにし　その霍公鳥　待てど來鳴かず

　　　　ふたがみの　をのへのしげに　こもりにし　そのほととぎす　まてどきなかず

> **左注**　右, 四月十六日, 大伴宿祢家持作之.

---

1 **宴**: 廣繩의 전별연이다.
2 **わが縵かむ**: 머리에 감는 것이다.
3 **判官**: 3등관이다.
4 **正税帳**: 3990번가 참조.
5 **梅花柳絮**: 버들의 열매가 부드럽게 부풀어 오르는 것이다.
6 **二上の**: 國廳 뒤의 산이다.
7 **峰の上の繁に**: 초목이 무성한 곳이다.

2월 2일에, 장관의 관사에 모여 연회하며 지은 노래 1수

4238 그대가 가고/ 만약에 오래 된다면/ 매화 버들을/ 누구와 함께 하여/ 내가 장식할거나

✿ 해설

그대가 떠나가고 나서 만약 오래된다면, 매화와 버들을 나는 누구와 함께 머리에 장식을 할까요라는 내용이다.

久米朝臣廣繩이 使의 임무를 잘 마치고 돌아오기까지 기다리기가 매우 힘들 것이라는 뜻으로, 빨리 돌아오기를 바라는 마음을 노래한 것이다.

二月二日을 全集에서는 양력 3월 3일에 해당한다고 하였다『萬葉集』 4, p.338].

좌주 위는, 판관 쿠메노 아소미 히로나하(久米朝臣廣繩)가 正税 장부를 가지고 도읍으로 가려고 하였다. 이에 장관 오호토모노 스쿠네 야카모치(大伴宿禰家持)가 이 노래를 지었다. 다만 코시노 미치노 나카(越中)의 風土에 梅花·柳絮는 3월에 처음 필 뿐이다.

두견새를 읊은 노래 1수

4239 후타가미(二上) 산/ 봉우리 우거진 데/ 숨어 있었던/ 그 두견새 말이죠/ 기다려도 안 오네

✿ 해설

후타가미(二上) 산의 봉우리 주변의 우거진 곳에 숨어 있던 그 두견새는, 기다리고 있어도 와서 울지를 않네라는 내용이다.

4월이 되었는데도 두견새가 마을에 와서 울지 않자, 두견새를 기다리는 마음을 노래한 것이다.

좌주 위는, 4월 16일에, 오호토모노 스쿠네 야카모치(大伴宿禰家持)가 지었다.

春日祭神¹之日, 藤原太后²御作歌一首. 即賜入唐大使³藤原朝臣清河⁴.

4240　大船尓　真梶繁貫　此吾子乎　韓國邊遣　伊波敞神多智

　　　大船に　眞楫⁵繁貫き　この吾子⁶を　韓國へ遣る　齋へ神たち

　　　おほふねに　まかぢしじぬき　このあこを　からくにへやる　いはへかみたち

大使藤原朝臣清河歌一首

4241　春日野尓　伊都久三諸乃　梅花　榮而在待　還來麻泥

　　　春日野に　齋く三諸⁷の　梅の花　榮えてあり待て⁸　還り來るまで

　　　かすがのに　いつくみもろの　うめのはな　さかえてありまて　かへりくるまで

---

1 **祭神**: 入唐 기원의 祭神. 이 해 2월 17일에 일행에게 敍位가 있었는데, 그보다 앞선 때인가.
2 **藤原太后**: 光明왕후. 淸河의 父 房前이 왕후의 오빠로, 淸河는 왕후의 생질에 해당한다. 淸河보다 5살 위다.
3 **入唐大使**: 天平勝寶 2년(750) 9월에 명을 받았다. 그때 46세. 淸河는 귀국에 실패하여 당나라에서 사망하였다.
4 **藤原朝臣淸河**: 底本에 이 다음에 '參議從四位下遣唐使'라는 주가 있다. 元曆校本을 따른다.
5 **眞楫**: 배 양쪽 현의 노를 말한다.
6 **이 吾子**: 친애의 뜻을 담은 호칭이다.
7 **齋く三諸**: 신이 있는 곳. 신사.
8 **榮えてあり待て**: 계속 기다리라는 뜻이다. 매화를 황후의 寓意로 보는 설이 있다.

카스가(春日)에서 신을 제사지낸 날,
후지하라(藤原)태후가 지은 노래 1수.
즉 入唐大使 후지하라노 아소미 키요카하(藤原朝臣清河)에게 내렸다.

4240 큰 배에다가/ 좌우에 노를 달아/ 이 아이를요/ 당나라로 보내니/ 축복해 줘요 신들

✿ 해설

큰 배의 좌우 양쪽 현에다 노를 가득 달아서, 이 아이를 당나라로 보냅니다. 그러니 안전하도록 축복을 해 주세요. 신들이여라는 내용이다.

春日신사를 全集에서는, '平城으로 천도한 후에 藤原씨의 신을 제사하였다. 현재의 春日신사 같은 건축물은 없었던 것 같지만, 그 위치는 지금과 거의 같았을 것이다. (중략) 清河가 藤原氏로서는 최초의 견당대사에 임명되었으며, 清河를 배출한 北家뿐만이 아니라 藤原氏 일원 모두, 光明왕후까지 포함해서 春日신사에 평안을 빌었다'고 하였다[『萬葉集』 4, pp.338~339].

大使 후지하라노 아소미 키요카하(藤原朝臣清河)의 노래 1수

4241 카스가(春日) 들에/ 제사지내는 곳의/ 매화꽃이여/ 계속 피어 기다려요/ 돌아올 때까지요

✿ 해설

카스가(春日) 들에서 제사를 지내고 있는 신사의 매화꽃이여. 이대로 계속 피어서 기다리고 있어다오. 돌아올 때까지라는 내용이다.

견당사의 임무를 잘 마치고 무사히 돌아오라는 왕후의 4240번가에 대해, 왕후의 생질이며 견당대사인 清河가 답한 노래이다.

注釋에서는 "榮えてあり待て'는 메화에 대해 한 말이며, 그 매화를 왕후에 비유했다고 보아야만 한다'고 하였다[『萬葉集注釋』 19, p.152].

靑木生子는, 清河가 눈앞의 매화꽃에 왕후를 중심으로 하는 일족을 비유하여 더욱 번영하기를 바라는 노래이다'고 하였다[『萬葉集全注』 19, p.201].

大納言藤原[1]家餞之入唐使等宴日歌一首[即主人卿[2]作之]

4242　天雲乃　去還奈牟　毛能由惠尓　念曽吾爲流　別悲美

　　　　天雲[3]の　去き還りなむ　もの故[4]に　思ひそあがする　別れ悲しみ

　　　　あまくもの　ゆきかへりなむ　ものゆゑに　おもひそあがする　わかれかなしみ

民部少輔[5]多治真人土[6]作歌一首

4243　住吉尓　伊都久祝之　神言等　行得毛來等毛　舶波早家无

　　　　住吉[7]に　齋く祝[8]が　神言と[9]　行くとも來とも[10]　船は早けむ

　　　　すみのえに　いつくはふりが　かむごとと　ゆくともくとも　ふねははやけむ

---

1 **大納言藤原**: 藤原仲麿. 天平勝寶 원년(749)부터 大納言. 다만 당시 마찬가지로 大納言이었던 豊成이라고도 생각할 수 있다.
2 **主人卿**: 仲麿(혹은 豊成).
3 **天雲**: 이 비유는 오가는 것에 대한 것임과 동시에, 떠나보내는 자에 대한 심정도 담겨 있다.
4 **もの故**: 순접.
5 **民部少輔**: 內務를 담당하는 관청의 차관 차석. 종5위상에 해당한다.
6 **多治眞人土**: 후에 參議治部卿, 종4위상. 당시 紫微大忠을 겸임하였다.
7 **住吉**: 難波의 住吉신사. 해신을 제사지낸다.
8 **齋く祝**: 신관의 하나이다.
9 **神言と**: 신탁이라고.
10 **行くとも來とも**: 간다고 해도 돌아온다고 해도.

大納言 후지하라(藤原)의 집에서 入唐使 등에게 전별연을 하는 날의 노래 1수[즉 주인인 (仲麿)卿이 지었다]

4242 구름과 같이/ 멀리 갔다 돌아올/ 사람이므로/ 근심걱정을 합니다/ 작별이 슬프므로

✿ 해설

하늘의 구름처럼 멀리, 당나라에 갔다가 돌아올 사람이므로 근심걱정을 합니다. 작별하는 것이 슬퍼서 라는 내용이다.

中西 進은 이 작품을 뛰어난 것으로 보았다.

'もの故に'를 中西 進은 순접으로 보고 '멀리 갔다가 돌아올 사람이므로 근심걱정을 한다'고 해석하였 다. 이렇게 해석하면 먼 여행길을 떠나기 때문에 걱정을 한다는 뜻이 된다. 그러나 大系・私注・注釋・全 集・全注에서는 모두, '멀리 갔다가 곧 돌아올 것이 확실한 그대인데도 근심걱정을 합니다'로 해석을 하였다. 이렇게 해석하면 역접이 된다. 확실히 돌아올 것이므로 걱정을 하지 않아도 되지만 작별이 슬퍼 서 걱정을 한다는 뜻이 된다. 私注・注釋・全注에서도 주인을 仲麿로 보았다(『萬葉集私注』 9, p.208), (『萬葉集注釋』 19, p.152), (『萬葉集全注』 19, p.203)].

民部少輔 타지히노 마히토 하니시(多治眞人土作)의 노래 1수

4243 스미노에(住吉)에/ 신 섬기는 신관의/ 신탁대로요/ 가는 것 오는 것도/ 배는 빠르겠지요

✿ 해설

스미노에(住吉) 신사에서 신을 제사지내는 신관의 전하는 신탁대로, 당나라로 가는 것도 오는 것도 배는 빠르겠지요라는 내용이다

당나라로 안전하게 잘 갔다가 빨리 돌아오라는 뜻이다.

靑木生子는, '신탁을 말하며 바닷길의 안전을 예축하는 송별가이다. 장중한 발언은 그 실현을 보증한 다고 하는 언령사상에 의한 것이다'고 하였다[『萬葉集全注』 19, p.204].

大使藤原朝臣清河歌一首

4244 荒玉之　年緒長　吾念有　兒等尒可戀　月近附奴

あらたまの[1]　年の緒[2]長く　わが思へる　兒ら[3]に戀ふべき[4]　月近づきぬ

あらたまの　としのをながく　わがもへる　こらにこふべき　つきちかづきぬ

天平五年[5]，贈入唐使歌一首并短歌 作主未詳

4245 虚見都　山跡乃國　青丹与之　平城京師由　忍照　難波尒久太里　住吉乃　三津尒舶能利

直渡　日入國尒　所遣　和我勢能君乎　懸麻久乃　由々志恐伎　墨吉乃　吾大御神　舶乃倍尒

宇之波伎座　舶騰毛尒　御立座而　佐之与良牟　礒乃埼々　許藝波底牟　泊々尒　荒風

浪尒安波世受　平久　率而可敏理麻世　毛等能國家尒

そらみつ[6]　大和の國　あをによし[7]　平城の都ゆ　押し照る[8]　難波に下り　住吉の　御津[9]に

船乗り　直渡り　日の入る國[10]に　遣はさゆ　わが背の君を　懸けまく[11]の　ゆゆし[12]畏き

---

1 **あらたまの**: 새로운 혼의. 年을 상투적으로 수식하는 枕詞이다.
2 **年の緒**: 긴 것을 '緒'라고 한다.
3 **兒ら**: 여성을 말하는 단어이다. 아내.
4 **戀ふべき**: 'べき'는 '…임에 틀림없다'는 뜻이다.
5 **天平五年**: 733년. 18년 전으로 이때의 견당사에 대해서는 이외에 894, 1453, 1790번가가 있다.
6 **そらみつ**: 하늘에 가득 찬다는 뜻으로 大和를 상투적으로 수식하는 枕詞이다.
7 **あをによし**: 푸른 색과 붉은 색이 아름답다는 뜻으로 奈良을 상투적으로 수식하는 枕詞이다.
8 **押し照る**: 태양이 온통 빛난다는 뜻으로 難波를 상투적으로 수식하는 枕詞이다.
9 **御津**: 住吉신사가 있는 항구이다.
10 **日の入る國**: 당나라.
11 **懸けまく**: 'まく'는 'む'의 명사형이다.
12 **ゆゆし**: 근신하며 꺼리는 것이다.

大使 후지하라노 아소미 키요카하(藤原朝臣清河)의 노래 1수

4244 (아라타마노)/ 연월이 오래도록/ 내가 생각을 해 온/ 아내 그리워할/ 달이 가까워졌네

🌸 해설

　세월이 오래도록 변함이 없이, 내가 사랑스럽다고 생각을 해 온 아내를 그리워해서 괴로워해야 할 달이 가까워졌네라는 내용이다.
　당나라로 출발을 하면 아내 생각에 괴로울 것인데, 그 아내와 이별해야 하는 달이 가까워졌다는 뜻이다.

天平 5년(733)에, 入唐使에게 주는 노래 1수와 短歌 작자는 미상이다

4245 (소라미츠)/ 야마토(大和)의 나라/ (아오니요시)/ 나라(平城)의 도읍에서/ (오시테루)/ 나니하(難波)로 내려가/ 스미노에(住吉)의/ 항구에서 배 타고/ 바로 건너서/ 해가 지는 나라로/ 파견이 되는/ 친애하는 그대를/ 입에 담기도/ 두렵고도 무서운/ 스미노에(住吉)의/ 오호미카미(大御神)들아/ 배 고물 쪽에/ 좌정을 하고서는/ 뱃머리 쪽에/ 서서 있음으로써/ 기항을 하는/ 바위 많은 곳곳과/ 정박을 하는/ 항구 항구마다에/ 거친 바람과/ 파도 만나지/ 않고/ 아무 탈 없이/ 돌아오게 해 줘요/ 본래의 조정으로

🌸 해설

　일본(大和)의, 푸른 색과 붉은 색의 흙이 아름다운 나라(奈良)의 도읍에서부터 태양이 온통 빛나는 나니하(難波)로 내려가서 스미노에(住吉)의 항구에서 배를 타고 바로 바다를 건너서, 해가 지는 나라인 당나라로 파견이 되어서 떠나는 친애하는 그대를, 입 밖으로 내어서 말하는 것도 두렵고도 무서운 스미노에(住吉)의 오호미카미(大御神)들이여. 배의 앞쪽에도 좌정을 하고 배의 뒤쪽에도 서 있으면서 배가 들르는 바위가 많은 곳곳마다, 그리고 또 배가 정박을 하는 항구 항구마다 거친 바람과 파도를 만나지 않고 아무 탈 없이 무사하게 돌아오게 해 주세요. 본래의 조정으로라는 내용이다.

住吉の　わが大御神　船の舳¹³に　領き¹⁴坐し　船艫に　み立いまして　さし寄らむ　磯の埼埼

漕ぎ泊てむ　泊泊に　荒き風　波に遇はせず　平けく　率て歸りませ¹⁵　本の國家に

そらみつ　やまとのくに　あをによし　ならのみやこゆ　おしてる　なにはにくだり　すみの

えの　みつにふなのり　ただわたり　ひのいるくにに　つかはさゆ　わがせのきみを　かけまく

の　ゆゆしかしこき　すみのえの　わがおほみかみ　ふなのへに　うしはきいまし　ふなど

もに　みたちいまして　さしよらむ　いそのさきざき　こぎはてむ　とまりとまりに　あらき

かぜ　なみにあはせず　たひらけく　ゐてかへりませ　もとのみかどに

反歌

4246　奥浪　邊波莫起　君之舶　許藝可敝里來而　津尓泊麻泥

沖つ波　邊波な越しそ¹⁶　君が船　漕ぎ歸り來て　津に泊つるまで

おきつなみ　へなみなこしそ　きみがふね　こぎかへりきて　つにはつるまで

---

13 **船の舳**: 앞. 艫의 반대이다.
14 **領き**: 지배한다는 뜻이다.
15 **率て歸りませ**: 'ませ'는 신에 대한 경어이다.
16 **邊波な越しそ**: 파도가 뱃전을 덮치면 침몰한다. 당시는 그것이 가장 큰 문제점이었을 것이다.

견당대사 일행이 당나라로 갔다가 일본으로 무사히 돌아오게 해 달라고 住吉의 신들에게 비는 내용이다.

私注에서는, '이 노래도 어느 정도 민요적인 부분이 있으므로, 어쩌면 훨씬 기원이 오래된 견당사 송별가가 전해져서, 天平 5년(733)에도 사용된 것인가, 혹은 天平 5년 이후 어느 정도의 전승에 의해 변경이 되어, 勝寶 3년(751)에 전송되었던 것이라고 생각하는 것도 가능하다'고 하였다[『萬葉集私注』 9, p.211].

靑木生子는, '입당사 일행 중의 아내의 입장에서의 노래'로 보았다[『萬葉集全注』 19, p.208].

'船の舳に 領き坐し'에 대해 全集에서는, 'へ는 앞쪽, うしはく는 신이 공간을 점유하는 것. 圓仁의『入唐求法巡禮行記』에 '舳頭神殿'이라고 있으며, 견당사의 主神은, 대사가 타는 첫째 배의 앞쪽의 社殿으로 住吉의 大神을 제사지내고 있었다는 것을 알 수 있다. 住吉의 신은 現人神으로 가끔 배 안에 모습을 나타내는 일이 있다고 전해진다'고 하였다[『萬葉集』 4, p.342].

反歌

4246   먼 바다 파도/ 해안 파도 넘지 마/ 그대의 배가/ 저어서 돌아와서/ 항구에 댈 때까지

해설

먼 바다의 파도도 해안의 파도도 뱃전을 넘지 말아 다오. 그대의 배가 저어서 돌아와서 항구에 정박할 때까지는이라는 내용이다.

바다의 파도가 견당사의 배를 덮쳐서 침몰하거나 하는 일이 없이, 무사하게 잘 갔다 오기를 바라는 노래이다.

阿倍朝臣老人¹, 遣唐時, 奉母²悲別歌一首

4247　天雲能　曽伎敝能伎波美　吾念有　伎美尓将別　日近成奴

天雲の　退きへ³の極　わが思へる　君⁴に別れむ　日近くなりぬ

あまくもの　そきへのきはみ　わがもへる　きみにわかれむ　ひちかくなりぬ

> **左注**　右件歌⁵者, 傳誦之人, 越中大目⁶高安倉人種麿是也. 但年月⁷次者随聞之時⁸載於此焉.

以七月十七日⁹, 遷任少納言¹⁰. 仍作悲別之歌,
贈貽¹¹朝集使¹²掾久米朝臣廣繩之舘二首
既滿六載¹³之期, 忽値遷替之運. 於是別舊之悽, 心中欝結,
拭涕之袖, 何以能旱. 因作悲歌二首, 式遺莫忘之志. 其詞曰

4248　荒玉乃　年緒長久　相見氏之　彼心引　将忘也毛

あらたまの¹⁴　年の緒長く　相見てし　その心引¹⁵　忘らえめやも¹⁶

あらたまの　としのをながく　あひみてし　そのこころびき　わすらえめやも

---

1 **阿倍朝臣老人**: 天平 5년(733) 견당사의 한 사람. 전미상.
2 **奉母**: 모자의 슬픈 이별이다.
3 **退きへ**: 물러나는 쪽이다.
4 **わが思へる 君**: 모친이다.
5 **右件歌**: 4240번가 이하.
6 **越中大目**: 4등관의 상석.
7 **年月**: 노래를 지은 연월이다.
8 **随聞之時**: 현재, 天平勝寶 3년(751) 4월부터 7월 사이이다.
9 **七月十七日**: 天平勝寶 3년(751) 가을의 除目.
10 **少納言**: 太政官의 3등관. 종5위상에 상당한다. 정원은 3명이다.
11 **贈貽**: 廣繩이 부재중인데 임지를 떠나므로.
12 **朝集使**: 이때 廣繩은 正稅使로 入京 중이었으므로(4238번가) 朝集使는 잘못된 것이다.
13 **六載**: 햇수로 6년(만 5년). 당시의 國守의 임기이다.
14 **あらたまの**: 새로운 혼의, 年을 상투적으로 수식하는 枕詞이다.
15 **その心引**: 마음에 끌려서.
16 **忘らえめやも**: 'え'는 가능을 나타낸다. 'やも'는 강한 부정을 동반한 의문을 나타낸다.

아헤노 아소미 오키나(阿倍朝臣老人)가 당나라로 파견될 때 어머니에게 바친, 이별을 슬퍼하는 노래 1수

4247 하늘 구름이/ 멀어지는 끝까지/ 내 사모하는/ 그대와 이별을 할 / 날이 가까워졌네

🌸 해설

하늘의 구름이 유유히 흘러가서 멀어지는 끝까지 헤어져 있어도, 내가 그리워하는 어머니와 이별을 해야 할 날이 가까워졌네라는 내용이다.

좌주 위의 노래는, 전송한 사람은 越中大目 타카야스노 쿠라히토 타네마로(高安倉人種麿)이다. 다만 연월의 순서는 들은 시간대로 여기에 싣는다.

'年月次者'에 대해 靑木生子는, '入唐에 관한 노래는 天平勝寶 3년(751)의 작품과 다음에 나오는 天平 5년(733)의 작품 등이 있는데, 연대의 전후가 잘못된 것처럼 보이지만, 이들 노래는 들은 순서 대로 실은 것이라는 뜻'이라고 하였다(『萬葉集全注』19, p.213).

7월 17일로, 少納言으로 전임되었다. 그래서 작별을 슬퍼하는 노래를 지어서 朝集 使인 판관 쿠메노 아소미 히로나하(久米朝臣廣繩)의 관사로 보내어서 남긴 2수

이미 6년의 임기가 차서, 어느덧 전임할 때가 되었다. 그래서 옛 지인들과 작별하는 슬픔은 마음을 어둡게 하고 눈물을 닦는 소매는 어느 것으로도 마를 수가 없네. 이에 슬픈 노래 2수를 지어서 잊기 어려운 생각을 남긴다. 그 노래에 말하기를

4248 (아라타마노)/ 연월의 오랫동안/ 서로 만났던/ 그 마음에 끌려서/ 잊을 수가 있을까

🌸 해설

오랜 세월 동안 서로 만나고 교유를 했었지요. 그 마음에 끌려서 어찌 잊을 수가 있을까요라는 내용이다.

임기를 마치고 떠나지만, 廣繩이 보인 호의와 그동안 쌓은 친분은 잊을 수가 없다는 뜻이다.

'七月十七日'을 全集에서는 태양력 8월 12일이라고 하였다(『萬葉集』 4, p.343).

4249　伊波世野尓　秋芽子之努藝　馬並　始鷹獦太尓　不爲哉将別

石瀬野[1]に　秋萩凌ぎ[2]　馬竝めて　初鷹獵[3]だに[4]　せずや別れむ

いはせのに　あきはぎしのぎ　うまなめて　はつとがりだに　せずやわかれむ

左注　右, 八月四日[5]贈之.

便附大帳使[6], 取八月五日應入京師. 因此, 以四日, 設國厨[7]之饌,
於介内蔵伊美吉繩麿舘餞之. 于時大伴宿祢家持作歌一首

4250　之奈謝可流　越尓五箇年　住々而　立別麻久　惜初夜可毛

しな離る[8]　越に五年[9]　住み住みて　立ち別れまく[10]　惜しき初夜かも

しなざかる　こしにいつとせ　すみすみて　たちわかれまく　をしきよひかも

---

1 **石瀬野**: 당시 新川郡의 지명이다. 또 國府 가까이의 石瀬(이시제)라고 하는 설도 있다.
2 **凌ぎ**: 누르는 것이다.
3 **初鷹獵**: 금년 초의 매사냥이다.
4 **だに**: 그 외는 물론, 금년 초의 매사냥까지.
5 **八月四日**: 드디어 출발하는 때이다.
6 **大帳使**: 귀경하는 家持가 편의상 이 일을 겸하였다.
7 **國厨**: 國府의 厨房. 그 饌은 공적인 연회.
8 **しな離る**: 級(しな)離る.---3969번가 참조.
9 **五年**: 만으로 5년이다.
10 **立ち別れまく**: 'まく'는 'む'의 명사형이다.

4249　이하세(石瀬) 들에/ 가을싸리 짓눌러/ 말 나란히 해/ 금년 초 매사냥도/ 않고 헤어지나요

🌸 **해설**

　이하세(石瀬) 들에 가을싸리를 꺾어 누르고, 말을 나란히 해서 금년 초의 매사냥도 하지 않은 채로 헤어져야 하는 것입니까라는 내용이다.
　廣繩과 매사냥을 함께 했던 것을 생각하며, 곧 매사냥을 할 시기가 다가오는데 매사냥도 하지 못하는 아쉬움 속에, 작별을 안타까워한 노래이다.

　　좌주 위는, 8월 4일에 보내었다.

大帳使의 임무를 띠고, 8월 5일에 상경하려고 하였다.
그래서 4일에 國廳 주방의 음식을 차려서 차관 쿠라노 이미키
나하마로(內蔵伊美吉繩麿)의 관사에서 송별연을 열었다.
이때 오호토모노 스쿠네 야카모치(大伴宿禰家持)가 지은 노래 1수

4250　(시나자카루)/ 越中에서 만 5년/ 계속 살고는/ 헤어지는 것이요/ 슬픈 오늘 밤이여

🌸 **해설**

　먼 시골인 越中에서 만 5년 동안 계속 살고는 이렇게 헤어지는 것이 슬픈 오늘 밤이여라는 내용이다.
　송별연에서 家持가 이별을 아쉬워하는 노래이다.

五日平旦[1], 上道[2]. 仍國司次官已下諸僚, 皆共視送.
於時射水郡大領[3]安努君廣嶋門前之林中[4], 預設餞饌之宴.
于此大帳使大伴宿祢家持, 和内蔵伊美吉繩麿捧盞之歌[5]一首

4251　玉桙之　道尓出立　徃吾者　公之事跡乎　負而之将去

　　　玉桙の　道に出で立ち　行くわれは　君が事跡[6]を　負ひてし行かむ

　　　たまほこの　みちにいでたち　ゆくわれは　きみがこととを　おひてしゆかむ

正税帳使[7]掾久米朝臣廣繩[8], 事[9]畢退任, 適遇於越前國掾大伴宿祢池主之舘[10].
仍共飲樂也. 于時久米朝臣廣繩, 囑芽子花作歌一首

4252　君之家尓　殖有芽子之　始花乎　折而挿頭奈　客別度知

　　　君が家に　植ゑたる萩の　初花を　折りて挿頭さな[11]　旅別るどち[12]

　　　きみがいへに　うゑたるはぎの　はつはなを　をりてかざさな　たびわかるどち

---

1 **五日平旦**: 오전 4시이다.
2 **上道**: 여행길에 오르는 것이다.
3 **大領**: 郡司. 토착 호족이다. 일찍이 國造가 임명된 종신의 관직. 安努君도 安努의 國造일 것이다. 그 입장이 중앙관료를 송별하고 환영하는 데 어울린다.
4 **門前之林中**: 숲속에서 송별하는 것이 관습이다. 3353번가 참조.
5 **内蔵伊美吉繩麿捧盞之歌**: 차관으로 정식의 관직. 이별할 때 노래를 주고받는 것은 많이 보인다. 병사의 아내의 노래도 그 일종이다. 더구나 여기에서는 송별가를 바치는 것이다. 3708번가 참조.
6 **事跡**: 업적이다.
7 **正税帳使**: 正税 장부를 가지고 도읍으로 가는 사람이다.
8 **久米朝臣廣繩**: 家持가 전임하여 갈 때 유일하게 노래를 관사에 남겼던 부하 관료(4248번가).
9 **事**: 正税帳使로서의 임무이다.
10 **遇於越前國掾大伴宿祢池主之舘**: 家持와 廣繩이.
11 **挿頭さな**: '挿頭'는 원래, 장수는 비는 행위이다. 'な'는 원망을 나타낸다.
12 **どち**: 동료를 말한다.

5일 이른 아침에 출발했다. 따라서 國廳의 차관 이하 모든 관료들이 함께 배웅하였다. 이때 이미즈(射水)郡의 大領인 아노노 키미 히로시마(安努君廣嶋)의 집 앞의 숲에 미리 전별연의 음식이 준비되어 있었다. 그래서 大帳使인 오호토모노 스쿠네 야카모치(大伴宿禰家持)가, 쿠라노 이미키 나하마로(內蔵伊美吉繩麿)의 잔을 바치는 노래에 답한 1수

4251 (타마호코노)/ 여행길에 올라서/ 가는 나는요/ 그대의 업적도요/ 가득 지고 가지요

🌸 **해설**

멋진 창을 세워 놓은 길을 따라서 여행을 출발해서 도읍으로 떠나가는 나는, 그대의 업적을 많이 가지고 가지요라는 내용이다.
쿠라노 이미키 나하마로(內蔵伊美吉繩麿)의 업적을 칭찬하며, 감사의 마음을 담은 인사 노래이다.
쿠라노 이미키 나하마로(內蔵伊美吉繩麿)가 잔을 바치는 노래는 실려 있지 않다.

正稅帳使인 판관 쿠메노 아소미 히로나하(久米朝臣廣繩)는 임무를 마치고 임지로 돌아올 때, 마침 越前國의 판관 오호토모노 스쿠네 이케누시(大伴宿禰池主)의 관사에서 만났다. 이에 함께 연회를 즐겼다. 그때 久米朝臣廣繩이 싸리꽃을 보고 지은 노래 1수

4252 그대의 집에요/ 심어 놓은 싸리의/ 처음 핀 꽃을/ 꺾어 머리에 꽂죠/ 떠나가는 그대여

🌸 **해설**

그대의 집에 심어 놓은 싸리의 처음 핀 꽃을 꺾어서 머리에 꽂읍시다. 여행길을 떠나므로 헤어지는 그대여라는 내용이다.
久米朝臣廣繩이 正稅帳使 임무를 마치고 돌아가는 길에 池主의 관사에 들렀는데, 거기에서 마침 家持를 만났으므로 함께 즐기면서 싸리꽃을 보고 지은 노래이다. 또 곧 헤어져야 하는 아쉬운 마음을 담았다.

大伴宿祢家持和歌一首

4253 　立而居而　待登待可祢　伊泥氏來之　君尓於是相　挿頭都流波疑

　　　立ちて居て　待てど待ちかね¹　出でて來し　君に此處に遇ひ　挿頭しつる萩

　　　たちてゐて　まてどまちかね　いでてこし　きみにここにあひ　かざしつるはぎ

向京路上，依興預作侍宴應詔歌²一首并短歌

4254 　蜻嶋　山跡國乎　天雲尓　磐船浮　等母尓倍尓　真可伊繁貫　伊許藝都追　國看之勢志氏
　　　安母里麻之　掃平　千代累　弥嗣継尓　所知來流　天之日継等　神奈我良　吾皇乃　天下
　　　治賜者　物乃布能　八十友之雄乎　撫賜　等登能倍賜　食國之　四方之人乎母　安夫左波受
　　　恨賜者　従古昔　無利之瑞　多婢末祢久　申多麻比奴　手拱而　事無御代等　天地　日月等登
　　　聞仁　万世尓　記續牟曽　八隅知之　吾大皇　秋花　之我色々尓　見賜　明米多麻比　酒見附
　　　榮流今日之　安夜尓貴左

　　　秋津島³　大和の國⁴を　天雲に　磐船浮かべ⁵　艫に舳に　眞櫂繁貫き　い漕ぎつつ　國見し爲
　　　して⁶　天降り坐し　掃ひ言向け⁷　千代累ね　いや嗣継に　知らしける⁸　天の日嗣⁹と　神な

---

1 待てど待ちかね: 廣繩을.
2 應詔歌: 연회에서 노래를 지으라고 할 것을 예상하고 대비하여 미리 지은 노래이다.
3 秋津島: 결실이 풍성한 땅이라는 뜻이다. 大和를 상투적으로 수식하는 枕詞이다.
4 大和の國: '國見し爲して'로 이어진다.
5 磐船浮かべ: 니기하야히(견우)신의 신화. 이하 皇統과 연결하면 『고사기』, 『일본서기』에서 말하는 황통과
　다르게 된다.
6 國見し爲して: 'し'는 강조의 뜻이다. '爲し'는 경어이다.
7 掃ひ言向け: 복종시키는 것이다.
8 知らしける: '國見し爲して'를 받는다.
9 天の日嗣: 하늘의 해를 계승한다는 뜻으로 황위를 말한다.

오호토모노 스쿠네 야카모치(大伴宿禰家持)가 답한 노래 1수

4253 서서 앉아서/ 기다린 보람 없이/ 출발을 해 온/ 그대를 여기서 만나/ 머리에 꽂은 싸리

해설

섰다가 앉았다가 하면서 기다렸지만 아무래도 기다릴 수가 없어서 출발을 해 왔는데, 그대와 여기에서 만나서 함께 머리에 싸리꽃을 꽂아서 장식을 할 수가 있었네요는 내용이다.

廣繩이 돌아오면 보고 출발하려고 기다렸는데 출발하기 전에 돌아오지 않았으므로, 家持가 하는 수 없이 출발했는데, 池主의 관사에서 우연히 만난 기쁨을 노래한 것이다.

'待てど待ちかね 出でて來し 君に'를 私注와 注釋, 全注에서는 中西 進과 마찬가지로 작자인 家持가 기다릴 수가 없어서 출발해 온 것으로 해석하였다(『萬葉集私注』 9, p.218), (『萬葉集注釋』 19, p.167), (『萬葉集全注』 19, p.222)].

大系에서는, '기다릴 수가 없어서 출발을 해 온 그대'로 해석한 듯하다(『萬葉集』 4, p.371]. 그렇게 보면 기다리지 못하고 온 것은 廣繩이 된다.

도읍으로 향하는 길에, 흥에 의해 미리 짓는,
연회에서 노래를 지으라고 명령 받을 때를 대비한 노래 1수와 短歌

4254 (아키즈시마)/ 야마토(大和)의 나라를/ 하늘 구름에/ 바위 배를 띄워서/ 배 뒤와 앞에/ 좌우 노 많이 달아/ 저으면서요/ 쿠니미(國見)를 하면서/ 하늘에서 와/ 적을 복종시키고/ 천대를 이어/ 한층 계속하여서/ 평정을 해 온/ 천황의 자리에서/ 신격으로서/ 우리들의 대군이/ 하늘의 아래/ 통치를 하면은요/ 문무백관의/ 많은 관료들을요/ 사랑을 하고/

がら　わご大君[10]の　天の下　治め賜へば　物部の　八十伴の緒[11]を　撫で賜ひ　齊へ賜ひ[12]
食國の　四方の人[13]をも　遺さはず　惠み賜へば　古昔ゆ　無かりし瑞[14]　度まねく　申し給ひ
ぬ[15]　手拱きて　事無き御代と　天地　日月[16]と共に　万世に　記し續がむそ　やすみしし[17]
わご大君　秋の花　しが[18]色々に　見し賜ひ[19]　明め賜ひ[20]　酒宴　榮ゆる今日の　あやに貴さ

あきづしま　やまとのくにを　あまくもに　いはふねうかべ　ともにへに　まかいしじぬき
いこぎつつ　くにみしせして　あもりまし　はらひことむけ　ちよかさね　いやつぎつぎに
しらしける　あまのひつぎと　かむながら　わごおほきみの　あめのした　をさめたまへば
もののふの　やそとものをを　なでたまひ　ととのへたまひ　をすくにの　よものひとをも
あぶさはず　めぐみたまへば　いにしへゆ　なかりししるし　たびまねく　まをしたまひぬ
たむだきて　ことなきみよと　あめつち　ひつきとともに　よろづよに　しるしつがむそ
やすみしし　わごおほきみ　あきのはな　しがいろいろに　めしたまひ　あきらめたまひ
さかみづき　さかゆるけふの　あやにたふとさ

---

10 **わご大君**: 聖武천황을 가리킨다.
11 **八十伴の緒**: 많은 궁중의 봉사자.
12 **齊へ賜ひ**: 안정시킨다.
13 **四方の人**: 궁중의 신하들에 대해서 백성을 말한다.
14 **無かりし瑞**: 황금이 출토된 것을 염두에 두고 말한 것이다.
15 **申し給ひぬ**: '申し'는 천황에 대한 겸양을 나타낸다. '給ひ'는 奏上官(橘諸兄을 의식 한 것인가)에 대한 존경
    을 나타낸다.
16 **日月**: 영원한 것이다.
17 **やすみしし**: 여덟 구석을 다스리는. 즉 전 영역을 다스린다는 뜻이다.
18 **しが**: 문맥 지시어이다.
19 **見し賜ひ**: '見る'의 경어이다.
20 **明め賜ひ**: 마음을.

정비를 하시어서/ 지배를 하는/ 사방의 사람들도/ 빠짐이 없이/ 은혜를 베풀므로/ 옛날서부터/ 없었던 상서들이/ 계속하여서/ 주상되는 것이네/ 팔장 끼어도/ 태평스런 시대로/ 하늘과 땅/ 해와 달과 함께요/ 만대까지도/ 기록으로 남겠지/ (야스미시시)/ 우리들의 대군/ 가을의 꽃의/ 여러 가지 색들을/ 각각 보고는/ 마음 평안히 하고/ 술잔 기울여/ 즐겁게 노는 오늘/ 신기하고 귀하네

🌸 해설

결실이 풍성한 땅인 야마토(大和)의 나라를, 하늘의 구름에 바위 배를 띄워서 배의 뒤쪽에도 앞쪽에도 좌우에 노를 많이 달아서 노를 저으면서, 나라를 바라보며 축복하며 하늘로부터 땅으로 내려와서 방해되는 적들을 복종시키고, 천대를 이어 한층 더 계속해서 평정을 해 온 천황의 지위에 있으면서, 신으로서 왕이 천하를 통치하면, 궁정의 많은 문무백관들을 사랑하고, 정비를 하고 지배하는 사방의 모든 사람들에게도 빠짐없이 은혜를 베풀어 주므로, 옛날에는 없었던 상서로운 일들이 계속해서 주상되는 것이네. 아무 것도 하지 않고 팔장을 끼고 있어도 태평스러운 시대로, 하늘과 땅, 해와 달과 더불어 만대 후까지도 기록으로 남아 전하지. 나라 팔방 구석구석을 다스리는 왕이 가을 꽃의 여러 가지 색깔들을 보고는 마음을 편안하게 하고 술자리를 베풀고 술잔을 기울이며 즐겁게 노는 오늘이 더없이 귀하네라는 내용이다.

'わご大君'을 靑木生子는, 天平勝寶 원년(749)에 즉위한 孝謙천황으로 보았대『萬葉集全注』19, p.227].

靑木生子는, '이 豫作歌는, 흥에 의한 것이라고 제목에 명시되어 있는 것에 주목하고 싶다. 마음속에서 솟아오르는 감흥을 의미하는 '興'은 家持의 창작 동기와 심정을 나타내는 중요한 것으로, 依興歌와 豫作歌는 오히려 창작 정신의 밑바닥에 있어서 공통적인 것이라고 할 수 있다. 豫作歌이므로 '의례적이고 감흥이 일지 않는다'(全註釋)라고 하는 설명은 적어도 작자인 家持의 작가 태도에는 해당하지 않는 것이 아닐까. 말하자면 마음의 자부심이 창작의 '興'을 일으키고, 豫作歌를 짓게 한 적극적인 의미가 家持에게 인정되어도 좋은 것이다'고 하였대『萬葉集全注』 19, pp.229~230].

反歌一首

4255　秋時花　種尓有等　色別尓　見之明良牟流　今日之貴左

秋の花　種々にありと　色毎に　見し明らむる　今日の貴さ

あきのはな　くさぐさにありと　いろごとに　めしあきらむる　けふのたふとさ

爲壽左大臣橘卿[1]，預作歌一首

4256　古昔尓　君之三代経　仕家利　吾大主波　七世申祢

古昔[2]に　君し三代經て　仕へけり[3]　わが大主[4]は　七世[5]申さね[6]

いにしへに　きみしみよへて　つかへけり　わがおほぬしは　ななよまをさね

1　**左大臣橘卿**: 橘諸兄이다.
2　**古昔**: 과거.
3　**仕へけり**: 諸兄이 元明·元正·聖武 3대에 걸쳐 벼슬한 것을 말한다.
4　**わが大主**: 君(諸兄)은 '왕が大主'라고 하는 생각에서 부른 것이다. 主는 主君이다.
5　**七世**: 이때 孝謙천황 이후에 미쳐 7대까지.
6　**申さね**: 천하를 말한다. 太政官으로 집정하는 것을 말한다.

反歌 1수

4255 가을의 꽃은/ 여러 가지가 있다고/ 그 색깔마다/ 보고 상쾌해지는/ 오늘의 귀함이여

❋ 해설

가을 계절의 꽃은 여러 가지가 있다고, 그 꽃들의 각 색깔마다 보고는 마음을 상쾌하게 하는 오늘의 귀함이여라는 내용이다. 長歌의 끝부분을 가지고 노래한 것이다.

左大臣 타치바나(橘)卿의 장수를 기원하기 위해 미리 지은 노래 1수

4256 과거에는요/ 천황 3대를 거쳐/ 봉사했지요/ 나의 주군께서는/ 7대까지 하세요

❋ 해설

지금까지는 세 천황에게 봉사했지요. 나의 주군께서는 7대까지 집정을 해 주세요라는 내용이다. '古昔に 君し三代經て 仕へけり'를 中西 進은 橘諸兄이 지금까지 세 천황을 섬겼다는 뜻으로 해석하였다. 그래서 앞으로도 건강하게 살아서 일곱 천황을 섬기며 계속 집정을 해 달라고 노래한 것이다.

그러나 大系에서는, '武內宿禰는 장수해서 3대를 섬겼다고 알려져 있다(정확하게는 成務·仲哀·應神·仁德을 섬겼다). 그러나 여기에서는 橘諸兄의 母인 縣犬養宿禰三千代가 元明·元正·聖武 세 천황을 섬긴 것을 말한다고 보는 설도 있다'고 하였다『萬葉集』 4, p.373]. 私注에서는, '武內宿禰 등을 염두에 두었다고 해도 좋으며, 혹은 특정한 사람을 생각하지 않고 옛날의 유명한 사람도 3대이지만이라는 뜻인지도 모른다'고 하였다『萬葉集私注』 9, p.222]. 注釋에서는, '武內宿禰가 대신이 된 것은 成務의 시대인 것은, 『고사기』, 『일본서기』에 모두 기록되어 있는 것이므로 3대라고는 말할 수 없지만, '古に 君が三代經て'에서 漢의 고사를 연상하는 것도 다소 거리가 있고, 역시 武內宿禰 등을 생각한 것이라고 보아야만 한다'고 하였다『萬葉集注釋』 19, p.174]. 이 설들은 橘諸兄 아닌 다른 사람들이, 옛날에 많아도 세 천황을 섬겼다고 해석한 것이다. 橘諸兄은 장수해서 그들보다 훨씬 많이 일곱 천황을 섬기라는 뜻으로 본 것이다.

青木生子는, '家持는 당시의 정치계의 주요 인물인 橘諸兄의 비호를 받아서 越中守 직임도, 少納言으로 전임한 것도 諸兄의 힘에 의한 면이 적지 않았다고 추정되며, 家持에 있어 諸兄은 憶良의 말을 따른 '我が大主'로서, 자기의 정치적 후광으로 의지하는 존재였다. 家持가 신뢰와 기대를 기울였던 천황, 諸兄의 황친정치의 체제는, 그러나 家持가 越中에 재임하는 동안 이미 藤原仲麻呂의 시대로 바뀌어 가고 있었다고 해도, 家持는 오랜만의 도읍에서의 少納言의 신분을 생각할 때, 앞의 천황 찬가에 이어, 황친정치가인 諸兄에 대한 찬가를 여기에 함께 노래하지 않고는 있을 수 없었던 것이다'고 하였다『萬葉集全注』 19, p.235].

十月廿二日，於左大辨[1]紀飯麿朝臣[2]家宴歌三首

4257 手束弓　手尓取持而　朝獦尓　君者立之奴　多奈久良能野尓

手束弓[3]　手に取り持ちて　朝獵に　君は立たしぬ　棚倉の野[4]に

たつかゆみ　てにとりもちて　あさかりに　きみはたたしぬ　たなくらののに

左注　右一首，治部卿[5]船王[6]傳誦之，久迩京都時[7]歌. [未詳作主也]

4258 明日香河　々戸乎清美　後居而　戀者京　弥遠曾伎奴

明日香川　川門[8]を清み　後れ居て[9]　戀ふれば京　いや[10]遠そきぬ[11]

あすかがは　かはとをきよみ　おくれゐて　こふればみやこ　いやとほそきぬ

左注　右一首，左中辨[12]中臣朝臣清麿[13]傳誦，古京[14]時歌也.

---

1 **左大辨**: 太政官. 左辨官의 장관. 종4위하에 상당한다.
2 **紀飯麿朝臣**: 후에 參議 종3위. 이때 飯麿는 右大辨 종4위상으로, 左大辨에는 天平寶字 원년(757)에 승진하였다.
3 **手束弓**: 손에 잡고 있는 활. 작은 활인가.
4 **棚倉の野**: 京都府 綴喜(츠즈키)郡의 지역이라고도 相樂郡의 지역이라고도 전해진다.
5 **治部卿**: 治部省의 장관이다. 정4위하에 상당한다.
6 **船王**: 舍人황자의 아들이다. 이때 출석한 사람이다.
7 **久迩京都時**: 天平 12년(740) 12월부터 16년 2월까지의 聖武천황의 도읍.
8 **川門**: 강의 좁은 곳으로, 강을 건너는 데 이용된다.
9 **後れ居て**: 平城으로 도읍을 옮기는데.
10 **いや**: 거리 이상으로 심리적으로도.
11 **遠そきぬ**: 멀어지는 것이다.
12 **左中辨**: 辨官의 차관. 다만 清麿의 左中辨은 3년 후인 天平勝寶 6년(754) 7월.
13 **中臣朝臣清麿**: 萬葉 가인 중에 마지막으로 사망한 사람이다.
14 **古京**: 明日香 옛 도읍이다.

10월 22일에, 左大辨 키노 이히마로노 아소미(紀飯麿朝臣) 집에서 연회하는 노래 3수

4257 줌통이 큰 활/ 손에 잡아 쥐고서/ 아침 사냥에/ 그대는 출발했네/ 타나쿠라(棚倉)의 들로

❀ 해설

줌통이 큰 활을 손에 잡아 쥐고서 아침 사냥을 하러 그대는 출발했네요. 타나쿠라(棚倉)의 들판으로라는 내용이다. '手束弓'은 어떤 활인지 정확하게 알 수 없다. 大系에서는, '줌통이 큰 활을 말하는 것 같다'고 하였다[『萬葉集』 4, p.374]. '君'도 누구를 가리키는 것인지 정확하지 않다. 聖武천황이라고 보는 설이 있다.

> [좌주] 위의 1수는, 治部卿 후나노 오호키미(船王)가 전송한, 쿠니(久邇)京 때의 노래이다. [아직 지은 이가 확실하지 않다] '治部卿'을 大系에서는, '八省의 하나인 治部省의 장관. 治部省은 本姓·繼嗣·婚姻·祥瑞·喪葬·贈賻·國忌·諱·諸蕃朝聘의 일 등을 담당하였다'고 하였다[『萬葉集』 4, p.374].

4258 아스카(明日香) 강의/ 건너는 곳 맑아서/ 뒤에 남아서/ 그리워하면 도읍/ 더 멀게 느껴지네

❀ 해설

아스카(明日香) 강의, 좁아서 건너는 곳이 맑기 때문에, 뒤에 남아서 머물며 사람들을 그리워하면 도읍이 한층 더 멀게 생각되네라는 내용이다.

大系에서는, '明日香川의 건너는 곳의 풍광이 좋아서 藤原 궁전에 남아서 奈良의 도읍으로 옮겨간 사람들을 그리워하면, 奈良 도읍은 더욱 멀어졌다고 생각되네'로 해석하였다[『萬葉集』 4, p.374]. 私注와 注釋에서도 大系처럼 해석하였다[(『萬葉集私注』 9, p.224), (『萬葉集注釋』 19, p.177)].

全集에서는, '明日香에 애착을 가지고 떠나가기가 힘들어서 사람들이 藤原 새 도읍으로 옮겨 간 뒤에도 옛 도읍에 남아서 옛날의 明日香의 도읍을 그리워하고 있는 동안에, 도읍이 藤原에서 다시 奈良으로 옮겨가 더욱 멀게 되었다'고 해석하였다[『萬葉集』 4, pp.348~349]. 靑木生子는 全集과 마찬가지로 옛 도읍에서 새로운 도읍인 藤原으로 옮겨간 사람들을 생각하면 도읍은 平城으로 옮겨가 春日香에서 더욱 멀어지게 되었다고 해석하였다[萬葉集全注』 19, p.239].

> [좌주] 위의 1수는, 左中辨 나카토미노 아소미 키요마로(中臣朝臣淸麿)가 전송한, 옛 도읍 때의 노래이다.
> 私注에서는, '古京은 明日香'이므로 明日香 지역에서 불리어진 민요로 보아야 할 것이다'고 하였다 [『萬葉集私注』 9, p.224].

4259　十月　之具礼能常可　吾世古河　屋戸乃黄葉　可落所見

十月　時雨の常か¹　わが背子²が　屋戸の黄葉　散りぬべく³見ゆ

かむなづき　しぐれのつねか　わがせこが　やどのもみちば　ちりぬべくみゆ

左注 右一首, 少納言⁴大伴宿祢家持, 當時矚梨黄葉作此歌也.

壬申年之乱⁵平定以後歌二首

4260　皇者　神尓之座者　赤駒之　腹婆布田爲乎　京師跡奈之都

大君は　神にし坐せば⁶　赤駒の　匍匐ふ田井を⁷　都となしつ⁸

おほきみは　かみにしませば　あかごまの　はらばふたゐを　みやことなしつ

左注 右一首, 大将軍贈右大臣大伴卿⁹作

---

1 **時雨の常か**: 정해진 일이다.
2 **わが背子**: 飯麿이다.
3 **散りぬべく**: 'ぬべし'는 그런 것임에 틀림없다는 뜻이다.
4 **少納言**: 太政官의 3등관이다. 종5위상에 상당한다. 정원은 3명이다.
5 **壬申年之乱**: 672년, 天智천황 사망 후에 왕위 계승을 둘러싸고 大海人황자(天武)와 弘文천황이 싸운 것.
6 **神にし坐せば**: 이상 2구는 持統朝의 관용구이다. 大君은 여기에서는 天武천황을 가리킨다.
7 **匍匐ふ田井を**: 田井은 밭이다. 이상 3, 4구는 말을 농경에 사용한 모습인가 한다.
8 **都となしつ**: 밭을 도읍이라고 한 것에, 신이 한 것이라고 느끼고 있다. 都는 明日香淨御原宮이다.
9 **大将軍贈右大臣大伴卿**: 大伴御行. 天武 측에서 공적이 있고, 후의 大伴氏의 번영의 기틀을 마련하였다. 다만 御行에게 대장군 임명의 기록은 없다(그때 吹負는 장군, 후에 旅人이 征隼人將軍). 贈은 사후에 右大臣 추증의 뜻이다.

4259 10월달의요/ 늦가을 비 탓인가/ 나의 그대의/ 집의 단풍잎은요/ 질 것 같이 보이네

❀ 해설

10월의 차가운 늦가을비의 습성인가. 그대 집의 단풍잎은 한창 아름답게 물들어 틀림없이 질 것처럼 보이네요라는 내용이다.

차가운 가을비가 내리면 단풍이 지게 되어 있는 것을 말한 것이다.

좌주 위의 1수는, 少納言 오호토모노 스쿠네 야카모치(大伴宿禰家持)가, 당시 배나무의 단풍을 보고 이 노래를 지었다.

壬申年의 난이 평정된 이후의 노래 2수

4260 우리들 왕은/ 신이기 때문에요/ 붉은 털의 말/ 기고 있는 밭을요/ 도읍으로 하였네

❀ 해설

왕은 신이기 때문에 붉은 털의 말이 배까지 잠기는 진흙 밭조차 도읍으로 해 버렸네라는 내용이다.

왕은 신이기 때문에 말이 걸을 수조차 없어서 기어야 하는 진흙 밭까지도 멋진 도읍으로 만들어 버렸다고 하며 찬미한 것이다.

'大君'은 天武천황이다.

'赤駒の 匍匐ふ田井'을 全集에서는, '말이 배로 긴다는 것은, 667년 3월의 近江 천도부터 672년 9월의 明日香 천도까지의 5년 반 사이에 淨御原 일대가 황폐해 있었던 것을 나타내는가'라고 하였다『萬葉集』4, pp.349~350].

靑木生子는 위의 두 작품에 대해, '귀경하고 나서, 越中에서 기대했던 것과는 달리 무언가 뜻대로 되지 않았던 듯한 家持는, 선조의 노래에 촉발되는 마음을 억누르기 어려워 바로 필록하지 않을 수 없었을 것이다'고 하였다『萬葉集全注』19, p.246].

좌주 위의 1수는, 大將軍 사후 右大臣으로 추증된 大伴卿의 작품이다.

大將軍贈右大臣大伴卿에 대해 靑木生子는, '오호토모노 미유키(大伴御行). 長德의 아들. 家持의 조부 安麻呂(旅人의 父)의 형이다. 壬申의 난의 공신으로, 大伴氏의 조상이 되고 兵部大輔, 大納言을 역임하고 大寶 원년(701) 사망'이라고 하였다『萬葉集全注』19, p.243].

4261 大王者　神尓之座者　水鳥乃　須太久水奴麻乎　皇都常成通 [作者未詳]

大君は　神にし坐せば　水鳥の　すだく¹水沼²を　都となしつ [作者いまだ詳らかならず]

おほきみは　かみにしませば　みづとりの　すだくみぬまを　みやことなしつ [さくしゃ
いまだつばひらかならず]

> **左注**　右件二首, 天平勝寶四年二月二日聞之, 即載於茲也.

閏三月³, 於衛門督⁴大伴古慈悲宿祢⁵家,
餞之入唐副使同胡麿宿祢⁶等歌二首

4262 韓國尓　由伎多良波之氏　可敝里許牟　麻須良多家乎尓　美伎多弖麻都流

韓國に　行き足はして⁷　歸り來む　大夫建男⁸に　御酒⁹たてまつる

からくにに　ゆきたらはして　かへりこむ　ますらたけをに　みきたてまつる

> **左注**　右一首, 多治比真人鷹主¹⁰, 壽副使大伴胡麿宿祢也.

---

1 **すだく**: 떼를 지어 모이는 것이다.
2 **水沼**: 'みづぬま'의 축약형이다.
3 **閏三月**: 일행은 같은 달 9일에 천황으로부터 큰 칼을 받았다. 머지않아 곧 출항한 것으로 보인다.
4 **衛門督**: 궁문을 지키는 衛門府의 장관이다.
5 **大伴古慈悲宿祢**: 당시 씨족의 어른 위치에 있었던 것인가. 후에 大和守 종3위.
6 **胡麿宿祢**: 후에 奈良麿의 모반사건으로 체포되어 고문으로 죽었다.
7 **行き足はして**: 충족시킨다는 뜻이다.
8 **大夫建男**: 용감하고 씩씩한 남자이다.
9 **御酒**: 이별, 축제에 사용하는 술이며 御酒라고 하였다.
10 **多治比真人鷹主**: 奈良麿의 반란 사건에 행동을 같이 하였던 한 사람이다.

4261 우리들 왕은/ 신이기 때문에요/ 물에 사는 새/ 떼 지어 있는 늪을/ 도읍으로 하였네 [작자
는 아직 확실하지 않다]

🌸 해설

왕은 신이기 때문에, 물새들이 떼를 지어 울며 시끄러운 늪을 도읍으로 해 버렸네[작자는 아직 확실
하지 않다]라는 내용이다. 왕은 신이기 때문에 물떼새들이 우는 늪조차도 멋진 도읍으로 만들어 버렸다
고 하며 찬미한 것이다. '水鳥の すだく水沼'를 全集에서는, '이것도 明日香都가 황폐한 것을 설명한 말인
가'라고 하였다[『萬葉集』 4, p.350].

   좌주 위의 2수는, 天平勝寶 4년(752) 2월 2일에 듣고 그대로 여기에 싣는다.

윤 3월에, 衛門府 장관인 오호토모노 코시비노 스쿠네(大伴古慈悲宿禰) 집에서, 入唐副使 코마로노 스쿠네(胡麿宿禰) 등의 전별연을 한 노래 2수

4262 당나라로요/ 가서 임무 다하고/ 돌아올 것인/ 대장부 그대에게/ 술 올려드립니다

🌸 해설

당나라로 가서 충분히 임무를 다 마치고 돌아올 것인, 용감하고 멋진 대장부인 그대에게 술을 올립니
다라는 내용이다. 당나라로 떠나는 부사의 안전을 기원하며 술을 올리는 노래이다. '閏三月'을 靑木生子
는 天平勝寶 4년(752)이라고 하였다[『萬葉集全注』 19, p.247]. '同胡麿宿禰'는 '大伴古慈悲'와 마찬가지로
大伴胡麿라는 뜻이다.

   좌주 위의 1수는, 타지히노 마히토 타카누시(多治比眞人鷹主)가, 副使 오호토모노 코마로노 스쿠
네(大伴胡麿宿禰)를 축복한 것이다.
'多治比眞人鷹主'에 대해 私注에서는, '寶字 4년(760) 정월 21일의 廣足의 薨傳에 의하면 그 아들이거
나 조카일 것이다. 寶字 원년(757), 藤原仲麿를 제거하려고 하는 橘 奈良麿 등의 모반에 胡麿와
함께 가담하고 있다. 주인 古慈悲는 그 한 해 전에 仲麿의 참소로 실각하였으므로, 이날 모인 사람들
에게는 무언가 공통된 입장의 연관성이 있었을지도 모른다. 胡麿는 旅人의 조카로, 大宰府로 旅人을
병문안을 갔던 것이, 권제4의 567번가의 左注에 보인다. 그가 당나라에서 신라와 자리를 다투고
돌아올 때, 鑑眞和上을 동행하였던 것은 그때 서술하였다. 대사 淸河는 끝내 돌아오지 못하였지만,
胡麿는 勝寶 6년(754)에 돌아왔다'고 하였다[『萬葉集私注』 9, p.227].

4263　梳毛見自　屋中毛波可自　久左麻久良　多婢由久伎美乎　伊波布等毛比氐 [作者未詳]

梳も見じ　屋中も掃かじ[1]　草枕　旅行く君を　齋ふ[2]と思ひて [作主いまだ詳らかならず]

くしもみじ　やぬちもはかじ　くさまくら　たびゆくきみを　いはふともひて [さくしゅい
まだつばひらかならず]

左注　右件歌[3], 傳誦, 大伴宿祢村上[4], 同清繼等是也.

勅 從四位上高麗朝臣福信[5]遣於難波,
賜酒肴[6]入唐使藤原朝臣清河[7]等御歌一首并短歌

4264　虛見都　山跡乃國波　水上波　地㳫如久　船上波　床座如　大神乃　鎮在國曽　四舶　々能倍奈
良倍　平安　早渡來而　還事　奏日尒　相飲酒曽　斯豊御酒者

そらみつ[8]　大和[9]の國は　水の上は　地行く如く　船の上は　床に坐る如　大神の　鎮へる
國そ　四の船[10]　船の舳竝べ　平安けく　早渡り來て　返言　奏さむ[11]日に　相飲まむ酒そ
この豊御酒は[12]

1　**屋中も掃かじ**: 옛 풍속에 여행자의 안전을 빌며 몸을 단장하지 않고, 육식·여자를 멀리하는 일이 있었다(魏志倭夷傳).
2　**齋ふ**: 몸을 삼가하며 상대방을 축복한다.
3　**右件歌**: 4262번가 이하 2수를 말한다. 家持는 같은 연회에 참가하지 않고 村上 등으로부터 전해 들었다.
4　**大伴宿祢村上**: 후에 家持 집의 연회에 참가하고 있다(4299번가).
5　**高麗朝臣福信**: 도래인의 후예로 高麗氏를 받았으며, 당시 中衛少將兼紫微少弼.
6　**酒肴**: 전송의 의례를 위한 술과 안주(肴는 생선).
7　**賜酒肴入唐使藤原朝臣清河**: 孝謙천황이 내리는 것이다.
8　**そらみつ**: 大和를 상투적으로 수식하는 枕詞이다.
9　**大和**: 일본의 총칭이다.
10　**四の船**: 이때의 견당선은 4척이었다.
11　**奏さむ**: 임무 완료를 아뢰는 것이다.
12　**この豊御酒は**: 마지막 2구는 공식적인 문구이다.

4263 빗도 안 보고/ 집도 쓸지 않겠네/ (쿠사마쿠라)/ 여행 떠나는 그대/ 소중히 생각하여 [지은이는 아직 확실하지 않다]

해설

빗은 쳐다보지도 않아서 머리를 빗는 일도 없고, 빗자루로 집 안도 쓸지 않겠네. 풀로 베개를 하여 잠을 자야 하는 힘든 여행길을 떠나는 그대를 소중히 생각하여[지은이는 아직 확실하지 않다]라는 내용이다.
몸을 삼가며 여행의 안전을 기원하겠다는 뜻이다.

> **좌주** 위의 노래는, 전송한 사람은 오호토모노 스쿠네 무라카미(大伴宿禰村上), 마찬가지로 키요츠구(淸繼) 등이다.
> '同淸繼'는 '大伴宿禰村上'과 마찬가지로 大伴宿禰淸繼라는 뜻이다.
> '右件歌'를 中西 進은, 4262~4263번가 2수로 보았다. 注釋・全集・全注에서도 2수로 보았다. 그러나 私注에서는 4263번가 1수를 가리키는 것이라고 하였다[『萬葉集私注』 9, p.228].

칙명으로 종4위상 코마노 아소미 후쿠신(高麗朝臣福信)을 나니하(難波)에 파견하여, 술과 안주를 入唐使 후지하라노 아소미 키요카하(藤原朝臣淸河) 등에게 내리는 노래 1수와 短歌

4264 (소라미츠)/ 야마토(大和)의 나라는/ 물 위에 있어도/ 땅을 가는 것 같고/ 배 위에 있어도/ 침상에 있는 듯이/ 大神들이요/ 지켜주는 나라네/ 네 척의 배가/ 뱃전 나란히 해서/ 평안 무사히/ 빨리 갔다 돌아와/ 임무 완수를/ 아뢸 것인 날에/ 함께 마실 술이네/ 이 아름다운 술은

해설

하늘 가득 충족한 야마토(大和) 나라는, 물 위에 있어도 마치 땅을 가는 것 같고, 배 위에 있어도 마치 건물의 침상에 있는 것처럼 편안하게 大神들이 지켜주는 나라이네. 네 척의 배가 뱃머리를 나란히 해서 평안 무사하게 빨리 당나라로 갔다가 돌아와서, 임무 수행을 잘 완료하였다고 아뢸 것인 그날에 함께 마실 술이네. 이 아름다운 술은이라는 내용이다.

そらみつ　やまとのくには　みづのうへは　つちゆくごとく　ふねのうへは　とこにをるご

と　おほかみの　いはへるくにそ　よつのふね　ふなのへならべ　たひらけく　はやわたりき

て　かへりごと　まをさむひに　あひのまむきそ　このとよみきは

反歌一首

4265　四船　早還來等　白香着　朕裳裾尓　鎮而将待

四の船　はや還り來[1]と　白髪[2]著け　朕が裳[3]の裾に　鎮ひて待たむ

よつのふね　はやかへりこと　しらかつけ　わがものすそに　いはひてまたむ

> **左注**　右, 發遣勅使, 并賜酒. 樂宴之日月未得詳審也.

---

1 **はや還り來**: '來(こ)'는 명령형이다.
2 **白髪**: 백발을, 長壽의 의미로 제사에 사용한 것인가.
3 **朕が裳**: 구체적인 것은 알 수 없다. 치마 끝자락에 鎭懷石을 단 예가 있다(813번가의 앞).

中西 進은, 제목의 '都, 波, 波, 久, 波, 乃, 曽, 尓, 曽'과 4265번가의 '等'은 작은 글씨로 씌어 있다고 하였다.

大系에서는, '원문은 조사와 활용어미, 또 활용어의 일부분 등은 작은 글씨로 씌어 있다. 이것은『續日本紀』등에 보이는 宣命의 서식과 일치한다. 천황이 지은 것이므로 아마도 원작품이 宣命體로 쓰였던 것을 그대로 옮긴 것일 것이다'고 하였다『萬葉集』4, p.377].

靑木生子는, '이 孝謙天皇御製는, 聖武천황이 술을 절도사 등에게 내리는 노래(권제6의 973번가)와 비슷한 어구가 끝부분에 있는 것은, 父의 노래를 강하게 의식했기 때문일 것이다'고 하였다『萬葉集全注』 19, p.251].

反歌 1수

4265　네 척의 배가/ 빨리 돌아오도록/ 흰머리 붙여/ 내 치마 끝자락에/ 제 지내 기다리자

✿ 해설

네 척의 배가 빨리 돌아올 수 있도록 흰 머리카락을 붙이고, 내 치마 끝자락에 제사를 지내며 기다리자는 내용이다.

견당사의 배가 당나라에 갔다가 무사히 돌아올 수 있도록 제사 내지 주술을 행하는 것이겠다.

'白髮'을 大系에서는, 흰 종이를 가늘게 찢어서 흰 머리카락처럼 하여 제사에 사용한 것이라고 하고, 이것을 치맛자락에 붙여서 삼가 근신하며 기다린다는 뜻으로 해석하였다『萬葉集』4, p.377].

'朕が裳の裾に 鎭ひて待たむ'를 私注에서는, '흉사를, 혹은 난폭한 신을 진압시키는 것이다. 여자의 치맛자락이 그런 위력이 있는 것으로 믿어졌을 것이다'고 하였다『萬葉集私注』9, p.230]. 靑木生子도, '여성의 치맛자락에는 신비한 힘이 있다고 믿은 것에 의한다. 작자는 孝謙女帝이므로 이렇게 말한 것이다'고 하였다『萬葉集全注』19, p.253].

[좌주] 위는, 칙사를 파견하여 함께 술을 내린 것이다. 연회를 즐긴 날짜는 확실하지 않다

爲應詔¹, 儲²作歌一首幷短歌

4266　安之比奇能　八峯能宇倍能　都我能木能　伊也繼々尓　松根能　絶事奈久　青丹余志　奈良能　京師尓　万代尓　國所知等　安美知之　吾大皇乃　神奈我良　於母保之賣志弓　豊宴　見爲今日者　毛能乃布能　八十伴雄能　嶋山尓　安可流橘　宇受尓指　紐解放而　千年保伎　保吉等　餘毛之　惠良々々尓　仕奉乎　見之貴者

あしひきの³　八峰の上の　栂の木⁴の　いや繼々に　松が根の⁵　絶ゆること無く　あをによ
し⁶　奈良の都に　萬代に　國知らさむと⁷　やすみしし⁸　わご大君の　神ながら⁹　思ほしめ
して　豊の宴¹⁰　見す¹¹今日の日は　物部の¹²　八十伴の緒の　島山¹³に　明かる¹⁴橘　髻華に¹⁵刺
し　紐解き放けて　千年壽き　壽きとよもし¹⁶　ゑらゑらに¹⁷　仕へ奉るを　見るが貴さ

あしひきの　やつをのうへの　つがのきの　いやつぎつぎに　まつがねの　たゆることなく
あをによし　ならのみやこに　よろづよに　くにしらさむと　やすみしし　わごおほきみの
かむながら　おもほしめして　とよのあかり　めすけふのひは　もののふの　やそとものを
の　しまやまに　あかるたちばな　うずにさし　ひもときさけて　ちとせほき　ほきとよもし
ゑらゑらに　つかへまつるを　みるがたふとさ

1　詔: 연회석의 찬가를 구하는 천황의 말.
2　儲: 미리. 같은 종류의 노래---4254번가.
3　**あしひきの**: 山을 말하지 않고 八峯을 수식하였다.
4　樛の木: 솔송나무.
5　松が根の: 길게 벋은 것으로 사용하였다.
6　**あをによし**: 奈良을 상투적으로 수식하는 枕詞이다.
7　知らさむと: '知る'는 통치한다는 뜻이다.
8　やすみしし: 천황에 대한 찬사이다.
9　神ながら: 신의 마음대로.
10　豊の宴: 천황의 연회를 말한다.
11　見す: '見る'의 경어이다. 보는 것은 지배하는 것이다. 여기에서는 주최한다는 뜻이다.
12　物部の: 物部(조정의 신하)인 八十伴(従子)의 緒. 八十은 많은 수를 나타내며 緒는 긴 것을 말한다.
13　島山: 정원에 만들어진 산이다.
14　明かる: 열매가 빛나는 모양이다. 'る'는 접미어이다. 동사가 아니라고 생각된다.
15　髻華に: 머리카락. 후에 관을 장식하는 것이 되었다. 'に'는 '~로서'라는 뜻이다.
16　とよもし: 울리는 것이다.
17　**ゑらゑらに**: 'ゑらぐ(환희한다)'의 어간을 중복한 말이다. 宣命 등에 많이 사용되는 것을 의식한 용어이다.

명령에 답하기 위해 미리 지은 노래 1수와 短歌

4266 (아시히키노)/ 봉우리들 위에요/ 솔송나문듯/ 더욱 계속하여서/ 솔뿌리처럼/ 끊어지는 일 없이/ (아오니요시)/ 나라(奈良)의 도읍에서/ 만년 후까지/ 국토 지배하려고/ (야스미시시)/ 우리들의 왕이요/ 신격인 채로/ 생각을 하고서는/ 천황이 연회를/ 베푸는 오늘은요/ 문무백관들/ 수많은 관료들이/ 정원에서요/ 빛이 나는 홍귤을/ 머리에 꽂고/ 옷끈 풀어 헤치고/ 장수를 빌며/ 서로 축하하며/ 웃고 즐기며/ 섬기고 있는 것을/ 보는 것 귀함이여

✿ 해설

산봉우리들 위에 나 있는 솔송나무인 것처럼 더더욱 계속해서, 소나무 뿌리처럼 길게 벋어서 끊어지는 일이 없이 오래도록, 푸른 색과 붉은 색의 흙이 아름다운 나라(奈良)의 도읍에서 만년 후까지 국토를 지배하려고 나라 팔방 구석구석을 다스리는 우리들의 왕이, 신의 마음으로 생각을 하고는 연회를 베푸는 오늘은, 수많은 문무백관들이 정원에서 빛나는 홍귤을 머리에 꽂아 장식을 하고, 옷끈을 풀어 헤치고 편안히 하여 장수를 빌며, 서로 축하하며 웃고 즐거워하며 섬기고 있는 것을 보는 것은 참으로 귀한 일이네라는 내용이다.

'ゑらゑらに'를 全集에서는, '웃음으로 번영을 부른다고 하는 의례적 의미가 들어 있다'고 하였다「萬葉集」4, p.353〕.

靑木生子는, '家持는 이 작품을 포함해서 長反歌 형식의 구성의 궁정 찬가를 세 종류 부르고 있다. 그러나 이 작품들 모두 '預作歌'이며, '爲'라고 적어서 지은 것도, 실제의 목적을 달성하여 불렀는지는 전연 알 수 없다. 家持로 하여금 '預作歌'를 짓게 한 것은, 家持가 배우고자 하는 人麻呂와 赤人 등의 전통을 잇는 '侍宴應詔'의 궁정찬가라고 하는 제작이었다'고 하였다「萬葉集全注」19, p.256〕.

反歌一首

4267　須賣呂伎能　御代万代尒　如是許曽　見爲安伎良目米　立年之葉尒

天皇の　御代萬代に　かく¹しこそ　見し明めめ　立つ毎年に

すめろきの　みよよろづよに　かくしこそ　めしあきらめめ　たつとしのはに

左注　右二首, 大伴宿祢家持作之.

天皇², 大后³, 共幸於大納言藤原⁴家之日, 黄葉澤蘭⁵一株抜取令持内
侍佐々貴山君⁶, 遣賜大納言藤原卿并陪従大夫等御歌一首
命婦誦曰⁷

4268　此里者　継而霜哉置　夏野尒　吾見之草波　毛美知多里家利

この里は　繼ぎて霜や置く　夏の野に　わが見し草⁸は　黄葉ちたりけり

このさとは　つぎてしもやおく　なつののに　わがみしくさは　もみちたりけり

---

1 **かく**: 강조를 나타낸다. 답답함을 떨치고 마음을 시원하게 한다.
2 **天皇**: 孝謙천황이다. 여자이다.
3 **大后**: 그 모친 光明왕후이다.
4 **大納言藤原**: 藤原仲麿이다. 왕후의 생질이다. 왕후의 사랑을 받아서 정치권에서 실권을 잡고 있었다.
5 **澤蘭**: 산달래.
6 **内侍佐々貴山君**: 内侍司의 직원. 천황의 측근에서 섬기며 제사를 관장하였다.
7 **命婦誦曰**: 이름은 알 수 없다. 佐々貴山君은 近江에 거주했던 도래계의 씨족이다. 佐々貴山君親人이 命婦의
　父일 것이라고 한다.
8 **わが見し草**: 内侍佐々貴山君을 말한다.

反歌 1수

4267 우리들 왕의/ 시대는 만대까지/ 이렇게 하며/ 시원케 하시겠죠/ 해가 바뀔 때마다

우리들 왕의 시대는 만대 후까지도, 이렇게 연회를 베풀어 술을 마시고 하며 마음을 시원하게 하시겠지요. 해가 바뀔 때마다라는 내용이다.

좌주 위의 2수는, 오호토모노 스쿠네 야카모치(大伴宿禰家持)가 지었다.

천황과 대후가 함께 大納言 후지하라(藤原) 집에 행차한 날, 단풍이 든 산달래 한 포기를 뽑아 內侍 사사키노 야마노키미(佐々貴山君)에게 들려서, 大納言 후지하라(藤原)卿과 부하인 大夫 등에게 내린 노래 1수
　　命婦가 입으로 읊어 말하기를

4268 이 마을은요/ 계속 서리 내리는가/ 여름 들판서/ 내가 보았던 풀은/ 단풍이 들어 있네

이 마을은 서리가 계속 내리는 것일까. 여름 들판에서 내가 보았던 풀은 완전히 단풍이 들어 있네라는 내용이다.

靑木生子는, '여름에도 행행이 있었는데, 그 때 본 푸른 풀(산달래: 澤蘭)이 빨리 단풍이 든 것에 대한 감개를 말한 것일까'라고 하였다[『萬葉集全注』 19, p.259].

十一月八日, 在於左大臣橘朝臣[1]宅, 肆宴歌四首

4269 　余曽能未尓　見者有之乎　今日見者　年尓不忘　所念可母

　　　外[2]のみに　見てはありしを　今日見ては[3]　年[4]に忘れず　思ほえむかも

　　　よそのみに　みてはありしを　けふみては　としにわすれず　おもほえむかも

　　　左注　右一首, 太上天皇[5]御製

4270 　牟具良波布　伊也之伎屋戸母　大皇之　座牟等知者　玉之可麻思乎

　　　葎はふ　賤しき[6]屋戸も　大君の　坐さむと知らば　玉敷かましを[7]

　　　むぐらはふ　いやしきやども　おほきみの　まさむとしらば　たましかましを

　　　左注　右一首, 左大臣橘卿[8]

---

1 **左大臣橘朝臣**: 橘諸兄이다. 2년 전에 朝臣 성을 받았다(원래는 宿禰). 그리고 이 집은 도읍에 있는 것이 아니고 井手의 별장일 것이다. '外のみに'라고 하는 것과 부합한다.
2 **外**: 관계가 없는 사물이다.
3 **今日見ては**: 諸兄의 관사를. 'て'는 완료를 나타낸다.
4 **年**: 일 년. 해마다의 뜻으로 사용하여 매년을 말하는 경우도 있다.
5 **太上天皇**: 聖武천황이다.
6 **賤しき**: 御製를 받아서 비하한다.
7 **玉敷かましを**: 'まし'는 현실에 반대되는 가정을 말한다.
8 **左大臣橘卿**: 橘諸兄이다.

11월 8일에, 左大臣 타치바나 아소미(橘朝臣)의
집에서 천황이 베푼 연회를 하는 노래 4수

4269 무심하게만/ 보았던 집인 것을/ 오늘 본 후론/ 해마다 잊지 않고/ 생각이 나겠지요

✿ 해설

　멀리서 무심하게만 보았던 집이었는데, 오늘 이렇게 보고 나니 앞으로는 해마다 잊어버리지 않고 생각이 나겠지요라는 내용이다.
　聖武천황이 橘諸兄의 집을 방문해서 지은 인사 노래이다.
　'十一月八日'을 靑木生子는, '天平勝寶 4년(752)의 11월 8일. 양력으로는 12월 21일에 해당한다. 앞의 노래와의 사이에 天平勝寶 4년 3월부터 10월까지에 윤달을 더하면 약 9개월간의 큰 공백이 있다'고 하였다『萬葉集全注』 19, p.260].

　좌주 위의 1수는, 太上(聖武)천황이 지었다.

4270 덩굴풀 기는/ 천한 집일지라도/ 우리의 왕이/ 오실 것 알았다면/ 구슬 깔았을 텐데

✿ 해설

　덩굴풀이 무성하게 나 있는 보잘 것 없는 집이라 할지라도, 왕이 올 것을 알고 있었다면 구슬을 마당에 깔았을 텐데라는 내용이다.
　太上천황의 노래에 橘諸兄이 답한 것이다. 2824번가와 유사하다.
　全集에서는 '귀인이 방문을 기뻐하는 전형적인 인사 노래'라고 하였다『萬葉集』 4, p.354].

　좌주 위의 1수는, 左大臣 타치바나(橘)卿

4271　松影乃　清濱邊尓　玉敷者　君伎麻佐牟可　清濱邊尓

　　　松影の　清き濱邊に[1]　玉敷かば　君[2]來まさむか[3]　清き濱邊に

　　　まつかげの　きよきはまへに　たましかば　きみきまさむか　きよきはまへに

　　　左注　右一首, 右大辨[4]藤原八束[5]朝臣

4272　天地尓　足之照而　吾大皇　之伎座婆可母　樂伎小里

　　　天地に　足はし照りて　わご大君　敷き坐せばかも　樂しき小里[6]

　　　あめつちに　たらはしてりて　わごおほきみ　しきませばかも　たのしきをさと

　　　左注　右一首, 少納言大伴宿祢家持　未奏[7]

　1　**清き濱邊に**: 정원의 연못을 바다로 보고, 천황 등을 청하는 느낌이다. 그때 八束은 **攝津大夫**가 된 지 7개월째
　　　였다. '淸き'는 행행지의 상투적인 표현이다.
　2　**君**: 넓게 일행들을 칭하였다.
　3　**來まさむか**: 'まさ'는 경어이다.
　4　**右大辨**: **右辨官**의 장관이다. 종4위상에 상당한다.
　5　**藤原八束**: 房前의 세째 아들이다.
　6　**樂しき小里**: '小'는 친애를 나타내는 뜻의 접두어이다.
　7　**未奏**: 지었을 뿐 부를 기회가 없었다.

4271 솔 그림자가/ 깨끗한 해안에다/ 구슬을 깔면/ 그대 오실 건가요/ 깨끗한 바닷가로

🌸 해설

소나무 그림자가 깨끗한 해안에 구슬을 깔면 그대는 오실 것인지요. 깨끗한 바닷가로라는 내용이다.
앞의 橘諸兄의 작품을 받아서 구슬을 깔면 왕은 또 오실 것인가 하고 묻는 노래이다.
橘諸兄이 자신의 집을 보잘 것 없는 것으로 낮춘 것에 비해 깨끗한 해안으로 표현하였다.

좌주 위의 1수는, 右大辨 후지하라노 야츠카 아소미(藤原八束朝臣)
'藤原八束'에 대해 大系에서는, '藤原房前의 세째 아들. 天平 12년(740) 종5위하. 治部卿·參議·中務
卿·大宰帥·中納言을 거쳐 天平神護 2년(766)에 大納言. 같은 해 3월 12일에 사망하였다. 52세.
도량이 넓고 명민한 사람이었다. 天平寶字 4년(760)에 眞楯 이름을 받았다. 『만엽집』의 편찬자로
말해진 적이 있다. 藤原八束이 右大辨이 된 이유는 『續日本紀』에 보이지 않는다'고 하였다[『萬葉集』
4, p.381].

4272 천지 사이에/ 온통 빛이 나면서/ 우리들의 왕이/ 있기 때문인 걸까/ 즐거운 마을이여

🌸 해설

천지 사이를 구석구석까지 온통 비추면서 우리들의 왕이 있기 때문인 것일까. 즐거운 작은 마을이여라
는 내용이다.

좌주 위의 1수는, 少納言 오호토모노 스쿠네 야카모치(大伴宿禰家持) 아직 부르지 않았다.
全集에서는, '家持는 이후 공적인 주연의 자리에서 노래를 지었지만 부르지 않고 끝나고 만 것이
네 번이나 있었다'고 하였다[『萬葉集』 4, p.355].

廿五日，新嘗會[1]肆宴[2]，應詔歌六首

4273　天地与　相左可延牟等　大宮乎　都可倍麻都礼婆　貴久宇礼之伎

天地と　あひ榮えむと　大宮を　仕へまつれば[3]　貴く嬉しき

あめつちと　あひさかえむと　おほみやを　つかへまつれば　たふとくうれしき

> **左注**　右一首，大納言巨勢朝臣[4]

4274　天尓波母　五百都綱波布　万代尓　國所知牟等　五百都々奈波布 [似古歌而未詳]

天にはも　五百つ綱延ふ[5]　万代に　國知らさむと　五百つ綱延ふ [古歌[6]に似ていまだ詳らかならず]

あめにはも　いほつつなはふ　よろづよに　くにしらさむと　いほつつなはふ [こかににていまだつばひらかならず]

> **左注**　右一首，式部卿石川年足朝臣[7]

---

1 **新嘗會**: 첫 수확을 감사하는 제사이다. 11월 중의 **卯日**.
2 **肆宴**: 천황이 베푸는 연회이다.
3 **大宮を 仕へまつれば**: '仕へまつる'는 무엇인가를 한다는 겸양어이다. 여기에서는 **新嘗**의 신좌를 만드는 것이다.
4 **大納言巨勢朝臣**: 奈弖(나테)麿. 당시 83세로 이듬해에 사망하였다.
5 **五百つ綱延ふ**: 신좌를 중심으로 **大宮**의 천정에 그물을 친 것인가. 집을 장식하는 것이 번영을 드러낸다고 한다.
6 **古歌**: 의례가의 고풍스런 격조가 옛 노래처럼 보이게 하였다.
7 **式部卿石川年足朝臣**: 式部省의 장관이다. 정4위하에 상당한다. 다만 그때 年足은 종4위상이었다. **參議左大辨**으로 **紫微大弼**을 겸임하였다.

25일에, 新嘗會의 肆宴에서 명령에 응한 노래 6수

4273 하늘과 땅과/ 함께 번영할 것인/ 대궁전을요/ 만드는 일 힘쓰면/ 귀하고도 즐겁네요

해설

　천지와 함께 오래도록 번영할 것인 대궁전을 만드는 일에 봉사를 하는 것은 귀하고 즐거운 일이네라는 내용이다.
　'大宮'을 全集에서는, '孝謙천황의 어소인 東院을 말하는가. 東院은 平城宮의 동쪽의 내뻗은 부분에 있었으며, 원래 황태자의 처소이었지만 孝謙천황은 즉위 후에도 여기에 거주하는 일이 많았고, 의식과 연회도 자주 이곳에서 행하였다'고 하였다『萬葉集』 4, p.355].

　　좌주 위의 1수는, 大納言 코세노 아소미(巨勢朝臣)

4274 하늘 위에는/ 많은 그물 쳐졌네/ 만대까지도/ 국토 지배하려고/ 많은 그물 쳐졌네 [古歌와 비슷하지만 아직 확실하지 않다]

해설

　하늘 위에는 많은 그물이 쳐져 있네. 만대 후까지도 국토를 지배한다고 해서 많은 그물이 쳐져 있네[古歌와 비슷하지만 확실하지 않다]라는 내용이다.
　'五百つ綱延ふ'을 全集에서는, '건축물이 견고하기를 비는 주술적 의례의 일종인가'라고 하였다『萬葉集』 4, p.356].

　　좌주 위의 1수는, 式部卿 이시카하노 토시타리노 이소미(石川年足朝臣)

4275 天地与 久万弖尔 万代尔 都可倍麻都良牟 黒酒白酒乎

天地と[1] 久しきまでに 萬代に 仕へまつらむ 黒酒白酒を[2]

あめつちと ひさしきまでに よろづよに つかへまつらむ くろきしろきを

左注 右一首, 従三位文室智努真人[3]

4276 嶋山尓 照在橘 宇受尓左之 仕奉者 卿大夫等

島山[4]に 照れる[5]橘 髻華に[6]挿し 仕へまつるは 卿大夫たち[7]

しまやまに てれるたちばな うずにさし つかへまつるは まへつきみたち

左注 右一首, 右大辨藤原八束[8]朝臣

4277 袖垂而 伊射吾苑尓 鶯乃 木傳令落 梅花見尓

袖垂れて[9] いざ[10]わが苑に 鶯の 木傳ひ散らす 梅の花見に[11]

そでたれて いざわがそのに うぐひすの こづたひちらす うめのはなみに

左注 右一首, 大和國[12]守藤原永手[13]朝臣

---

1 **天地と**: 천지와 함께.
2 **黒酒白酒を**: 黒酒는 쿠사나무의 재를 넣은 술이다. 넣지 않은 것이 白酒. 제사에 사용하였다.
3 **従三位文室智努真人**: 長황자의 아들 智奴王이다. 이 해에 성을 받았다.
4 **島山**: 정원에 만든 산이다. 孝謙여제의 거처로 했던, 東院의 정원인가.
5 **照れる**: 열매가 빛나는 것이다.
6 **髻華に**: 머리카락. 후에 관을 장식하는 것이 되었다. 'に'는 '~로서'라는 뜻이다
7 **卿大夫たち**: 측근의 신하들이다.
8 **右大辨藤原八束**: 房前의 세째 아들이다.
9 **袖垂れて**: 우아하게 긴 소매를 늘어뜨린다는 뜻으로 태평을 의미한다.
10 **いざ**: 청하는 말이다.
11 **梅の花見に**: 눈앞의 겨울 경치에서 이른 봄을 연상한다.
12 **大和國**: 야마토는, 『續日本紀』에서는 당시 倭, 大倭라고 썼고, 天平寶字 원년(757)부터 和·大和로 썼으며, 『拾芥抄』에서는 天平勝寶 연간에 大和로 고쳤다고 한다. 『續日本紀』가 정확하고 여기에서는 후에 표기한 것이다.
13 **藤原永手**: 房前의 둘째 아들. 후에 左大臣 정1위가 되었다. 이때는 종4위상이었다.

4275 천지와 함께/ 영원하도록까지/ 만대 후까지/ 섬기며 봉사하죠/ 黑酒 白酒 바치며

해설

천지와 함께 영원하도록, 만대 후까지 만들어서 바치며 봉사하지요. 黑酒와 白酒를이라는 내용이다. 新嘗會에 쓸 수 있도록 언제까지나 黑酒와 白酒를 만들어서 바치며 봉사하겠다는 뜻이다.

> 좌주 위의 1수는, 종3위 후무야노 치누노 마히토(文室智努眞人)

4276 정원 동산에/ 빛나는 홍귤을요/ 머리에 꽂고/ 봉사를 하고 있는/ 측근 신하들이여

해설

정원의 동산에 아름다운 색으로 빛나는 홍귤을 머리에 꽂아서 장식을 하고서 봉사하며 섬기는 卿, 大夫 등 측근의 신하들이여라는 내용이다.

> 좌주 위의 1수는, 右大辨 후지하라노 야츠카노 아소미(藤原八束朝臣)

4277 소매 늘이고/ 자아 우리 정원에/ 꾀꼬리새가/ 날아다니며 흩는/ 매화꽃을 보려요

해설

소매를 길게 늘어뜨리고 천천히 걸으며 자아 우리 집 성원으로 갑시다. 꾀꼬리가 이 가지 저 가지로 날아다니며 떨어뜨리는 매화꽃을 보기 위하여라는 내용이다.

> 좌주 위의 1수는, 大和國의 장관인 후지하라노 나가테노 아소미(藤原永手朝臣)

4278 足日木乃　夜麻之多日影　可豆良家流　宇倍尓也左良尓　梅乎之努波牟

あしひきの　山下日蔭[1]　蔓ける[2]　上にや[3]さらに　梅をしのはむ[4]

あしひきの　やましたひかげ　かづらける　うへにやさらに　うめをしのはむ

左注　右一首, 少納言大伴宿祢家持

廿七日, 林王[5]宅, 餞之但馬按察使[6]橘奈良麿朝臣[7]宴歌三首

4279 能登河乃　後者相牟　之麻之久母　別等伊倍婆　可奈之久母在香

能登川[8]の　後には逢はむ　しましくも　別るといへば　悲しくもあるか

のとがはの　のちにはあはむ　しましくも　わかるといへば　かなしくもあるか

左注　右一首, 治部卿船王[9]

---

1 **日蔭**: 덩굴 풀이다.
2 **蔓ける**: 풍류를 즐기는 모습이다.
3 **上にや**: 'や'는 의문 조사이지만 감탄의 느낌이 들어 있다.
4 **しのはむ**: 칭찬하는 것이다.
5 **林王**: 계보를 알 수 없다. 당시 종5위하. 3926번가에도 보인다.
6 **按察使**: 國司의 행정 감독관이다.
7 **橘奈良麿朝臣**: 奈良麿는 諸兄의 아들이다. 당시 參議로 11월 3일에 겸직 임명되었다.
8 **能登川**: 高圓에서 출발하여 佐保川으로 흘러 들어간다.
9 **治部卿船王**: 舍人황자의 아들이다.

4278 (아시히키노)/ 산그늘의 칡 덩굴/ 머리에 쓰고/ 그 위에 덧보태어/ 매화 보려는가요

🌸 **해설**

산그늘의 덩굴을 둥글게 만들어서 머리에 쓰고, 그 위에 덧보태어 매화까지 보려고 하는 것인가요라는 내용이다.

덩굴로 둥글게 관을 만들어 머리에 쓰고 노는 것만으로도 충분하다는 뜻이다.

全集에서는, '나가 테(永手)가 연회 중간쯤에 일어서려고 하는 것을 완곡하게 나무란 것인가'라고 하였다[『萬葉集』 4, p.357].

좌주 위의 1수는, 少納言 오호토모노 스쿠네 야카모치(大伴宿禰家持)

27일, 하야시노 오호키미(林王) 집에서, 타지마(但馬) 按察使
타치바나노 나라마로노 아소미(橘奈良麿朝臣)를 송별하는 연회의 노래 3수

4279 (노토가하노)/ 후에는 만나지요/ 잠시라도요/ 작별한다 말하면/ 얼마나 슬픈 것인가

🌸 **해설**

노토(能登) 강의 발음처럼, 후에는 만나겠지요. 그러나 잠시 동안이라도 작별한다고 말하면 얼마나 슬픈 것인가라는 내용이다.

'能登(のと)'과 '後(のち)'의 발음이 비슷한 것을 이용한 노래이다.

'按察使橘奈良麿朝臣'에 대해 全集에서는, '按察使는 國司의 행정을 감독하는 관리. 養老 3년(719)에 처음으로 신설되어 한 지역의 國守가 인근 2, 3지역의 國司 감독을 겸하는 것이 일반적이었다. 그러나 神龜 · 天平 무렵에는 京官이 임시로 파견되는 것으로 되었다. 奈良麿呂도 參議이면서 但馬 · 因幡의 안찰사가 되고 동시에 伯耆 · 出雲 · 石見 등의 법에 어긋나는 범죄의 예방도 겸했다. 奈良麿呂가 但馬 · 因幡 안찰사가 된 것은 天平勝寶 4년(752) 11월 3일'이라고 하였다[『萬葉集』 4, p.357].

좌주 위의 1수는, 治部卿 후나노 오호키미(船王)

'治部卿'을 大系에서는, '八省의 하나인 治部省의 장관. 治部省은 本姓 · 繼嗣 · 婚姻 · 祥瑞 · 喪葬 · 贈賻 · 國忌 · 諱 · 諸蕃朝聘의 일 등을 담당하였다'고 하였다[『萬葉集』 4, p.374].

4280　立別　君我伊麻左婆　之奇嶋能　人者和礼自久　伊波比弖麻多牟

立ち別れ　君がいまさば[1]　磯城島[2]の　人は吾じく[3]　齋ひて[4]待たむ

たちわかれ　きみがいまさば　しきしまの　ひとはわれじく　いはひてまたむ

左注　右一首, 右京少進[5]大伴宿祢黒麿

4281　白雪能　布里之久山乎　越由加牟　君乎曽母等奈　伊吉能乎尓念

白雪の　降りしく[6]山を　越え行かむ　君をそもとな[7]　息の緒[8]に思ふ

しらゆきの　ふりしくやまを　こえゆかむ　きみをそもとな　いきのをにおもふ

左注　左大臣[9]換尾[10]云, 伊伎能乎尓須流[11]. 然猶喩曰, 如前誦之也.

右一首, 少納言大伴宿祢家持

---

1 **君がいまさば**: 'いまさ'는 '가다'의 경어이다.
2 **磯城島**: 大和의 형용사. 후에 大和의 뜻으로 되었다.
3 **人は吾じく**: 'じ'는 '…가 아닌데…처럼'이라는 뜻으로 형용사를 만든다.
4 **齋ひて**: 몸을 삼가 근신하여.
5 **右京少進**: 右京職의 3등관 차석. 정7위상에 상당한다.
6 **降りしく**: 계속 내려 쌓이는 것이다.
7 **そもとな**: 아무런 근거가 없이.
8 **息の緒**: 목숨을 말한다.
9 **左大臣**: 橘諸兄이다. 奈良麿의 父이다.
10 **尾**: 마지막 구, 제5구.
11 **伊伎能乎尓須流**: '息の緒'와 '思ふ'가 중복된다고 생각한 것인가.

4280 작별을 하고/ 그대 떠나 버리면/ 이 야마토(大和)의/ 사람들 내 일처럼/ 삼가 기다리겠죠

해설

작별을 하고 그대가 여행길을 떠나가 버리면, 이 야마토(大和)에 남아 있는 사람들은, 마치 자신의 일인 것처럼 몸을 삼가 근신하며, 그대가 돌아오기를 기다리겠지요라는 내용이다.

좌주 위의 1수는, 右京少進 오호토모노 스쿠네 쿠로마로(大伴宿禰黒麿)
'大伴宿禰黒麿'는 전미상이다.

4281 하이얀 눈이/ 내려 쌓이는 산을/ 넘어갈 것인/ 그대를 까닭 없이/ 목숨 다해 생각하네

해설

흰 눈이 내려 쌓이는 산을 넘어갈 것인 그대를, 마음을 다해서 몹시 생각하고 있습니다라는 내용이다.

좌주 左大臣이 끝구를 바꾸어 말하기를 '내 목숨으로 하네'라고 하였다. 그러나 역시 가르쳐 말하기를 원래대로 부르라고 하였다.
위의 1수는, 少納言 오호토모노 스쿠네 야카모치(大伴宿禰家持)
左注에 의하면 大伴宿禰家持는 이 노래를 부르기 전에 橘諸兄에게 보였던 듯한데, 橘諸兄은 바꾼 것보다 원래대로 부르라고 한 듯하다.

五年正月四日, 於治部少輔[1]石上朝臣宅嗣[2]家宴歌三首

4282 辭繁　不相問尓　梅花　雪尓之乎礼氏　宇都呂波牟可母

事繁み　あひ問はなくに[3]　梅の花　雪に萎れて　移ろはむかも

ことしげみ　あひとはなくに　うめのはな　ゆきにしをれて　うつろはむかも

> **左注**　右一首, 主人石上朝臣宅嗣

4283 梅花　開有之中尓　布敷賣流波　戀哉許母礼留　雪乎待等可

梅の花　咲けるが中に　含める[4]は　戀や[5]籠れる　雪を待つとか[6]

うめのはな　さけるがなかに　ふふめるは　こひやこもれる　ゆきをまつとか

> **左注**　右一首, 中務大輔[7]茨田王[8]

---

1 **治部少輔**: 治部省의 차관 차석이다. 종5위하에 상당한다.
2 **石上朝臣宅嗣**: 후에 大納言 정3위. '문인의 우두머리'라고 불리었다. 이때 25세였다.
3 **あひ問はなくに**: 'なく'는 부정 명사형이다.
4 **含める**: 봉우리가 맺힌 것이다. 주인이 꽃이 질 것이라고 말한 것을 부정하였다(4282번가).
5 **戀や**: 눈에 대한 사랑이다.
6 **雪を待つとか**: 제5구는 제4구를 구체적으로 바꾼 것이다.
7 **中務大輔**: 中務省의 차관 상석. 정5위상에 상당한다.
8 **茨田王**: 계보 미상이다.

5년 정월 4일에, 治部少輔 이소노카미노 아소미 야카츠구(石上朝臣宅嗣)의 집에서 연회하는 노래 3수

4282 일이 많아서/ 말도 못 나눈 사이/ 매화꽃이요/ 눈에 시들어서는/ 져 버릴 것인가요

🌸 해설

일이 많아서 말도 서로 나누지 못한 동안에, 매화꽃이 눈에 시들어서 져 버릴 것인가요라는 내용이다.
中西 進은, '한가한 시간을 얻어서 오늘 연회하는 기쁨을 반대로 말한 노래이다. 연회를 시작하는 주인의 노래이다'고 하였다.
靑木生子는, '일이 바빠서 초대가 늦어진 것을 사과하는 주인의 인사 노래. 손님을 연인으로 보고, 사람들의 소문을 꺼려서 방문하지 않은 동안에, 여성이 원망하여 마음이 변한다고 하는 사랑의 노래를 寓意로 한 것일 것이다'고 하였다[『萬葉集全注』19, p.279].
'五年正月四日'을 全集에서는, '天平勝寶 5년(753). 태양력 2월 11일'이라고 하였다[『萬葉集』4, p.358].

> **좌주** 위의 1수는, 주인 이소노카미노 아소미 야카츠구(石上朝臣宅嗣)

4283 매화꽃이요/ 피어 있는 가운데/ 봉오리인 건/ 戀心을 숨겼는가/ 눈을 기다리는가

🌸 해설

매화꽃이 피어 있는 가운데 아직도 꽃봉오리인 채로 있는 것은, 사랑하는 마음을 숨기고 있는 것일까요. 아니면 눈을 기다려서 피려고 하는 것일까요라는 내용이다.

> **좌주** 위의 1수는, 中務大輔 마무타노 오호키미(茨田王)

4284　新　年始尓　思共　伊牟礼氏乎礼婆　宇礼之久母安流可

新しき　年の初に　思ふどち[1]　い群れて[2]居れば　嬉しくもあるか

あらたしき　としのはじめに　おもふどち　いむれてをれば　うれしくもあるか

左注　右一首, 大膳大夫[3]道祖王[4]

十一日, 大雪落積尺有二寸[5]. 因述拙懐歌三首

4285　大宮能　内尓毛外尓母　米都良之久　布礼留大雪　莫踏祢乎之

大宮[6]の　内にも外にも　めづらしく[7]　降れる大雪　な踏みそね[8]惜し

おほみやの　うちにもとにも　めづらしく　ふれるおほゆき　なふみそねをし

4286　御苑布能　竹林尓　鴬波　之波奈吉尓之乎　雪波布利都々

御苑生[9]の　竹の林に　鴬は　しば鳴きにしを[10]　雪は降りつつ[11]

みそのふの　たけのはやしに　うぐひすは　しばなきにしを　ゆきはふりつつ

1　どち: 동료이다.
2　い群れて: 'い'는 접두어이다.
3　大膳大夫: 宮内省 大膳職(궁중의 식사 담당)의 장관이다. 정5위상에 상당한다.
4　道祖王: 新田部왕자의 아들이다. 奈良麿의 모반사건으로 인해 고문을 당하여 사망하였다.
5　尺有二寸: 一尺二寸(36센티미터).
6　大宮: 천황의 궁전. 이하 3926번가와 표현이 비슷하다.
7　めづらしく: 절대로 없으니 귀하게 여겨야만 하다는 뜻이다.
8　な踏みそね: 'な'는 금지를 나타낸다.
9　御苑生: 누구의 정원인지 알 수 없다.
10　しば鳴きにしを: 'を'는 역접을 나타낸다. 모처럼의 꾀꼬리인데(눈이 내려서 울 수 없다).
11　雪は降りつつ: 'つつ'는 계속을 나타낸다. 이 말에 의한 종지법은 새로운 歌風에 많다.

4284 새로 시작된/ 해가 시작되는 때/ 친한 동료들/ 모여 함께 있으면/ 즐거운 일인 것이네

✿ 해설

새해 처음에 마음이 맞는 친한 동료들이 모여서 함께 있으면 얼마나 즐거운 일인가라는 내용이다.

좌주 위의 1수는, 大膳大夫 후나도노 오호키미(道祖王)

11일에, 많은 눈이 내려 쌓여 1尺 2寸에 달하였다.
그래서 변변찮은 생각을 표현한 노래 3수

4285 우리 궁전의/ 안에도 바깥에도/ 아주 드물게/ 내린 큰 눈이네요/ 밟지 마 아쉬우니

✿ 해설

궁전의 안에도 바깥에도 아주 드물게 많이 내린 눈이네요. 이 아름다운 눈을 밟아서 보기 싫게 하지
말아요. 아쉬우니까라는 내용이다.
'十一日'을 靑木生子는, '1월 11일. 양력 2월 22일'이라고 하였다[『萬葉集全注』 19, p.282].

4286 멋진 정원의/ 대나무의 숲에는/ 꾀꼬리새가/ 계속 울었었는데/ 눈이 계속 내려서

✿ 해설

성원의 대나무 숲에는 꾀꼬리새가 이미 계속 울고 있던 것인데. 그런데 지금은 눈이 계속 내려서라는
내용이다.
꾀꼬리가 울어 봄이 왔는데 지금은 눈이 내린다는 뜻이다. 눈 때문에 꾀꼬리가 울 수 없는 것을 아쉬워
한 마음도 담았을 것이다.

4287 鶯能　鳴之可伎都尓　々保敝理之　梅此雪尓　宇都呂布良牟可

鶯の　鳴きし垣内に[1]　にほへりし[2]　梅この雪に　移ろふらむか

うぐひすの　なきしかきつに　にほへりし　うめこのゆきに　うつろふらむか

十二日，侍於内裏[3]聞千鳥喧作歌一首

4288 河渚尓母　雪波布礼々之　宮裏　智杼利鳴良之　爲牟等己呂奈美

河渚にも　雪は降れれし[4]　宮の裏に　千鳥鳴くらし　居む處無み

かはすにも　ゆきはふれれし　みやのうちに　ちどりなくらし　ゐむところなみ

二月十九日，於左大臣橘[5]家宴，見攀折[6]柳條歌一首

4289 青柳乃　保都枝与治等理　可豆良久波　君之屋戸尓之　千年保久等曽

青柳の　上枝攀ぢ取り　蘰くは[7]　君が屋戸にし　千年壽くとそ[8]

あをやぎの　ほつえよぢとり　かづらくは　きみがやどにし　ちとせほくとそ

---

1 **鳴きし垣内に**: 울타리 안이다. 어디인지 불확실하지만, 앞의 노래를 받는다.
2 **にほへりし**: 색들이 아름다웠다.
3 **侍於内裏**: 궁중에서 근무하고 있어.
4 **雪は降れれし**: 뜻을 알 수 없다.
5 **左大臣橘**: 橘諸兄이다.
6 **攀折**: 끌어당기는 것이다.
7 **蘰くは**: 머리에 장식으로 하는 것이다. 본래 장수를 비는 행위이다. 후에 풍류 놀이로 되었으므로 제5구와 같이 말하였다.
8 **千年壽くとそ**: 4136번가와 같다.

4287 꾀꼬리가요/ 울고 있던 울안에/ 곱게 피었던/ 매화 이 눈 때문에/ 져 버리고 있을까

해설

꾀꼬리가 울고 있던 울타리 안에 아름답게 피어 있던 매화는, 내리고 있는 이 눈으로 인해 져 버리고 말 것인가라는 내용이다.

12일에, 궁중에서 근무하며 물떼새가 우는 것을 듣고 지은 노래 1수

4288 강의 섬(洲)에도/ 눈 내리고 있어서/ 궁중의 안까지/ 물떼새 우는 듯해/ 있을 곳이 없어서

해설

강의 섬에도 눈이 내리고 있어서 궁중 안까지 물떼새가 와서 울고 있는 듯하네. 눈 때문에 머물 곳이 없어서라는 내용이다.

2월 19일에, 左大臣 타치바나(橘) 집의 연회에서, 끌어당겨 꺾은 버들가지를 본 노래 1수

4289 푸른 버들의/ 끝 쪽 가지 꺾어서/ 장식 한 것은/ 그대의 집에서요/ 千歲壽를 빎이오

해설

푸른 버들의 끝 쪽 가지를 끌어당겨 꺾어서 머리에 장식을 한 것은, 그대의 집에 千歲壽를 빌기 위해서 입니다라는 내용이다.

廿三日, 依興¹作歌二首

4290　春野尓　霞多奈毗伎　宇良悲　許能暮影尓　鶯奈久母

春の野に　霞たなびき　うら²悲し³　この夕かげに⁴　鶯鳴くも

はるののに　かすみたなびき　うらがなし　このゆふかげに　うぐひすなくも

4291　和我屋度能　伊佐左村竹　布久風能　於等能可蘇氣伎　許能由布敝可母

わが屋戸の　いささ群竹⁵　吹く風の　音のかそけき⁶　この夕かも

わがやどの　いささむらたけ　ふくかぜの　おとのかそけき　このゆふべかも

---

1 **依興**: 감흥에 따라. 연회석의 노래와 구별해서 말한다.
2 **うら**: 마음.
3 **悲し**: 종지가 된다.
4 **夕かげに**: 저녁 무렵의 빛이다.
5 **いささ群竹**: 'いささ'는 'いささかに'의 어근이다.
6 **音のかそけき**: 幽微.

23일에, 흥에 의해 지은 노래 2수

4290 가을 들판에/ 아지랑이가 끼고/ 마음 슬프네/ 이 저녁의 빛 속에/ 꾀꼬리가 우네요

✿ 해설

　가을 들판에 아지랑이가 끼어 있고 왠지 마음은 슬픔에 잠기네. 이 저녁 무렵의 빛 속에 꾀꼬리가
우네요라는 내용이다.
　中西 進은 이하 3수가 뛰어난 작품이라고 하였다.

4291 우리 집의요/ 많잖은 대나무에/ 부는 바람의/ 소리가 어렴풋한/ 이 저녁 무렵인가

✿ 해설

　우리 집의 그리 많지 않은 대나무를 스치며 부는 바람 소리가 어렴풋한 이 저녁 무렵의 쓸쓸함이여라
는 내용이다.

廿五日, 作歌一首

4292　宇良宇良尓　照流春日尓　比婆理安我里　情悲毛　比登里志於母倍婆

　　　うらうらに¹　照れる春日に　雲雀あがり　情悲しも²　獨りしおもへば³

　　　うらうらに　てれるはるひに　ひばりあがり　こころがなしも　ひとりしおもへば

左注　春日遅々鶬鶊正啼. 悽惆⁴之意非歌難撥耳. 仍作此歌, 式展締緒. 但此卷中不偁作者名字, 徒

録年月所處縁起者, 皆大伴宿祢家持裁作歌詞也⁵.

---

1 **うらうらに**: 한가로운, 화창한.
2 **情悲しも**: 특별한 사건에 의한 슬픔은 아니다.
3 **獨りしおもへば**: 고독한 생각에 의한 순환.
4 **悽惆**: 마음이 아픈 것이다.
5 **大伴宿祢家持裁作歌詞也**: 권제19의 필록이 大伴家持에 의해 이루어졌으므로 이렇게 되었다. 家持는 이 노래를 마지막으로 해서 이 한 권을 橘諸兄에게 바친 것 같다.

25일에, 지은 노래 1수

4292　화창하게도/ 빛나는 봄날에요/ 종달새가 날고/ 마음은 슬프네요/ 혼자서 생각을 하면

✿ 해설

화창하게 빛나는 봄날에 종달새가 하늘을 날고, 이 마음은 슬픔에 깊이 잠기게 되네요. 혼자 생각을 하고 있으면이라는 내용이다.

봄날의 화창한 자연, 비상하는 종달새 소리와 달리, 작자의 내면은 아래로 가라앉고 있어 대비된다.

좌주 봄날은 화창하게 빛나고, 종달새는 그 속에서 우네. 울적한 마음은 노래로 나타내지 않고는 떨쳐 버리기가 힘드네. 그래서 이 노래를 지어서 울적한 마음을 떨친다. 또 이 巻 속의, 작자의 이름을 말하지 않고, 다만 노래가 지어진 연월, 장소, 유래만 기록한 것은 모두 오호토모노 스쿠네 야카모치(大伴宿禰家持)가 지은 노래이다.

만엽집

권 제20

幸行於山村¹之時歌二首
先太上天皇², 詔陪從王臣曰夫諸王卿等, 宜賦和謌³而奏, 即御口号曰

4293　安之比奇能　山行之可婆　山人乃　和礼尒依志米之　夜麻都刀曽許礼

　　　あしひきの　山⁴行きしかば　山人⁵の　我に得しめし　山づとそこれ⁶

　　　あしひきの　やまゆきしかば　やまびとの　われにえしめし　やまづとそこれ

舎人親王⁷, 應詔奉和歌一首

4294　安之比奇能　山尒由伎家牟　夜麻妣等能　情母之良受　山人夜多礼

　　　あしひきの　山に行きけむ⁸　山人の⁹　心も知らず¹⁰　山人や誰

　　　あしひきの　やまにゆきけむ　やまびとの　こころもしらず　やまびとやたれ

---

1 **山村**: 奈良市 帶解의 산지. 欽明紀에 백제인을 살게 했다고 한다.
2 **太上天皇**: 이때[天平勝寶 5년(753)]의 앞의 선왕(즉 太上천황)은 聖武천황, 지금은 孝謙천황. 따라서 '先太上 天皇'은 元正천황[天平 20년(748) 사망]이다. 그와 별개로 元明·元正·聖武를 先太上·中太上·後太上이라고 하는 경우도 있다.
3 **和謌**: 지금부터 읊조리는 내 노래에 답하는 노래이다.
4 **山**: 산은 지명일 뿐 반드시 산이라고 할 정도의 지형도 아니었는데, 이하의 측면에서 山·山人·山づ라고 하여 산을 강조한다.
5 **山人**: 산속의 仙人 등 아마도 공상적인 다른 세계의 사람이다. 이 구는 주격이지만 동시에 '山人の我(상왕으로서의 자신)'의 뜻을 내포한다.
6 **山づとそこれ**: 'つと'는 보자기로 싼 것으로 선물이다. 구체적으로는 지팡이로 할 정도의 나뭇가지인가.
7 **舎人親王**: 元正女帝의 숙부에 해당하며, 女帝보다 4살 위이다. 天平 7년(735) 60세로 사망하였다. 따라서 이 일련은 그 이전이다.
8 **山に行きけむ**: 전해들은 것이다.
9 **山人の**: 上皇으로서의 元正을 말한다.
10 **心も知らず**: 산에 간다는 것은 은둔을 암시하며, 그것을 인사치레로 부정한 것일 것이다.

山村에 행행했을 때의 노래 2수

先太上天皇(元正)이 함께 따라간 여러 왕과 신하들에게 말하기를, "그대들은 나의 노래에 창화하라"고 하고는 곧 입으로 읊기를,

4293 (아시히키노)/ 산으로 갔더니만/ 산의 사람이/ 나에게요 주었는/ 산 선물이네 이건

✿ **해설**

걷기가 힘든 산으로 갔으므로 산에 사는 사람인 신선이 나에게 준 산의 선물이네. 이것은이라는 내용이다.
산으로 갔다는 것은 '山村'을 가지고 말한 것이다.
신선이 준 선물이 무엇인지는 알 수 없다. '山づとそこれ'를 私注에서는, '토지의 산물이 헌상된 것'으로 보았다『萬葉集私注』9, p.255]. 木下正俊은 산신의 조공품이라고 보았다『萬葉集全注』20, p.16].

토네리(舍人)親王이 명령에 응해서 답해 올린 노래 1수

4294 (아시히키노)/ 산에 갔다고 하는/ 산의 사람은/ 마음 모르겠네요/ 산 사람은 누구죠

✿ **해설**

다리를 끌며 걸어야 하는 힘든 산에 갔다고 하는 산의 사람은 어찌 할 셈이었는지, 그 마음을 알 수가 없네요. 산의 사람이라는 것은 누구입니까라는 내용이다.
全集에서는, '山づと가 의외의 물건이었으므로 장난삼아 노래한 것이겠다'고 하였다『萬葉集』4, p.371].

좌주 위의 노래는, 天平勝寶 5년(753) 5월, 大納言 후지하라(藤原)의 집에 있었을 때, 주상할 일에 대해 질문하고 있을 동안, 少主鈴 야마다노 후히토 히지마로(山田史土麿)가 少納言 오호토모노 스쿠네 야카모치(大伴宿禰家持)에게 말하기를, 옛날에 이런 노래를 들었다고 하고 바로 이 노래를 불렀다.
'依奏事'는 孝謙천황에게 주상할 일이다.

右, 天平勝寶五年五月, 在於大納言藤原朝臣[11]之家時, 依奏事而請問[12]之間, 少主鈴[13]山田史土麿, 語少納言[14]大伴宿祢家持曰昔[15]聞此言即誦此歌也.

天平勝寶五年八月十二日, 二三大夫[16]等, 各提壺酒[17]登高圓野[18], 聊述所心作歌三首

4295　多可麻刀能　乎婆奈布伎故酒　秋風尓　比毛等伎安氣奈　多太奈良受等母

高圓の　尾花[19]吹き越す　秋風に　紐解き開けな[20]　直ならずとも[21]

たかまとの　をばなふきこす　あきかぜに　ひもときあけな　ただならずとも

右一首, 左京少進[22]大伴宿祢池主[23]

---

11 **大納言藤原朝臣**: 仲麿이다.

12 **請問**: 묻는 것이다. 家持가 少納言으로서 천황에게 주상해야 할 것에 관해 상관인 大納言 仲麿의 지시를 묻는 것이다.

13 **少主鈴**: 中務省의 하급관료이다. 정8위상에 상당한다. 太政官의 印과 驛鈴의 출납을 맡았다.

14 **少納言**: 太政官의 3등관이다. 종5위하에 상당한다.

15 **昔**: 元正이 太上천황이 된 神龜 원년(724)부터 天平 7년(735)까지의 작품으로, 지금부터 약 30년 전이다. 다만 간접적으로 듣고 전했을 가능성도 있다.

16 **二三大夫**: 大夫는 4, 5위의 관료를 말하며, 池主는 해당하지 않는다. 널리 관료를 칭한 것이겠다.

17 **壺酒**: 항아리에 담은 술이다.

18 **高圓野**: 奈良의 동쪽 근교이다.

19 **尾花**: 꽃으로서의 참억새를 말하는 것이다.

20 **紐解き開けな**: 가을바람이 심하게 옷을 펄럭이게 하는 모양을 장난스럽게 표현하였다. '紐解く'는 느슨하게 하는 것이다. 서로 마음을 편안히 하고 즐기는 것이다.

21 **直ならずとも**: 直은 직접. '直ならず'는 간접적인 것을 말하며, 여기에서는 가을바람이 옷끈을 푸는 것이며 직접 연인끼리 푸는 것은 아니지만이라는 뜻이다.

22 **左京少進**: 左京職의 3등관이다. 정7위상에 상당한다.

23 **大伴宿祢池主**: 4년 후, 奈良麿의 모반사건으로 형을 받아 사망하였는가.

天平勝寶 5년(753) 8월 12일에, 두세 명의 신하들이 각자 술병을 들고 타카마토(高圓) 들에 올라가 다소 소감을 말하여 지은 노래 3수

4295 타카마토(高圓)의/ 참억새 불며 가는/ 가을바람에/ 옷끈 풀지 않겠나/ 직접적 아니지만

🌸 해설

타카마토(高圓)의 참억새를 불며 지나가는 가을바람에 옷끈을 풀지 않겠나요. 비록 아내가 직접 옷끈을 풀어주는 것은 아니지만이라는 내용이다.

옷끈을 풀고 시원하게 즐겁게 놀자는 뜻인데, 부부가 서로 옷끈을 푸는 것을 연상하며 장난스럽게 노래한 것이다.

八月十二日을 全集에서는 양력 9월 13일이라고 하였다[『萬葉集』 4, p.372].

'高圓'에 대해 全集에서는, '일찍이 이곳에 聖武천황의 離宮이 있었다'고 하고, '이 무렵은 聖武上皇은 平城宮에 칩거하였지만, 이전에는 자주 이곳을 방문한 것을 생각하고 家持 등은 노래를 지은 것이겠다'고 하였다[『萬葉集』 4, p.372].

'多太奈良受等母'를 注釋과 全集에서는 中西 進과 마찬가지로 '直ならずとも'로 보고 '아내가 풀어 주는 것은 아니지만'으로 해석하였다(『萬葉集注釋』 20, p.15), (『萬葉集』 4, p.372]. 大系에서도 '直ならずとも'로 보았지만 뜻은 알 수 없다고 하였다[『萬葉集』 4, p.401].

그런데 私注에서는 '默, 徒의 문자의 뜻'일 것으로 보고, '멍하게 있지 말고'로 해석하였다[『萬葉集私注』 9, p.258].

좌주 위의 1수는, 左京少進 오호토모노 스쿠네 이케누시(大伴宿禰池主)

4296　安麻久母尓　可里曽奈久奈流　多加麻刀能　波疑乃之多婆波　毛美知安倍牟可聞

　　　　天雲に　雁そ鳴くなる¹　高圓の　萩の下葉は　もみちあへむかも²

　　　　あまくもに　かりそなくなる　たかまとの　はぎのしたばは　もみちあへむかも

　　　左注　右一首, 左中辨³中臣清麿朝臣⁴

4297　乎美奈弊之　安伎波疑之努藝　左乎之可能　都由和氣奈加牟　多加麻刀能野曽

　　　　をみなへし　秋萩凌ぎ⁵　さを鹿の　露分け⁶鳴かむ　高圓の野そ

　　　　をみなへし　あきはぎしのぎ　さをしかの　つゆわけなかむ　たかまとののそ

　　　左注　右一首, 少納言大伴宿祢家持

4296 구름 속에서/ 기러기 울고 있네/ 타카마토(高圓)의/ 싸리 아래쪽 잎은/ 단풍 들 수 있겠나요

해설

구름 속에서 기러기가 울고 있네. 이 타카마토(高圓)의 싸리의 아래쪽 부분의 잎은 단풍이 이제 들 수 있을 것인가라는 내용이다.

[좌주] 위의 1수는, 左中辨 나카토미노 키요마로 아소미(中臣淸麿朝臣)

4297 마타리 하고/ 가을 싸리 누르며/ 수사슴이요/ 이슬 헤치면서 울/ 타카마토(高圓) 들이여

해설

마타리랑 가을 싸리를 발로 밟아 누르고, 수사슴이 이슬을 흩뿌리면서 울고 있을 타카마토(高圓)의 들이여라는 내용이다.

수사슴이, 마타리와 가을 싸리를 헤치며 밟아 누르는 바람에, 가을 싸리 등에 내려 있던 이슬이 흩어지는 가운데 수사슴은 울고 있다는 뜻이다.

'さ'와 'を'는 접두어이다.

[좌주] 위의 1수는, 少納言 오호토모노 스쿠네 야카모치(大伴宿禰家持)

六年¹正月四日，氏族人等²，賀集³于少納言大伴宿祢家持之宅⁴宴飲歌三首

4298 霜上尓　安良礼多婆之里　伊夜麻之尓　安礼波麻爲許牟　年緒奈我久 [古今未詳]

霜の上に　霰たばしり⁵　いや増しに　我は参ゐ來む　年の緒⁶長く [古今いまだ詳らかならず⁷]

しものうへに　あられたばしり　いやましに　あれはまゐこむ　としのをながく [ここんいまだつばひらかならず]

> **左注**　右一首，左兵衛督⁸大伴宿祢千室

4299 年月波　安良多々々々尓　安比美礼騰　安我毛布伎美波　安伎太良奴可母 [古今未詳]

年月は　あらたあらたに　相見れど⁹　あが思ふ君¹⁰は　飽き足らぬかも¹¹ [古今いまだ詳らかならず]

としつきは　あらたあらたに　あひみれど　あがもふきみは　あきだらぬかも [ここんいまだつばひらかならず]

> **左注**　右一首，民部少丞¹²大伴宿祢村上

---

1 **六年**: 天平勝寶 6년(754)이다.
2 **氏族人等**: 大伴 일족이다.
3 **賀集**: 당시 家持가 씨족의 어른으로 그 집에서 모였던 것인가.
4 **少納言大伴宿祢家持之宅**: 설날의 축하 연회.
5 **霰たばしり**: 이상 'いや増し'를 수식하는 것이다.
6 **年の緒**: 긴 것을 '…の緒'라고 한다.
7 **古今いまだ詳らかならず**: 전송되던 옛 노래인지 새로 창작한 것인지 미상이라는 뜻이다. 축하하는 노래로 유형적인 것이므로 생겨난 의문이다.
8 **左兵衛督**: 左兵衛部의 장관이다. 종5위상에 상당한다.
9 **相見れど**: 연월을 새로이 해서 매년 본다는 뜻이다.
10 **あが思ふ君**: 주인인 家持이다.
11 **飽き足らぬかも**: 축하 노래의 유형구이다.
12 **民部少丞**: 民部省의 3등관이다. 종6위상에 상당한다.

6년 정월 4일에, 씨족 사람들이 少納言 오호토모노 스쿠네 야카모치(大伴宿禰家持) 집에 모여 새해 축하 연회를 하는 노래 3수

4298 서리의 위에요/ 싸락눈이 튀듯이/ 되풀이해서/ 나는 참석하지요/ 앞으로 오래도록 [옛 노래인지 새로 지은 노래인지 확실하지 않다]

❀ 해설

　　서리의 위에 싸라기눈이 튀어 내려서 그 수를 더하듯이, 그렇게 빈번하게 되풀이해서 나는 찾아뵙지요. 지금부터 앞으로 오래도록[옛 노래인지 새로 지은 노래인지 확실하지 않다]이라는 내용이다.
　　제목을 보면 大伴宿禰家持는 大伴 일족의 제일 어른이었던 것 같다.
　　大系에서는, '당시는 藤原氏와 橘氏・大伴氏 등의 사이에 심한 권력 다툼이 있었으므로 이러한 인사를 노래로 하는 것이 서로의 신뢰를 쌓는 큰 역할을 했다고 생각된다'고 하였다『萬葉集』 4, p.403].

　　　[좌주] 위의 1수는, 左兵衛督 오호토모노 스쿠네 치므로(大伴宿禰千室)
　　'大伴宿禰千室'은 누구인지 알 수 없다. 권제4의 693번가도 그의 작품이다.

4299 해와 달이요/ 새롭게 돌아와서/ 서로 보지만/ 내 사모하는 그대/ 싫증이 나지 않네 [옛 노래인지 새로 지은 노래인지 확실하지 않다]

❀ 해설

　　해와 달이 매년 새롭게 돌아와서 그때마다 이렇게 서로 만나보는 것이지만, 내가 사모하는 그대는 싫증이 나지 않네[옛 노래인지 새로 지은 노래인지 확실하지 않다]라는 내용이다.
　　제3구의 '君'은 오호토모노 스쿠네 야카모치(大伴宿禰家持)를 가리킨다.

　　　[좌주] 위의 1수는, 民部少丞 오호토모노 스쿠네 무라카미(大伴宿禰村上)

4300　可須美多都　春初乎　家布能其等　見牟登於毛倍婆　多努之等曽毛布

　　　　霞立つ　春のはじめを[1]　今日のごと　見む[2]と思へば　樂しとそ思ふ

　　　　かすみたつ　はるのはじめを　けふのごと　みむとおもへば　たのしとそもふ

　　　左注　右一首, 左京少進[3]大伴宿祢池主

七日, 天皇[4]太上天皇[5]皇大后[6], 在於東常宮[7]南大殿[8]肆宴歌一首

4301　伊奈美野乃　安可良我之波々　等伎波安礼騰　伎美乎安我毛布　登伎波佐祢奈之

　　　　稻見野[9]の　あから柏は[10]　時はあれど　君をあが思ふ　時は實[11]無し

　　　　いなみのの　あからがしはは　ときはあれど　きみをあがもふ　ときはさねなし

　　　左注　右一首, 播磨國守安宿王[12]奏. [古今未詳[13]]

---

1 **はじめを**: 때와 장소를 나타내는 조사이다.
2 **見む**: 주인 家持를. 만난다는 뜻이다.
3 **左京少進**: 左京職의 3등관이다. 정7위상에 상당한다.
4 **天皇**: 孝謙천황이다.
5 **太上天皇**: 聖武천황이다.
6 **皇大后**: 光明왕후이다.
7 **東常宮**: 『續日本紀』에는 이날의 일을 '천황, 東院에 가서'라고 하였다. 태상천황, 황태후가 일상 거처하는 곳이다.
8 **南大殿**: 東院 안의 남향의 正殿이다.
9 **稻見野**: 작자의 부임지 안에 있다. 大嘗會에 하리마(播磨)國에서 바친 잣나무가 사용되었다.
10 **あから柏は**: 싹이 빨간 잣나무.
11 **實**: 전혀.
12 **播磨國守安宿王**: 3년 후에 奈良麿의 모반사건으로 인해 佐渡로 유배되었다.
13 **古今未詳**: 인사 노래의 유형에 의한 작품이므로 전송되던 옛 노래인지 새로 지은 노래인지 확실하지 않다는 뜻이다.

4300　안개가 끼는/ 새해의 시작을요/ 오늘과 같이/ 본다고 생각하면/ 즐거운 일이네요

✿ **해설**

봄 안개가 끼는 새해의 시작을 오늘과 같이 매년 만날 수 있다고 생각을 하면 즐거운 일이네요라는 내용이다.

'春のはじめを'를 中西 進은, 해마다 새해 처음에 오호토모노 스쿠네 야카모치(大伴宿禰家持)를 만날 수 있다고 생각하면 기쁘다는 뜻으로 해석하였다. 大系와 注釋에서도 中西 進과 마찬가지로 해석하였다 [(『萬葉集』 4, p.403), (『萬葉集注釋』 20, p.19)]. 全集에서는 새해를 의인화하여 새해를 만나는 것처럼 표현한 것인가. 혹은 새해 처음이라고 할 것을 잘못 적은 것인가라고 하였다[『萬葉集』 4, p.374]. 全注에서도 全集처럼 새해의 처음을 만나는 것으로 해석하였다[『萬葉集全注』 20, p.29].

　　[좌주]　위의 1수는, 左京少進 오호토모노 스쿠네 이케누시(大伴宿禰池主)

7일에, 천황·太上천황·황대후가 東院의 남쪽 大殿에서 연회를 베풀었을 때의 노래 1수

4301　이나미(稻見) 들의/ 빨간 잎 잣나무는/ 때는 있지만도/ 님을 내가 생각는/ 때는 전연 없네요

✿ **해설**

이나미(稻見) 들판의 빨간 잎의 잣나무는 시기가 정해져 있지만, 그대를 내가 생각하는 마음은 결코 시기가 따로 없네요라는 내용이다.

항상 君(孝謙천황)을 생각한다는 뜻이다.

'稻見野'를 大系에서는, '兵庫縣 印南郡·高砂市에서 明石市에 걸친 평야. 작자가 播磨國 장관이었으므로 稻見野를 말한 것이다'고 하였다[『萬葉集』 4, p.404].

全集에서는 이 작품을, '본래 相聞的 내용의 민요일 것이다'고 하고, '大嘗祭豊明節會에 小忌(오미: 몸을 정결하게 한 사람) 사람들 以下가 잣나무로 상식하고 춤을 추는 것. 거기서도 7일의 연회에 사용한 잣나무를 보고 생각해서 부른 것인지도 모른다'고 하였다[『萬葉集』 4, pp.374~375].

　　[좌주]　위의 1수는, 하리마(播磨)國의 장관 아스카베노 오호키미(安宿王)가 주상하였다. [옛 노래인지 새로 지은 노래인지 확실하지 않다]

三月十九日，家持之庄門槻樹下宴飲歌二首

4302　夜麻夫伎波　奈埶都々於保佐牟　安里都々母　伎美伎麻之都々　可射之多里家利

　　　山吹[1]は　撫でつつ生さむ　ありつつも[2]　君來ましつつ　挿頭したりけり

　　　やまぶきは　なでつつおほさむ　ありつつも　きみきましつつ　かざしたりけり

　　　左注 右一首，置始連長谷[3]

4303　和我勢故我　夜度乃也麻夫伎　佐吉弖安良婆　也麻受可欲波牟　伊夜登之能波尓

　　　わが背子[4]が　屋戸の山吹　咲きてあらば　止まず通はむ　いや毎年に

　　　わがせこが　やどのやまぶき　さきてあらば　やまずかよはむ　いやとしのはに

　　　左注 右一首，長谷攀花，提壺[5]到來，因是，大伴宿祢家持作此歌和之．

---

1 **山吹**: 하츠세(長谷) 집의 황매화. 이때 손에 들고 있었다.
2 **ありつつも**: 계속해서.
3 **置始連長谷**: 家持의 농장 근처에 살고 있었는가. 전미상이다.
4 **わが背子**: 하츠세(長谷)를 가리킨다.
5 **壺**: 술병이다.

'安宿王'을 大系에서는, '좌대신 長屋王의 다섯째 아들. 母가 藤原不比等의 딸이었으므로 長屋王의 사건 때 죽음을 면하였고, 天平 9년(737) 9월 종5위하. (중략) 天平寶字 원년(757) 6월에 橘奈良麿가 藤原仲麿와의 권력 다툼으로 음모가 밀고되었을 때, 연좌되었지만 죽임을 당하지 않고 처자와 함께 佐渡로 유배되었다. 후에 귀경하여 寶龜 4년(773) 10월에 高階眞人 성을 받았다'고 하였다『萬葉集』 4, p.404]. 全集에서는 孝謙천황의 사촌이라고 하였다『萬葉集』 4, p.374].

3월 19일에, 야카모치(家持)의 농장 문에 심은 느티나무 아래에서 연회하는 노래 2수

4302 황매화는요/ 소중하게 키우지요/ 계속하여서/ 그대가 오셔서는/ 머리장식 하므로

✿ 해설

황매화는 이후로도 소중하게 키우지요. 지금까지도 계속해서 그대가 와서는 꽃을 머리에 꽂아 장식을 했으므로라는 내용이다.

家持가 오면 늘 황매화를 머리에 꽂아 장식을 했으므로, 앞으로도 그렇게 할 수 있도록 작자인 長谷은 황매화를 잘 키우겠다는 뜻이다.

'三月十九日'을 木下正俊은, 양력 4월 16일이라고 하였다『萬葉集全注』 20, p.34].

좌주 위의 1수는, 오키소메노 므라지 하츠세(置始連長谷)

4303 나의 그대의/ 집의 황매화가요/ 피어 있다면요/ 끊임없이 다니죠/ 한층 더욱 해마다

✿ 해설

그대 집의 황매화가 피어 있다면 언제까지나 끊임없이 오지요. 한층 더욱 해마다라는 내용이다.

하츠세(長谷) 집의 황매화가 피는 계절에는, 황매화도 볼 겸 해마다 방문하겠다는 인사 노래이다.

좌주 위의 1수는, 하츠세(長谷)가 꽃을 꺾어서, 술병을 가지고 왔으므로 이에 오호토모노 스쿠네 야카모치(大伴宿禰家持)가 이 노래를 지어서 답하였다.

同月¹廿五日, 左大臣橘²卿, 宴于山田御母³之宅歌一首

4304 夜麻夫伎乃　花能左香利尓　可久乃其等　伎美乎見麻久波　知登世尓母我母

山吹の　花の盛りに　かくの如　君を見まくは⁴　千年にもがも⁵

やまぶきの　はなのさかりに　かくのごと　きみをみまくは　ちとせにもがも

左注　右一首, 少納言大伴宿祢家持, 矚時花⁶作. 但未出之間, 大臣罷宴, 而不擧誦耳.

詠霍公鳥歌一首

4305 許乃久礼能　之氣伎乎乃倍乎　保等登藝須　奈伎弖故由奈理　伊麻之久良之母

木の暗の⁷　繁き峰の上を　ほととぎす　鳴きて越ゆなり⁸　今し⁹來らしも

このくれの　しげきをのへを　ほととぎす　なきてこゆなり　いましくらしも

左注　右一首, 四月, 大伴宿祢家持作

---

1 **同月**: 天平勝寶 6년(754) 3월이다.
2 **左大臣橘**: 橘諸兄이다.
3 **山田御母**: 孝謙천황의 유모이므로 御母라고 한다. 본명은 比賣島이다. 奈良麿의 모반사건에 의해 姓을 빼앗겼다.
4 **見まくは**: 'まく'는 'む'의 명사형이다.
5 **千年にもがも**: 'がも'는 원망을 나타낸다.
6 **時花**: 황매화를 말한다.
7 **木の暗の**: 나뭇잎이 무성해서 나무 아래가 그늘이 져서 어두운 것이다.
8 **鳴きて越ゆなり**: 'なり'는 추량을 나타낸다.
9 **今し**: 家持는 4월이 됨과 동시에 두견새가 우는 것을 기다렸다.

같은 달 25일에, 좌대신 타치바나(橘)卿이
야마다(山田) 유모 집에서 연회하는 노래 1수

4304 황매화의요/ 꽃이 한창인 때에/ 이와 같이요/ 그대를 보는 것은/ 천년이길 원하네

해설

황매화꽃이 한창인 때에 이와 같이 그대를 바라보는 것은 천년까지라도 계속되기를 원하네라는 내용이다.
황매화꽃이 한창인 때에, 橘諸兄을 바라보는 것이 천년까지나 계속되기를 바란다는 뜻이다.

좌주 위의 1수는, 少納言 오호토모노 스쿠네 야카모치(大伴宿禰家持)가 황매화를 보고 지은 것이다. 다만 부르지 않고 있는 동안에 大臣이 연회를 끝내었으므로 부르지 않고 끝났다.

두견새를 읊은 노래 1수

4305 나무 밑 그늘/ 어두운 봉우리 위/ 두견새가요/ 울며 넘는 것 같네/ 지금 쯤 올 것 같네

해설

나뭇잎이 무성해서 나무 밑의 그늘이 어두운 산봉우리 위를, 두견새가 울면서 넘고 있는 듯하네. 지금이야말로 올 것 같네라는 내용이다.

좌주 위의 1수는, 4월 오호토모노 스쿠네 야카모치(大伴宿禰家持)의 작품

七夕謌八首

4306　波都秋風　須受之伎由布弊　等香武等曽　比毛波牟須妣之　伊母尓安波牟多米

　　　初秋風[1]　涼しき夕　解かむとそ　紐は結びし　妹[2]に逢はむため[3]

　　　はつあきかぜ　すずしきゆふへ　とかむとそ　ひもはむすびし　いもにあはむため

4307　秋等伊閇婆　許己呂曽伊多伎　宇多弖家尓　花仁奈蘇倍弖　見麻久保里香聞

　　　秋といへば　心そ痛き　うたて異に[4]　花になそへて[5]　見まく欲りかも[6]

　　　あきといへば　こころそいたき　うたてけに　はなになそへて　みまくほりかも

4308　波都乎婆奈　々々尓見牟登之　安麻乃可波　弊奈里尓家良之　年緒奈我久

　　　初尾花　花に見むとし[7]　天の川　隔りにけらし[8]　年の緒長く

　　　はつをばな　はなにみむとし　あまのかは　へなりにけらし　としのをながく

---

1 初秋風: 家持가 만든 용어인가. 7월 7일의 가을바람을 가리킨다.
2 妹: 직녀성을 말한다.
3 逢はむため: 도치된 것으로 위의 구 전체에 걸린다. 1년에 한 번 만난다. 오늘밤 내 아내를 만나려고 작정하고 옷끈을 묶었다는 뜻이다.
4 うたて異に: 완전히 특별하게. 제2구에 걸린다.
5 花になそへて: 꽃이라고 생각될 정도로 마음이 끌리므로.
6 見まく欲りかも: 보고 싶다고 원하기 때문인가라는 뜻이다.
7 花に見むとし: 앞의 노래의 '花になそへて'를 받은 것이다. 일 년에 한번 첫 가을의 꽃으로.
8 隔りにけらし: 'けらし'는 'けるらし'의 축약형이다.

칠석 노래 8수

4306 첫 가을바람이/ 시원한 저녁 무렵/ 풀려고 하여/ 끈은 묶은 것이네/ 아내를 만나기 위해

✿ 해설

첫 가을바람이 시원하게 부는 7월 7일 저녁 무렵에 풀려고 생각하여 옷끈은 묶은 것이네. 다름 아닌 아내를 만나기 위해서라는 내용이다.

고대 일본에서는 연인이나 부부가 헤어질 때 서로의 속옷 끈을 묶어 주고, 다시 만날 때까지 풀지 않는다고 맹세하는 관습이 있었다.

견우의 입장에서 부른 노래이다.

4307 가을이라 하면/ 마음이 아프네요/ 각별하게도/ 꽃으로 비유해서/ 보고 싶어서인가

✿ 해설

가을에만 만날 수 있다고 하면 마음이 아프네요. 각별하게도. 그것도 아내를 꽃으로 비유해서 보고 싶다고 생각하기 때문인가라는 내용이다.

직녀의 아름다움을 꽃에 비유해서 보고 싶다고 생각하기 때문에, 일 년에 한번 가을에만 만날 수 있다고 하면 마음이 무척 아프다는 뜻이다.

견우의 입장에서의 노래이다.

'秋といへば'를 大系에서는, '가을이라고 하므로'로 해석하였다「『萬葉集』 4, p.407]. 全集과 全注에서는, '가을이라고 듣는 것만으로'로 해석하였다[(『萬葉集』 4, p.377), (『萬葉集全注』 20, p.42)].

4308 첫 참억새꽃/ 꽃처럼 보려 하여/ 하늘 은하수/ 사이에 둔 듯하네/ 오랜 세월 동안을

✿ 해설

첫 참억새꽃의 신선하고 아름다운 꽃처럼 직녀를 보려고 하여, 하늘 은하수를 사이에 두고 헤어져 있는 듯하네. 오랜 세월 동안을이라는 내용이다.

제삼자의 입장에서의 노래이다.

신선한 감정으로 만나려고 은하수를 사이에 두고 오랜 세월 동안 헤어져 있는가 보다라는 뜻이다.

'初尾花'를 大系・私注・注釋・全集・全注에서는, 枕詞的 용법으로 보았다.

4309　秋風尓　奈妣久可波備能　尓故具左能　尓古餘可尓之母　於毛保由流香母

　　　秋風に　なびく川邊の　和草の¹　にこよかにしも　思ほゆるかも²

　　　あきかぜに　なびくかはびの　にこぐさの　にこよかにしも　おもほゆるかも

4310　安吉佐礼婆　奇里多知和多流　安麻能河波　伊之奈弥於可婆　都藝弖見牟可母

　　　秋されば　霧立ちわたる³　天の川　石竝置かば　繼ぎて見むかも

　　　あきされば　きりたちわたる　あまのがは　いしなみおかば　つぎてみむかも

4311　秋風尓　伊麻香伊麻可等　比母等伎弖　宇良麻知乎流尓　月可多夫伎奴

　　　秋風に　今か今かと　紐解きて⁴　うら⁵待ち居るに　月かたぶきぬ

　　　あきかぜに　いまかいまかと　ひもときて　うらまちをるに　つきかたぶきぬ

---

1 **和草の**: 부드러운 풀이다. 같은 소리를 다음 구에서 반복하였다.
2 **思ほゆるかも**: 지금 만날 때가 가까워져서.
3 **霧立ちわたる**: 안개가 끼어 있어 건너기 힘들기 때문에.
4 **紐解きて**: 잠자리를 함께 할 직녀가.
5 **うら**: 마음이다.

4309 가을바람에/ 흔들리는 강변의/ 연한 풀처럼/ 마음이 기쁘게도/ 생각되는 것이네

🌸 **해설**

가을바람에 강가에서 흔들리는 부드러운 풀처럼, 그렇게 마음이 기쁘게 생각되는 것이네라는 내용
이다.
가을바람이 부는 것을 보니 곧 사랑하는 사람을 만날 때가 된 것을 생각하고 기쁘다는 뜻이다.
견우 입장의 노래로도, 직녀 입장의 노래로도 볼 수 있다.

4310 가을이 되면/ 안개가 끼어 있네/ 하늘 은하수/ 징검다리 놓으면/ 계속 볼 수 있을까

🌸 **해설**

가을이 되면 안개가 끼어서 강을 건너기가 어려우므로, 은하수에다 돌로 징검다리를 놓으면 견우가
계속 건너가서 직녀를 만날 수 있을까라는 내용이다.
안개가 끼면 배를 저어 가기가 힘든데, 징검다리를 놓으면 쉽게 건너가서 직녀를 만날 수 있을 것이라
는 뜻이다.
견우 입장에서의 노래이다.

4311 가을바람에/ 이젠가 이젠가고/ 옷끈을 풀고/ 기다리고 있는데/ 달은 기울어졌네

🌸 **해설**

가을바람이 불므로 이제는 오는가 이제는 오는가 하고, 옷끈을 풀고 기다리고 있는데 달은 기울어졌네
라는 내용이다.
가을바람이 불므로 견우가 오는가 하고, 직녀가 옷끈을 풀고 함께 잠을 잘 준비를 하고 기다리는데,
달은 이미 서쪽으로 기울어져 버렸다는 뜻이다.
직녀의 입장에서의 노래이다.

4312　秋草尓　於久之良都由能　安可受能未　安比見流毛乃乎　月乎之麻多牟

秋草に　置く白露の¹　飽かずのみ　相見るものを²　月をし待たむ

あきくさに　おくしらつゆの　あかずのみ　あひみるものを　つきをしまたむ

4313　安乎奈美尓　蘇弖佐閇奴礼弖　許具布祢乃　可之布流保刀尓　左欲布氣奈武可

青波に　袖さへ濡れて　漕ぐ³船の　戕牁⁴振る程に　さ夜更けなむか⁵

あをなみに　そでさへぬれて　こぐふねの　かしふるほとに　さよふけなむか

左注　右, 大伴宿祢家持獨仰天漢作之.

4314　八千種尓　久佐奇乎宇惠弖　等伎其等尓　佐加牟波奈乎之　見都追思努波奈

八千種に　草木を植ゑて　時ごとに　咲かむ花をし　見つつ賞はな⁶

やちくさに　くさきをうゑて　ときごとに　さかむはなをし　みつつしのはな

左注　右一首, 同月⁷廿八日, 大伴宿祢家持作之.

---

1 **置く白露の**: 아름다움이 질리지 않는 것을 '飽かず로 이어간다.
2 **相見るものを**: 덧없는 이별은 숙명, 방법이 없으므로 은밀히 만날 때까지 달을 기다린다는 뜻이다. 달은 달의 경과를 의미한다.
3 **漕ぐ**: 마음을 설레며 열심인 모습을 나타낸다.
4 **戕牁**: 배를 연결하여 매는 말뚝이다.
5 **さ夜更けなむか**: 염려하는 느낌이다.
6 **見つつ賞はな**: 감상하는 것이다. 'な는 願望을 나타낸다.
7 **同月**: 7월이다.

4312 가을 풀에요/ 내린 흰 이슬처럼/ 싫증나잖는/ 만남인 것인 것을/ 달 경과 기다리자

해설

가을 풀 위에 내린 아름다운 흰 이슬처럼 싫증이 나지 않는 만남인 것인데. 달이 경과하는 것을 기다리자라는 내용이다.

일 년에 한번 만나는 것인데 또 7월 7일이 오는 것을 기다리자는 뜻이다.

'飽かずのみ'를 注釋에서는 中西 進과 마찬가지로 '싫증이 나지 않는'으로 해석하였다『萬葉集注釋』20, p.29]. 大系・私注・全集・全注에서는, '불충분하게 서로 만나는 것인 것'이라고 해석하였다(大系『萬葉集』4, p.407), (『萬葉集私注』9, p.270), (全集『萬葉集』4, p.377), (『萬葉集全注』20, p.46)]. 표현의 차이일 뿐 결국은 같은 의미라고 생각된다.

견우 입장의 노래로도 직녀 입장의 노래로도 볼 수 있다.

4313 푸른 물결에/ 소매까지 젖으며/ 저어 건넌 배/ 말뚝 박고 있을 때/ 날이 새어 버릴까

해설

푸른 물결에 옷소매까지 젖으며 노를 저어서 강을 건넌 배를 매어 둘 말뚝을 박고 있을 동안에, 날이 새어 버릴 것인가라는 내용이다.

견우의 입장에서의 노래이다. 제삼자의 입장에서의 노래로도 볼 수 있겠다.

배를 매어 둘 말뚝을 박고 있을 동안에 시간이 많이 지나가 버릴 것을 아쉬워한 노래이다.

> 좌주 위는, 오호토모노 스쿠네 야카모치(大伴宿禰家持)가 혼자 은하수를 바라보며 지었다.

4314 여러 종류의/ 초목을 심어서는/ 계절마다요/ 필 것인 꽃들을요/ 보면서 감상하자

해설

여러 종류의 초목을 심어서 계절마다 아름답게 필 것인 꽃들을 보면서 감상하자라는 내용이다.

私注에서는, '권제17의 3957번가인, 동생 書持의 죽음을 슬퍼하는 노래에, ⌐꽃을 좋아해서 寢院의 정원에 심었다고 하는 것이 있었다. 아마 당시의 士人의 취미의 하나였을 것이다. 혹은 書持를 생각하고 있는 것인지도 모른다'고 하였다『萬葉集私注』9, p.271].

이 작품에는 노래의 제목이 없다.

> 좌주 위의 1수는, 같은 달 28일에, 오호토모노 스쿠네 야카모치(大伴宿禰家持)가 지었다.

4315 宮人乃　蘇泥都氣其呂母　安伎波疑尓　仁保比与呂之伎　多加麻刀能美夜

宮人[1]の　袖付衣[2]　秋萩に　にほひ[3]よろしき[4]　高圓の宮[5]

みやひとの　そでつけごろも　あきはぎに　にほひよろしき　たかまとのみや

4316 多可麻刀能　宮乃須蘇未乃　努都可佐尓　伊麻左家流良武　乎美奈弊之波母

高圓の　宮の裾廻の[6]　野づかさに[7]　今[8]咲けるらむ　女郎花はも

たかまとの　みやのすそみの　のづかさに　いまさけるらむ　をみなへしはも

4317 秋野尓波　伊麻己曽由可米　母能乃布能　乎等古乎美奈能　波奈尓保比見尓

秋野には　今こそ行かめ　もののふの[9]　男女の　花にほひ[10]見に

あきのには　いまこそゆかめ　もののふの　をとこをみなの　はなにほひみに

---

1 **宮人**: 궁정에서 봉사하는 사람이다.
2 **袖付衣**: 장식 소매를, 소매 끝에 다시 단 옷이다. 소매가 1미터 이상인 것도 있다.
3 **にほひ**: 색채의 화려함을 말한다.
4 **よろしき**: 좋을 정도.
5 **高圓の宮**: 聖武천황의 離宮이다.
6 **宮の裾廻の**: 離宮은 높은 곳에 있고 그 자락이라고 할 아래쪽의 주변.
7 **野づかさに**: 'つかさ'는 조금 높은 지형을 말한다.
8 **今**: 4315·4316번가를 받아서, 가을싸리·여랑화가 한창인 지금을 말한다.
9 **もののふの**: 궁정의 신하이다.
10 **にほひ**: 명사이다. 家持가 시적으로 만든 단어이다.

4315 궁정 관료들/ 소매가 긴 옷이요/ 가을 싸리에/ 화려하게 빛나는/ 타카마토(高圓)의 궁전

해설

　궁정에서 봉사하는 관료들의 소매가 긴 옷이, 가을 싸리와 어울려서 화려하게 빛나는, 아름다운 타카마토(高圓)의 궁전이여라는 내용이다.
　全集에서는, '이 당시 聖武천황은 딸 孝謙천황에게 양위하고 병상에 눕는 일이 많았으며, (중략) 재위 중에 혼미를 거듭한 천황이었지만, 舊派인 家持는 光明황후·孝謙천황 모녀를 배경으로 하는 藤原仲麿 등의 신세력에 동조하지 않고, 聖武천황을 생각하는 마음이 강하였다. 이 노래에는 그런 유풍을 그리워하는 家持의 순수한 심정이 깃들어 있다'고 하였다『萬葉集』 4, pp.378~379].

4316 타카마토(高圓)의/ 궁정 아래쪽 주변/ 들의 언덕에/ 지금 피었을 것인/ 여랑화인 것인가

해설

　타카마토(高圓) 궁정의 아래쪽 주변인, 들의 조금 높은 언덕에 지금 피어 있을 것인 여랑화여라는 내용이다.

4317 가을들에는/ 이제야말로 가자/ 궁정 신하들/ 남자들 여자들도/ 꽃에 빛남을 보러

해설

　가을 들판에는 지금이야말로 가자. 궁정에서 봉사하는 남자와 여자 신하들이, 꽃과 어울려서 아름답게 빛나는 것을 보기 위해서라는 내용이다.
　全集에서는, '高圓 離宮에서 가을 싸리꽃의 연회가 있었던 것처럼 상상해서 말한다'고 하였다『萬葉集』 4, p.379]. 木下正俊도, '高圓 離宮에서 太上천황이 개최하는 가을 싸리꽃의 연회가, 지금도 열리고 있는 것처럼 상상해서 말한다. 家持의 환상'이라고 하였다『萬葉集全注』 20, p.53].

4318　安伎能野尓　都由於弊流波疑乎　多乎良受弖　安多良佐可里乎　須具之弖牟登香

　　　秋の野に　露負へる萩[1]を　手折らずて　あたら[2]盛りを　過してむとか[3]

　　　あきののに　つゆおへるはぎを　たをらずて　あたらさかりを　すぐしてむとか

4319　多可麻刀能　秋野乃宇倍能　安佐疑里尓　都麻欲夫乎之可　伊泥多都良武可

　　　高圓の　秋野のうへの　朝霧に　妻呼ぶ雄鹿　出で立つらむか

　　　たかまとの　あきののうへの　あさぎりに　つまよぶをしか　いでたつらむか

4320　麻須良男乃　欲妣多天思加婆　左乎之加能　牟奈和氣由加牟　安伎野波疑波良

　　　大夫[4]の　呼び立てしかば　さを鹿の　胸分け[5]行かむ　秋野萩原[6]

　　　ますらをの　よびたてしかば　さをしかの　むなわけゆかむ　あきのはぎはら

　　　左注　右歌六首, 兵部少輔[7]大伴宿祢家持, 獨憶秋野, 聊述拙懷作之.

---

　1 **露負へる萩**: 흰 이슬이 내린 싸리의 아름다움은 2102번가 외에 많이 보인다.
　2 **あたら**: 'あたらし'의 부사형이다.
　3 **過してむとか**: 이다음에 'する' 등이 생략되었다.
　4 **大夫**: 여기에서는 조정의 신하라는 뜻이다. 사냥의 광경으로 구체적으로는 몰이꾼을 가리킨다.
　5 **胸分け**: 몸으로 풀 등을 헤치는 것이다.
　6 **秋野萩原**: 家持가 만든 시적인 용어이다.
　7 **兵部少輔**: 兵部省의 차관. 종5위하에 상당한다. 家持는 이 해 天平勝寶 6년(754) 4월에 취임하였다.

4318   가을 들판서/ 이슬이 내린 싸리를/ 꺾지도 않고/ 헛되게 한창 때를/ 지나치려 하는가

🌸 해설

가을 들판에서 이슬이 내린 싸리를 손으로 꺾어서 놀아 보지도 않고, 헛되게 한창 때를 지나쳐 버리려고 하는 것인가라는 내용이다.
가을 들판에 가서, 이슬이 내린 싸리를 꺾어서 보며 놀고 싶은 마음을 노래한 것이다.

4319   타카마토(高圓)의/ 가을 들판 주위의/ 아침 안개 속/ 짝을 찾는 수사슴/ 지금 나올 것인가

🌸 해설

타카마토(高圓)의 가을 들판의 주위를 흘러가는 아침 안개 속에, 짝을 찾아 우는 수사슴이 지금쯤 모습을 나타내며 나올 것인가라는 내용이다.

4320   조정 관료들/ 크게 외쳤으므로/ 수사슴이요/ 가슴으로 헤쳐 갈/ 가을의 싸리 들판

🌸 해설

조정의 관료들이 큰 소리로 외치며 사슴을 뒤쫓았으므로, 수사슴이 가슴으로 풀을 헤치면서 도망을 갈 가을의 싸리 들판이여라는 내용이다.
木下正俊은, '이 노래도 家持의 白晝夢, 이듬해 정월 원단이 朝賀의 式도 천황의 부모 喪으로 廢朝하고 있다. 하물며 사냥 등은 있을 수가 없다'고 하였다[『萬葉集全注』 20, p.56].

[좌주]   위의 노래 6수는, 兵部少輔 오호토모노 스쿠네 야카모치(大伴宿禰家持)가, 혼자 가을 들판을 생각하고 약간 자신의 느낌을 말하여 지었다.

天平勝寶七歳乙未¹二月，相替遣筑紫諸國防人²等歌

4321　可之古伎夜　美許等加我布理　阿須由利也　加曳我牟多祢牟　伊牟奈之尓志弖

畏きや³　命被り⁴　明日ゆりや⁵　草⁶がむた寢む　妹⁷なしにして

かしこきや　みことかがふり　あすゆりや　かえがむたねむ　いむなしにして

[左注] 右一首，國造丁⁸長下郡物部秋持

4322　和我都麻波　伊多久古非良之　乃牟美豆尓　加其佐倍美曳弖　余尓和須良礼受

わが妻は　いたく戀ひらし⁹　飲む水に　影さへ¹⁰見えて¹¹　世に忘られず¹²

わがつまは　いたくこひらし　のむみづに　かごさへみえて　よにわすられず

[左注] 右一首，主帳丁¹³麁玉郡¹⁴若倭部身麿

---

1 **天平勝寶七歳乙未**: 755년. 이해부터 개원까지 '歳'라고 하였다.
2 **防人**: 나라의 변방을 지키는 사람으로 筑紫·對馬·壹岐에 파견된 병사이다. 주로 東國의 농민 2000명이
　징발되었으며, 그 중의 1000명이 교대하였다. 임기는 3년. 天智천황 무렵부터 행해졌다.
3 **畏きや**: 'や'는 영탄을 나타낸다.
4 **被り**: 위에 덮어쓰는 것이다.
5 **明日ゆりや**: 'ゆり'는 'より(부터)'와 같다.
6 **草**: 'かえ'는 'かや(억새)'의 사투리이다.
7 **妹**: 'いむ'는 'いも(妹)'의 사투리이다.
8 **國造丁**: 國造家 출신의 장정. 國造는 율령제 이전에 지방 호족으로 충당한, 세습되던 지방관료이다. 율령
　이후에 大領·少領으로 되었다. 丁은 21세부터 60세까지의 장정을 말한다.
9 **戀ひらし**: 'こふらし(사랑하는 듯하다)'의 사투리이다.
10 **影さへ**: 'かご'는 'かげ'의 사투리이다.
11 **見えて**: 사랑하는 나머지 환영으로 나타난다.
12 **世に忘られず**: 나는.
13 **主帳丁**: 主帳인 장정이다. 主帳은, 쓰기와 계산을 잘하는 사람을 선발해서 임명한 서기역이다. 병사 천
　명에 두 사람, 천 명 이하이면 한 사람을 두었다.
14 **麁玉郡**: 靜岡縣 濱北市 주변 일대이다.

天平勝寶 7歲(755) 을미 2월에, 교대하여
츠쿠시(筑紫)에 파견된 여러 지방의 병사들의 노래

4321 두렵기도 한/ 명령을 받았으니/ 내일부터는/ 풀과 함께 잘 건가/ 아내도 없는 채로

✿ 해설

두렵기도 한 왕의 명령을 받았으니, 내일부터는 풀과 함께 자야 하는가. 아내도 없이라는 내용이다.
병사로 징발이 되었으므로 내일부터는 집을 떠나서, 아내도 없이 길에서 풀과 잠을 자야 하는 것인가
라는 뜻이다.
집을 떠날 때의 노래이다.
'天平勝寶七歲'를 全集에서는, '天平勝寶 7년 정월에 '歲'를 택하여 9歲 8월에 天平寶字 원년으로 개원
하기까지 계속하였다'고 하였다『萬葉集』4, p.380).
私注에서는, '민요를 이해하고 기억하여, 그것을 모방하여 자신의 감정을 노래한다고 하는 것은, 지방
사람으로서는 중요한 교양이었을 것이다'고 하였다『萬葉集私注』9, p.276).

> [좌주] 위의 1수는, 國造丁 나가노시모(長下)郡 모노노베노 아키모치(物部秋持)
> '長下郡'을 大系에서는, '長田下郡이라는 뜻. 지금의 濱松市・磐田郡에 편입되어 있다'고 하였다『萬
> 葉集』4, p.410). 物部秋持는 어떤 사람인지 알 수 없다.

4322 나의 아내는/ 매우 생각하나 봐/ 마시는 물에/ 모습까지 보여서/ 정말 잊을 수 없네

✿ 해설

나의 아내는 나를 매우 그리워하고 있는 듯하네. 내가 마시는 물에 모습까지 보여서 정말 잊을 수가
없네라는 내용이다.
마시는 물에 아내 보습이 보이는 것을 보면, 아내는 작자를 무척 그리워하고 있는 듯해서 잊을 수가
없다는 뜻이다.

> [좌주] 위의 1수는, 主帳丁 아라타마(麁玉)郡의 와카야마토베노 므마로(若倭部身麿)
> 若倭部身麿는 어떤 사람인지 알 수 없다.

4323　等伎騰吉乃　波奈波佐家登母　奈尓須礼曽　波々登布波奈乃　佐吉泥己受祁牟

時時の　花は咲けども　何すれそ[1]　母とふ[2]花の　咲き出來ずけむ

ときどきの　はなはさけども　なにすれそ　ははとふはなの　さきでこずけむ

右一首, 防人山名郡[3]丈部真麿

4324　等倍多保美　志留波乃伊宗等　尓閇乃宇良等　安比弖之阿良婆　己等母加由波牟

遠江[4]　白羽[5]の磯と　贄の浦[6]と　あひてしあらば　言も通はむ[7]

とへたほみ　しるはのいそと　にへのうらと　あひてしあらば　こともかゆはむ

右一首, 同郡丈部川相

---

1 **何すれそ**: 무엇을 하기 때문인가.
2 **母とふ**: 'とふ'는 'といふ'의 축약형이다.
3 **山名郡**: 靜岡縣 袋井市 부근이다.
4 **遠江**: 'とへたほみ'는 'とほたふみ'의 사투리이다.
5 **白羽**: 'しるは'는 'しらは(白羽)'의 사투리이다. 白羽浦는 靜岡縣 磐田郡, 濱松市 등에 있는데 어느 것인지 알 수 없다.
6 **贄の浦**: 소재지를 알 수 없다. 三重縣 津市라고도 하고, 靜岡縣 引佐郡 三ヶ日町이라고도 한다. 병사가 지금 통과하는 장소로 白羽와 멀지만, 그러나 바닷길로 이어지고 있는 장소일 것이다.
7 **言も通はむ**: 'かゆはむ'는 'かよはむ'의 사투리이다.

4323　각각 제철에/ 꽃은 피어나는데/ 무엇 때문에/ 어머니라는 꽃이/ 피지 않는 것일까

해설

각각 제철에 맞게 여러 꽃들은 피어나는데, 왜 어머니라는 꽃이 피지 않는 것일까라는 내용이다.
어머니라는 꽃이 피면 가지고 갈 것인데라는 뜻이다.

　　좌주　위의 1수는, 병사 야마나(山名)郡의 하세츠카베노 마마로(丈部眞麿)
丈部眞麿는 어떤 사람인지 알 수 없다.

4324　먼 곳 담수호/ 시라하(白羽)의 물가와/ 니헤(贄)의 포구와/ 만나고 있다면요/ 소식도 전할
　　　텐데

해설

　먼 곳 담수호의 시라하(白羽) 물가와, 이곳 니헤(贄) 포구가 연결되어 있다면 고향으로 소식도 전할
수 있을 텐데라는 내용이다.
　목적지로 가면서 고향을 생각하는 노래이다.

　　좌주　위의 1수는, 같은 郡의 하세츠카베노 카하히(丈部川相)
'同郡'은 위의 작품의 작자와 마찬가지로 山名郡의 사람이라는 뜻이다. 丈部川相은 어떤 사람인지
알 수 없다.

4325　知々波々母　波奈尓母我毛夜　久佐麻久良　多妣波由久等母　佐々己弖由加牟

父母も　花にもがもや[1]　草枕　旅は行くとも　捧ご[2]て行かむ

ちちははも　はなにもがもや　くさまくら　たびはゆくとも　ささごてゆかむ

左注　右一首, 佐野郡[3]丈部黒當

4326　父母我　等能々志利弊乃　母々余具佐　母々与伊弓麻勢　和我伎多流麻弖

父母が　殿[4]の後方の　百代草[5]　百代いでませ[6]　わが來るまで

ちちははが　とののしりへの　ももよぐさ　ももよいでませ　わがきたるまで

左注　右一首, 同郡生玉部足國

---

1 **花にもがもや**: 'がも'는 'がもな'와 같다. 'や'는 영탄을 나타낸다.
2 **捧ご**: 'ささご'는 'ささげ'의 사투리이다.
3 **佐野郡**: 靜岡縣 小笠郡이다.
4 **父母が 殿**: 殿은 高床式(기둥을 세우고 그 위에 건물을 짓는 것)의 건물로, 정확하게 殿이라고 할 수 있는 건물이 있었는지 의문이다.
5 **百代草**: 국화를 말하는가.
6 **百代いでませ**: 'いで'는 'いる(있다)'라는 뜻이다.

4325　부모님이요/ 꽃이라면 좋겠네/ (쿠사마쿠라)/ 여행은 가더라도/ 가지고 갈 것인데

해설

부모님이 꽃이라면 얼마나 좋을까. 풀을 베개로 하고 잠을 자는 힘든 여행은 가고 있지만 가지고 갈 것인데라는 내용이다.

부모와 함께 있고 싶은 마음을 노래한 것이다. 4323번가와 비슷한 발상이다.

　　좌주　위의 1수는, 사야(佐野)郡의 하세츠카베노 쿠로마사(丈部黑當)
丈部黑當은 어떤 사람인지 알 수 없다.

4326　부모님이요/ 사는 건물의 뒤에/ 나 있는 국화/ 백세까지 사세요/ 내 돌아올 때까지

해설

부모님이 사는 건물의 뒤에 나 있는 국화의 이름처럼, 그렇게 백세까지 오래 살아 있어 주세요. 내가 돌아올 때까지라는 내용이다.

3년 후에 돌아올 때까지 부모님이 건강하기를 바라는 노래이다. 百代草와 百代가 같은 것에 이끌리어지은 노래이다.

'百代草'는 어떤 꽃인지 확실하지는 않다.

　　좌주　위의 1수는, 같은 군의 이쿠타마베노 타리쿠니(生玉部足國)
同郡은 위의 작품의 '佐野郡'을 말한다. 生玉部足國은 어떤 사람인지 알 수 없다.

4327 和我都麻母　畫尓可伎等良無　伊豆麻母加　多妣由久阿礼波　美都々志努波牟

わが妻も　繪に描きとらむ　暇[1]もが[2]　旅行く吾は　見つつしのはむ

わがつまも　ゑにかきとらむ　いづまもが　たびゆくあれは　みつつしのはむ

左注 右一首, 長下郡[3]物部古麿
二月六日, 防人部領使[4]遠江國史生[5]坂本朝臣人上進歌數十八首. 但有拙劣歌十一首不取載之[6].

4328 於保吉美能　美許等可之古美　伊蘇尓布理　宇乃波良和多流　知々波々乎於伎弖

大君の　命畏み　磯[7]に觸り　海原[8]渡る　父母を置きて

おほきみの　みことかしこみ　いそにふり　うのはらわたる　ちちははをおきて

左注 右一首, 助丁[9]丈部造人麿

---

1 暇: 'いづま'는 'いとま'의 사투리이다.
2 もが: 願望을 나타낸다.
3 長下郡: 長田下郡이라는 뜻이다. 같은 군의 秋持는 長이었으므로 제일 앞에 실었다.
4 防人部領使: 징발된 병사를 도읍으로 보내는 관리이다. 보통 國司가 담당하였다.
5 史生: 서기관이다.
6 拙劣歌十一首不取載之: 누가 선택하였는지 알 수 없다.
7 磯: 거친 암석들이 있는 해안이다.
8 海原: 'うのはら'는 'うなはら'의 사투리이다.
9 助丁: 國造丁 다음의 丁이다.

4327 나의 아내도/ 그림으로요 베낄/ 시간 있다면/ 여행길 가는 나는/ 보며 생각할 텐데

🌸 **해설**

나의 아내를 그림으로 베낄 시간이 있다면 좋겠네. 그렇다면 베껴서, 여행길을 가는 나는 그것을 보면서 아내를 그리워할 텐데라는 내용이다.

좌주 위의 1수는, 나가노시모(長下)郡의 모노노베노 코마로(物部古麿)

2월 6일에, 防人 部領使 遠江國의 서기관 사카모토노 아소미 히토카미(坂本朝臣人上)가 올린 노래의 수는 18수. 다만 졸렬한 노래 11수가 있은 것은 싣지 않았다.

　'長下郡'을 大系에서는, '長田下郡이라는 뜻. 지금의 濱松市・磐田郡에 편입되어 있다'고 하였다『萬葉集』4, p.410]. 物部古麿는 어떤 사람인지 알 수 없다.

'坂本朝臣人上'에 대해 木下正俊은, '天平勝寶 원년(749) 무렵에 無位로 造東大寺司로 근무하고 있은 것을, 正倉院 문서에 남아 있는 그의 '考中行事(전년도의 근무상황)'의 기록으로 알 수 있고'라고 하였다『萬葉集全注』20, p.76].

4328 우리들 왕의/ 명령을 존중하여/ 암석에 닿는/ 바다를 건너가네/ 부모님을 남겨 두고

🌸 **해설**

왕의 명령을 존중하여서 거친 바위에 닿는 위험을 무릅쓰고 바다를 건너서 가네. 부모를 뒤에 남겨 두고라는 내용이다.

　부모를 고향에 남겨 두고 위험한 바다를 건너가야 하는 불안을 노래한 것으로 보인다. 全集에서는, '병사의 노래에는 가끔 難波를 출발한 후의 작품이라고 생각되는 것이 있으며, 그 작품들의 작자는 難波에 있으면서 그것을 예상하면서 단정적으로 부른 것이겠다. 익숙하지 않은 배 여행을 불안하게 생각해서 말한 것이다'고 하였다『萬葉集』4, p.383].

좌주 위의 1수는, 助丁 하세츠카베노 미야츠코 히토마로(丈部造人麿)

丈部造人麿는 어떤 사람인지 알 수 없다.

4329　夜蘇久尓波　那尓波尓都度比　布奈可射里　安我世武比呂乎　美毛比等母我毛

八十國[1]は　難波に集ひ　舟飾[2]　あがせむ日ろを[3]　見も[4]人もがも

やそくには　なにはにつどひ　ふなかざり　あがせむひろを　みもひともがも

　左注　右一首, 足下郡[5]上丁[6]丹比部國人

4330　奈尓波都尓　余曽比余曽比弖　氣布能比夜　伊田弖麻可良武　美流波々奈之尓

難波津に　裝ひ裝ひて　今日の日や　出でて罷らむ[7]　見る母なしに

なにはつに　よそひよそひて　けふのひや　いでてまからむ　みるははなしに

　左注　右一首, 鎌倉郡上丁[8]丸子連多麿

二月七日, 相模國防人部領使[9], 守從五位下藤原朝臣宿奈麿[10]進歌數八首. 但拙劣歌五首者不取載之.

1 八十國: 많은 지방들.
2 舟飾: 출범할 준비를 말한다.
3 日ろを: 'ろ'는 접미어이다. 東歌에 많다.
4 見も: '見む'의 사투리이다.
5 足下郡: 神奈川縣 足柄下郡이다.
6 上丁: 상급의 丁일 것이다. 일반적인 丁의 병사 노래에는 丁을 기록하지 않는다.
7 出でて罷らむ: 지방으로 퇴출한다.
8 上丁: 상급의 丁일 것이다. 일반적인 丁의 병사 노래에는 丁을 기록하지 않는다.
9 防人部領使: 병사를 도읍으로 보내는 관리이다. 보통 國司가 담당하였다.
10 藤原朝臣宿奈麿: 家持와 친교가 있었던 인물이다.

4329 많은 곳 병사/ 나니하((難波)에 모여서/ 배 장식 하네/ 그러한 날의 나를/ 볼 사람이 있다면

많은 지방의 징발된 병사들은 지금 나니하((難波)에 모여서 배의 장식을 하네. 그러한 날의 나를 볼 사람이 있다면 좋겠네라는 내용이다.

'見も人もがも'를 全集에서는, '누군가 고향의 가족 등에게 보이고 싶다고 하는 자랑스러운 기분으로 말하였다'고 하였다[『萬葉集』 4, p.383].

좌주 위의 1수는, 아시가라노 시모(足下)郡의 上丁 타지히베노 쿠니히토(丹比部國人)
丹比部國人은 어떤 사람인지 알 수 없다.

4330 나니하(難波)津서/ 준비를 잘 하여서/ 오늘에서야/ 출발해 가는 걸까/ 배웅하는 母 없이

나니하(難波) 나루터에서 준비를 잘 하여서, 오늘에서야 임지로 출발해서 가는 것일까. 전송을 해 주는 어머니도 없이라는 내용이다.
難波 나루터에서 출발할 때의 노래이다.

좌주 위의 1수는, 카마쿠라(鎌倉)郡의 上丁 마로코노 므라지 오호마로(丸子連多麿)
2월 7일에, 사가무(相模)國의 防人 部領使, 장관 종5위하 후지하라노 아소미 스쿠나마로(藤原朝臣宿
奈麿)가 올린 노래의 수는 8수. 다만 졸렬한 노래 5수는 싣지 않는다.

丸子連多麿는 어떤 사람인지 알 수 없다. 藤原朝臣宿奈麿에 대해 私注에서는, '宇合의 둘째 아들. 후의 이름은 良繼로 內大臣까지 되었다. 아내 石川女郎에게 이별을 슬퍼하는 노래가 있는 것은, 뒤의 4491번가에 보인다. 그에게는 전해지는 작품은 없다'고 하였다[『萬葉集私注』 9, p.285].

全集에서는 채택된 노래의 수는 어쨌든, 제출한 노래 수가 10수 이하인 것은 이 相模國뿐이라고 하였다[『萬葉集』 4, p.383]. 木下正俊은, '작품 수가 적은 것은 출신 병사의 수가 적고, 다소는 제출한 것이겠지만 결국 모두 졸렬해서 기록으로 남지 않았다고 생각되는 甲斐·伊豆 두 지역을 제외하면 이 相模國뿐이다. 아마 防人部領使가 國守라고 히는 신분이고, 家持도 다른 여러 지방에 대하는 징도로는 강요하지 않았던 것은 아닐까. 내가 병사 노래를 공적인 편술로 보지 않는 하나의 이유도 이러한 점에 있다'고 하였다[『萬葉集全注』 20, p.83].

追[1], 痛防人悲別之心作歌一首并短詞

4331　天皇乃　等保能朝廷等　之良奴日　筑紫國波　安多麻毛流　於佐倍乃城曽等　聞食　四方國尓
波　比等佐波尓　美知弖波安礼杼　登利我奈久　安豆麻乎能故波　伊田牟可比　加敵里見世受
弖　伊佐美多流　多家吉軍卒等　祢疑多麻比　麻氣乃麻尓々々　多良知祢乃　波々我目可礼弖
若草能　都麻乎母麻可受　安良多麻能　月日餘美都々　安之我知流　難波能美津尓　大船尓
末加伊之自奴伎　安佐奈藝尓　可故等登能倍　由布思保尓　可知比伎乎里　安騰母比弖
許藝由久伎美波　奈美乃間乎　伊由伎佐具久美　麻佐吉久母　波夜久伊多里弖　大王乃
美許等能麻尓末　麻須良男乃　許己呂乎母知弖　安里米具理　事之乎波良婆　都々麻波受
可敷理伎麻勢登　伊波比倍乎　等許敷尓須惠弖　之路多倍能　蘇田遠利加敷之　奴婆多麻乃
久路加美之伎弖　奈我伎氣遠　麻知可母戀牟　波之伎都麻良波

天皇の　遠の朝廷と[2]　しらぬひ[3]　筑紫の國[4]は　敵守る　鎭の城[5]そと　聞し食す　四方の國
には　人多に　滿ちてはあれど[6]　鷄が鳴く[7]　東男は　出で向ひ　顧みせずて　勇みたる
猛き軍卒[8]と　勞ぎ給ひ　任のまにまに　たらちねの[9]　母が目離れて　若草の　妻をも枕か
ず[10]　あらたまの[11]　月日數みつつ　蘆が散る[12]　難波の御津に　大船に　眞櫂[13]繁貫き
朝凪[14]に　水手整へ　夕潮に　楫引き撓り　率ひて　漕ぎゆく君は　波の間を　い行きさぐくみ
眞幸くも　早く到りて　大王の　命のまにま　大夫[15]の　心を持ちて　あり廻り[16]　事し終らば

---

1 追: 追和한 노래.

2 遠の朝廷と: 筑紫의 大宰府를 가리킨다.---794 · 3668번가. 이 'と'는 '~로서의'라는 뜻이다.

3 しらぬひ: 筑紫를 상투적으로 수식하는 枕詞이다.

4 筑紫の國: 이 구를 받는 용어는 '鎭の城そと'의 다음에 생략되었다. 筑紫國을 성으로 해서라는 뜻이다.

5 鎭の城: 柵, 요새 등을 말한다.

6 滿ちてはあれど: 다수에서 하나를 선택하는 형태는 찬가의 형식이다.

7 鷄が鳴く: 동쪽을 상투적으로 수식하는 枕詞이다. 닭이 울고 동쪽에서 날이 새기 때문인가.

8 軍卒: 병사를 말한다.

9 たらちねの: 足乳ね(ねと 접미어)로 母를 상투적으로 수식하는 枕詞이다.

10 妻をも枕かず: 함께 잠을 자지 않는다.

11 あらたまの: 年, 月을 상투적으로 수식하는 枕詞이다. 年이 새로운 혼을 가진다는 뜻인가.

12 蘆が散る: 難波를 상투적으로 수식하는 枕詞로, 갈대꽃이 지는 것을 묘사한 것이다.

13 眞櫂: 배의 한쪽이 아니라 양쪽 현에 단 노를 말한다.

14 朝凪: 다음의 夕潮와 대구를 이룬다.

15 大夫: 용감한 남자이다.

후에, 병사의 이별을 슬퍼하는 마음을 아파하여 지은 노래 1수와 短歌

4331 우리들 왕의/ 먼 곳의 조정으로/ (시라누히)/ 츠쿠시(筑紫)의 지역을/ 외적을 막는/ 진호의
요새로 해/ 통치를 하는/ 사방의 지역에는/ 사람들 많이/ 넘치고 있지만도/ (토리가나쿠)/
동국의 남자는요/ 나가 맞서서/ 몸을 돌보지 않는/ 용맹스러운/ 날랜 병사라 하여/ 칭찬을
하네/ 임명을 받은 대로/ (타라치네노)/ 모친과 작별하고/ (와카쿠사노)/ 아내와 잠 못
자고/ (아라타마노)/ 달과 날 수 세면서/ 갈대꽃 지는/ 나니하(難波) 나루터서/ 큰 배에다
가/ 양현에 노를 달아/ 아침뜸에는/ 수부가 지휘해/ 저녁 조수 땐/ 노 힘껏 젓게 해/ 군사
통솔해/ 저어 나가는 그대/ 파도 사이를/ 헤치고 나아가서/ 다행스럽게/ 빨리 도착을 하여
/ 우리들 왕의/ 명령했던 대로요/ 사내대장부/ 마음을 가지고서/ 계속 돌면서/ 임무가
끝나면요/ 방해물 없이/ 돌아와 달라고요/ 제사용 술병/ 침상 주변에 놓고/ (시로타헤노)/
옷소매를 뒤집고/ (누바타마노)/ 검은 머리 풀어서/ 긴긴 날들을/ 기다리고 있겠지/ 사랑
스런 아내는

🌸 해설

　　왕의 먼 곳의 조정인 지방 관청으로 하는 츠쿠시(筑紫)의 大宰府 지역을, 왕이 외적을 막는 진호의
요새로 하여 통치를 하는 천하 사방의 지역에는, 사람들이 많이 넘치고 있지만, 닭이 우는 동쪽 지역의
남자를, 九州로 향하여 가서 적과 맞서서 몸을 돌아보지 않는 용맹스럽고 날랜 병사라 하여 칭찬을
하네. 그 임명을 받은 대로 젖이 풍족한 모친과 작별하고, 싱그러운 풀 같은 아내의 팔을 베고 함께
잠을 자지도 못하고, 혼이 새롭게 되는 달과 날 수를 세면서 지내면서 갈대꽃이 지는 나니하(難波)의
나루터에서, 큰 배의 양쪽 현에 노를 많이 달아서 아침에 바람이 잠잠할 때는 수부들을 지휘하고, 저녁
조수 때는 노를 당겨서 열심히 젓게 해서, 군단을 통솔해서 이끌고 저어서 나가는 그대. 그대는 파도
사이를 헤치며 가서 아무 일 없이 다행스럽게 빨리 筑紫에 도착을 하여, 왕의 명령대로 용감한 사내대장
부의 마음을 가지고 계속 각 지역을 돌면서, 임무가 끝나면 아무런 방해를 받는 일이 없이 돌아와 주세요.
그렇게 원하면서 제사용 술병을 침상 근처에 놓고, 흰 옷소매를 뒤집고 칠흑 같은 검은 머리를 풀어서
펴고 긴긴 날들을 기다리고 있겠지. 사랑스러운 아내들은이라는 내용이다.
　　제목의 '追'를 中西 進은 '追痛한 노래'라고 하였다. 그런데 私注에서는, '追痛의 追는, 追和의 追가
아니다. 追尋, 追求의 追로, 병사의 마음을 어디까지나 헤아려서 그 깊은 모습을 알고 아프게 생각하여
지은 노래라고 해석해야만 할 것이다. 이러한 追에는 追歡 등의 예도 있다고 한다. 물론 그것은 家持
자신이 '追痛'의 문자를 사용하였으므로 그는 병사의 마음을 깊이 追求할 수 있었다고 믿었겠지만 지금

障まはず[17]　歸り來ませと　齋瓮[18]を　床邊にすゑて　白妙の　袖折り反し[19]　ぬばたまの　黑髮敷きて　長き日を　待ちかも戀ひむ　愛しき妻らは

おほきみの　とほのみかどと　しらぬひ　つくしのくには　あたまもる　おさへのきそと　きこしめす　よものくにには　ひとさはに　みちてはあれど　とりがなく　あづまをのこは　いでむかひ　かへりみせずて　いさみたる　たけきいくさと　ねぎたまひ　まけのまにまに　たらちねの　ははがめかれて　わかくさの　つまをもまかず　あらたまの　つきひよみつつ　あしがちる　なにはのみつに　おほふねに　まかいしじぬき　あさなぎに　かこととのへ　ゆふしほに　かぢひきをり　あどもひて　こぎゆくきみは　なみのまを　いゆきさぐくみ　まさきくも　はやくいたりて　おほきみの　みことのまにま　ますらをの　こころをもちて　ありめぐり　ことしをはらば　つつまはず　かへりきませと　いはひべを　とこへにすゑて　しろたへの　そでををりかへし　ぬばたまの　くろかみしきて　ながきけを　まちかもこひむ　はしきつまらは

4332　麻須良男能　由伎等里於比弖　伊田弖伊氣婆　和可礼乎乎之美　奈氣伎家牟都麻

　　　大夫の　靫[20]とり負ひて　出でて行けば　別れを惜しみ　嘆きけむ妻

　　　ますらをの　ゆきとりおひて　いでていけば　わかれををしみ　なげきけむつま

16　**あり廻り**: 'あり'는 '계속…한다'는 뜻이다.
17　**障まはず**: '障む'의 계속태.
18　**齋瓮**: 제사용의 술병이다.
19　**袖折り反し**: 꿈에 연인과 만나기 위해 행하는 주술이다.---2812번가 참조.
20　**靫**: 화살을 넣어서 등에 짊어지는 기구이다. 다만 실제로는 전통이 사용되고 있었다.

보면 오히려 극히 상식적이고 천박한 것이라고 평가해야만 하는 것에는 이견이 있을 수 없다'고 하였다
[『萬葉集私注』 9, p.288].

  '率ひて'를 中西 進은 군단을 인솔하는 것으로 해석하였다. 木下正俊도, '소리를 쳐서 통솔하는 것.
위의 '水手整へ'를 달리 표현한 것'이라고 하였다[『萬葉集全注』 20, p.90]. 그러나 大系에서는, '소리를
맞추어서'로 해석하였다[『萬葉集』 4, p.413].

  '障まはず'에 대해 全集에서는, '사고를 당한다는 뜻. 병사들 중에는 사망 외에, 군무를 기피해서 도망하
는 자와 九州에서의 생활에 익숙해져서 귀향을 원하지 않는 자도 있었다. 그러한 행위도 포함하고 있었
던 것인지도 모른다'고 하였다[『萬葉集』 4, p.385].

  '袖折り反し'에 대해 木下正俊은, '소매를 일부 접어 뒤집어서 자면 연인과 꿈에서 만난다고 하는 속신
에 의해 말한다'고 하였다[『萬葉集全注』 20, p.91].

4332   용감한 남자/ 화살 통 짊어지고/ 떠나갔으므로/ 이별을 아쉬워해/ 탄식했을 아내여

✿ 해설

  용감한 남자가 화살 통을 등에 짊어지고 떠나갔으므로 이별을 아쉬워해서 탄식을 했을 아내여라는
내용이다.

  '靫'을 全集에서는, '奈良시대에는 靫은 실제로는 사용되지 않고 있었지만 노래에서는 전통적으로 靫라
는 말이 사용되었던 것이겠다'고 하였다[『萬葉集』 4, p.385].

4333 等里我奈久　安豆麻乎等故能　都麻和可礼　可奈之久安里家牟　等之能乎奈我美

鶏が鳴く　東男の　妻別れ[1]　悲しくありけむ　年の緒長み[2]

とりがなく　あづまをとこの　つまわかれ　かなしくありけむ　としのをながみ

> 左注 右, 二月八日, 兵部使少輔[3]大伴宿祢家持

4334 海原乎　等保久和多里弖　等之布等母　兒良我牟須敝流　比毛等久奈由米

海原を　遠く渡りて　年經とも　兒ら[4]が結べる　紐解くなゆめ

うなはらを　とほくわたりて　としふとも　こらがむすべる　ひもとくなゆめ

4335 今替　尓比佐伎母利我　布奈弓須流　宇奈波良乃宇倍尓　奈美那佐伎曽袮

今[5]替る　新防人が　船出する　海原のうへに　波な咲き[6]そね[7]

いまかはる　にひさきもりが　ふなでする　うなはらのうへに　なみなさきそね

---

1 **妻別れ**: 家持가 만든 용어인가. ⋯4398번가 참조.
2 **長み**: '長し'에 'み'가 첨가된 것이다.
3 **兵部使少輔**: 兵部少輔로 지금 병사 檢校를 위해 명령을 받고 있었다는 뜻의 명칭인가.
4 **兒ら**: 'ら'는 애칭의 접미어이다.
5 **今**: 新의 뜻이다.
6 **波な咲き**: 파도를 꽃으로 비유한 표현이다. 931・3551번가 참조.
7 **そね**: 'な…そね'는 금지를 나타낸다.

4333 (토리가나크)/ 동쪽 지방의 남자/ 아내와 이별/ 슬펐을 것이겠지요/ 연월 길기 때문에

🌸 **해설**

닭이 우는 동쪽 지방의 남자의, 아내와의 이별은 슬펐을 것이겠지요. 세월이 길기 때문이라는 내용이다.
병사의 임기가 3년이므로 만날 때까지 오래 기다려야 하므로 부부의 이별은 슬펐을 것이라는 뜻이다.

　　좌주　위는 2월 8일에, 兵部使少輔 오호토모노 스쿠네 야카모치(大伴宿禰家持)

4334 넓은 바다를/ 멀리 건너가서요/ 세월을 보내어도/ 아내가 묶어 줬던/ 끈 풀지 마요 절대

🌸 **해설**

넓은 바다를 멀리 건너가서 한 해가 지나더라도, 아내가 묶어 준 속옷의 끈은 절대로 풀지 말아요라는 내용이다.
일본 고대에는 부부가 헤어질 때 속옷 끈을 서로 매어 주고, 다시 만날 때까지 풀지 않는다고 맹세하는 풍속이 있었다.
남편을 기다릴 아내의 마음을 헤아려서, 아내에 대한 사랑의 약속을 지키라고 깨우치는 내용이다.

4335 새로 바뀌는/ 새로운 병사들이/ 배로 떠나는/ 넓디넓은 바다 위에/ 파도야 일지 말아

🌸 **해설**

새로 교대를 하는 새로운 병사들이 배로 출발하여 떠나는 넓디넓은 바다 위에, 거친 파도야 일지 말아라는 내용이다.
새로 멀리 떠나는 징발된 병사들의 안전한 항해를 비는 마음을 노래한 것이다.

4336　佐吉母利能　保理江己藝豆流　伊豆手夫祢　可治登流間奈久　戀波思氣家牟

防人の　堀江[1]漕ぎ出る　伊豆手舟[2]　楫取る間なく　戀は繁けむ

さきもりの　ほりえこぎづる　いづてぶね　かぢとるまなく　こひはしげけむ

左注　右, 九日, 大伴宿祢家持作之.

4337　美豆等利乃　多知能已蘇岐爾　父母爾　毛能波須價尓弖　已麻叙久夜志伎

水鳥の[3]　發ちの急ぎに　父母に　物言ず來にて[4]　今ぞ悔しき

みづとりの　たちのいそぎに　ちちははに　ものはずけにて　いまぞくやしき

左注　위의 1수는, 上丁[5]有度部牛麿

4338　多々美氣米　牟良自加已蘇乃　波奈利蘇乃　波々乎波奈例弖　由久我加奈之佐

疊薦[6]　牟良自が磯[7]の　離磯[8]の　母を離れて　行くが悲しさ

たたみけめ　むらじがいその　はなりその　ははをはなれて　ゆくがかなしさ

左注　右一首, 助丁[9]生部道麻呂

---

1 堀江: 難波의 堀江.
2 伊豆手舟: 伊豆에서 만든 작은 배. '手'는 '…풍'이라는 뜻이다. 4460번가 참조. 배를 산지 이름으로 부르는 예가 944·3367번가에 보인다.
3 水鳥の: 일제히 날아가는 부산함을 출발의 비유로 한다.
4 物言ず來にて: 'はず'는 'いはず'의 축약형이다. 'けにて'는 'きにて'의 사투리이다.
5 上丁: 상급의 丁일 것이다. 일반적인 丁의 병사 노래에는 丁을 기록하지 않는다.
6 疊薦: 'たたみけめ'는 'たたみこも'의 사투리이다. 다다미로 짠 거적. 薦을 모아서 짠다는 뜻으로 群을 수식하는가.
7 牟良自が磯: 어디 있는지 알 수 없다. 某(나니가시)의 連(므라지)이 사는 것에 의해 생겨난 이름인가.
8 離磯: 바다 속에 있는 암석이다. 이상은 母를 이별하는 비유이다.
9 助丁: 國造丁 다음의 丁.

4336 병사들이요/ 호리에(堀江) 저어가는/ 이즈(伊豆)풍의 배/ 노 젓는 쉴 틈 없듯/ 그리움 크겠지요

✿ **해설**

병사들이 호리에(堀江)를 저어서 나가는 이즈(伊豆)풍의 작은 배를 노를 젓는데 쉴 틈이 없는 것처럼, 그렇게 쉬지 않고 그리움은 크겠지요라는 내용이다.

노를 젓는데 쉴 틈이 없는 것처럼, 그렇게 잠시도 쉴 틈이 없이 항상 그리움은 심할 것이라는 뜻이다.

좌주 위는 9일에, 오호토모노 스쿠네 야카모치(大伴宿禰家持)가 지었다.

4337 (미즈토리노)/ 떠나는 부산함에/ 부모님에게/ 말도 못하고 와서/ 지금 후회가 되네

✿ **해설**

새가 일제히 부산스럽게 날아오르듯이, 그렇게 부산스럽게 떠나느라고 부모님에게 작별의 말도 못하고 와서 지금에야 후회가 되네라는 내용이다.

좌주 위의 1수는, 上丁 우토베노 우시마로(有度部牛麿)
有度部牛麿는 어떤 사람인지 알 수 없다.

4338 (타타미케메)/ 므라지(牟良自)의 곳의요/ 암석과 같이/ 어머니 곁을 떠나/ 가는 것이 괴롭네

✿ **해설**

므라지(牟良自) 곳의 바다 속 멀리 떨어져 있는 암석처럼, 그렇게 어머니 곁을 떠나서 가는 것이 괴롭네라는 내용이다.

좌주 위의 1수는, 助丁 미부베노 미치마로(生部道麻呂)
生部道麻呂는 어떤 사람인지 알 수 없다. '生部'를 全集에서는, '任生部의 생략 표기'라고 하였다[『萬葉集』 4, p.387].

4339 久尓米具留　阿等利加麻氣利　由伎米具利　加比利久麻弖尓　已波比弖麻多祢

國巡る　獦子鳥鴨鳧¹　行き巡り　歸り²來までに　齋ひて³待たね

くにめぐる　あとりかまけり　ゆきめぐり　かひりくまでに　いはひてまたね

　左注　右一首, 刑部虫麿

4340 等知波々江　已波比弖麻多祢　豆久志奈流　美豆久白玉　等里弖久麻弖尓

父⁴母え　齋ひて⁵待たね⁶　筑紫なる　水漬く白玉⁷　取りて來までに

とちははえ　いはひてまたね　つくしなる　みづくしらたま　とりてくまでに

　左注　右一首, 川原虫麿

4341 多知波奈能　美袁利乃佐刀尓　父乎於伎弖　道乃長道波　由伎加弖努加毛

橘の　美袁利の里⁸に　父を置きて　道の長道は　行きかてぬかも⁹

たちばなの　みをりのさとに　ちちをおきて　みちのながては　ゆきかてぬかも

　左注　右一首, 丈部足麿

---

1 **獦子鳥鴨鳧**: 참새과의 되새, 오리, 민댕기물떼새 철새 3종류를 열거하였다. 달리 '惑(かま)케리'라고 하는 설도 있다.
2 **歸り**: 'かひり'는 'かへり'의 사투리이다.
3 **齋ひて**: 몸을 정결하게 하고.
4 **父**: 'とち'는 'ちち'의 사투리이다.
5 **齋ひて**: 몸의 더러움을 씻고.
6 **待たね**: 부탁하는 것이다.
7 **白玉**: 진주이다.
8 **美袁利の里**: 어디 있는지 알 수 없다. 橘은 美袁利의 큰 지명이다. 靜岡縣 淸水市라고 하는 설도 있다.
9 **行きかてぬかも**: 'かて'는 할 수 있다. 'ぬ'는 부정을 나타낸다.

4339 나라를 도는/ 되새 오리들처럼/ 가서 돌아서/ 되돌아올 때까지/ 삼가며 기다려요

✿ 해설

　여러 지역을 도는 되새, 오리, 민댕기물떼새처럼 筑紫國에 가서 돌아올 때까지 몸을 정결하게 하여 삼가하며 기다려요라는 내용이다.

　　좌주　위의 1수는, 오사카베노 무시마로(刑部虫麿)
　刑部虫麿는 어떤 사람인지 알 수 없다.

4340 부모님이여/ 삼가며 기다려요/ 츠쿠시(筑紫)의요/ 물속에 잠긴 진주/ 가지고 올 때까지

✿ 해설

　부모님이여 몸을 정결하게 하여 삼가 조심하며 기다려 주세요. 츠쿠시(筑紫)에 있는 물속의 진주를 가지고 올 때까지라는 내용이다.

　　좌주　위의 1수는, 카하라노 무시마로(川原虫麿)
　川原虫麿는 어떤 사람인지 알 수 없다.

4341 타치바나(橘)의/ 미오리(美袁利)의 마을에/ 아버지를 두고/ 기나긴 여행길을/ 가기 힘든
　　　　것이네

✿ 해설

　타치바나(橘)의 미오리(美袁利) 마을에 아버지를 혼자 남겨두고 긴 여행길을 떠나가기가 힘든 것이네라는 내용이다.
　'道の長道'를 全集에서는, '駿河에서 難波까지의 길을 말하는가'라고 하였다[『萬葉集』 4, p.387].
　'父を置きて'에 대해 私注에서는, '사실 母가 없는 청년일 것이다. 사별, 이별에 의한 것이 아니라 혼인 형태로 보아 홀아버지는 매우 많았다고 알려져 있다'고 하였다[『萬葉集私注』 9, p.295].

　　좌주　위의 1수는, 하세츠카베노 타리마로(丈部足麿)
　丈部足麿는 어떤 사람인지 알 수 없다.

4342　麻氣婆之良　寶米弖豆久礼留　等乃能其等　已麻勢波々刀自　於米加波利勢受

眞木[1]柱　ほめて造れる　殿のごと　いませ[2]母刀自[3]　面變りせず

まけばしら　ほめてつくれる　とののごと　いませははとじ　おめかはりせず

　左注　右一首, 坂田部首麿

4343　和呂多比波　多比等於米保等　已比尓志弖　古米知夜須良牟　和加美可奈志母

吾ろ旅は[4]　旅と思ほど[5]　家[6]にして　子持ち[7]痩すらむ　わが妻[8]かなしも

わろたびは　たびとおめほど　いひにして　こめちやすらむ　わがみかなしも

　左注　右一首, 玉作部廣目

4344　和須良牟弖　努由伎夜麻由伎　和例久礼等　和我知々波々波　和須例勢努加毛

忘らむて[9]　野行き山行き　我來れど　わが父母は　忘れせのかも[10]

わすらむて　のゆきやまゆき　われくれど　わがちちははは　わすれせのかも

　左注　右一首, 商長首麿[11]

---

1 眞木: 'まけ'는 'まき'의 사투리이다. 眞木은 노송나무, 삼목 등 좋은 나무를 말한다.
2 いませ: 'いる(있다)'의 경어이다. 'いませ'는 명령형이다.
3 母刀自: 부인의 존칭이다. 戶主의 약칭이라고도 한다.
4 吾ろ旅は: 나의 여행이라는 뜻이다. 'ろ'는 접미어로, 조사를 취하지 않고 여행에 연결되는 독특한 표현이다.
5 思ほど: 'おめほど'는 'おもへど'의 사투리이다.
6 家: 'いひ'는 'いへ'의 사투리이다. 집과 여행은 자주 대비되어 노래 불리어져, 집을 편안한 것으로 한다.
7 持ち: 'めち'는 'もち'의 사투리이다.
8 妻: 'み'는 'め'의 사투리이다.
9 忘らむて: 'て'는 'と'의 사투리이다. '忘ら'는 고의로 잊어버린다는 뜻이다. '忘れ'는 자연스럽게 잊어버리는 것이다.
10 忘れせのかも: 'の'는 'ぬ'의 사투리이다.
11 商長首麿: 首麿가 이름이다.

4342 나무 기둥을/ 축복해서 세우는/ 궁전과 같이/ 계세요 어머니여/ 얼굴도 변치 말고

✿ 해설

노송나무 등의 좋은 나무 기둥을 축복해서 건축하는 궁전이 견고한 것처럼, 그렇게 건강하게 계셔 주세요 어머니여. 얼굴도 변하지 말고라는 내용이다.

'ほめて造れる'를 全集에서는, '집이 언제까지나 견고하도록 주문을 외우면서 집을 짓는 풍속 등을 염두에 두고 말한 것이겠다'고 하였다『萬葉集』 4, p.388].

'おめ'는 'おも(얼굴)'의 사투리이다.

> **좌주** 위의 1수는, 사카타베노 오비토마로(坂田部首麿)
> 坂田部首麿는 어떤 사람인지 알 수 없다.

4343 나의 여행은/ 여행이라고 해도/ 집에 있으며/ 애 안고 야위었을/ 내 아내 애처롭네

✿ 해설

나의 여행은 여행이라고 생각하면 체념하고 참을 수도 있지만, 집에 있으면서 아이를 안고 몸이 야위어 있을 나의 아내가 애처롭네라는 내용이다.

집에서 혼자서 아이를 키우며 고생하고 있을 아내를 안타깝게 생각하는 노래이다.

> **좌주** 위의 1수는, 타마츠쿠리베노 히로메(玉作部廣目)
> 玉作部廣目은 어떤 사람인지 알 수 없다.

4344 잊으려 하며/ 들을 가고 산을 가/ 나는 왔지만/ 나의 부모님은요/ 잊을 수가 없네요

✿ 해설

애써 고향의 부모님을 잊어버리려고 하면서 들과 산을 지나서 왔지만, 나의 부모님은 그래도 잊어버릴 수가 없네라는 내용이다.

> **좌주** 위의 1수는, 아키노오사노 오비토마로(商長首麿)
> 商長首麿는 어떤 사람인지 알 수 없다. '商長首麿'를 全集에서는, '首는 성일 것이다. 商長首는 上毛野氏와 조상이 같으며 舒明천황 때 商長首를 성으로 하였다. 그것과 관계가 있는 사람인가'라고 하였다『萬葉集』 4, p.389]. 木下正俊도 首를 성으로 보았다『萬葉集全注』 20, p.106].

4345 和伎米故等　不多利和我見之　宇知江須流　々々河乃祢良波　苦不志久米阿流可

吾妹子[1]と　二人わが見し　うち寄する[2]　駿河の嶺らは[3]　戀しくめあるか[4]

わぎめこと　ふたりわがみし　うちえする　するがのねらは　くふしくめあるか

左注　右一首, 春日部麿

4346 知々波々我　可之良加伎奈弓　佐久安礼弖　伊比之氣等婆是　和須礼加祢豆流

父母が　頭かき撫で[5]　幸くあれて[6]　いひし言葉ぜ[7]　忘れかねつる

ちちははが　かしらかきなで　さくあれて　いひしけとばぜ　わすれかねつる

左注　右一首, 丈部稲麿
二月七日, 駿河國防人部領使[8], 守從五位下布勢朝臣人主[9], 實進九日, 歌數廿首[10]. 但拙劣歌[11]者不取
載之.

---

1 **吾妹子**: 'わぎめこ'는 'わぎもこ'의 사투리이다.
2 **うち寄する**: 'えする'는 'よする'의 사투리이다. 'うち寄する'는 '駿河'를 상투적으로 수식하는 枕詞이다.
3 **駿河の嶺らは**: 富士山이다. 'ら'는 접미어이다. '嶺ろ'라고 하는 경우가 많다. 'ね'에 '寢'의 寓意가 있다.
4 **戀しくめあるか**: 'くふしくめあるか'는 'こひしくもあるか'의 사투리이다.
5 **頭かき撫で**: 작별할 때의 의식이었는가. 973번이 참조. 'かき'는 접두어이다.
6 **幸くあれて**: 'さくあれて'는 'さきくあれと'의 사투리이다.
7 **言葉ぜ**: 'けとばぜ'는 'ことばぞ'의 사투리이다.
8 **防人部領使**: 병사를 도읍으로 보내는 관리이다. 보통 國司가 담당하였다.
9 **守從五位下布勢朝臣人主**: 1년 전에 당나라에서 귀국하여 駿河守로 발탁되었다.
10 **歌數廿首**: 여기에서 기록한 注는, 형태가 특이한 예이다. 원래 '實進九日'은 주를 첨부한 것이었는데 본문에
　　혼입된 것인가.
11 **拙劣歌**: 반 정도가 된다.

4345　나의 아내와/ 둘이서 내가 봤던/ (우치요스루)/ 스루가(駿河)의 산은요/ 그리운 것이네요

🌸 해설

나의 아내와 둘이서 보았던, 파도가 밀려온다고 하는 뜻을 이름으로 한 스루가(駿河)國의 그 산이 그립네요라는 내용이다.
아내와 함께 본 富士山을 생각하며 아내를 그리워하는 노래이다.

　　좌주　위의 1수는, 카스가베노 마로(春日部麿)
春日部麿는 어떤 사람인지 알 수 없다.

4346　부모님이요/ 머리 쓰다듬으며/ 무사하라고/ 하였던 그 말을요/ 잊을 수가 없네요

🌸 해설

부모님이 나의 머리를 쓰다듬으면서 무사하라고 말하였던 그 말을 잊을 수가 없네요라는 내용이다.
작별할 때 안전을 빌어준 부모를 생각하는 노래이다.

　　좌주　위의 1수는, 하세츠카베노 이나마로(丈部稻麿)
2월 7일에, 스루가(駿河)國의 防人 部領使, 장관 종5위하 후세노 아소미 히토누시(布勢朝臣人主)가
실제로 바친 것은 9일, 노래 수는 20수. 다만 졸렬한 노래는 싣지 않는다.
丈部稻麿는 어떤 사람인지 알 수 없다.

4347 伊閇尓之弖　古非都々安良受波　奈我波氣流　多知尓奈里弖母　伊波非弖之加母

家にして　戀ひつつあらずは¹　汝が佩ける　大刀になりても　齋ひて²しかも³

いへにして　こひつつあらずは　ながはける　たちになりても　いはひてしかも

左注　右一首, 國造丁⁴日下部使主三中之父⁵歌

4348 多良知祢乃　波々乎和加例弖　麻許等和例　多非乃加里保尓　夜須久祢牟加母

たらちねの⁶　母を別れて　まことわれ　旅の假廬⁷に　安く寢むかも

たらちねの　ははをわかれて　まことわれ　たびのかりほに　やすくねむかも

左注　右一首, 國造丁日下部使主三中

---

1 **戀ひつつあらずは**: 'ば'는 강조의 뜻이다.
2 **齋ひて**: 수호한다는 것이다.
3 **しかも**: 'かも'는 願望을 나타낸다.
4 **國造丁**: 國造家 출신의 丁. 國造는 율령제 이전에 지방 호족으로 충당한 세습되던 지방관료이다. 율령 이후에 大領·少領으로 되었다. 丁은 21세부터 60세까지의 장정을 말한다.
5 **日下部使主三中之父**: 國造인 사람인가.
6 **たらちねの**: '足(충분한)乳ね'로 충분한 젖이라는 뜻이다. 'ね'는 접미어이다.
7 **旅の假廬**: 임시로 지은 거처이다.

4347 집에 남아서/ 그리워하기보다는/ 네 차고 있는/ 큰 칼이 되어서는/ 지켜 주고 싶구나

🌸 해설

집에 남아서 그리워하며 괴로워하기보다는, 네가 차고 있는 큰 칼이 되어서 너를 지켜 주고 싶네라는 내용이다.

아들의 안전을 걱정하여 아들이 차고 있는 칼이 되어서 늘 함께 있으며 아들을 지켜 주고 싶어 하는, 三中의 아버지의 노래이다.

이 작품부터 上總國의 병사의 작품이다.

> **좌주** 위의 1수는, 國造丁 쿠사카베노 오미 미나카(日下部使主三中)의 아버지의 노래
> 日下部使主三中은 어떤 사람인지 알 수 없다.
> 私注에서는 '使主'를 성으로 보았다[『萬葉集私注』9, p.300]. 全集에서는, '日下部 성을 가진 사람은
> 각 지역에 많지만 日下部使主는 적다. 正倉院의 古裂銘에 寶龜 8년(777), 上總國 周淮郡의 大領
> 외종7위상 日下部使主山의 이름을 가진 자가 있다. 작자는 그것과 관계가 있는 사람인가'라고 하였
> 다[『萬葉集』4, p.389].

4348 (타라치네노)/ 어머니 곁 떠나서/ 정말로 나는/ 여행 임시 거처서/ 편히 잘 수 있을까

🌸 해설

젖이 많은 어머니 곁을 떠나서, 정말로 나는 여행하는 중에 임시로 지은 거처에서 편히 잠을 잘 수가 있을까라는 내용이다.

> **좌주** 위의 1수는, 國造丁 쿠사카베노 오미 미나카(日下部使主三中)
> 日下部使主三中은 어떤 사람인지 알 수 없다.

4349　毛母久麻能　美知波紀尓志乎　麻多佐良尓　夜蘇志麻須義弓　和加例加由可牟

百隈の　道[1]は來にしを　また更に　八十島過ぎて[2]　別れか行かむ

ももくまの　みちはきにしを　またさらに　やそしますぎて　わかれかゆかむ

左注　右一首, 助丁[3]刑部直三野[4]

4350　尔波奈加能　阿須波乃可美尓　古志波佐之　阿例波伊波々牟　加倍理久麻泥尓

庭中の　阿須波の神[5]に　小柴さし[6]　あれ[7]は齋はむ　歸り來までに

にはなかの　あすはのかみに　こしばさし　あれはいははむ　かへりくまでに

左注　右一首, 帳丁[8]若麻續部諸人

---

1 **百隈の 道**: 難波까지의 길이다.
2 **八十島過ぎて**: 難波에서의 해상의 길이다.
3 **助丁**: 國造丁 다음의 丁이다.
4 **刑部直三野**: 많은 병사가 성이 없는데 비해 直의 성을 가진다.
5 **阿須波の神**: 『고사기』에 大年의 신의 아들로 되어 있다.
6 **小柴さし**: 제사. 신을 맞이하는 신체를 만드는 것은 아닐 것이다.
7 **あれ**: '아레'를 집을 지키는 사람으로 하면 노래 뜻이 보다 잘 통한다.
8 **帳丁**: 主帳의 丁을 줄인 표기인가.

4349　많은 구비의/ 길은 온 것이지만/ 다시 새롭게/ 많은 섬을 지나서/ 헤어져 가는 건가

🌸 해설

　　많은 구비를 돌아서 길을 온 것이지만, 또 다시 수많은 섬을 지나서 멀리 헤어져서 가는 것인가라는 내용이다.

　　'百隈の 道は來にしを'는 上總國에서 難波까지 먼 길을 왔다는 뜻이다. 그런데 다시 바다의 여러 섬들을 지나며 멀리 가야 하는 어려움을 노래한 것이다.

　　　좌주　위의 1수는, 助丁 오사카베노 아타히미노(刑部直三野)
　　刑部直三野는 어떤 사람인지 알 수 없다.

4350　정원의 안의/ 아수하(阿須波)의 신에게/ 나무 바치고/ 나는 재계를 하자/ 돌아올 때까지요

🌸 해설

　　정원 안의 아수하(阿須波)의 신에게 나무를 바치고, 나는 몸을 깨끗하게 하고 가자. 무사하게 돌아올 때까지라는 내용이다.

　　'庭中の'를 全集에서는, '여기에서는 농가의 정원 앞에 임시로 제단을 만든 것을 말하는가'라고 하였다 [『萬葉集』 4, p.390].

　　'小柴さし'를 中西 進은, 신에게 나무를 가지고 제사를 지내는 것으로 보았다. 注釋에서는 작은 나뭇가지를 땅에 꽂아서 神籬로 제사지내는 것'이라고 하였다[『萬葉集注釋』 20, p.74]. 木下正俊도, '신을 제사지내는 청정한 장소인 것을 나타내기 위하여 경계 부분에 나뭇가지를 꽂는 풍습'으로 보았다[『萬葉集全注』 20, p.113].

　　　좌주　위의 1수는, 帳丁 와카오미베노 모토히토(若麻續部諸人)
　　若麻續部諸人은 어떤 사람인지 알 수 없다.

4351　多妣己呂母　夜倍伎可佐祢弖　伊努礼等母　奈保波太佐牟志　伊母尓志阿良祢婆

旅衣　八重着重ねて　寝のれども¹　なほ肌寒し　妹にしあらねば²

たびころも　やへきかさねて　いのれども　なほはださむし　いもにしあらねば

左注　右一首, 望陀郡³上丁⁴玉作部國忍

4352　美知乃倍乃　宇万良能宇礼尓　波保麻米乃　可良麻流伎美乎　波可礼加由加牟

道の邊の　茨⁵の末に　這ほ豆⁶の　からまる君を⁷　別れか⁸行かむ

みちのへの　うまらのうれに　はほまめの　からまるきみを　はかれかゆかむ

左注　右一首, 天羽郡⁹上丁¹⁰丈部鳥

---

1 **寝のれども**: 'いのれ'는 'いぬれ'의 사투리이다.
2 **妹にしあらねば**: 옷이.
3 **望陀郡**: 千葉郡 津郡 북부.
4 **上丁**: 상급의 丁일 것이다. 일반적인 丁의 병사 노래에는 丁을 기록하지 않는다.
5 **茨**: 'うまら'는 'いばら'의 고어이다. 내 몸을 비하해서 표현하였다.
6 **這ほ豆**: 다음 구의 '君'을 비유한 것이다. 'はほ는 'はふ'의 사투리이다.
7 **からまる君を**: 신분이 높은 남성을 말한다. 여기에서는 주군의 아들이다.
8 **別れか**: 'はかれ'는 'わかれ'의 사투리이다.
9 **天羽郡**: 千葉郡 津郡 남부.
10 **上丁**: 상급의 丁일 것이다. 일반적인 丁의 병사 노래에는 丁을 기록하지 않는다.

4351   여행 옷을요/ 몇 겹이나 껴입고/ 잠을 자지만/ 역시 살갗이 춥네/ 아내가 아니므로요

✿ 해설

　여행을 위해 준비한 옷을 몇 겹이나 껴입고 잠을 자지만 역시 살갗이 춥네. 옷은 아내가 아니므로라는
내용이다.
　여행하면서 추운 밤에 아내를 그리워하는 노래이다.

　　좌주　위의 1수는, 마구타(望陀)郡의 上丁 타마츠쿠리베노 쿠니오시(玉作部國忍)
　　玉作部國忍은 어떤 사람인지 알 수 없다.

4352   길의 주변의/ 가시나무 끝 쪽에/ 벋는 콩 줄기/ 달라붙는 그대를/ 헤어져 가는 건가

✿ 해설

　길 주변의 가시나무 끝 쪽으로 벋어가서 감기는 콩 줄기처럼, 나에게 달라붙는 그대를 뒤에 남겨
두고 나는 헤어져서 가는 것인가라는 내용이다.

　　좌주　위의 1수는, 아마하(天羽)郡의 上丁 하세츠카베노 토리(丈部鳥)
　　丈部鳥는 어떤 사람인지 알 수 없다.

4353 伊倍加是波　比尓々々布氣等　和伎母古賀　伊倍其登母遅弖　久流比等母奈之

家風は　日に日に吹けど　吾妹子が　家言¹持ちて²　來る人も³なし

いへかぜは　ひにひにふけど　わぎもこが　いへごともぢて　くるひともなし

[左注]　右一首, 朝夷郡⁴上丁⁵丸子連大歳

4354 多知許毛乃　多知乃佐和伎尓　阿比美弓之　伊母加己々呂波　和須礼世奴可母

立薦の⁶　發ちの騷きに　あひ見てし　妹が心は　忘れせぬかも⁷

たちこもの　たちのさわきに　あひみてし　いもがこころは　わすれせぬかも

[左注]　右一首, 長狹郡⁸上丁⁹丈部与呂麿

---

1 **家言**: 집 소식이다.
2 **持ちて**: 'もぢて'는 'もちて'의 사투리이다.
3 **來る人も**: 'も'는 아내에 대해서 전하는 사람도라는 뜻이다.
4 **朝夷郡**: 養老 2년(718) 上總에서 분리되어 安房國으로 되고, 天平 13년(741)에 원래대로 되었다가 다시 寶字 원년(757)에 독립한 4군의 하나. 이때는 上總國 소속이었다.
5 **上丁**: 상급의 丁일 것이다. 일반적인 丁의 병사 노래에는 丁을 기록하지 않는다.
6 **立薦の**: 'たつこも'와 마찬가지로 방벽이다. 야외에서 함께 잠을 잘 때 사용한 것인가. 함께 잠을 자기 때문에 지금 사용한 것인가. 'たち'의 소리로 이어진다. '立ち鴨の'로 보는 설도 있다.
7 **忘れせぬかも**: 절박한 상황 때문에 마음이 한층 슬프게 느껴진 것이겠다.
8 **長狹郡**: 후에 安房에 속하게 된다. 朝夷郡과 같다.
9 **上丁**: 상급의 丁일 것이다. 일반적인 丁의 병사 노래에는 丁을 기록하지 않는다.

4353　집 쪽의 바람/ 매일마다 불지만/ 나의 아내의/ 집 소식을 가지고/ 오는 사람은 없네

❀ 해설

집 쪽에서 바람은 매일 불어오지만, 정작 나의 아내의 집으로부터의 소식을 가지고 오는 사람이라고는 없네라는 내용이다.
집으로부터의 소식을 기다리는 마음을 노래한 것이다.

> **좌주**　위의 1수는, 아사히나(朝夷)郡의 上丁 마로코노 므라지 오호토시(丸子連大歲)
> 丸子連大歲는 어떤 사람인지 알 수 없다.

4354　(타치코모노)/ 부산스런 출발 때/ 서로 만났던/ 아내의 마음은요/ 잊을 수가 없네요

❀ 해설

출발하느라고 부산스러운 때에 만났던 아내의 애타는 마음은 잊을 수가 없네요라는 내용이다.
'多知許毛乃'를 私注・全集・全注에서는 '立ち鴨の'로 보았다.
'あひ見てし'를 中西 進은 만난 것으로 보았다. 大系・私注・注釋에서도 中西 進과 마찬가지로 만난 것으로 해석하였다(『萬葉集』 4, p.421), (『萬葉集私注』 9, p.305), (『萬葉集注釋』 20, p.79)]. 그러나 全集과 全注에서는, '함께 잠을 잔' 것으로 해석하였다(『萬葉集』 4, p.391), (『萬葉集全注』 20, p.118)]. 출발때의 부산스러움이라고 하였으므로 함께 잠을 잔 것이라기보다는 만났던 것으로 해석하는 것이 노래 내용과 잘 맞는 것 같다.

> **좌주**　위의 1수는, 나가사(長狹)郡의 上丁 하세츠카베노 요로마로(丈部與呂麿)
> 丈部與呂麿는 어떤 사람인지 알 수 없다.

4355 余曽尓能美　々弖夜和多良毛　奈尓波我多　久毛爲尓美由流　志麻奈良奈久尓

外に¹のみ　見てや渡らも²　難波潟³　雲居⁴に見ゆる　島ならなくに⁵

よそにのみ　みてやわたらも　なにはがた　くもゐにみゆる　しまならなくに

左注　右一首, 武射郡⁶上丁丈部山代

4356 和我波々能　蘇弖母知奈弖氏　和我可良尓　奈伎之許己呂乎　和須良延努可毛

わが母の　袖⁷もち⁸撫でて⁹　わが故に　泣きし心を　忘らえ¹⁰ぬかも

わがははの　そでもちなでて　わがからに　なきしこころを　わすらえぬかも

左注　右一首, 山邊郡¹¹上丁物部乎刀良

---

1 **外に**: 관계가 없는 것이다.
2 **渡らも**: 'わたらも'는 '渡らむ'의 사투리이다.
3 **難波潟**: 難波의 해변이다. 潟은 얕은 해안이다. 배가 출입하기에는 부적합해서 병사들은 배가 출입할 수 있는 難波津만 관계가 있었다.
4 **雲居**: 구름과 같다.
5 **島ならなくに**: 'なら'는 단정. 'なく'는 부정, 'に'는 역접적 영탄을 나타낸다.
6 **武射郡**: 上總 동북쪽에 있는 군이다.
7 **袖**: 어머니의 옷소매이다.
8 **もち**: '…에 의해'라는 뜻이다.
9 **撫でて**: 나를.
10 **忘らえ**: 수동이다.
11 **山邊郡**: 千葉縣 山武郡 남부.

4355 먼 곳에서요/ 보고만 건너는가/ 나니하(難波) 갯벌/ 구름 속에 보이는/ 섬도 아닌 것인데

해설

멀리서 바라보기만 하고 筑紫로 건너가 버리는 것인가. 이 아름다운 나니하(難波) 갯벌은 구름 끝쪽에 멀리 보이는 섬도 아닌 것인데라는 내용이다.

아름다운 難波 갯벌이 멀리 있는 것도 아닌데, 보지 못하고 지나쳐서 가야 하는 아쉬움을 노래한 것이다.

좌주 위의 1수는, 므자(武射)郡의 上丁 하세츠카베노 야마시로(丈部山代)
丈部山代는 어떤 사람인지 알 수 없다.

4356 내 어머니가/ 소매로 쓰다듬고/ 나 때문에요/ 울었던 그 마음을/ 잊을 수가 없네요

해설

나의 어머니가 옷소매로 쓰다듬고는, 멀리 떠나는 나 때문에 운 그 마음을 잊을 수가 없네요라는 내용이다.

'袖もち撫でて'를 中西 進은, 어머니의 소매로 해석한 듯하다. 全集에서도 어머니의 소매라고 하였다 [『萬葉集』 4, p.392]. 그런데 大系와 私注에서는, '어머니가 나의 옷소매를 붙잡고 쓰다듬으며'로 해석하였다[(『萬葉集』 4, p.421), (『萬葉集私注』 9, p.306)].

좌주 위의 1수는, 야마노헤(山邊)郡의 上丁 모노노베노 오토라(物部乎刀良)
物部乎刀良은 어떤 사람인지 알 수 없다.

4357　阿之可伎能　久麻刀尓多知弖　和藝毛古我　蘇弖母志保々尓　奈伎志曽母波由

薦垣[1]の　隈處に立ちて　吾妹子が　袖もしほほに[2]　泣きしそ思はゆ[3]

あしかきの　くまとにたちて　わぎもこが　そでもしほほに　なきしそもはゆ

左注　右一首, 市原郡[4]上丁[5]刑部直千國

4358　於保伎美乃　美許等加志古美　伊弖久礼婆　和努等里都伎弖　伊比之古奈波毛

大君の　命かしこみ　出で來れば　吾の[6]取り著きて　言ひし[7]子な[8]はも

おほきみの　みことかしこみ　いでくれば　わのとりつきて　いひしこなはも

左注　右一首, 種准郡[9]上丁[10]物部龍

---

1 **薦垣**: 갈대를 엮어서 짠 담장이다.
2 **袖もしほほに**: 젖은 모습이다.
3 **思はゆ**: '思ほゆる'라고 해야 할 것이다.
4 **市原郡**: 千葉縣 市原市.
5 **上丁**: 상급의 丁일 것이다. 일반적인 丁의 병사 노래에는 丁을 기록하지 않는다.
6 **吾の**: 'の'는 'に'의 사투리이다. 東歌에서는 'われ(吾)'를 'わぬ'라고도 하였다(3476번가).
7 **言ひし**: 원망하며 탄식했다.
8 **子な**: 'な'는 애칭이다. '子ら'와 같다.
9 **種准郡**: 千葉縣 君津郡.
10 **上丁**: 상급의 丁일 것이다. 일반적인 丁의 병사 노래에는 丁을 기록하지 않는다.

4357   갈대 담장의/ 구석에 서서는요/ 나의 아내가/ 소매 완전 젖도록/ 운 것이 생각나네

해설

갈대를 엮어서 짠 담장의 구석에 서서 아내가, 소매가 완전히 젖도록 운 것이 생각나네라는 내용이다.
병사로 떠나가는 자신과의 이별을 슬퍼하며 울던 아내를 생각하는 노래이다.

　　　좌주　위의 1수는, 이치하라(市原)郡의 上丁 오사카베노 아타히치쿠니(刑部直千國)
刑部直千國은 어떤 사람인지 알 수 없다.

4358   우리들 왕의/ 명령 두려워해서/ 출발했을 때/ 나에게 달라붙어/ 슬퍼했던 소녀여

해설

　왕의 명령을 크게 두려워해서 출발을 했을 때, 나에게 달라붙어서 헤어지는 것이 괴롭다고 하며 슬퍼
했던 그 소녀여라는 내용이다.

　　　좌주　위의 1수는, 스에(種淮)郡의 上丁 모노노베노 타츠(物部龍)
物部龍은 어떤 사람인지 알 수 없다.

4359 都久之閇尓　敞牟加流布祢乃　伊都之加毛　都加敞麻都里弖　久尓々閇牟可毛

　　筑紫邊に　舳向かる[1]船の　何時しかも　仕へ奉りて[2]　本郷に舳向かも[3]

　　つくしへに　へむかるふねの　いつしかも　つかへまつりて　くににへむかも

　　左注　右一首, 長柄郡[4]上丁若麻續部羊

　　二月九日, 上総國防人部領使[5], 少目[6]從七位下茨田連沙弥麿進謌數十九首. 但拙劣歌者不取載之.

陳私拙懷一首[7]并短歌

4360 天皇乃　等保伎美与尓毛　於之弖流　難波乃久尓々　阿米能之多　之良志賣之伎等　伊麻能乎

　　尓　多要受伊比都々　可氣麻久毛　安夜尓可之古志　可武奈我良　和其大王乃　宇知奈妣久

　　春初波　夜知久佐尓　波奈佐伎尓保比　夜麻美礼婆　見能等母之久　可波美礼婆　見乃佐夜氣

　　久　母能其等尓　佐可由流等伎登　賣之多麻比　安伎良米多麻比　之伎麻世流　難波宮者

　　伎己之乎須　四方乃久尓欲里　多弖麻都流　美都奇能船者　保理江欲里　美乎妣伎之都々

　　安佐奈藝尓　可治比伎能保理　由布之保尓　佐乎佐之久太理　安治牟良能　佐和伎々保比弖

　　波麻尓伊泥弖　海原見礼婆　之良奈美乃　夜敞乎流我宇倍尓　安麻乎夫祢　波良々尓宇伎弖

　　於保美氣尓　都加倍麻都流等　乎知許知尓　伊射里都利家理　曽伎太久毛　於藝呂奈伎可毛

　　己伎婆久母　由多氣伎可母　許己見礼婆　宇倍之神代由　波自米家良思母

1 **向かる**: '向かる'는 '向ける'의 사투리이다.
2 **仕へ奉りて**: 왕에게 봉사하여.
3 **本郷に舳向かも**: 제2구와 표현을 같이 했다.
4 **長柄郡**: 千葉縣 長生郡.
5 **防人部領使**: 병사를 도읍으로 보내는 관리이다. 보통 國司가 담당하였다.
6 **少目**: 國廳의 4등관 차석이다. 종8위하에 상당한다.
7 **陳私拙懷一首**: 難波宮 찬가로 병사 노래와 관계가 없다.

359 츠쿠시(筑紫) 쪽에/ 뱃머리 향한 배는/ 언제쯤이면/ 임무 다 완수하고/ 고향으로 향할까

해설

츠쿠시(筑紫) 쪽으로 뱃머리를 향하여서 가고 있는 배는, 언제쯤이면 임무를 다 완수하고 고향으로 뱃머리를 향할 것인가라는 내용이다.

임무를 다 끝마치고 배가 고향으로 돌아갈 날을 생각한 노래이다.

좌주 위의 1수는, 나가라(長柄)郡의 上丁 와카오미베노 히츠지(若麻續部羊)

2월 9일에, 카미츠후사(上総)國의 防人 部領使인 少目 종7위하 마무타노 므라지 사미마로(茨田連沙禰麿)가 올린 노래의 수는 19수. 다만 졸렬한 노래는 싣지 않았다.

若麻續部羊은 어떤 사람인지 알 수 없다.

木下正俊은, '병사 노래를 올린 十國 중에서 上總國의 노래의 特殊假名遣과 다른 예의 비율이 가장 높다. 遠江·駿河·信濃 등 중앙에 가까운 지역들에는 假名遣과 다른 예가 적고 동남쪽 끝인 上總(安房을 포함한다)에 많은 것은, 特殊假名遣의 東國 침투의 빠르고 느린 차이를 말하는 것이 아닐까'라고 하였다『萬葉集全注』20, p.126].

사적 변변찮은 감회를 읊은 노래 1수와 短歌

4360 우리들 왕의/ 먼 옛날 시대에도/ (오시테루)/ 나니하(難波) 나라에서/ 천하를 모두/ 지배를 하였다고/ 지금까지도/ 계속 말하여지고/ 말을 하기도/ 이상하게 두려운/ 신 그대로인/ 우리들의 왕이요/ (우치나비크)/ 봄이 시작되는 땐/ 많은 종류의/ 꽃 피어 아름답고/ 산을 보면요/ 항상 보고 싶고/ 강을 보면요/ 보기 깨끗하고/ 모든 사물이/ 번성하는 때라고/ 보시고는요/ 마음 시원케 하여/ 지배를 하는/ 나니하(難波)의 궁전은/ 지배를 하는/ 사방의 지역에서/ 허상을 하는/ 공물을 실은 배는/ 호리에(堀江)에서/ 수맥을 찾으면서/ 아침뜸에는/ 노 당겨 올라가고/ 저녁 조수엔/ 노를 내려서는요/ (아지무라노)/ 서로 부산을 떠네/ 해변으로 가서/ 넓은 바다를 보면/ 흰 바다 물결/ 겹겹이 치는 위에서/ 어부들의 배/ 점점이 떠서 있고/ 왕의 식사에/ 바치려고 하여서/ 여기저기서/ 물고기 잡고 있네/ 어디까지나

天皇⁸の　遠き御代にも　押し照る⁹　難波の國に　天の下　知らしめしきと　今の緒に¹⁰　絶えず言ひつつ¹¹　懸けまくも　あやに畏し¹²　神ながら¹³　わご大王の¹⁴　うちなびく¹⁵　春の初は　八千種に　花咲きにほひ¹⁶　山見れば　見のともしく¹⁷　川見れば　見の淸けく　物ごとに　榮ゆる時と　見し給ひ¹⁸　明らめ給ひ¹⁹　敷きませる　難波の宮は²⁰　聞し食す　四方の國より　奉る　貢の船は　堀江²¹より　水脈引きしつつ²²　朝凪²³に　楫引き泝り　夕潮に　棹さし下り　あぢ群の　騷き競ひて　濱に出でて²⁴　海原見れば　白波の　八重折る　が上に²⁵　海人小舟　はららに浮きて²⁶　大御食に　仕へ奉ると　遠近に　漁り釣りけり²⁷　そきだくも²⁸　おぎろなきかも²⁹　こきばく³⁰も　ゆたけきかも　ここ³¹見れば　うべし神代　ゆ　始めけらしも³²

すめろきの　とほきみよにも　おしてる　なにはのくにに　あめのした　しらしめしきと　いまのをに　たえずいひつつ　かけまくも　あやにかしこし　かむながら　わごおほきみの

---

8 **天皇**: 천황의 조상. 여기에서는 최초로 難波에 도읍한 仁德천황을 가리킨다.
9 **押し照る**: 바다 전체가 빛난다는 뜻으로 難波를 상투적으로 수식하는 枕詞이다.
10 **今の緒に**: '年の緒に'를 모방해서 家持가 만든 표현인가. 지금이라는 뜻이다.
11 **言ひつつ**: 'つつ'는 계속을 나타낸다. 다음 구에 걸린다.
12 **あやに畏し**: 'わご大王'을 수식한다.
13 **神ながら**: 신이 신인대로. 이하 왕의 동작에 걸린다.
14 **わご大王の**: 주어이다. 술어는 '見し給ひ 明らめ給ひ 敷きませる'이다.
15 **うちなびく**: 봄 전체가 안개 낀 모습이다.
16 **花咲きにほひ**: 색채가 빛나는 아름다움이다.
17 **見のともしく**: 보는 것이 부럽고 마음이 끌려서.
18 **見し給ひ**: '見る'의 경어이다.
19 **明らめ給ひ**: 마음을.
20 **難波の宮は**: 이하의 堀江과 바다의 묘사와, 貢の船-騷き競ひ, 海人小舟-漁り釣りけり 등의 문장의 大主語이다.
21 **堀江**: 難波의 堀江.
22 **水脈引きしつつ**: 수맥을 건너서 저어가는 것이다.
23 **朝凪**: 夕潮와 대구를 이룬다.
24 **濱に出でて**: 문맥상 배가 '濱に出でて'가 되는 묘미가 있다.
25 **八重折るが上に**: 1168번가 참조.
26 **はららに浮きて**: 'はらら'는 'はらはら'의 축약형이다. 제각각 흩어진 모습이다.
27 **漁り釣りけり**: '漁り'는 넓게 물고기를 말한다. 밤에 불을 밝히는 물고기에 한정되지 않는다.
28 **そきだくも**: 'こきだくも(심하게도)'와 같다.
29 **おぎろなきかも**: 광대, 심대한 모습이다.
30 **こきばく**: 'こきだく'와 같다.
31 **ここ**: 이상의 難波의 정경이다.
32 **始めけらしも**: 難波에서의 지배를. 첫 부분과 호응한다.

/ 광대한 것이네요/ 끝도 없이요/ 풍요한 것이네/ 이것을 보면/ 당연히 神代부터/ 시작을 한 듯하네

🌸 해설

먼 천황의 시대에도 태양이 온통 빛나는 나니하(難波) 나라에서 천하를 지배를 하였다고, 지금까지도 끊임없이 계속 말하여 전해지고, 입 밖으로 내어 말을 하는 것도 이상하게 두려운 신 자체인 왕. 안개가 온통 끼는 봄이 시작되는 때는, 수많은 종류의 꽃들이 피어서 아름답고, 산을 보면 언제나 보고 싶다고 생각을 하고, 강을 보면 깨끗하고 시원해서 보기가 좋고, 모든 사물이 번성하고 있는 때라고 보고 마음을 시원하게 해서 지배를 하는 나니하(難波)의 궁전이여. 이 궁전은, 지배를 하는 사방의 지역에서 헌상하는 공물을 실은 배가, 호리에(堀江)에서 수맥을 찾으면서 바람이 잠잠한 아침뜸에는 노를 힘껏 당겨서 거슬러 올라가고, 저녁 조수 때에는 노를 내리고, 오리 떼가 시끄럽듯이 서로 다투어 부산을 떨고 있네. 堀江에서 해변으로 가서 넓은 바다를 보면, 흰 파도가 겹겹이 치는 위에서 어부들의 작은 배가 점점이 떠 있고, 왕의 식사에 바치려고 여기저기에서 물고기를 잡고 낚시를 하고 있네. 무척이나 광대한 것이네. 끝도 없이 풍요로운 것이네. 이것을 보면 과연 당연한 일이네. 神代로부터 難波의 궁전에서 천하를 지배하기 시작한 듯하네라는 내용이다.

'押し照る'를 大系에서는, '枕詞. 大和에서 難波로 넘어갈 때, 산의 정상에서 大阪灣을 보면 빛이 바다 위에 온통 비추고 있는 것이 보이므로 難波를 수식하는 것이라 생각한다. 'おす'는 위나 옆에서 힘을 가하고, 또 위에서 빛을 전체에 미치게 한다는 뜻이다. 위에서 주위 전체를 내려다보는 뜻으로도 사용된다'고 하였다『萬葉集』 4, p.422].

'敷きませる'를 私注에서는, '행행이기도 하며 천황이 難波宮에 있는 것처럼 보이지만, 이 작품은 오히려 家持가 難波宮에서 마음이 가는 대로 지은 것일 것이므로, 사실이 아니라 家持가 그러한 풍으로 공상한 것에 지나지 않은 것은 그의 작품으로 보아도 추측할 수 있다'고 하였다『萬葉集私注』 9, p.311]. 全集에서는, '敷く는 그곳을 도읍으로 통치한다는 뜻. ます는 경어. 그 당시 천황은 平城京에 있었지만, 難波는 副都였으므로 말한 것이다'고 하였다『萬葉集』 4, p.394]. 私注에서는, '家持가 難波에 머무르는 동안 難波宮 찬가로 지어 본 것이라 생각된다. 그는 연회 때의 노래 등을 가끔 미리 지어 보고 있다. 그의 창작이 언어의 기교로 끝나 버리는 것은 그러한 창작의 근본이 잘못되었기 때문인가. 그의 노래가 손끝의 기교이므로 그러한 사실이 존재하지 않은 노래를 태연하게 지은 것인가. 물론 상관관계가 있겠지만 이 1수도 말뿐인 것으로, 표현도 다른 사람을 모방한 것이 많은 것은 말할 필요가 없다'고 하였다『萬葉集私注』 9, p.311].

うちなびく　はるのはじめは　やちくさに　はなさきにほひ　やまみれば　みのともしく
かはみれば　みのさやけく　ものごとに　さかゆるときと　めしたまひ　あきらめたまひ
しきませる　なにはのみやは　きこしをす　よものくにより　たてまつる　みつきのふねは
ほりえより　みをびきしつつ　あさなぎに　かぢひきのぼり　ゆふしほに　さをさしくだり
あぢむらの　さわききほひて　はまにいでて　うなはらみれば　しらなみの　やへをるがう
へに　あまをぶね　はららにうきて　おほみけに　つかへまつると　をちこちに　いざりつり
けり　そきだくも　おぎろなきかも　こきばくも　ゆたけきかも　ここみれば　うべしかみよ
ゆ　はじめけらしも

4361　櫻花　伊麻佐可里奈里　難波乃海　於之弖流宮尓　伎許之賣須奈倍

櫻花　今盛なり　難波の海　押し照る宮に　聞しめす¹なへ²

さくらばな　いまさかりなり　なにはのうみ　おしてるみやに　きこしめすなへ

4362　海原乃　由多氣伎見都々　安之我知流　奈尓波尓等之波　倍奴倍久於毛保由

海原の　ゆたけき見つつ　蘆が散る　難波に年は　經ぬべく思ほゆ³

うなはらの　ゆたけきみつつ　あしがちる　なにはにとしは　へぬべくおもほゆ

[左注]　右, 二月十三日, 兵部少輔大伴宿祢家持

---

1 **聞しめす**: 長歌의 '聞し食す'와 같다.
2 **なへ**: 병행해서 일어나는 동태를 나타낸다.
3 **經ぬべく思ほゆ**: 번영하는 동안 세월이 경과하는 것을 좋다고 생각한다.

361 벗나무 꽃은/ 지금이 한창이네/ 나니하(難波) 바다가/ 빛나는 궁전에서/ 지배함과 더불어

해설

벗꽃은 지금이 한창이네. 마침 나니하(難波)의 바다가 온통 빛나는 궁전에서 지배를 하는 것과 함께라는 내용이다.

362 넓은 바다가/ 풍요로운 것 보며/ (아시가치루)/ 나니하(難波)에서 세월/ 보내야 한다 생각네

해설

넓은 바다가 풍요로운 것을 보면서, 갈대꽃이 지는 나니하(難波)에서 시간을 보내고 싶다고 생각하네라는 내용이다.

難波의 넓고 평화로운 바다를 보니 좋아서, 그곳에서 1년이라도 지내고 싶다는 뜻이다.

좌주 위의 노래는, 2월 13일에 兵部少輔 오호토모노 스쿠네 야카모치(大伴宿禰家持)

4363　奈尓波都尓　美布祢於呂須惠　夜蘇加奴伎　伊麻波許伎奴等　伊母尓都氣許曽

難波津に　御船¹下ろすゑ²　八十楫³貫き　今は漕ぎぬと　妹に告げこそ⁴

なにはつに　みふねおろすゑ　やそかぬき　いまはこぎぬと　いもにつげこそ

4364　佐伎牟理尓　多々牟佐和伎尓　伊敝能伊牟何　奈流弊伎己等乎　伊波須伎奴可母

防人⁵に　發たむ騒きに　家の妹⁶が　なる⁷べき事を　言はず來ぬかも⁸

さきむりに　たたむさわきに　いへのいむが　なるべきことを　いはずきぬかも

左注　右二首, 茨城郡若舎人部廣足

---

1 **御船**: 병사를 실어 나르는 관선이다. 천황의 배를 말한 것이다.
2 **下ろすゑ**: 육지에 끌어올렸던 배를 내려서 띄워. 'おろしすゑ'의 축약형이다.
3 **八十楫**: 'やそか'는 'やそかぢ'의 축약형이다.
4 **こそ**: 'こす'의 명령형이다.
5 **防人**: 'さきむり'는 'さきもり'의 사투리이다.
6 **妹**: 'いむ'는 'いも'의 사투리이다.
7 **なる**: 생활 수단으로 일을 하는 것이다.
8 **來ぬかも**: 'きぬかも'는 정확하게는 'きぬるかも'이다.

4363 나니하(難波)津에/ 배를 끌어내려서/ 많은 노 달아/ 지금 저어 나갔다/ 처에게 알려 주면

해설

나니하(難波) 나루터에, 육지에 있던 배를 끌어내려서 많은 노를 달아, 지금 막 노를 저어서 출발을 했다고 아내에게 알려주면 좋겠네라는 내용이다.

4364 변방 병사로/ 떠나느라 바빠서/ 집의 아내가요/ 해야만 할 생업을/ 말 않고 온 것이네

해설

변방 병사로 출발을 하느라고 경황이 없어서, 집의 아내가 해야만 할 생업을 일러주지도 않고 온 것이네라는 내용이다.

병사로 갑자기 떠난 것이 아니므로, 말도 하지 못하고 떠났다는 것은, 아내에 대한 그리움을 이렇게 표현한 것이라 생각된다.

木下正俊은, '없는 동안에 농사에 관한 자잘한 주의할 점을 말한다. 병사가, 부재중인 3년 동안 용역은 면제를 받았지만, 조세는 보통대로 내어야 하므로, 사람 손이 모자라는 만큼 고생하였다. 그 다음다음 해인 天平寶字 원년(757)에 일단 병사 징발을 폐지한 조칙에 '병사의 산업도 또한 변제하기 어렵다'고 하였다'고 하였다『萬葉集全注』20, p.136].

좌주 위의 1수는, 우바라키(茨城)郡 와카토네리베노 히로타리(若舍人部廣足)

若舍人部廣足은 어떤 사람인지 알 수 없다.

木下正俊은, '常陸國의 병사로 신분을 밝히지 않은 사람은 다른 지역의 上丁과 마찬가지로 일반 병사일 것이다. 이 외에도 한 사람이, 두 작품 실린 사람도 있는데 모두 常陸國에만 한정된다'고 하였다『萬葉集全注』20, p.136].

4365　於之弓流夜　奈尓波能都由利　布奈与曽比　阿例波許藝奴等　伊母尓都岐許曽

押し照るや¹　難波の津ゆり²　船裝ひ³　我は漕ぎぬと　妹に告ぎこそ⁴

おしてるや　なにはのつゆり　ふなよそひ　あれはこぎぬと　いもにつぎこそ

4366　比多知散思　由可牟加里母我　阿我古比乎　志留志弖都祁弖　伊母尓志良世牟

常陸さし　行かむ雁もが⁵　あが戀を　記してつけて　妹に知らせむ

ひたちさし　ゆかむかりもが　あがこひを　しるしてつけて　いもにしらせむ

> 左注　右二首, 信太郡⁶物部道足

4367　阿我母弓能　和須例母之太波　都久波尼乎　布利佐氣美都々　伊母波之奴波尼

あが面⁷の　忘れも⁸時は　筑波嶺を　ふり放け⁹見つつ　妹はしぬはね¹⁰

あがもての　わすれもしだは　つくはねを　ふりさけみつつ　いもはしぬはね

> 左注　右一首, 茨城郡占部小龍

---

1 **押し照るや**: 難波를 수식하는 枕詞. '押し照る'에 영탄 조사 'や'가 첨부된 것이다.
2 **難波の津ゆり**: 'ゆり'는 'より(…로부터)'와 같다.
3 **船裝ひ**: 출발 준비를 말한다.
4 **告ぎこそ**: 'つぎこそ'는 'つげこそ'의 사투리이다.
5 **行かむ雁もが**: 'もが'는 願望을 나타내는 조사이다.
6 **信太郡**: 茨城縣 龍ヶ崎市 부근이다.
7 **面**: 'もて'는 'おもて'의 축약이다.
8 **忘れも**: 'も'는 'む'의 사투리이다.
9 **ふり放け**: 멀리 눈을 향하는 것이다.
10 **しぬはね**: 'しぬは'는 'しのは'의 사투리이다. 산의 구름을 보고 기억하라는 뜻이다.

4365 (오시테루야)/ 나니하(難波) 나루터서/ 배 장식하여/ 나는 노 저어 왔다/ 처에게 알려 다오

해설

바다가 온통 빛나는 나니하(難波) 나루터에서 배를 장식하여, 나는 노를 저어서 출발하였다고 아내에게 알려 주면 좋겠네라는 내용이다.

4366 히타치(常陸) 향해/ 가는 기럭 있다면/ 나의 사랑을/ 써서 붙여서는요/ 아내에게 알리자

해설

히타치(常陸) 쪽을 향해서 날아가는 기러기가 있다면 좋겠네. 그렇다면 나의 사랑을 써서 붙여서 아내에게 알리자는 내용이다.
아내에 대한 그리움을 전할 방법이 없어서 안타까워하는 마음을 노래한 것이다.

좌주 위의 1수는, 시다(信太)郡 모노노베노 미치타리(物部道足)
物部道足은 어떤 사람인지 알 수 없다.

4367 나의 얼굴을/ 잊어버리는 때엔/ 츠쿠하(筑波) 산을/ 바라다 보면서요/ 그대여 생각해요

해설

나의 얼굴을 잊어버리는 때가 있다면, 츠쿠하(筑波) 산을 바라보면서 그대여 나를 그리워해 주세요라는 내용이다.
병사로 출발할 때 아내에게 한 말이다.

좌주 위의 1수는, 우바라키(茨城)郡 우라베노 오타츠(占部小龍)
占部小龍은 어떤 사람인지 알 수 없다.

4368　久自我波々　佐氣久阿利麻弖　志富夫祢尓　麻可知之自奴伎　和波可敝里許牟

久慈川¹は　幸く²あり³待て　潮船に　眞楫繁貫き⁴　わは歸り來む

くじがはは　さけくありまて　しほぶねに　まかぢしじぬき　わはかへりこむ

左注　右一首, 久慈郡丸子部佐壯

4369　都久波祢乃　佐由流能波奈能　由等許尓母　可奈之家伊母曽　比留毛可奈之祁

筑波嶺の　さ百合⁵の花の　夜床⁶にも　愛しけ⁷妹そ　晝も愛しけ

つくはねの　さゆるのはなの　ゆとこにも　かなしけいもそ　ひるもかなしけ

4370　阿良例布理　可志麻能可美乎　伊能利都々　須米良美久佐尓　和例波伎尓之乎

霰降り⁸　鹿島の神⁹を　祈りつつ　皇御軍¹⁰に　われは來にしを¹¹

あられふり　かしまのかみを　いのりつつ　すめらみくさに　われはきにしを

左注　右二首, 那賀郡¹²上丁¹³大舍人部千文

---

1 **久慈川**: 茨城縣 久慈郡 중심의 강이다. 日立市의 남쪽에서 바다로 들어간다.
2 **幸く**: 'さけく'는 'さきく'의 사투리이다. 무사하게라는 뜻이다.
3 **あり**: '계속…한다'는 뜻이다.
4 **眞楫繁貫き**: 眞楫은 배의 양쪽에 단 노를 말한다. 繁은 많은 것이다. 潮船에 호응하여 조류를 잘 헤쳐서 가는 노를 수식하는 것이다.
5 **さ百合**: 'ゆる'는 'ゆり'의 사투리이다.
6 **夜床**: 'ゆとこ'는 'よとこ'의 사투리이다.
7 **愛しけ**: 'かなしけ'는 'かなしき'의 사투리이다.
8 **霰降り**: 鹿島를 상투적으로 수식하는 枕詞이다. 싸락눈 소리가 시끄러운 것에 의해 수식하게 된 것이라고 한다.
9 **鹿島の神**: 郡은 다르지만 그 지역의 신사.
10 **皇御軍**: 'みくさ'는 'みいくさ'의 축약형이다. 'いくさ'는 이 경우 군대, 戰列이라는 뜻이다.
11 **われは來にしを**: 'を'는 역접적 영탄을 나타낸다. 이 역접을 4369번가에 대한 기분이라고 하는 설도 있다.
12 **那賀郡**: 茨城縣 久慈郡 남서쪽이다.
13 **上丁**: 상급의 丁일 것이다. 일반적인 丁의 병사 노래에는 丁을 기록하지 않는다.

4368 쿠지(久慈)의 강은/ 잘 기다리고 있게/ 떠 있는 배에/ 많은 노를 달아서/ 난 빨리 돌아오자

❀ 해설

쿠지(久慈)의 강은 변함없이 계속 잘 기다리고 있어 다오. 바다에 떠서 항해하는 배에 노를 많이 달고, 나는 빨리 돌아오자라는 내용이다.

이 작품은 1668번가와 유사하다.

> **좌주** 위의 1수는, 쿠지(久慈)郡 마로코베노 스케오(丸子部佐壯)
> 丸子部佐壯은 어떤 사람인지 알 수 없다.

4369 츠쿠하(筑波) 산의/ 백합꽃과 같이도/ 밤 침상서도/ 그리운 아내는요/ 낮에도 그립네요

❀ 해설

츠쿠하(筑波) 산의 백합꽃처럼, 밤의 잠자리에서도 그리운 아내는 낮에도 여전히 그립네요라는 내용이다.

中西 進은, '병사의 노래답지 않다. 일반적으로 전승되던 노래를 첨부한 것이겠다. 표면적인 인사 노래인 다음 노래와 합쳤을 때의 재미를 즐겼다'고 하였다.

4370 (아라레후리)/ 카시마(鹿島)의 신에게/ 기원하면서/ 천황의 군대에요/ 나는 참가해 왔네

❀ 해설

싸락눈이 내리는 카시마(鹿島)의 신에게 기원하면서, 천황의 군대에 나는 참가해서 온 것을이라는 내용이다.

'われは來にしを'에 대해 全集에서는 '앞의 노래에서 아내를 생각하는 감정에 스스로 반발하려고 하는 마음을 담는다'고 하였다[『萬葉集』 4, p.307]. 木下正俊도 마찬가지로 보았다[『萬葉集全注』 20, p.143].

> **좌주** 위의 1수는, 나카(那賀)郡 上丁 오호토네리베노 치후미(大舍人部千文)
> 大舍人部千文은 어떤 사람인지 알 수 없다.

4371　多知波奈乃　之多布久可是乃　可具波志伎　都久波能夜麻乎　古比須安良米可毛

橘の　下吹く風[1]の　香ぐはしき[2]　筑波の山を[3]　戀ひずあらめかも[4]

たちばなの　したふくかぜの　かぐはしき　つくはのやまを　こひずあらめかも

左注 右一首, 助丁[5]占部廣方

4372　阿志加良能　美佐可多麻波理　可閇理美須　阿例波久江由久　阿良志乎母　多志夜波婆可流

不破乃世伎　久江弖和波由久　牟麻能都米　都久志能佐伎尓　知麻利爲弖　阿例波伊波々牟

母呂々々波　佐祁久等麻乎須　可閇利久麻弖尓

足柄の　み坂たまはり[6]　顧みず　我は越え行く[7]　荒し男も　立しや[8]憚る　不破の關[9]　越え

て我は行く　馬の蹄[10]　筑紫の崎に　留り[11]居て　我は齋はむ[12]　諸は　幸くと申す[13]　歸り來

までに

あしがらの　みさかたまはり　かへりみず　あれはくえゆく　あらしをも　たしやはばかる

ふはのせき　くえてわはゆく　むまのつめ　つくしのさきに　ちまりゐて　あれはいははむ

もろもろは　さけくとまをす　かへりくまでに

---

1 **下吹く風**: 가지 끝을 울리는 바람이 아니라 이른바 나무 밑의 바람이다.
2 **香ぐはしき**: 홍귤의 향을 포함하여 향기롭다.
3 **筑波の山を**: '山を 戀ひ'로 되어 있는데 '山に 戀ひ'가 일반적이다.
4 **戀ひずあらめかも**: 'めやも'가 일반적이다. 'めかも'는 東國의 노래에 많다(3437·4390번가 참조).
5 **助丁**: 國造丁 다음의 丁이다.
6 **み坂たまはり**: 고개를 넘는 것을, 당시에는 신에게 언덕을 받는다고 생각했다.
7 **越え行く**: 'くえ'는 'こえ'의 사투리이다.
8 **立しや**: 이상 2구는 삽입구적인 '不破の關'에 대한 감상이다. 'たし'는 'たち'의 사투리이다. 'や'는 의문을
　　나타내는 조사이다.
9 **不破の關**: 岐阜縣 不破郡 関ヶ原町.
10 **馬の蹄**: 말발굽을 '盡(つ)くす'와 '筑紫(つくし)'의 발음이 유사한 데서 수식할 뿐만 아니라, 위의 길을 가는
　　모습을 받아서 筑紫로 나아가고 그 곳에 멈춘다는 뜻이다. '馬の蹄をつくす'는 멀리까지 말을 걷게 하는
　　것이다.
11 **留り**: 'ちまり'는 'とまり'의 사투리이다.
12 **齋はむ**: 소중히 하는 것이다.
13 **幸くと申す**: '申す'의 주어는 '諸ば'이다. '諸は 幸く'라고 내가 아뢴다고 보는 설도 있다.

4371 홍귤나무의/ 아래를 부는 바람/ 향기가 좋은/ 츠쿠하(筑波)의 산을요/ 그리워 않을 수
있나

해설

홍귤나무 꽃이 핀 아래를 부는 바람이 향기로운 츠쿠하(筑波)의 산을 어떻게 그리워하지 않고 있을
수 있겠는가라는 내용이다.

좌주 위의 1수는, 助丁 우라베노 히로카타(占部廣方)
占部廣方은 어떤 사람인지 알 수 없다. 私注에서는 助丁이기 때문에 출신지인 郡을 쓰지 않는다고
하였다[『萬葉集私注』9, p.319].

4372 아시가라(足柄)의/ 고개를 받아서는/ 돌아보잖고/ 나는 넘어서 가네/ 거친 남자도/ 넘기가
힘든다는/ 후하(不破) 관문을/ 넘어서 나는 가네/ (무마노츠메)/ 츠쿠하(筑紫)의 끝에서/
멈추고 있네/ 나는 삼가 지키자/ 여러 사람들/ 무사하라고 비네/ 돌아갈 때까지는

해설

아시가라(足柄)의 고개를 넘도록 신에게 허락을 받아서, 고향 쪽을 뒤돌아보지 않고 나는 넘어서 가네.
거칠고 씩씩한 남자도 넘어가기가 힘이 든다는 후하(不破) 관문을 넘어서 나는 가네. 말의 발굽을 츠쿠하
(筑紫)의 끝까지 향해 나아가서 그곳에서 겨우 멈추고 있네. 나는 내 몸을 삼가 지키자. 집을 지키고
있는 여러 사람들은 모두 무사하라고 빌어 주고 있는 것이다. 고향에 돌아갈 때까지는이라는 내용이다.
'み坂たまはり'를 大系에서는, '고개와 비탈은 그곳을 지배하는 신의 것이라고 하는 의식이 있어서,
신의 허락을 얻어서 통행을 한다고 보는 설과, 'た'는 접두어, 'まはり'는 돈다고 하는 설이 있다'고 하고는
신의 허락을 얻어서 통행을 하는 설을 택하였다[『萬葉集』4, p.427].
中西 進은 병사의 노래 중에서 유일한 長歌라고 하였다.

좌주 위의 1수는, 시토리베노 카라마로(倭文部可良麿)
2월 14일에, 히타치(常陸)國 部領防人使 大目 정7위상 오키나가노 마히토 쿠니시마(息長眞人國嶋)
가 바치는 노래의 수는 17수. 다만 졸렬한 노래는 싣지 않았다.

二月十四日, 常陸國部領防人使[15]大目[16]正七位上息長真人國嶋進歌數十七首[17]. 但拙劣歌者不取載之.

4373 祁布与利波　可敝里見奈久弖　意富伎美乃　之許乃美多弖等　伊渥多都和例波

今日よりは　顧みなくて[18]　大君の　醜の御楯[19]と　出で立つわれは

けふよりは　かへりみなくて　おほきみの　しこのみたてと　いでたつわれは

4374 阿米都知乃　可美乎伊乃里弖　佐都夜奴伎　都久之乃之麻乎　佐之弖由久和例波

天地の　神を祈りて　征矢[21]貫き　筑紫の島[22]を　さして行くわれは[23]

あめつちの　かみをいのりて　さつやぬき　つくしのしまを　さしてゆくわれは

---

14 **倭文部可良麿**: 도래자의 혈통에 의한 이름인가.
15 **部領防人使**: 이 작품 외에는 대부분이 '防人部領使'이다. 같은 뜻이다.
16 **大目**: 國廳의 4등관 상석이다. 종8위상에 상당하는 것으로 國嶋는 지나치게 지위가 높다. 國嶋는 7년 후에 종5위하이다.
17 **息長真人國嶋進歌數十七首**: 元暦校本과 古葉略類聚鈔에는 27수로 되어 있다. 미상이다.
18 **顧みなくて**: 내 뒤에 남은 여러 사람을 돌아보지 않는다.
19 **醜の御楯**: 추하다는 뜻으로 비하.
20 **火長**: 병사 10명을 火라고 한다.
21 **征矢**: 본래 'さつや'는 사냥용의 화살이다. 전쟁용 화살은 'そ(征)矢'. 여기에서는 화살의 총칭인가.
22 **筑紫の島**: 壹岐·對馬.
23 **さして行くわれは**: 앞의 노래와 같은 형식이다. 일련의 노래일 것이다.
24 **火長**: 병사 10명을 火라고 한다.

倭文部可良麿는 어떤 사람인지 알 수 없다.

私注에서는, 출신지인 郡을 쓰지 않은 것은 마찬가지로 助丁이기 때문일 것이라고 하였다[『萬葉集私注』 9, p.320].

4373 오늘부터는/ 돌아보지를 않고/ 우리들 왕의/ 방패 끝이 되려고/ 출발을 하네 나는

✿ 해설

집을 떠나는 오늘부터는 뒤에 남겨 둔 가족들을 생각하지 않고 왕의 강한 방패가 되려고 출발을 하네. 나는이라는 내용이다.

군사로서의 의지를 강하게 다짐하는 노래이다.

좌주 위의 1수는, 火長 이마마츠리베노 요소후(今奉部與曽布)
今奉部與曽布는 어떤 사람인지 알 수 없다.

4374 하늘과 땅의/ 신들에게 빌고서/ 화살을 메고/ 츠쿠시(筑紫)의 섬을요/ 향하여서 가네 나는

✿ 해설

하늘과 땅의 신들에게 기원을 하고, 화살을 등에 메고 츠쿠시(筑紫)의 섬을 향하여서 나는 가네라는 내용이다.

좌주 위의 1수는, 火長 오호타베노 아라미미(大田部荒耳)
大田部荒耳는 어떤 사람인지 알 수 없다.

4375 麻都能氣乃　奈美多流美礼婆　伊波妣等乃　和例乎美於久流等　多々理之母己呂

　　　　松の木[1]の　竝みたる見れば　家人[2]の　われを見送ると　立たり[3]しもころ[4]

　　　　まつのけの　なみたるみれば　いはびとの　われをみおくると　たたりしもころ

　　　[左注]　右一首, 火長[5]物部真嶋

4376 多妣由岐尓　由久等之良受弓　阿母志々尓　己等麻乎佐受弓　伊麻叙久夜之氣

　　　　旅行[6]に　行くと知らずて[7]　母父[8]に　言申さずて　今ぞ悔しけ[9]

　　　　たびゆきに　ゆくとしらずて　あもししに　ことまをさずて　いまぞくやしけ

　　　[左注]　右一首, 寒川郡[10]上丁[11]川上臣老

4377 阿母刀自母　多麻尓母賀母夜　伊多太伎弓　美都良乃奈可尓　阿敞麻可麻久母

　　　　母刀自[12]も　玉にもがもや　戴きて　角髪[13]のなかに　あへ[14]纏かまくも[15]

　　　　あもとじも　たまにもがもや　いただきて　みづらのなかに　あへまかくも

　　　[左注]　右一首, 津守宿祢小黒栖

---

1 **松の木**: 'け'는 'き'의 사투리이다.
2 **家人**: 'いはびと'는 'いへびと'의 사투리이다.
3 **立たり**: 'たたり'는 'たてり'의 사투리이다.
4 **しもころ**: '…처럼'이다.
5 **火長**: 병사 10명을 火라고 한다.
6 **旅行**: 집에 있는 것의 반대말.
7 **行くと知らずて**: 병사로 징집되어 가는 것은 처음부터 알고 있었지만, 실제로 여행을 경험해 보고 나서, 예상을 뛰어넘는 긴 여행인 것을 알았다는 것을 말하는가.
8 **母父**: 'あもしし'는 'おもちち'의 사투리이다. 東山道의 노래는 '父母'인 것이 비교적 많고 東海道는 '母父'가 많다.
9 **悔しけ**: 'くやしけ'는 'くやしき'의 사투리이다.
10 **寒川郡**: 栃木縣 下都賀郡 남부.
11 **上丁**: 상급의 丁일 것이다. 일반적인 丁의 병사 노래에는 丁을 기록하지 않는다.
12 **母刀自**: 'あも'는 'おも'의 사투리이다. '刀自'는 부인의 경칭이다.
13 **角髪**: 미미츠라(耳連)라는 뜻이다. 머리를 중앙에서 좌우로 갈라서 양쪽 귀 쪽에 고리처럼 맨, 성년 남자의 머리 모양이다.
14 **あへ**: 섞는다.
15 **纏かまくも**: 'まく'는 'む'의 명사형이다. 'も'는 영탄을 나타낸다.

4375 소나무가요/ 나란히 선 것 보면/ 집사람이요/ 나를 배웅을 한다고/ 서 있던 것 같네요

✿ 해설

소나무가 나란히 서 있는 것을 보면 마치 집사람이 나를 배웅한다고 서 있던 것 같네라는 내용이다.

> **좌주** 위의 1수는, 火長 모노노베노 마시마(物部眞嶋)
> 物部眞嶋는 어떤 사람인지 알 수 없다.

4376 먼 여행길을/ 가는 줄도 몰라서/ 母父에게요/ 인사도 못하여서/ 지금 후회가 되네

✿ 해설

이렇게 멀리 집을 떠나 긴 여행길을 가는 줄도 몰라서, 어머니와 아버지에게 인사도 못하고 온 것이 지금에야 후회가 되네라는 내용이다.

> **좌주** 위의 1수는, 사무카하(寒川)郡 上丁 카하카미노 오미오유(川上臣老)
> 川上臣老는 어떤 사람인지 알 수 없다.

4377 어머니도요/ 구슬이면 좋겠네/ 높이 받들어/ 머리를 맨 속에다/ 함께 꽂을 것인데

✿ 해설

어머니도 구슬이라면 좋겠네. 만약 구슬이라면 높이 받들어서 머리를 맬 때에 그 속에 다 함께 꽂을 것인데라는 내용이다.
어머니와 항상 함께 있고 싶은 마음을 이렇게 노래하였다.

> **좌주** 위이 1수는, 츠모리노 스쿠네 오구루스(津守宿祢小黒栖)
> 津守宿祢小黒栖는 어떤 사람인지 알 수 없다.
> 木下正俊은, 이 작자의 출신 군명이 앞의 노래의 작자와 마찬가지로 寒川郡이므로 생략한 것이라고 하였다[『萬葉集全注』 20, p.153].

4378　都久比夜波　須具波由氣等毛　阿母志々可　多麻乃須我多波　和須例西奈布母

月日やは¹　過ぐ²は行けども　母父が³　玉の姿は　忘れせなふも⁴

つくひやは　すぐはゆけども　あもししが　たまのすがたは　わすれせなふも

左注　右一首, 都賀郡⁵上丁⁶中臣部足國

4379　之良奈美乃　与曽流波麻倍尔　和可例奈婆　伊刀毛須倍奈美　夜多妣蘇弖布流

白波の　寄そる⁷濱邊に⁸　別れなば　いともすべなみ⁹　八度袖振る¹⁰

しらなみの　よそるはまへに　わかれなば　いともすべなみ　やたびそでふる

左注　右一首, 足利郡¹¹上丁¹²大舍人部祢麿

---

1 **月日やは**: ‘つくひ’는 ‘つきひ’의 사투리이다. ‘や’는 영탄을 나타낸다.
2 **過ぐ**: ‘すぐ’는 ‘すぎ’의 사투리이다.
3 **母父が**: ‘あもしし’는 ‘おもちち’의 사투리이다.
4 **忘れせなふも**: ‘なふ’는 東國語 특유의 부정 조동사이다.
5 **都賀郡**: 日光, 令市, 鹿沼各市(모두 栃木縣이다) 주변이다
6 **上丁**: 상급의 丁일 것이다. 일반적인 丁의 병사 노래에는 丁을 기록하지 않는다.
7 **寄そる**: ‘よそる’는 ‘よする’의 사투리이다.
8 **濱邊に**: 難波의 해안을 예상한다. 그 가정 조건이 ‘別れなば’이다.
9 **いともすべなみ**: 방법이 없으므로.
10 **八度袖振る**: 소매를 흔드는 것은 혼을 찾는 행위이다. 연인에 대해서.
11 **足利郡**: 栃木縣 足利市 부근이다.
12 **上丁**: 상급의 丁일 것이다. 일반적인 丁의 병사 노래에는 丁을 기록하지 않는다.

4378 달과 날은요/ 지나가지만도요/ 母父님의요/ 구슬 같은 모습은/ 잊을 수가 없네요

해설

달과 날은 지나가지만, 어머니와 아버지의 구슬 같은 아름다운 모습은 잊을 수가 없네요라는 내용
이다.

시간이 지나도 여전히 부모 생각이 나는 것을 노래한 것이다.

제1구 '都久比夜波'를 中西 進은 '月日やば'로 읽고 'や'는 영탄으로 보았다. 大系와 注釋에서도 中西
進과 마찬가지로 보았다(『萬葉集』 4, p.429), (『萬葉集注釋』 20, p.107)]. 그러나 私注・全集・全注에서는
'月日夜ば'로 읽고 '月日과 밤은 지나가지만'으로 해석하였다(『萬葉集私注』 9, p.324), (『萬葉集』 4,
p.400), (『萬葉集全注』 20, p.153)]. 원문에 '夜'가 들어 있지만, 낮이 아니라 '月日'이라 하였으므로 뜻을
취하기 보다는 소리를 나타낸 것으로 보는 것이 좋겠다.

> 【좌주】 위의 1수는, 츠가(都賀)郡 上丁 나카토미베노 타리쿠니(中臣部足國)
> 中臣部足國은 어떤 사람인지 알 수 없다.

4379 흰 파도가요/ 밀려오는 해변서/ 떠나간다면/ 방법이 없겠기에/ 계속 소매 흔드네

해설

흰 파도가 밀려오는 나니하(難波)의 해변에서 여행을 떠나간다면 아무런 방법이 없을 것이겠기에,
지금 나는 계속 소매를 흔드는 것이네라는 내용이다.

私注에서는, '이것은 難波에서의 작품으로 보인다. 다음의 노래와 함께 출발하기 전에, 출발할 때를
예상하고 지은 것일 것이다'고 하였다[『萬葉集私注』 9, p.325].

> 【좌주】 위의 1수는, 아시카가(足利)郡의 上丁 오호토네리베노 네마로(大舍人部禰麿)
> 大舍人部禰麿는 어떤 사람인지 알 수 없다.

4380　奈尓波刀乎　己岐埿弓美例婆　可美佐夫流　伊古麻多可祢尓　久毛曽多奈妣久

　　　難波門[1]を　漕ぎ出て見れば　神さぶる　生駒高嶺に　雲そたなびく

　　　なにはとを　こぎでてみれば　かみさぶる　いこまたかねに　くもそたなびく

　　　左注　右一首, 梁田郡[2]上丁[3]大田部三成

4381　久尓具尓乃　佐岐毛利都度比　布奈能里弓　和可流乎美礼婆　伊刀母須敝奈之

　　　國々の　防人つどひ　船乗りて　別る[4]を見れば　いともすべ無し

　　　くにぐにの　さきもりつどひ　ふなのりて　わかるをみれば　いともすべなし

　　　左注　右一首, 河内郡[5]上丁[6]神麻續部嶋麿

---

　1 **難波門**: 'なにはづ'의 사투리로 보는 설도 있다.
　2 **梁田郡**: 栃木縣 足利市 남쪽이다.
　3 **上丁**: 상급의 丁일 것이다. 일반적인 丁의 병사 노래에는 丁을 기록하지 않는다.
　4 **別る**: 難波에서의 광경이다. 특이한 절박감이 있다. 'わかる'는 종지형이다.
　5 **河内郡**: 栃木縣 宇都宮市 부근이다.
　6 **上丁**: 상급의 丁일 것이다. 일반적인 丁의 병사 노래에는 丁을 기록하지 않는다.

4380 나니하(難波) 나루/ 노 저어 나와 보면/ 신령스러운/ 이코마(生駒) 높은 산에/ 구름이 걸려 있네

해설

나니하(難波) 나루터를 노를 저어 나와서 보면, 신령스러운 이코마(生駒)의 높은 산에 구름이 걸려 있네라는 내용이다.

제1구의 '奈尓波刀乎'를 中西 進은 '難波門乎'로 읽었다. 大系와 注釋에서도 中西 進과 마찬가지로 읽었다[『萬葉集』 4, p.429), (『萬葉集注釋』 20, p.109)]. 그러나 全集・全注에서는 '難波津乎'로 읽었다[『萬葉集』 4, p.400), (『萬葉集全注』 20, p.156)].

私注에서는, '難波를 출발해서 본 경치이다. 머물면서 어떤 기회로 인해 나루터 밖으로 나갔을 때 지은 것이라기보다는, 미리 출발할 때를 예상하고 지은 것일 것이다. 앞의 노래와 마찬가지로 노래를 짓는 방법도 알고 있던 병사가 있었다고 하는 것이 되겠다'고 하였다[『萬葉集私注』 9, p.326].

좌주 위의 1수는, 야나다(梁田)郡의 上丁 오호타베노 미나리(大田部三成)
大田部三成은 어떤 사람인지 알 수 없다.
木下正俊은, '梁田郡은 下野國의 옛 이름'이라고 하였다[『萬葉集全注』 20, p.157].

4381 각 지방들의/ 병사들이 모여서/ 배를 타고는/ 떠나려는 것 보면/ 슬픔 어쩔 수 없네

해설

각 지방의 병사들이 모여서 배를 타고는 지금 헤어져서 떠나려고 하고 있네. 그것을 보면 슬퍼서 도저히 어떻게 할 방법이 없네라는 내용이다.

좌주 위의 1수는, 카후치(河內)郡의 上丁 카무오미베노 시마마로(神麻續部嶋麿)
神麻續部嶋麿는 어떤 사람인지 알 수 없다.

4382　布多富我美　阿志氣比等奈里　阿多由麻比　和我須流等伎尓　佐伎母里尓佐須

ふたほがみ¹　悪しけ²人なり　あた病³　わがする時に　防人にさす

ふたほがみ　あしけひとなり　あたゆまひ　わがするときに　さきもりにさす

左注　右一首, 那須郡⁴上丁⁵大伴部廣成

4383　都乃久尓乃　宇美能奈岐佐尓　布奈餘曽比　多志埉　毛等伎尓　阿母我米母我母

津の國⁶の　海の渚に　船裝ひ⁷　立し出も⁸時に　母⁹が目もがも¹⁰

つのくにの　うみのなぎさに　ふなよそひ　たしでもときに　あもがめもがも

左注　右一首, 塩屋郡¹¹上丁¹²丈部足人

二月十四日, 下野國防人部領使¹³, 正六位上田口朝臣大戸¹⁴進歌數十八首. 但拙劣歌者不取載之.

---

1 **ふたほがみ**: 무슨 뜻인지 알 수 없다. 布多에 있는 장관으로 下野國守, 두 마음이 있는 사람. 상관이라는 설 등이 있다.
2 **悪しけ**: 'あしけ'는 'あしき'의 사투리이다.
3 **あた病**: 무슨 뜻인지 알 수 없다. 急病, 다리 병, 열병 등 여러 설이 있다. 'ゆまひ'는 'やまひ'의 사투리이다.
4 **那須郡**: 栃木縣 那須郡.
5 **上丁**: 상급의 丁일 것이다. 일반적인 丁의 병사 노래에는 丁을 기록하지 않는다.
6 **津の國**: 攝津國. 難波가 있는 곳이다.
7 **船裝ひ**: 배를 장식한다.
8 **立し出も**: 'たしでも'는 'たちでむ'의 사투리이다.
9 **母**: 'あも'는 'おも'의 사투리이다. '母が目'이라는 말이 있었다.
10 **目もがも**: 'もがも'는 願望을 나타낸다.
11 **塩屋郡**: 栃木縣 鹽谷郡.
12 **上丁**: 상급의 丁일 것이다. 일반적인 丁의 병사 노래에는 丁을 기록하지 않는다.
13 **防人部領使**: 병사를 도읍으로 보내는 관리이다. 보통 國司가 담당하였다.
14 **田口朝臣大戸**: 당시의 관직을 알 수 없다. 下野는 上國으로 上國의 장관은 종5위하, 차관은 종6위상. 大戸는 후에 종5위하로 上野 차관.

4382 후타호가미/ 나쁜 사람이네요/ 갑작스런 병/ 내가 앓고 있을 때/ 병사로 지명했네

해설

후타호가미는 나쁜 사람이네요. 갑작스럽게 내가 병을 앓고 있을 때 병사로 지명했네라는 내용이다.
大系에서는, '완전히 근성/ 나쁜 사람이네요/ 갑자기 병을/ 내가 앓고 있을 때/ 병사로 징발하니'로
해석하였다[『萬葉集』 4, p.430]. 注釋에서는, '布多 장관은/ 나쁜 사람이네요/ 갑자기 병을/ 내가 앓고
있을 때/ 병사로 징발하니'로 해석하였다[『萬葉集注釋』 20, p.111]. 全集에서는, '후타호가미/ 나쁜 사람이
네요/ 갑자기 병을/ 내가 앓고 있을 때/ 병사로 지명했네'로 해석하였다[『萬葉集』 4, p.401]. 木下正俊도
全集과 마찬가지로 해석하였다[『萬葉集全注』 20, p.158].

좌주 위의 1수는, 나스(那須)郡의 上丁 오호토모베노 히로나리(大伴部廣成)
大伴部廣成은 어떤 사람인지 알 수 없다.

4383 츠(津)의 지역의/ 바닷가 쪽에서요/ 배 장식해서/ 출발을 하는 때에/ 어머니 보고 싶네

해설

攝津國 바닷가 쪽에서 배를 장식해서 준비를 하여 출발을 할 때에 어머니를 만나고 싶네라는 내용
이다.

좌주 위의 1수는, 시호야(鹽屋)郡 上丁 하세츠카베노 타리히토(丈部足人)
2월 14일에, 시모츠케(下野)國의 防人 部領使, 정6위상 타구치노 아소미 오호헤(田口朝臣大戸)가
바치는 노래 수는 18수. 다만 졸렬한 노래는 싣지 않았다.
田口朝臣大戸는 어떤 사람인지 알 수 없다.

4384　阿加等伎乃　加波多例等枳尓　之麻加枳乎　己枳尓之布祢乃　他都枳之良須母

暁の　かはたれ[1]時に　島陰[2]を　漕ぎにし船の[3]　たづき知らずも[4]

あかときの　かはたれどきに　しまかぎを　こぎにしふねの　たづきしらずも

左注　右一首, 助丁[5]海上郡[6]海上國造[7]他田日奉直得大理

4385　由古作枳尓　奈美奈等惠良比　志流敝尓波　古乎等都麻乎等　於枳弖等母枳奴

行こ[8]先に　波なとゑらひ　後方[9]には　子をと妻をと[10]　置きてとも來ぬ[11]

ゆこさきに　なみなとゑらひ　しるへには　こをとつまをと　おきてともきぬ

左注　右一首, 葛餝郡[12]私部石嶋

---

1 **かはたれ**: '彼は誰'라는 뜻으로, 저녁 무렵의 '誰そ彼'와 반대되는 말이다.
2 **島陰**: 'かぎ'는 'かげ'의 사투리이다.
3 **漕ぎにし船の**: 'に'는 완료를 나타낸다. 눈앞에서 筑紫를 향해 가 버린 배를 말한다.
4 **たづき知らずも**: 'たづき'는 수단이다. 제5구는 '어떻게 할 방법을 모른다'는 뜻으로 배를 떠나보낸 불안한 마음을 말한다.
5 **助丁**: 國造丁 다음의 丁이다. 본래 國造丁이었을 것인데 알 수 없다. 郡名 앞에 기록하는 방식도, 이 노래 다음에도 예가 몇 있지만 특이하다.
6 **海上郡**: 千葉縣 銚子市 부근.
7 **海上國造**: 國造家 출신의 丁. 國造는 율령제 이전에 지방 호족으로 충당한, 세습되던 지방관료이다. 율령 이후에 大領·少領으로 되었다. 丁은 21세부터 60세까지의 장정을 말한다. 노래에도 國造다운 교양이 보인다.
8 **行こ**: 'ゆこ'는 'ゆく'의 사투리이다.
9 **後方**: 'しるへ'는 'しりへ'의 사투리이다.
10 **子をと妻をと**: 'を'와 'と'를 각각 반복해서 사용한 표현이다.
11 **置きてとも來ぬ**: 'と'는 'そ'의 사투리라고 하는 설이 있다.
12 **葛餝郡**: 현재, 千葉·埼玉·東京으로 분할되었다.

4384 　동틀 무렵의/ 어슴푸레함 속에/ 섬 뒤로 숨어/ 저어서 떠나간 배/ 어찌 할 수가 없네

해설

　동틀 무렵의 어슴푸레함 속에 노를 저어 섬 뒤로 숨어서 떠나간 배는, 어떻게 할 방법이 없을 정도로 마음이 쓸쓸하네라는 내용이다.
　배를 떠나보내고 난 뒤의 쓸쓸한 마음을 노래한 것이다.
　이 작품부터 11수는 下總國 노래이다.

　　左注 위의 1수는, 助丁 우나카미(海上)郡 우나카미(海上)國造 오사다노 히마츠리노 아타히토코타리(他田日奉直得大理)
　他田日奉直得大理는 어떤 사람인지 알 수 없다.

4385 　가는 앞에는/ 파도야 일지 말아/ 뒤 쪽에는요/ 자식과 아내를요/ 남겨 두고 왔다네

해설

　배가 향해 가는 앞에는 파도야 일지 말아 다오. 뒤에 자식과 아내를 남겨 두고 왔으므로라는 내용이다.
　처자식을 남겨 두고 왔으므로 파도가 일지 말아서, 배가 안전하게 갈 수 있기를 바라는 마음을 노래한 것이다.

　　左注 위의 1수는, 카즈시카(葛餝)郡 키사키베노 이소시마(私部石嶋)
　私部石嶋는 어떤 사람인지 알 수 없다.

4386 和加々都乃　以都母等夜奈枳　以都母々々々　於母加古比須々　奈理麻之都之母

わが門の[1]　五本柳[2]　何時も何時も　母が戀ひすす[3]　業[4]まし都之母[5]

わがかつの　いつもとやなき　いつもいつも　おもがこひすす　なりましつしも

　左注　右一首, 結城郡[6]矢作部真長

4387 知波乃奴乃　古乃弖加之波能　保々麻例等　阿夜尓加奈之美　於枳弖他加枳奴

千葉の野[7]の　兒手柏[8]の　含まれど[9]　あやにかなしみ[10]　置きてたか來ぬ[11]

ちばのぬの　このてかしはの　ほほまれど　あやにかなしみ　おきてたかきぬ

　左注　右一首, 千葉郡[12]大田部足人

---

1 **門の**: 'かづ'는 'かど'의 사투리이다.
2 **五本柳**: 'いつ'를 제3구의 'いつ'로 이어간다.
3 **母が戀ひすす**: 종지형을 중복해서 동작의 계속을 나타낸다.
4 **業**: 생업.
5 **都之母**: 정확한 뜻을 알 수 없다. 都都母(つつも)의 잘못된 표기라고 하는 설도 있다.
6 **結城郡**: 茨城縣 結城市 부근이다.
7 **野**: 'ぬ'는 'の'의 사투리이다.
8 **兒手柏**: 측백이라고도 한다.
9 **含まれど**: 새싹을 머금은 상태이다.
10 **あやにかなしみ**: 여기에서는 여성의 풋풋한 아름다움을 말한다.
11 **置きてたか來ぬ**: 젊은 아름다움을 그리워하는 마음이다.
12 **千葉郡**: 千葉市 부근.

4386 우리 집 문의/ 다섯 그루의 버들/ 언제나 언제나/ 모친이 생각하며/ 일을 하고 있을까

❀ 해설

우리 집 문 앞의 다섯 그루의 버드나무. 그 다섯의 발음처럼 언제나, 어머니가 나를 생각하면서 일을 하고 있을 都之母라는 내용이다.

'五(いつ)本柳'의 '五(いつ)'와 '何時(いつ)'의 소리가 같은 것을 이용한 노래이다.

中西 進은 제5구의 '都之母'를 해석하지 않았다. 大系에서는 'つつも'로 읽고 '가업에 힘쓰면서'로 해석하였다『萬葉集』 4, p.431]. 私注와 注釋에서는 'つしも'로 읽고 'つつも'의 사투리일 것이라고 하여 大系와 마찬가지로 해석하였다(『萬葉集私注』 9, p.330), (『萬葉集注釋』 20, p.116)]. 全集과 全注에서도 'つしも'로 읽고 '일하고 있을까'로 해석하였다(『萬葉集』 4, p.402), (『萬葉集全注』 20, p.165)].

> **좌주** 위의 1수는, 유후키(結城)郡 야하기베노 마나가(矢作部眞長)
> 矢作部眞長은 어떤 사람인지 알 수 없다.

4387 치바(千葉)의 들의/ 측백 봉오리처럼/ 어리지만도/ 이상하게 애타게/ 남겨 두고 왔다네

❀ 해설

치바(千葉) 들판의 측백 봉오리처럼 아직 어리지만 이상하게 애타도록 그녀를 뒤에 남겨 두고 온 것이네라는 내용이다.

아직 어리지만 사랑스러운 아내나 연인을 그리워하는 마음을 노래한 것이다.

제5구 '於枳弖他加枳奴'를 全集에서는, '置きて高來ぬ'로 읽고, '미상. 이 'おく'는 손을 대지 않은 채로라는 뜻인가. 'たかきぬ'는 들을 넘고 산을 넘어서 왔다는 뜻일 것이다'고 하였다『萬葉集』 4, p.403]. 木下正俊도, '접촉하지 않고 왔다'로 해석하였다『萬葉集全注』 20, p.166].

> **좌주** 위의 1수는, 치바(千葉)郡 오호타베노 타리히토(大田部足人)
> 大田部足人은 어떤 사람인지 알 수 없다.

4388　多妣等弊等　麻多妣尓奈理奴　以弊乃母加　枳世之己呂母尓　阿加都枳尓迦理

旅[1]と言ど　眞旅になりぬ　家の妹[2]が　着せし[3]衣に　垢つきにかり[4]

たびとへど　またびになりぬ　いへのもが　きせしころもに　あかつきにかり

左注 右一首, 占部虫麿

4389　志保不尼乃　弊古祖志良奈美　尓波志久母　於不世他麻保加　於母波弊奈久尓

潮船の　舳越そ[5]白波　にはしくも[6]　負せ[7]給ほか[8]　思はへなくに[9]

しほふねの　へこそしらなみ　にはしくも　おふせたまほか　おもはへなくに

左注 右一首, 印波郡[10]丈部直大麿

4390　牟浪他麻乃　久留尓久枳作之　加多米等之　以母加去々里波　阿用久奈米加母

群玉の[11]　樞[12]に釘刺し　固めとし[13]　妹が心は　搖くなめかも[14]

むらたまの　くるにくぎさし　かためとし　いもがこころは　あよくなめかも

左注 右一首, 猨嶋郡[15]刑部志加麿

---

1 **旅**: 제3구의 '家'와 대비하여 사용한 것이다.
2 **家の妹**: 'も'는 'いも'의 축약형이다.
3 **着せし**: 애정의 표현이다.
4 **垢つきにかり**: 'かり'는 'けり'의 사투리이다.
5 **舳越そ**: 'こそ'는 'こす'의 사투리이다.
6 **にはしくも**: 'にはしく'는 '俄か' 뜻의 형용사인가.
7 **負せ**: 'おふず'는 부과한다는 뜻이다. 병사의 병역을 명령하는 것이다.
8 **給ほか**: 'たまほか'는 'たまふか'의 사투리이다.
9 **思はへなくに**: '思はへ'는 'おも(思)ひあ(堪)へ'의 축약형이다. 앞의 노래인 4388번가와 같은 심경이다.
10 **印波郡**: 千葉縣 印旛郡 부근이다.
11 **群玉の**: 많은 구슬이 빙글빙글 도는 것에서 'くる'를 상투적으로 수식하는 枕詞가 되었다고 한다.
12 **樞**: 문지도리로 여닫는 문을 말한다.
13 **固めとし**: 'とし'는 'てし'의 사투리이다.
14 **搖くなめかも**: 'あよく'는 움직인다는 뜻이다. 'なめ'는 'らむ'의 사투리이다.
15 **猨嶋郡**: 茨城縣 古河市 부근이다.

4388 여행이라도/ 정말 여행 되었네/ 집의 아내가/ 입혀 주었던 옷에/ 때가 묻은 것이네

🌸 **해설**

여행이라고 해도 정말로 긴 여행이 되어 버렸네. 집을 떠나올 때 아내가 입혀 주었던 옷에 때가 묻었네 라는 내용이다.

집을 떠난 지 오래 된 것을 이렇게 표현하며 집 생각을 노래한 것이다.

3667번가와 비슷한 내용이다.

> **좌주** 위의 1수는, 우라베노 무시마로(占部虫麿)
> 占部虫麿는 어떤 사람인지 알 수 없다.

4389 바다 위의 배/ 앞 넘는 파도처럼/ 갑작스럽게/ 명령하시는 건가/ 생각도 못했는데

🌸 **해설**

바다 위에 떠서 노를 저어가는 배의 뱃머리를 넘는 흰 파도처럼 갑작스럽게도 명령을 하는 것인가. 생각하지도 못했는데라는 내용이다.

갑자기 병사로 징발된 마음을 노래한 것이다.

> **좌주** 위의 1수는, 이니하(印波)郡 하세츠카베노 아타히 오호마로(丈部直大麿)
> 丈部直大麿는 어떤 사람인지 알 수 없다.

4390 (브라타마노)/ 지도리에 못 넣듯/ 단단히 했던/ 아내의 마음은요/ 동요하고 있을까

🌸 **해설**

구슬처럼 도는 지도리문에 못을 넣어 고정하듯이, 그렇게 난난하게 맹세한 아내의 마음은 동요하고 있을까라는 내용이다.

> **좌주** 위의 1수는, 사시마(猨嶋)郡 오사카베노 시카마로(刑部志加麿)
> 刑部志加麿는 어떤 사람인지 알 수 없다.

4391　久尓具尓乃　夜之里乃加美尓　奴佐麻都理　阿加古比須奈牟　伊母賀加奈志作

　　　國々の　社の神に　幣奉り　贖祈[1]すなむ[2]　妹がかなしさ

　　　くにぐにの　やしろのかみに　ぬさまつり　あがこひすなむ　いもがかなしさ

　　　左注　右一首, 結城郡[3]忍海部五百麿

4392　阿米都之乃　以都例乃可美乎　以乃良波加　有都久之波々尓　麻多己等刀波牟

　　　天地の[4]　いづれの神を　祈らばか　愛し[5]母に　また言問はむ[6]

　　　あめつしの　いづれのかみを　いのらばか　うつくしははに　またこととはむ

　　　左注　右一首, 埴生郡[7]大伴部麻与佐

4393　於保伎美能　美許等尓作例波　知々波々乎　以波比弊等於枳弖　麻爲弖枳尓之乎

　　　大君の　命にされば[8]　父母を　齋瓮[9]と置きて　参ゐで來にしを

　　　おほきみの　みことにされば　ちちははを　いはひへとおきて　まゐできにしを

　　　左注　右一首, 結城郡[10]雀部廣嶋

---

　1 **贖祈**: 공물을 바쳐서 작자가 무사하기를 빈다.
　2 **すなむ**: 'なむ'는 'らむ'의 사투리이다.
　3 **結城郡**: 茨城縣 結城市 부근.
　4 **天地の**: 'あめつし'는 'あめつち'의 사투리이다.
　5 **愛し**: 어간이 직접 수식하는 형태이다.
　6 **言問はむ**: 말을 거는 것이다.
　7 **埴生郡**: 千葉縣 佐倉市·成田市 부근이다.
　8 **命にされば**: 'されば'는 'しあれば'의 축약형이다.
　9 **齋瓮**: 神酒를 넣어서 내는 제사용 도구이다. '齋瓮と置く'는 여행의 안전을 신에게 빈 후에 출발했다는
　　　뜻이다.
　10 **結城郡**: 茨城縣 結城市 부근이다.

4391 각 지역들의/ 신사의 신에게다/ 공물 바쳐서/ 무사하길 빌 것인/ 아내 사랑스러움

※ 해설

각 지역의 신사의 신에게 공물을 바쳐서, 내가 무사하기를 바라며 빌고 있을 것인 아내의 사랑스러움이여라는 내용이다.

> **좌주** 위의 1수는, 유후키(結城)郡 오시누미베노 이호마로(忍海部五百麿)
> 忍海部五百麿는 어떤 사람인지 알 수 없다.

4392 하늘과 땅의/ 어떤 신에게다가/ 빌어야지만/ 그리운 어머니와/ 얘기할 수 있을까

※ 해설

하늘과 땅의 어떤 신에게 빌어야지만 다시 그리운 어머니와 이야기를 할 수가 있을까라는 내용이다.
고향에 있는 어머니와 다시 만나서 이야기를 하고 싶은 간절한 마음을 노래한 것이다.

> **좌주** 위의 1수는, 하니후(埴生)郡 오호토모베노 마요사(大伴部麻與佐)
> 大伴部麻與佐는 어떤 사람인지 알 수 없다.

4393 우리들 왕의/ 명령인 것이므로/ 부모님을요/ 齋瓮도요 놓고서는/ 출발해 온 것이네

※ 해설

왕의 명령이기 때문에 부모님을 뒤에 남겨 두고, 제사용 술항아리를 뒤에 남겨 두고 출발해서 온 것이네라는 내용이다.
왕의 명령이 두려워서, 부모를 제사용 술항아리와 함께 뒤에 두고 왔다는 뜻이다.

> **좌주** 위의 1수는, 유후키(結城)郡 사자키베노 히로시마(雀部廣嶋)
> 雀部廣嶋는 어떤 사람인지 알 수 없다.

4394　於保伎美能　美己等加之古美　由美乃美他　佐尼加和多良牟　奈賀氣己乃用乎

大君の　命かしこみ　弓の共[1]　さ寝か渡らむ　長けこの夜を[2]

おほきみの　みことかしこみ　ゆみのみた　さねかわたらむ　ながけこのよを

左注　右一首, 相馬郡[3]大伴部子羊

二月十六日, 下総國防人部領使[4], 少目[5]従七位下縣犬養宿祢浄人進歌數廿二首. 但拙劣歌者不取載之.

獨[6]惜龍田山櫻花[7]歌一首

4395　多都多夜麻　見都々古要許之　佐久良波奈　知利加須疑奈牟　和我加敞流刀尓

龍田山　見つつ越え來し　櫻花[8]　散りか過ぎなむ　わが歸るとに[9]

たつたやま　みつつこえこし　さくらばな　ちりかすぎなむ　わがかへるとに

1　**弓の共**: 'みた'는 'むた'의 사투리이다.
2　**長けこの夜を**: 'ながけ'는 'ながき'의 사투리이다. '이 夜'는 노래를 지을 때의 밤을 말한다.
3　**相馬郡**: 茨城縣 北相馬郡 일대.
4　**防人部領使**: 병사를 도읍으로 보내는 관리이다. 보통 國司가 담당하였다.
5　**少目**: 國廳의 4등관 차석. 종8위하에 상당한다.
6　**獨**: 연회석에서 지은 것이 아니라 혼자 부른 것임을 나타낸다.
7　**惜龍田山櫻花**: 지는 것을.
8　**櫻花**: 龍田山은 벚꽃이 유명하였다.
9　**わが歸るとに**: 'とに'는 '정도로'라는 뜻이다. 'ぬとに'가 일반적이지만(1822·3747번가), 부정이 없어도 마찬
　　가지인 경우는 많다.

4394　우리들 왕의/ 명령이 두려워서/ 활이랑 함께/ 계속 자는 것일까/ 길고도 긴 이 밤을

❀ 해설

왕의 명령이 두려워서 활을 안은 채로 계속 잠을 자는 것일까. 길고도 긴 이 밤을이라는 내용이다.
편안한 잠을 자지 못하는 여행의 고단함을 노래한 것이다.
　'この夜を'를 中西 進은 노래를 짓는 당일의 밤으로 보았다. 大系・私注・注釋・全注에서도 中西 進과
마찬가지로 해석하였다. 그러나 全集에서는 '몇 날 밤이나'로 해석하였다『萬葉集』 4, p.404].

　　좌주　위의 1수는, 사우마(相馬)郡 오호토모베노 코히츠지(大伴部子羊)
2월 16일, 시모츠후사(下総)國의 防人 部領使, 少目 종7위하 아가타노 이누카히노 스쿠네 키요히토
(縣犬養宿禰浄人)가 바치는 노래 수는 22수. 다만 졸렬한 노래는 싣지 않았다.
大伴部子羊은 어떤 사람인지 알 수 없다.

혼자 타츠타(龍田) 산의 벚꽃을 애석해 하는 노래 1수

4395　타츠타(龍田) 산서/ 보면서 넘어 왔는/ 벚나무 꽃은/ 져 버리고 말 건가/ 내 돌아가기
　　　전에

❀ 해설

　타츠타(龍田) 산에서 보면서 넘어온 벚꽃은 다 져 버리고 말 것인가. 내가 돌아가지 않고 있는 동안에
라는 내용이다.
　보면서 넘어온 타츠타(龍田) 산의 아름다운 벚꽃이, 돌아가기 전에 다 져 버릴 것을 안타까워한 노래
이다.

獨見江水¹浮漂糞²，怨恨貝玉³不依作歌一首

4396　保理江欲利　安佐之保美知尓　与流許都美　可比尓安里世波　都刀尓勢麻之乎

堀江より⁴　朝潮滿ちに　寄る木糞　貝にありせば⁵　裏⁶にせましを

ほりえより　あさしほみちに　よるこつみ　かひにありせば　つとにせましを

在館⁷門見江南⁸美女作歌一首

4397　見和多世婆　牟加都乎能倍乃　波奈尓保比　弖里氏　多弖流波　々之伎多我都麻

見渡せば　向つ峰の上の　花にほひ⁹　照りて立てるは　愛しき誰が妻¹⁰

みわたせば　むかつをのへの　はなにほひ　てりてたてるは　はしきたがつま

左注　右三首，二月十七日，兵部少輔大伴家持作之.

---

1 **江水**: 難波의 堀江이다.
2 **糞**: 나무 부스러기이다.
3 **貝玉**: 조개껍질이라고 하는 구슬이다.
4 **堀江より**: 'より'는 경과를 나타내는 조사이다.
5 **貝にありせば**: 가정. 'まし'와 호응한다.
6 **裏**: 싼 물건. 선물이다.
7 **館**: 兵部省의 공관이다. 主船司가 難波에 있었다고 한다.
8 **江南**: 堀江의 남쪽이지만, 중국 강남(양자강의 남쪽)을 연상하여 장난스럽게 표기한 것이다.
9 **花にほひ**: 여러 가지 색의 아름다움이다.
10 **愛しき誰が妻**: 1742번가를 의식하고 있는 것인가.

혼자 호리에(堀江)에 떠 있는 나무 부스러기를 보고,
아름다운 조개껍질이 떠오지 않는 것을 유감스럽게 생각하여 지은 노래 1수

4396   호리에(堀江)에서/ 아침의 밀물따라/ 온 나무 찌끼/ 조개껍질이라면/ 선물로 할 것인데

❀ 해설

　호리에(堀江)에서 아침의 밀물 때에 떠밀려 온 나무 부스러기가 만약 아름다운 조개껍질이라면 선물로 할 것인데라는 내용이다.

공관의 문에서 강 남쪽의 미녀를 보고 지은 노래 1수

4397   바라다보면/ 건너편 언덕 위의/ 꽃이 빛나고/ 그 속에 서 있는 건/ 사랑스런 뉘 아내

❀ 해설

　바라다보면 강 건너편의 언덕 위의 꽃이 빛나고 있고, 그 꽃과 더불어 아름다운 모습으로 서 있는 것은 누구의 사랑스러운 아내인 것일까라는 내용이다.

　좌주　위의 3수는, 2월 17일에, 兵部 少輔 오호토모노 야카모치(大伴家持)가 지었다.

爲防人情陳思作歌一首并短謌

4398　大王乃　美己等可之古美　都麻和可礼　可奈之久波安礼特　大夫　情布里於許之　等里与曽比　門出乎須礼婆　多良知祢乃　波々加伎奈埿　若草乃　都麻波等里都吉　平久　和礼波伊波々々牟　好去而　早還來等　麻蘇埿毛知　奈美太乎能其比　牟世比都々　言語須礼婆　群鳥乃　伊埿多知加弖尔　等騰己保里　可弊里美之都々　伊也等保尓　國乎伎波奈例　伊夜多可尔　山乎故要須疑　安之我知流　難波尔伎爲弖　由布之保尔　船乎宇氣須惠　安佐奈藝尔　倍牟氣許我牟等　佐毛良布等　和我乎流等伎尔　春霞　之麻未尔多知弖　多頭我祢乃　悲鳴婆　波呂婆呂尔　伊弊乎於毛比埿　於比曽箭乃　曽与等奈流麻埿　奈氣吉都流香母

大君の　命畏み　妻別れ[1]　悲しくはあれど　大夫[2]の　情ふり起し　とり装ひ　門出をすれば　たらちねの[3]　母かき撫で　若草の[4]　妻は取り付き　平けく　われは齋はむ　好去くて　早還り來と　眞袖持ち[5]　涙をのごひ　むせひつつ　言問ひすれば[6]　群鳥の　出で立ちかてに[7]　滯り　顧みしつつ　いや遠に　國を來離れ　いや高に　山を越え過ぎ　蘆が散る[8]　難波に來居て　夕潮に[9]　船を浮け据ゑ　朝凪に　舳向け[10]漕がむと　さもらふと[11]　わが居る時に　春霞　島廻に立ちて　鶴が音の　悲しく鳴けば　遙々に　家を思ひ出　負征矢[12]の　そよと[13]鳴るまで　嘆きつるかも

おほきみの　みことかしこみ　つまわかれ　かなしくはあれど　ますらをの　こころふりおこし　とりよそひ　かどでをすれば　たらちねの　ははかきなで　わかくさの　つまはとりつ

---

1 **妻別れ**: '別れ'는 명사이다.
2 **大夫**: 용감한 남자를 말한다.
3 **たらちねの**: 어머니의 풍부함을 표현한 것이다. 母를 상투적으로 수식하는 枕詞이다.
4 **若草の**: 부드러움을 표현한다.
5 **眞袖持ち**: '眞'은 '片'의 반대로 양쪽을 가리킨다.
6 **言問ひすれば**: '言問ひ'는 사랑의 말을 건다는 뜻이 있다.
7 **出で立ちかてに**: 'かて'는 '할 수 있다'는 뜻이다. 'に'는 부정을 나타낸다.
8 **蘆が散る**: 難波를 상투적으로 수식하는 枕詞이다.
9 **夕潮に**: 夕潮, 朝凪는 家持가 즐겨 사용하는 표현이다.
10 **舳向け**: 筑紫로 뱃머리를 향한다.
11 **さもらふと**: 상태를 살피는 것이다.
12 **負征矢**: 등에 짊어진 征矢이다. 征矢는 獵矢(幸矢)의 반대로 전투용의 화살이다.
13 **そよと**: 같은 발음을 의식한 표현이다.

병사의 마음이 되어 생각을 말하여 지은 노래 1수와 短歌

4398 우리들 왕의/ 명령을 두려워해/ 아내와 이별/ 슬프기는 하지만도/ 용감한 남자/ 마음을
     떨쳐 일으켜/ 무장을 하여/ 문을 나설 때에요/ (타라치네노)/ 모친 쓰다듬고/ (와카쿠사
     노)/ 아내는 매달리며/ 무사하라고/ 나는 기원하지요/ 아무 탈 없이/ 빨리 돌아오라고/
     양쪽 소매로/ 눈물을 훔치고는/ 훌쩍거리며/ 사랑의 말 하므로/ (므라토리노)/ 출발도
     할 수 없어/ 멈칫거리며/ 뒤를 돌아보면서/ 점점 더 멀리/ 고향을 떠나와서/ 한층 더 높게/
     산을 넘어서 와서/ (아시가치루)/ 나니하(難波)에 와 있네/ 저녁 조수에/ 배를 띄워서 있고
     / 아침뜸에는/ 앞을 향해 저으려/ 상태 살피며/ 내가 있을 때에요/ 봄 안개가요/ 섬 주위에
     일고요/ 학이 소리를/ 슬프게 울리므로/ 아스라하게/ 집을 생각하고서/ 등에 진 화살/
     소리를 낼 정도로/ 탄식을 한 것이네

해설

   왕의 명령을 두려워해서 아내와 이별하는 것은 슬프기는 하지만, 그래도 용감한 남자로서의 마음을
떨쳐 일으켜 무장을 단단히 하여 출발을 하려고 문을 나설 때에 어머니는 내 머리를 쓰다듬고, 어린
풀처럼 싱그러운 아내는 매달리며 "무사하게 해 달라고 나는 빌고 있지요. 아무 탈 없이 빨리 돌아와
주세요"라고 말하며, 양쪽 소매로 눈물을 훔치고 훌쩍거리며 말을 하므로, 아침에 많은 새가 떼를 지어서
날아 출발하는 것처럼 그렇게 출발도 할 수가 없어서, 멈칫거리며 뒤를 계속 돌아보네. 그렇게 하면서
점점 더 멀리 고향을 떠나와서, 한층 더 높이 산을 넘어와서, 지금 갈대꽃이 지는 나니하(難波)에 와
있네. 저녁 바닷물에 배를 띄워서 있고, 바람이 잠잠한 아침뜸에는 뱃머리를 향해서 노를 저어 나가려고
조수의 상태를 살피고 있으면, 봄 안개가 섬 주위에 잔뜩 끼어 있고 학이 슬프게 소리를 내어 울므로,
멀리 있는 고향 집을 생각하고, 등에 짊어진 화살이 소리를 낼 정도로 탄식을 한 것이네라는 내용이다.

き　たひらけく　われはいははむ　まさきくて　はやかへりこと　まそでもち　なみだをのご
ひ　むせひつつ　ことどひすれば　むらとりの　いでたちかてに　とどこほり　かへりみしつ
つ　いやとほに　くにをきはなれ　いやたかに　やまをこえすぎ　あしがちる　なにはにきゐ
て　ゆふしほに　ふねをうけすゑ　あさなぎに　へむけこがむと　さもらふと　わがをるとき
に　はるがすみ　しまみにたちて　たづがねの　かなしくなけば　はろばろに　いへをおもひ
で　おひそやの　そよとなるまで　なげきつるかも

4399　宇奈波良尓　霞多奈妣伎　多頭我祢乃　可奈之伎与比波　久尓弊之於毛保由

　　　海原に　霞たなびき　鶴が音の　悲しき宵は　國邊し思ほゆ

　　　うなはらに　かすみたなびき　たづがねの　かなしきよひは　くにへしおもほゆ

4400　伊弊於毛布等　伊乎祢受乎礼婆　多頭我奈久　安之弊毛美要受　波流乃加須美尓

　　　家おもふと　寝を寝ず[1]居れば[2]　鶴が鳴く　蘆邊も見えず[3]　春の霞に

　　　いへおもふと　いをねずをれば　たづがなく　あしへもみえず　はるのかすみに

　　　左注　右, 十九日, 兵部少輔大伴宿祢家持作之.

1 **寝を寝ず**: 'いをぬ'는 'ぬ'의 강조 표현이다.
2 **居れば**: '居る'는 '앉다'의 뜻이다.
3 **蘆邊も見えず**: 문맥상으로는 안개에 의해.

4399 넓은 바다에/ 안개가 끼어 있고/ 학의 울음이/ 슬프게 울리는 밤/ 고향 쪽이 생각나네

❀ 해설

넓은 바다에 안개가 끼어 있고, 학의 울음소리가 슬프게 울리는 밤은, 고향 쪽이 그리워지네라는
내용이다.

4400 집 생각하느라/ 잠 못 자고 있으면/ 학이요 우는/ 갈대 밭 보이잖네/ 봄 안개 속에서요

❀ 해설

고향을 생각하느라고 잠을 자지 못 하고 있으면, 학이 우는 갈대 주변도 보이지 않네. 봄 안개 속에서
라는 내용이다.

좌주 위는, 19일에, 兵部 少輔 오호토모노 스쿠네 야카모치(大伴宿禰家持)가 지었다.

4401　可良己呂武　須宗尓等里都伎　奈苦古良乎　意伎弖曽伎怒也　意母奈之尓志弖

韓衣[1]　裾に取りつき　泣く子ら[2]を　置きてそ來のや[3]　母なしにして[4]

からころむ　すそにとりつき　なくこらを　おきてそきのや　おもなしにして

左注　右一首, 國造[5]小縣郡[6]他田舍人大嶋

4402　知波夜布留　賀美乃美佐賀尓　奴佐麻都里　伊波布伊能知波　意毛知々我多米

ちはやふる[7]　神の御坂[8]に　幣奉り　齋ふ[9]命は　母父がため

ちはやふる　かみのみさかに　ぬさまつり　いはふいのちは　おもちちがため

左注　右一首, 主帳[10]埴科郡[11]神人部子忍男

---

1 **韓衣**: 'ころむ'는 'ころも'의 사투리이다. 옷자락이 맞지 않도록 만드는 도래인의 복장으로, 옷깃을 강조하기
위해 사용했다. 평상시에 입는 것으로 사용한 것은 아니다.
2 **泣く子ら**: 'ら'는 애칭이다. 복수가 아니다.
3 **來のや**: 'きのや'는 'きぬよ'의 사투리이다. 정확하게는 '來ぬるよ'.
4 **母なしにして**: 國造로서 동거혼이었을 것이다. 지금은 아내가 사망한 듯하다.
5 **國造**: 國造丁의 약칭이다. 國造家 출신의 丁. 國造는 율령제 이전에 지방 호족으로 충당한 세습되던 지방
관료이다. 율령 이후에 大領·少領으로 되었다. 丁은 21세부터 60세까지의 장정을 말한다. 이 지방에서도
丁을 郡名의 앞에 쓰고 있다.
6 **小縣郡**: 長野縣 上田市 부근이다.
7 **ちはやふる**: '逸(いち)速ぶる'의 뜻으로 神威를 상투적으로 수식하는 枕詞이다.
8 **神の御坂**: 신이 다스리는 비탈이다.
9 **齋ふ**: 소중하게 지킨다는 뜻이다.
10 **主帳**: 主帳丁의 약칭이다.
11 **埴科郡**: 長野縣 更埴市 부근이다.

4401 입은 韓衣의/ 옷소매에 매달려/ 우는 아이를/ 남기고 와 버렸네/ 어미가 없는데도

✿ 해설

입은 도래인의 복장의 옷소매에 매달려서 우는 아이를 남기고 와 버린 것이네. 그 아이의 어머니도 없는데도라는 내용이다.

어머니도 없는 어린 아이를 남겨 두고 떠나온 안타까운 마음을 노래한 것이다.

> 좌주　위의 1수는, 國造 치히사가타(小縣)郡의 오사다노 토네리 오호시마(他田舍人大嶋)
> 他田舍人大嶋는 어떤 사람인지 알 수 없다.

4402 (치하야후루)/ 신의 비탈에다가/ 공물을 바쳐/ 목숨을 비는 것은/ 부모님 때문이네

✿ 해설

무시무시한 신이 다스리는 비탈에다가 공물을 바쳐서 무사하기를 원하는 내 목숨은, 다름이 아니라 부모님을 생각하기 때문이네라는 내용이다.

자신의 목숨이 무사할 수 있도록 비는 것은, 아들의 안전을 걱정하며 기다리는 부모님을 위해서라는 뜻이다.

비슷한 내용의 노래로는 2403 · 3201 · 4031번가가 있다.

> 좌주　위의 1수는, 主帳 하니시나(埴科)郡의 카무토베노 코오시오(神人部子忍男)
> 神人部子忍男은 어떤 사람인지 알 수 없다.
> 神人部子忍男을 全集에서는, '神人氏의 部民 출신인가'라고 하였다[『萬葉集』 4, p.408].

4403　意保枳美能　美己等可之古美　阿乎久牟乃　等能妣久夜麻乎　古与弖伎怒加牟

大君の　命かしこみ　青雲の¹　との引く²山を　越よて來ぬかむ³

おほきみの　みことかしこみ　あをくむの　とのびくやまを　こよてきぬかむ

左注　右一首, 小長谷部笠麿
二月廿二日, 信濃國防人部領使⁴, 上道得病不來. 進歌數十二首. 但拙劣歌者不取載之.

4404　奈尓波治乎　由伎弓久麻弖等　和藝毛古賀　都氣之非毛我乎　多延尓氣流可母

難波道⁵を　行きて來までと　吾妹子が　着けし紐が緒⁶　絶えにけるかも

なにはぢを　ゆきてくまでと　わぎもこが　つけしひもがを　たえにけるかも

左注　右一首, 助丁⁷上毛野牛甘

---

1 **青雲の**: 'あをくむ'는 'あをくも'의 사투리이다.
2 **との引く**: 'とのびく'는 'たなびく'의 사투리이다.
3 **越よて來ぬかむ**: 'こよてきぬかむ'는 'こえてきぬるかも'의 사투리이다.
4 **防人部領使**: 병사를 도읍으로 보내는 관리이다. 보통 國司가 담당하였다. 도중에 병으로 사망하였으므로 성명을 기록하지 않았다.
5 **難波道**: 難波로 가는 길. 筑紫로 가는 실제와는 맞지 않지만 筑紫道는 실감이 나지 않았을 것이다.
6 **着けし紐が緒**: 끈을 말한다. 긴 것을 '…の緒'라고 한다.
7 **助丁**: 國造丁 다음의 丁이다.

4403 우리들 왕의/ 명령 두려우므로/ 푸른 구름이/ 걸려 있는 산을요/ 넘어서 온 것이네

해설

왕의 명령이 매우 두려우므로 푸른 구름이 걸려 있는 높은 산을 넘어서 온 것이네라는 내용이다.

좌주 위의 1수는, 오하츠세베노 카사마로(小長谷部笠麿)
2월 22일에, 시나노(信濃)國의 防人 部領使는 출발 후에 병이 나서 오지 않았다. 바친 노래 수는
12수. 다만 졸렬한 노래는 싣지 않았다.
小長谷部笠麿는 어떤 사람인지 알 수 없다.

4404 나니하(難波) 길을/ 갔다 올 때까지라/ 나의 아내가/ 달아 주었던 끈은/ 끊어져 버렸다네

해설

나니하(難波)에 갔다가 올 때까지라고 하며 나의 아내가 달아 주었던 옷끈은 끊어져 버린 것이네라는
내용이다.

좌주 위의 1수는, 助丁 카미츠케노노 우시카히(上毛野牛甘)
上毛野牛甘은 어떤 사람인지 알 수 없다.

4405 　和我伊母古我　志濃比尓西餘等　都氣志非毛　伊刀尓奈流等毛　和波等可自等余

わが妹子[1]が　しぬひ[2]にせよと　着けし紐　糸になるとも[3]　吾は解かじとよ[4]

わがいもこが　しぬひにせよと　つけしひも　いとになるとも　わはとかじとよ

> 左注　右一首, 朝倉益人

4406 　和我伊波呂尓　由加毛比等母我　久佐麻久良　多妣波久流之等　都氣夜良麻久母

わが家ろに[5]　行かも[6]人もが　草枕[7]　旅は苦しと[8]　告げ遣らまくも[9]

わがいはろに　ゆかもひともが　くさまくら　たびはくるしと　つげやらまくも

> 左注　右一首, 大伴部節麿

4407 　比奈久母理　宇須比乃佐可乎　古延志太尓　伊毛賀古比之久　和須良延奴加母

ひなくもり[10]　碓氷の坂を　越えしだに[11]　妹が戀しく[12]　忘らえぬかも

ひなくもり　うすひのさかを　こえしだに　いもがこひしく　わすらえぬかも

> 左注　右一首, 他田部子磐前
> 二月廿三日, 上野國防人部領使[13]大目[14]正六位下上毛野君駿河進歌數十二首. 但拙劣歌者不取載之.

---

1 **わが妹子**: 'わぎもこ'라고 하는 것이 일반적이다.
2 **しぬひ**: 'しのひ'의 사투리이다.
3 **糸になるとも**: 끈은 낡아져서 실이 된다.
4 **吾は解かじとよ**: 옷끈을 푸는 것은 잠자리를 함께 한다는 뜻이다. 'とよ'는 'と思ふよ(…라고 생각한다)'를 줄인 것으로도 볼 수 있지만, 指定의 역할도 있을 것이다.
5 **わが家ろに**: 'いは'는 'いへ'의 사투리이다. 'ろ'는 東歌에 많은 접미어이다.
6 **行かも**: '行かむ'의 사투리이다.
7 **草枕**: 여행은 집에 있는 것의 반대이다. 여기에서도 대조하여 노래한다.
8 **旅は苦しと**: 마음대로 되지 않는 것이다.
9 **告げ遣らまくも**: 'まく'는 조동사 'む'의 명사형이다.
10 **ひなくもり**: '碓氷'을 상투적으로 수식하는 枕詞인데 뜻은 알 수 없다. '日の暮に碓氷'(3402번가)과 관계가 있는 것인가. '日の曇り薄日'로 보기도 한다.
11 **越えしだに**: 때. '越ゆるしだに'로 해야만 한다.
12 **妹が戀しく**: 고개를 넘는 것이 다른 지역으로 가는 것이 되어, 아내에 대한 그리움이 여기에서 커진다.
13 **防人部領使**: 병사를 도읍으로 보내는 관리이다. 보통 國司가 담당하였다.
14 **大目**: 國廳의 4등관 상석. 종8위상에 상당하는 것으로 國嶋는 지나치게 지위가 높다. 國嶋는 7년 후에 종5위하이다.

4405 나의 아내가요/ 생각을 해 달라고/ 달아 준 옷끈/ 실이 된다고 해도/ 나는 풀지 않겠네

🌸 **해설**

나의 아내가, 보면서 자신을 생각해 달라고 달아 준 옷끈은 낡아서 실이 된다고 해도, 나는 절대로 풀지 않겠네라는 내용이다.

서로 묶어준 옷끈은 다시 만날 때까지 풀지 않는 것이므로, 아내에 대한 사랑이 변하지 않을 것이라는 뜻이다.

> **좌주** 위의 1수는, 아사쿠라노 마스히토(朝倉益人)
> 朝倉益人은 어떤 사람인지 알 수 없다.

4406 나의 집으로요/ 가는 사람 없는가/ (쿠사마쿠라)/ 여행은 괴롭다고/ 알려 주고 싶다네

🌸 **해설**

나의 집으로 가는 사람이 없는 것인가. 만약 있다면 부탁을 해서 풀을 베개로 하여 잠을 자는 여행이 힘들다고 집 사람에게 알려 주고 싶은 것이네라는 내용이다.

> **좌주** 위의 1수는, 오호토모베노 후시마로(大伴部節麿)
> 大伴部節麿는 어떤 사람인지 알 수 없다.

4407 (히나쿠모리)/ 우스히(碓氷)의 고개를/ 넘어갈 때에/ 아내가 그리워서/ 잊을 수가 없네요

🌸 **해설**

우스히(碓氷)의 고개를 넘어갈 때, 이제 다른 지역으로 가는 것이므로 집에 있는 사랑하는 아내가 그리워서 잊혀지지가 않네요라는 내용이다.

> **좌주** 위의 1수는, 오사다베노 코이하사키(他田部子磐前)
> 2월 23일에, 카미츠케(上野)國의 防人 部領使 大目 정6위하 카미츠케노노 키미 스루가(上毛野君駿河)가 바치는 노래 수는 12수. 다만 졸렬한 노래는 싣지 않았다.
> 他田部子磐前은 어떤 사람인지 알 수 없다.

陳防人悲別之情歌一首并短謌

4408　大王乃　麻氣乃麻尓々々　嶋守尓　和我多知久礼婆　波々蘇婆能　波々能美許等波　美母乃須
蘇　都美安氣可伎奈埿　知々能未乃　知々能美許等波　多久頭努能　之良比氣乃宇倍由
奈美太多利　奈氣伎乃多婆久　可胡自母乃　多太比等里之氏　安佐刀埿乃　可奈之伎吾子
安良多麻乃　等之能乎奈我久　安比美受波　古非之久安流倍之　今日太尓母　許等騰比勢武
等　乎之美都々　可奈之備麻世　若草之　都麻母古騰母毛　乎知己知尓　左波尓可久美爲
春鳥乃　己惠乃佐麻欲比　之路多倍乃　蘇埿奈伎奴良之　多豆佐波里　和可礼加弓尓等
比伎等騰米　之多比之毛能乎　天皇乃　美許等可之古美　多麻保己乃　美知尓出立　乎可乃佐
伎　伊多牟流其等尓　与呂頭多妣　可弊里見之都追　波呂々々尓　和可礼之久礼婆　於毛布蘇
良　夜須久母安良受　古布流蘇良　久流之伎毛乃乎　宇都世美乃　与能比等奈礼婆　多麻伎波
流　伊能知母之良受　海原乃　可之古伎美知乎　之麻豆多比　伊己藝和多利弓　安里米具利
和我久流麻埿尓　多比良氣久　於夜波伊麻佐祢　都々美奈久　都麻波麻多世等　須美乃延能
安我須賣可未尓　奴佐麻都利　伊能里麻乎之弖　奈尓波都尓　船乎宇氣須惠　夜蘇加奴伎
可古等登能倍弓　安佐婢良伎　和波己藝埿奴等　伊弊尓都氣己曽

大王の　任のまにまに　島守[1]に　わが立ち來れば　ははそ葉[2]の　母の命は　御裳の裾
つみ擧げ[3]かき撫で[4]　ちちの實の[5]　父の命は　栲綱の[6]　白鬚の上ゆ[7]　涙垂り　嘆き宣たばく[8]
鹿兒じもの[9]　ただ獨りして　朝戸出の　愛しきわが子　あらたまの[10]　年の緒[11]長く　あひ見

---

1 **島守**: 나라 끝 쪽의 섬을 지키는 병사를 말한다. 병사가 담당하였다.
2 **ははそ葉**: 같은 'はは(어머니)の' 소리를 이용하여 母를 상투적으로 수식하게 된 枕詞이다.
3 **つみ擧げ**: 무사하기를 기원하는 주술이다.
4 **かき撫で**: 머리를 쓰다듬는 것이다. 이별할 때의 의례인가.
5 **ちちの實の**: 같은 'ちちの(아버지의)' 소리를 이용하여 父를 상투적으로 수식하게 된 枕詞이다.
6 **栲綱の**: 북나무로 짠 줄로 희기 때문에 백발을 상투적으로 수식하게 된 枕詞이다.
7 **白髮の上ゆ**: 'ゆ'는 경과를 나타낸다. 위를 지나서.
8 **宣たばく**: '宣りたまはく'와 같다. 'たまふ'를 'たぶ'라고 하므로 'のたまはく'를 'のたばく'라고 한다.
9 **鹿兒じもの**: 사슴은 새끼를 한 마리씩 낳으므로 외동자식을 鹿兒에 비유하였다. 'じもの'는 '~가 아닌데 ~처럼'이라는 뜻이다.
10 **あらたまの**: 新魂이라는 뜻으로 年을 상투적으로 수식하는 枕詞이다.
11 **年の緒**: 年과 같다. 긴 것을 緒라고 한다.

병사의 이별을 슬퍼하는 마음을 읊은 노래 1수와 短歌

4408 우리들 왕의/ 명령을 따라서요/ 섬의 병사로/ 내가 떠나서 오면/ (하하소바노)/ 어머니께 서는요/ 치맛자락을/ 올려 접고 머리 쓸고/ (치치노미노)/ 아버지께서는요/ (타쿠즈노노)/ 흰 수염의 위로부터/ 눈물 흘리고/ 탄식해 말하길/ 사슴 새끼 양/ 다만 혼자서만이/ 아침 문 나선/ 사랑스런 내 자식/ (아라타마노)/ 오랜 세월 동안을/ 보지 못하면/ 보고 싶을 것이겠지/ 오늘이나마/ 이야기 나누자고/ 애석해하며/ 슬프게 있으면/ (와카쿠사노)/ 아 내도 아이들도/ 여기저기에/ 많이 둘러싸고는/ (하루토리노)/ 소리로 신음하며/ (시로타헤 노)/ 소매 울어 적시고/ 손을 잡고는/ 헤어지기 힘들어/ 잡고 말리며/ 그리워하는 것을/ 우리들 왕의/ 명령이 두려워서/ (타마호코노)/ 길을 출발하여서/ 오카(岡)의 곳을/ 돌아서 갈 때마다/ 몇 번씩이나/ 돌아다보면서요/ 아득히 멀리/ 작별을 하고 오면/ 근심하는 몸/ 편안하지도 않고/ 생각는 몸은/ 괴로운 것이라네/ 현실 세상의/ 사람인 것이므로/ (타마키 하루)/ 목숨은 알 수 없네/ 넓은 바다의/ 무시무시한 길을/ 섬을 따라서/ 저어서 건너가서/ 순찰을 하고/ 내 돌아올 때까지/ 아무 일 없이/ 부모님 계시지요/ 지장이 없이/ 아낸 기다 리라고/ 스미노에(住吉)의/ 항해의 신에게다/ 공물 바치고/ 기원하여 말하고/ 나니하(難 波) 나루/ 배를 띄워서는요/ 많은 노 달고/ 사공들 정돈하여/ 아침 나루를/ 나는 저어 갔다고/ 집에다 알려 다오

해설

  왕의 명령을 따라서 섬을 지키는 병사로, 내가 여행을 떠나서 오려고 할 때, 어머니는 치맛자락을 접어서 올리고 내 머리를 쓰다듬고, 아버지는 닥으로 짠 줄처럼 흰 수염 위로부터 눈물을 흘리고 탄식하면서 말하기를, 사슴 새끼는 아닌데 마치 사슴 새끼처럼 다만 혼자서 아침에 문을 열고 나가는 애처로운 내 자식이여. 새로운 혼으로 시작하는 연월을 오랫동안 만나지 못한다면 얼마나 그리울 것인가. 적어도 오늘 하루만이라도 서로 이야기를 나누자고 이별을 애석해하며 슬퍼하고 있으면, 어린 풀처럼 싱그럽고 아름다운 아내와 아이들도 여기저기 나를 둘러싸고는 봄의 새 같은 소리로 탄식하며 슬퍼하고, 흰 옷소매를 눈물을 닦아서 다 적시고, 손을 꽉 잡고는 헤어지지 않겠다고 만류를 하며 그리워하는 것을. 왕의 명령이 두려워서 이정표를 세운 길을 출발하여서 오카(岡)의 곳을 돌아갈 때마다 몇 번씩이나 뒤를 돌아보면서 아득히 멀리 집을 떠나서 왔으므로, 근심하는 몸은 편안하지도 않고 집을 생각하며 그리워하는 몸은 괴로운 것이네. 현실 세상의 사람이므로 앞으로의 목숨은 알 수가 없네. 넓은 바다의 무시무시한 길을, 섬들을 차례로 지나서 저어 건너가서 순찰을 하고 내가 돌아올 때까지, 아무 일 없이 부모님은

ずは　戀しくあるべし　今日だにも　言問せ[12]むと　惜しみつつ　悲しび坐せ[13]　若草の[14]
妻も子どもも　遠近に　多に囲み居　春鳥の　聲の吟ひ[15]　白栲の[16]　袖泣き濡らし　携はり
別れかてにと[17]　引き留め　慕ひしものを　天皇の　命畏み[18]　玉桙の[19]　道に出で立ち
岡の崎　い廻むるごとに[20]　萬度　顧みしつつ　遙遙に　別れし來れば　思ふそら　安くもあ
らず　戀ふるそら　苦しきものを[21]　うつせみの　世の人なれば　たまきはる[22]　命も知らず
海原の　畏き道を　島傳ひ　い漕ぎ渡りて　あり廻り[23]　わが來るまでに　平けく　親はいま
さね[24]　障なく　妻は待たせと[25]　住吉の　あが皇神に[26]　幣奉り　祈り申して　難波津に[27]
船を浮け据ゑ　八十楫貫き　水手整へて　朝開き　わは漕ぎ出ぬと　家に告げこそ[28]

おほきみの　まけのまにまに　しまもりに　わがたちくれば　ははそばの　ははのみことは
みものすそ　つみあげかきなで　ちちのみの　ちちのみことは　たくづのの　しらひげのう
へゆ　なみだたり　なげきのたばく　かごじもの　ただひとりして　あさとでの　かなしきわ
がこ　あらたまの　としのをながく　あひみずは　こひしくあるべし　けふだにも　ことどひ
せむと　をしみつつ　かなしびませ　わかくさの　つまもこどもも　をちこちに　さはにかく
みゐ　はるどりの　こゑのさまよひ　しろたへの　そでなきぬらし　たづさはり　わかれかて
にと　ひきとどめ　したひしものを　おほきみの　みことかしこみ　たまほこの　みちにいで

---

12 **言問せ**: 말을 거는 것이다.
13 **悲しび坐せ**: '坐せ'는 '坐せば'라는 뜻이다.
14 **若草の**: 아내의 젊고 아름다운 모습을 말한다.
15 **聲の吟ひ**: 신음한다. '春鳥の'는 그것을 수식한다.
16 **白栲の**: 흰 천이다. 소매의 美稱이다.
17 **別れかてにと**: 'かて'는 '할 수 있다', 'に'는 부정의 뜻을 나타낸다.
18 **命畏み**: 일반적으로는 長歌의 앞부분에 나오는 관용구이다. 4398번가 참조.
19 **玉桙の**: 아름다운 창을 세운 길이라는 뜻이다.
20 **い廻むるごとに**: 길이 돌아가는 굽이마다. 'い'는 접두어이다.
21 **苦しきものを**: '苦しき'는 괴로운 것보다는 마음대로 되지 않는 것을 말한다.
22 **たまきはる**: 영혼이 다하는 것이다. 命을 상투적으로 수식하는 枕詞이다.
23 **あり廻り**: 'あり'는 '계속 …한다'는 뜻이다.
24 **親はいまさね**: 다른 것에 대한 희망을 나타내는 조사이다.
25 **妻は待たせと**: 'せ'는 경어이다. 명령형이다.
26 **あが皇神に**; 住吉의 신은 항해의 신으로 다른 사람의 일 같지 않게 생각하는 마음이 'あが皇神'으로 말하게
   한 것이다.
27 **難波津に**: 이하 4363번가를 답습하였다.
28 **家に告げこそ**: 'こそ'는 'こす'의 명령형이다.

계셔 달라고, 아무런 사고가 없이 아내는 기다리고 있으라고, 스미노에(住吉)의 항해의 신에게 공물을 바치고 빌며, 나니하(難波) 나루터에 배를 띄워 놓고 많은 노를 달고 사공들을 정돈시켜서 아침의 나루터를 저어서 나가네. 그렇게 했다고 가족에게 전해 주면 좋겠네라는 내용이다.

이 작품은 家持가 병사의 입장에서 지은 작품이다.

'任のまにまに'를 全集에서는, 'まけ는 파견한다는 뜻인 まく의 명사형. まにまに는 ~대로, ~을 따라서라는 뜻'이라고 하였다『萬葉集』 4, p.184]. 즉 왕의 파견 명령에 따라서라는 뜻이다. 관용구이다.

'ははそ葉の'를 木下正俊은, '같은 소리에 의해 母를 상투적으로 수식하는 枕詞. 'ははそ'는 너도밤나무과의 낙엽고목'이라고 하였다『萬葉集全注』 20, p.203].

'御裳の裾 つみ擧げかき撫で'를 中西 進은, 어머니가 치마 끝자락을 들어올리고 손으로, 병사로 떠나는 아들의 머리를 쓰다듬는 것으로 해석하였다. 大系・注釋・全集・全注에서는 아들을 쓰다듬는 것으로 해석하였다. 그런데 私注에서는, 어머니가 들어올린 자신의 치맛자락을 만지작거리는 것으로 해석하고, '치맛자락을 올려서 그것을 만지거나 하는 것은 곤란할 때의 표정일 것이다. 지금도 의복의 어느 곳을 당기거나 만지거나 하는 것은 흔히 볼 수 있는 일이다. かきなで는 병사의 노래 가사에 '父母が頭かき撫で'라고 한 것처럼 그렇게 볼 수도 있지만, 그렇다면 'みものすそ'도 병사의 것으로 보지 않으면 안 된다. 그것도 그럴 수는 있겠다. 대체로 작자인 家持의 표현이라고 할까, 심상이 이미 산만하기는 하지만 句法에도 무리가 있다'고 하였다『萬葉集私注』 9, p.350].

'ちちの實の'를 木下正俊은, '같은 발음에 의해 父를 수식하는 枕詞. 다만 그 'ちち'가 어떤 식물을 가리키는지는 알 수 없다. 'ちち'의 발음이 乳를 연상시키므로 어린 열매나 나무껍질 등에 상처를 내면 흰 즙이 나오는 이누비와(뽕科), 乳房 모양의 氣根의 아래가 鴨脚樹라고 하는 설이 있다. 그러나 乳는 당시에는 'ち'였던 것을 생각하면 의문이다. 더구나 'ちち・はは'도 원래는 어린이들의 말에 예가 많은 동음 중복형일 것이며, 각각 단음절어 'ち・ば'의 반복이었을 것임을 생각하면 'ち(乳)'에도 'ちち'라고 하는 반복형이 없었다고는 말할 수 없다'고 하였다『萬葉集全注』 20, p.204].

'栲綱の'를 大系에서는, 'たく는 조선어 tak과 같은 어원. 닥의 섬유는 희다'고 하였다『萬葉集』 4, p.439].

'思ふそら'를 木下正俊은, 'そら는 우울한 정신 상태, 불안한 심경을 나타내며 대체로 '思ふそら…嘆くそら'와 같이 대구 형식으로 사용한다'고 하였다『萬葉集全注』 20, p.206].

'あが皇神に'를 大系에서는, '住吉, 二上山・立山・山科의 石田 숲 등을 다스리는 신. 기원적으로는 항구나 산 등 한정된 구역을 다스리는 신을 말한 것이겠다. すめ신의 すめ는 すめろき의 すめ와 같으며 ろ는 'の(~의)'라는 뜻의 조사. き는 남성을 표현하는 접미어(いざなき・おきなの き). 그러므로 すめろき도 기원적으로는 지방 호족의 수장을 가리킨 것이겠다. 그것이 확대되어 일본국의 수장을 가리키게 된 것이겠다'고 하였다『萬葉集』 4, p.440].

たち　をかのさき　いたむるごとに　よろづたび　かへりみしつつ　はろばろに　わかれしく
れば　おもふそら　やすくもあらず　こふるそら　くるしきものを　うつせみの　よのひとな
れば　たまきはる　いのちもしらず　うなはらの　かしこきみちを　しまづたひ　いこぎわた
りて　ありめぐり　わがくるまでに　たひらけく　おやはいまさね　つつみなく　つまはまた
せと　すみのえの　あがすめかみに　ぬさまつり　いのりまをして　なにはつに　ふねをうけ
すゑ　やそかぬき　かこととのへて　あさびらき　わはこぎでぬと　いへにつげこそ

4409　伊弊婢等乃　伊波倍尓可安良牟　多比良氣久　布奈㐮波之奴等　於夜尓麻乎佐祢

　　　家人の　齋へにかあらむ[1]　平けく　船出はしぬと　親に申さね[2]

　　　いへびとの　いはへにかあらむ　たひらけく　ふなではしぬと　おやにまをさね

4410　美蘇良由久　々母々都可比等　比等波伊倍等　伊弊頭刀夜良武　多豆伎之良受母

　　　み空行く　雲も使と[3]　人はいへど　家裏[4]遣らむ　たづき[5]知らず[6]も

　　　みそらゆく　くももつかひと　ひとはいへど　いへづとやらむ　たづきしらずも

1　齋へにかあらむ: '齋へばにかあらむ'. '齋ぶ'는 몸을 정결하게 하여 무사하기를 비는 것이다.
2　親に申さね: 다른 사람에 대한 願望을 나타낸다.
3　雲も使と: 구름을, 소식을 전달해 주는 매개체로 본 것이다.
4　裏: 싼 것이다. 선물이다.
5　たづき: 수단, 방법이다.
6　知らず: 관계가 없다는 뜻이다. 지식이 없다는 뜻은 아니다.

4409 가족들이요/ 삼가며 빌어서겠지/ 아무 탈 없이/ 배가 출발했다고/ 부모께 전해 다오

✿ 해설

집에 있는 가족들이 몸을 정결하게 하고 무사하기를 빌기 때문이겠지. 아무 일 없이 무사하게 배가
출발을 하였다고 부모님에게 전해 주면 좋겠네라는 내용이다.
무사하게 배가 출발한 것이 가족들의 덕분이라고 생각하며, 소식을 전하고 싶어하는 마음을 노래한
것이다.

4410 하늘 떠가는/ 구름도 사자라고/ 사람들 말해도/ 집에 선물을 보낼/ 방법을 알 수 없네

✿ 해설

하늘에 흘러가는 구름도 소식을 가지고 가서 전해 주는 심부름꾼이라고 사람들은 말을 하지만, 그래도
집에 선물을 보낼 방법을 알 수가 없네라는 내용이다.
구름이 소식은 전한다고 하지만 선물을 보낼 수는 없으니 안타깝다는 뜻이겠다.

4411 伊弊都刀尓　可比曽比里弊流　波麻奈美波　伊也之久々々二　多可久与須礼騰

家裏に　貝そ拾へる[1]　濱波は　いやしくしくに[2]　高く寄すれど

いへつとに　かひそひりへる　はまなみは　いやしくしくに　たかくよすれど

4412 之麻可氣尓　和我布祢波弖氐　都氣也良牟　都可比乎奈美也　古非都々由加牟

島蔭に[3]　わが船泊てて　告げやらむ[4]　使を無みや[5]　戀ひつつ行かむ

しまかげに　わがふねはてて　つげやらむ　つかひをなみや　こひつつゆかむ

> 左注　二月廿三日, 兵部少輔大伴宿祢家持

4413 麻久良多之　己志尓等里波伎　麻可奈之伎　西呂我馬伎己無　都久乃之良奈久

枕刀[6]　腰に取り佩き　ま愛しき　背ろがめき[7]來む　月[8]の知らなく

まくらたし　こしにとりはき　まかなしき　せろがめきこむ　つくのしらなく

> 左注　右一首, 上丁[9]那珂郡[10]檜前舍人石前之妻[11], 大伴部真足女

---

1 **拾へる**: 'ひりへる'는 'ひろぶ'의 고어이다. 다만 원문의 '里'는 'ろ'로도 읽을 수 있다.
2 **いやしくしくに**: 'しく'는 겹친다는 뜻이다.
3 **島蔭に**: 그늘이 된 부분이 나루터로 적당하다.
4 **告げやらむ**: 가정 표현의 'む'이다.
5 **使を無みや**: 'を…み' 형태이다.
6 **枕刀**: 정확한 뜻을 알 수 없다.① 잘 때도 머리맡에 두는 큰 칼, ② 검은 큰 칼, ③ 손잡이가 특이한 큰 칼 등의 여러 설이 있다.
7 **背ろがめき**: 'めき'는 'まき'의 사투리이다. まき는 まか(罷)りき(來)의 축약인가. 向(む)く의 사투리라는 설도 있다.
8 **月**: 'つく'는 'つき'의 사투리이다.
9 **上丁**: 상급의 丁일 것이다. 일반적인 丁의 병사 노래에는 丁을 기록하지 않는다. 武藏國도 丁을 郡名의 앞에 기록하였다.
10 **那珂郡**: 埼玉縣 本壓市 부근이다.
11 **檜前舍人石前之妻**: 이하 武藏國은 병사의 아내의 노래인 것이 특징이다. 출발할 때 전통적인 의례가 있었던 것인가.

4411 집의 선물로/ 조개껍질 주웠네/ 해변 파도는/ 한층 계속 하여서/ 높이 밀려오지만

🌸 **해설**

집에 보낼 선물로 조개껍질을 주웠네. 해변의 파도는 한층 계속해서 높이 밀려오고 있지만이라는 내용이다.

4412 섬 그늘에요/ 배가 정박을 해서/ 알려서 보낼/ 사람이 없으므로/ 그리워하며 가나

🌸 **해설**

섬 그늘에 배가 정박을 해서, 그런 사실을 알리러 보낼 그러한 심부름꾼이 없으므로 고향을 계속 그리워하며 가는 것인가라는 내용이다.
자신의 소식을 고향에 알릴 방법이 없으므로 계속 그리워한다는 뜻이다.
'使を無みや'를 全集에서는, 'なみは 형용사 なし의 み어법. やは 노래 끝의 む와 결합하여 일인칭에 관한 영탄적 의문을 나타낸다'고 하였다『萬葉集』 4, p.413].

> 【좌주】 2월 23일, 兵部少輔 오호토모노 스쿠네 야카모치(大伴宿禰家持)

4413 枕太刀를요/ 허리에다 차고서/ 사랑스러운/ 남편이 돌아오는/ 달을 알 수가 없네

🌸 **해설**

枕太刀를 허리에 차고 사랑하는 남편이 돌아오는 달은 언제인지 알 수가 없네라는 내용이다.
사랑하는 남편이 언제 돌아오는지도 알 수가 없어서 안타까워하는 마음을 노래한 것이다.
'枕刀'를 私注에서는, '잘 때 머리맡에 두는 큰 칼이라고 하지만, 오히려 마쿠라는 卷く, 몸에 찬다는 뜻이며, 라는 접미어, 허리에 차는 칼을 이렇게 부른 것이 아닐까'라고 하였다『萬葉集私注』 9, p.353].

> 【좌주】 위의 1수는, 上丁 나카(那珂)郡의 히노쿠마노 토네리 이하사키(檜前舍人石前)의 아내, 오호토모베노 마타리메(大伴部眞足女)
> 檜前舍人石前은 어떤 사람인지 알 수 없다. 大伴部眞足女에 대해 大系에서는, '大伴部 출생이라는 뜻이다. 당시는 혼인을 해도 生家의 성을 따랐다'고 하였다『萬葉集』 4, p.442].

4414　於保伎美乃　美己等可之古美　宇都久之氣　麻古我弓波奈利　之末豆多比由久

大君の　命畏み　愛しけ[1]　眞子[2]が手離り[3]　島傳ひ行く

おほきみの　みことかしこみ　うつくしけ　まこがてはなり　しまづたひゆく

左注 右一首, 助丁[4]秩父郡[5]大伴部小歳

4415　志良多麻乎　弓尓刀里母之弓　美流乃須母　伊弊奈流伊母乎　麻多美弓毛母也

白玉[6]を　手に取り持して[7]　見るのすも[8]　家なる妹を　また見てももや[9]

しらたまを　てにとりもして　みるのすも　いへなるいもを　またみてももや

左注 右一首, 主帳[10]荏原郡[11]物部歳徳

1 愛しけ: 'うつくしけ'는 'うつくしき'의 사투리이다.
2 眞子: 'ま'는 美稱의 접두어이다. 子는 아내를 가리킨다.
3 手離り: 잡은 손을 놓고.
4 助丁: 國造丁 다음의 丁이다.
5 秩父郡: 埼玉縣 秩父市 부근이다.
6 白玉: 진주는 일상적인 생활에서는 접할 수 없었던 것이다.
7 持して: 'もして'는 'もちて'의 사투리이다.
8 見るのすも: 'のす'는 'なす'의 사투리이다.
9 また見てももや: '見ても'는 '見てむ'의 사투리이다.
10 主帳: 主帳丁의 약칭이다. 主帳인 丁이다. 主帳은 쓰기와 계산을 잘하는 사람을 선발하여 임명한, 서기 일을 하는 사람이다. 병사 천 명에 두 사람, 천 명 이하이면 한 사람을 두었다.
11 荏原郡: 東京都 서남부이다.

4414 우리들 왕의/ 명령이 두려워서/ 사랑스러운/ 아내의 손을 놓고/ 섬들을 지나가네

해설

나라를 지키라는 왕의 명령이 두려워서 잡고 있던 사랑스러운 아내의 손을 놓고 섬들을 지나서 여행을 가네라는 내용이다.

> 좌주 위의 1수는, 助丁 치치부(秩父)郡의 오호토모베노 오토시(大伴部小歲)
> 大伴部小歲는 어떤 사람인지 알 수 없다.

4415 흰 진주를요/ 손에다 들고서는/ 보는 것처럼/ 집에 있는 아내를/ 다시 보고 싶으네

해설

아름다운 진주를 손에 들고서 소중하게 보는 것처럼, 집에 있는 사랑스러운 아내를 다시 만나고 싶네라는 내용이다.

> 좌주 위의 1수는, 主帳 에바라(荏原)郡의 모노노베노 토시토코(物部歲德)
> 物部歲德은 어떤 사람인지 알 수 없다.

4416　久佐麻久良　多比由苦世奈我　麻流祢世婆　伊波奈流和礼波　比毛等加受祢牟

草枕　旅行く夫なが^1　丸寝せば^2　家なる^{3}われは　紐解かず寝む

くさまくら　たびゆくせなが　まるねせば　いはなるわれは　ひもとかずねむ

左注　右一首, 妻^4, 椋椅部刀自賣

4417　阿加胡麻乎　夜麻努尓波賀志　刀里加尓弖　多麻能余許夜麻　加志由加也良牟

赤駒^{5}を　山野に放し^6　捕りかにて^7　多摩の横山^8　徒歩ゆか^{9}遣らむ^{10}

あかごまを　やまのにはがし　とりかにて　たまのよこやま　かしゆかやらむ

左注　右一首, 豊嶋郡^{11}上丁^{12}椋椅部荒虫之妻, 宇遅部黒女

---

1 **旅行く夫なが**: 'な'는 東國 특유의 애칭이다.
2 **丸寝せば**: 옷을 입은 채로 자는 잠이다.
3 **家なる**: 'いは'는 'いへ'의 사투리이다.
4 **妻**: 威德의 아내.
5 **赤駒**: 병사가 재력이 있으면 말이 허용되었다.
6 **山野に放し**: 율령에, 여름부터 방목이 정해져 있었다.
7 **捕りかにて**: 'かにて'는 'かねて'의 사투리이다.
8 **多摩の横山**: 길고 긴 힘든 길을 말한다. 多摩川 남쪽 해안의 구릉 지대를 말한다.
9 **徒歩ゆか**: 'ゆ'는 수단을 나타내는 조사이다.
10 **遣らむ**: 남편을.
11 **豊嶋郡**: 東京都 서북부이다.
12 **上丁**: 상급의 丁일 것이다. 일반적인 丁의 병사 노래에는 丁을 기록하지 않는다.

4416 (쿠사마쿠라)/ 여행가는 남편이/ 옷 입고 자면/ 집에 있는 나는요/ 끈 풀지 않고 자자

❀ 해설

풀을 베개로 해서 잠을 자는 힘든 여행을 가는 남편이 옷을 입은 채로 잠을 잔다면 집에 있는 나는 옷끈을 풀지 않고 자자라는 내용이다.

남편처럼 자신도 옷끈을 풀지 않고 남편을 생각하며 자겠다는 뜻이다.

4415번가 작자의 아내의 작품이다.

> **좌주** 위의 1수는, 아내, 쿠라히시베노 토지메(椋椅部刀自賣)
> 椋椅部刀自賣는 어떤 사람인지 알 수 없다. 全集에서는, '椋椅部는 倉梯宮에 도읍한 崇峻천황의 子代刀‧名代의 部民'이라고 하였다[『萬葉集』 4, p.414].

4417 붉은 털 말을/ 산과 들에 방목해/ 잡을 수 없어/ 타마(多摩)의 요코(橫) 산을/ 걷게 하는 것일까

❀ 해설

붉은 털의 말을 산과 들에 방목하고 있기 때문에 잡을 수가 없어서, 타마(多摩)의 요코(橫) 산의 험한 길을 남편이 걸어서 가게 하는 것인가라는 내용이다.

말이 있지만 방목 시기여서, 남편이 말을 타지도 못하고 힘들게 걸어가게 한 것이 마음 아프다는 뜻이다.

'徒步ゆか遣らむ'의 'かし'를 全集에서는, 'かち'의 사투리라고 하였다[『萬葉集』 4, p.415].

> **좌주** 위의 1수는, 토시마(豊嶋)郡의 上丁인 쿠라하시베노 아라무시(椋椅部荒蟲)의 아내, 우지베노 쿠로메(宇遲部黑女)
> 椋椅部荒蟲은 어떤 사람인지 알 수 없다.

4418　和我可度乃　可多夜麻都婆伎　麻己等奈礼　和我弖布礼奈々　都知尓於知母加毛

わが門の　片山椿[1]　まこと汝[2]　わが手觸れなな[3]　土に落ちもかも[4]

わがかどの　かたやまつばき　まことなれ　わがてふれなな　つちにおちもかも

左注　右一首, 荏原郡[5]上丁[6]物部廣足

4419　伊波呂尓波　安之布多氣騰母　須美与氣乎　都久之尓伊多里弖　古布志氣毛波母

家ろには[7]　葦火[8]焚けども　住み好けを[9]　筑紫に到りて　戀しけもはも[10]

いはろには　あしふたけども　すみよけを　つくしにいたりて　こふしけもはも

左注　右一首, 橘樹郡[11]上丁[12]物部真根

---

1 **片山椿**: 片은 眞의 반대로 반쯤이라는 뜻이다. 山椿은 야생의 동백이다. 아내만을 남겨 두고 가는 상태를 비유하였다.
2 **まこと汝**: 아내를 가리킨다.
3 **わが手觸れなな**: 'なな'는 'ぬに'의 사투리이다. '…하지 말고'라는 뜻이다. 3408번가 참조.
4 **落ちもかも**: '落ちも'는 '落ちむ'의 사투리이다.
5 **荏原郡**: 東京都 서남부이다.
6 **上丁**: 상급의 丁일 것이다. 일반적인 丁의 병사 노래에는 丁을 기록하지 않는다.
7 **家ろには**: 'ろ'는 東歌에 많은 접미어이다.
8 **葦火**: 'あしぶ'는 'あしび'의 사투리이다. 2651번가 참조.
9 **住み好けを**: 'よけ'는 'よき'의 사투리이다.
10 **戀しけもはも**: 'こふしけも'는 'こふしけむ'의 사투리이다.
11 **橘樹郡**: 神奈川縣 川崎市·横濱市 부근이다.
12 **上丁**: 상급의 丁일 것이다. 일반적인 丁의 병사 노래에는 丁을 기록하지 않는다.

4418　우리 집 문의/ 반쯤 핀 동백이여/ 정말로 너는/ 내 손 닿지 않는데/ 땅에 떨어질 것인가

해설

　　우리 집 문의 반쯤 핀 동백이여. 정말로 너는 나의 손이 닿지도 않았는데 땅에 떨어질 것인가라는 내용이다.
　　자신이 없는 동안에 사랑하는 여인을 다른 사람에게 빼앗기게 되지 않을까 하는 불안감을 노래한 것이다.

　　　　좌주　위의 1수는, 에바라(荏原)郡의 上丁 모노노베노 히로타리(物部廣足)
　　物部廣足은 어떤 사람인지 알 수 없다.

4419　집에서는요/ 갈대 불 피우지만/ 살기 좋은 걸/ 츠쿠시(筑紫)에 도착하면/ 그리울 것이겠지

해설

　　집에서는 갈대를 집안에서 피워 집이 더럽지만 그래도 살기가 좋은 것을, 츠쿠시(筑紫)에 도착하고 나면 그리울 것이겠지라는 내용이다.
　　집이 가난하고 보잘 것 없지만 그래도 살기 좋은 곳이니 집을 떠나면 그리워질 것이라는 뜻이다.

　　　　좌주　위의 1수는, 타치바나(橘樹)郡의 上丁 모노노베노 마네(物部眞根)
　　物部眞根은 어떤 사람인지 알 수 없다.

4420 久佐麻久良　多妣乃麻流祢乃　比毛多要婆　安我弖等都氣呂　許礼乃波流母志

草枕　旅の丸寝[1]の　紐絶えば　あが手と[2]着けろ[3]　これの針持し[4]

くさまくら　たびのまるねの　ひもたえば　あがてとつけろ　これのはるもし

左注 右一首, 妻[5], 椋椅部弟女

4421 和我由伎乃　伊伎都久之可婆　安之我良乃　美祢波保久毛乎　美等登志努波祢

わが行きの　息衝くしかば[6]　足柄の　峰延ほ[7]雲を　見とと[8]思はね[9]

わがゆきの　いきつくしかば　あしがらの　みねはほくもを　みととしのはね

左注 右一首, 都筑郡[10]上丁[11]服部於田

1　**旅の丸寝**: 옷을 입은 채로 자는 잠이다. 4416번가 참조.
2　**あが手と**: 'と'는 'として(~로서)'.
3　**着けろ**: 'つけろ'는 'つけよ'의 사투리이다.
4　**針持し**: 'はるもし'는 'はりもち'의 사투리이다.
5　**妻**: 眞根의 아내이다.
6　**息衝くしかば**: 형용사 '息衝かし'의 미연형. 'く'는 'か'의 사투리이다. 탄식하는 모양이다.
7　**峰延ほ**: 'はぼ'는 'はふ'의 사투리이다.
8　**見とと**: 'とと'는 'つつ'의 사투리이다.
9　**思はね**: 구름을 상대방으로 생각하고 그리워하는 예는 많다.
10　**都筑郡**: 神奈川縣 横濱市.
11　**上丁**: 상급의 丁일 것이다. 일반적인 丁의 병사 노래에는 丁을 기록하지 않는다.

4420 (쿠사마쿠라)/ 옷 입고 자는 여행/ 끈 끊어지면/ 내 손인 듯 달아요/ 이 바늘을 가지고

✿ 해설

　풀을 베고 잠을 자야 하는 힘든 여행에서 옷을 입은 채로 잘 때 만약 옷끈이 끊어진다면 내 손이라고 생각을 하고 옷끈을 달아요. 이 바늘을 가지고라는 내용이다.
　이 노래는, 앞의 작품 4419번가의 작자인 眞根의 아내의 작품이다.

　[좌주] 위의 1수는, 아내 쿠라하시베노 오토메(椋椅部弟女)
　椋椅部弟女는 어떤 사람인지 알 수 없다.

4421 나의 여행이/ 탄식하게 한다면/ 아시가라(足柄)의/ 산에 있는 구름을/ 보며 생각해 줘요

✿ 해설

　내가 여행을 떠나 집에 없는 것이 그대를 탄식하게 한다면, 아시가라(足柄)의 산 위에 떠 있는 구름을 보면서 나라고 생각을 해 주세요라는 내용이다.

　[좌주] 위의 1수는, 츠츠키(都筑)郡의 上丁 하토리베노 우헤다(服部於田)
　服部於田은 어떤 사람인지 알 수 없다.
　작자를 大系・私注・注釋에서는, 中西 進과 마찬가지로 하토리베노 우헤다(服部於田)로 보았다(『萬葉集』 4, p. 445), (『萬葉集私注』 9, p.359), (『萬葉集注釋』 20, p.161)]. 그런데 全集과 全注에서는 하토리베노 오유(服部於由)로 보았다(『萬葉集』 4, p.416), (『萬葉集全注』 20, p.222)].

4422 和我世奈乎　都久之倍夜里弖　宇都久之美　於妣波等可奈々　阿也尓加母祢毛

わが背な[1]を　筑紫へ遣りて　愛しみ　帶は解かなな[2]　あやにかも寢も[3]

わがせなを　つくしへやりて　うつくしみ　おびはとかなな　あやにかもねも

右一首, 妻[4], 服部呰女

4423 安之我良乃　美佐可尓多志弖　蘇埿布良婆　伊波奈流伊毛波　佐夜尓美毛可母

足柄の　御坂に[5]立して[6]　袖振らば[7]　家[8]なる妹は　清に見もかも[9]

あしがらの　みさかにたして　そでふらば　いはなるいもは　さやにみもかも

右一首, 埼玉郡[10]上丁[11]藤原部等母麿

---

1 **わが背な**: 'な'는 東歌에 많이 보이는 접미어이다.
2 **帶は解かなな**: 'なな'는 'ぬに'의 사투리이다. '…하지 말고'라는 뜻이다. 3408번가 참조.
3 **あやにかも寢も**: 'あやに寢る'는 옷을 입은 채로 자는 것이다. 'あやに'는 'あやし'의 어간이다. 'も'는 'む'의 사투리이다.
4 **妻**: 4422번가의 작자인 於田의 아내이다.
5 **御坂に**: 足柄 고개를 신이 다스리는 것으로 말한 것이다.
6 **立して**: 'たして'는 'たちて'의 사투리이다.
7 **袖振らば**: 혼을 부르는 행위이다.
8 **家**: 'いは'는 'いへ'의 사투리이다.
9 **見もかも**: 'みも'는 'みむ'의 사투리이다. 보는 것은, 초혼을 신체적으로 지각하는 것이다. 실제로 눈으로 보는 것은 아니다.
10 **埼玉郡**: 지금의 埼玉縣 동부이다.
11 **上丁**: 상급의 丁일 것이다. 일반적인 丁의 병사 노래에는 丁을 기록하지 않는다.

4422　나의 남편을/ 츠쿠시(筑紫)로 보내고/ 애처로워서/ 띠를 풀지 않고서/ 옷 입은 채 자는가

✿ 해설

　　나의 남편을 병사로 츠쿠시(筑紫)로 떠나보내고 애처로워서, 나는 옷 띠를 풀지 않고 옷을 입은 채로 자는가라는 내용이다.

　　병사로 떠난 남편이 애처로워서, 자신도 옷을 입은 채로 자면서 남편의 어려움을 생각하는 노래이다.

　　'あやにかも寢も'를 中西 進은, 옷을 입은 채로 자는 잠이라고 하였다. 그런데 全集에서는, "'あやに'는 뜻을 알 수 없는 말이지만 'あやにな戀ひきこし(『古事記』 上)'로 미루어 보면 마음을 아프게 하여라는 뜻이라 생각된다'고 하였다(『萬葉集』 4, p.416). 木下正俊도 'あやに'를, '입으로 표현할 수 없을 정도라는 뜻의, 程度부사라고 생각된다. 그러나 (중략) 동사를 수식하는 경우도 있으며, 이것들은 마음을 아프게 하여라는 의미의 情態부사로 생각할 수 있다. 여기서도 마음을 아프게 하면서라는 뜻으로 해석해 둔다'고 하였다(『萬葉集全注』 20, p.224].

　　中西 進은 이 작품을, '4428번가와 같은 노래. 전승되던 것을 노래한 것'이라고 하였다.

　　좌주　위의 1수는, 아내 하토리베노 아사메(服部呰女)
服部呰女는 어떤 사람인지 알 수 없다.

4423　아시가라(足柄)의/ 고개 위에 서서요/ 소매 흔들면/ 집에 있는 아내는/ 확실히 볼 것인가

✿ 해설

　　아시가라(足柄)의 고개 위에 서서 내가 옷소매를 흔들면, 집에 있는 아내는 확실히 나를 볼 것인가라는 내용이다.

　　좌주　위의 1수는, 사키타마(埼玉)郡의 上丁 후지하라베노 토모마로(藤原部等母麿)
藤原部等母麿는 어떤 사람인지 알 수 없다.

4424 伊呂夫可久　世奈我許呂母波　曽米麻之乎　美佐可多婆良婆　麻佐夜可尓美無

色深く[1]　背な[2]が衣は　染めましを[3]　御坂たばらば[4]　ま清かに見む

いろぶかく　せながころもは　そめましを　みさかたばらば　まさやかにみむ

左注　右一首, 妻[5], 物部刀自賣
二月廿日, 武蔵國部領防人使[6]掾[7]正六位上安曇宿祢三國進歌數廿首. 但拙劣歌者不取載之.

4425 佐伎毛利尓　由久波多我世登　刀布比登乎　美流我登毛之佐　毛乃母比毛世受

防人に　行くは誰が背と[8]　問ふ[9]人を　見るが羨しさ　物思もせず

さきもりに　ゆくはたがせと　とふひとを　みるがともしさ　ものもひもせず

---

1 **色深く**: 색이 짙은 것을 말하는가.
2 **背な**: 'な'는 애칭의 접미어이다.
3 **染めましを**: 현실에 반대되는 가상이다. 실제로는 물들어 있지 않다.
4 **御坂たばらば**: 'たばる'는 받는다는 뜻이다. 신의 허가를 받아서 넘어갈 수 있다.
5 **妻**: 앞의 4423번가의 작자인 等母麿의 아내이다.
6 **部領防人使**: 병사를 도읍으로 보내는 관리이다. 보통 國司가 담당하였다.
7 **掾**: 武蔵은 큰 지역으로, 큰 지역에는 大掾·少掾이 있었다. 그중 어느 쪽인지는 알 수 없다. 규정으로는 大掾이 정7위하, 少掾이 종7위상이었다.
8 **背と**: '…に 行くは誰が背'라는 노래를 부르는 관습이 있었던 것인가.
9 **問ふ**: 노래를 부르는 것이다.

4424 색을 진하게/ 그대의 옷일랑을/ 물들였다면/ 고개를 넘을 때에/ 확실히 보일 건데

🌸 해설
색을 진하게 해서 그대의 옷을 물들였다면 좋았을 텐데. 그랬다면 그대가 아시가라(足柄)의 고개를 넘을 때에 확실히 보였을 것인데라는 내용이다.

> 좌주 위의 1수는, 아내, 모노노베노 토지메(物部刀自賣)
> 2월 20일에, 므사시(武藏)國의 部領防人使 판관 정6위상 아즈미노 스쿠네 미쿠니(安曇宿禰三國)가
> 바친 노래의 수는 20수. 다만 졸렬한 노래는 싣지 않았다.
> 物部刀自賣는 어떤 사람인지 알 수 없다.

4425 지방 병사로/ 가는 것은 뉘 남편/ 묻는 사람을/ 보는 것이 부럽네/ 아무 걱정도 없이

🌸 해설
지방에 병사로 가는 것은 누구의 남편인가 하고 묻는 사람을 보면 부럽네. 아무 걱정도 없이라는 내용이다.
병사로 가는 사람을 보고, 아무 걱정도 없이 누구 남편인지 묻는 사람을 보면 부럽다는 뜻이다.
남편을 병사로 떠나보내는 아내의 노래이다.
全集에서는, '병사의 아내가 자신의 비탄을 직접 말하지 않고 방관자의 말을 빌려 말한 노래이다'고
하였다『萬葉集』 4, p.417].

4426　阿米都之乃　可未尓奴佐於伎　伊波比都々　伊麻世和我世奈　阿礼乎之毛波婆

　　　天地[1]の　神に幣置き　齋ひ[2]つつ　いませわが背な　吾をし思はば

　　　あめつしの　かみにぬさおき　いはひつつ　いませわがせな　あれをしもはば

4427　伊波乃伊毛呂　和乎之乃布良之　麻由須比尓　由須比之比毛乃　登久良久毛倍婆

　　　家の妹ろ[3]　吾をしのふらし　眞結ひに[4]　結ひし紐の　解くらく[5]思へば

　　　いはのいもろ　わをしのふらし　まゆすひに　ゆすひしひもの　とくらくもへば

4428　和我世奈乎　都久志波夜利弖　宇都久之美　叡比波登加奈々　阿夜尓可毛祢牟

　　　わが背なを　筑紫は[6]遣りて　愛しみ　帶[7]は解かなな　あやにかも寢む

　　　わがせなを　つくしはやりて　うつくしみ　えひはとかなな　あやにかもねむ

---

1 地: 'つし'는 'つち'의 사투리이다.
2 齋ひ: 내 몸을 소중하게 한다.
3 家の妹ろ: 'いは'는 'いへ'의 사투리이다. 'ろ'는 東歌에 많이 보이는 접미어이다.
4 眞結ひに: 'ゆすひ'는 'むすび'의 사투리이다. '眞結ひ'는 양쪽에서 매듭을 짓는 것이겠다. 구체적으로는 알
　수 없다.
5 解くらく: '解くらく'는 '解く'의 명사형이다.
6 筑紫は: 'は'는 'へ'의 사투리이다.
7 帶: 'えび'는 'おび'의 사투리이다.

4426 하늘과 땅의/ 신에게 공물 바쳐/ 항상 빌면서/ 있어 주세요 그대/ 나를 생각한다면

해설

하늘과 땅의 신에게 공물 바쳐서 항상 몸의 안전을 빌면서 있어 주세요 그대여. 만약 나를 생각해 준다면이라는 내용이다.

남편의 안전이 바로 작자의 행복이므로 신에게 빌면서 몸을 소중히 해 달라고 하는, 병사의 아내의 노래이다.

4427 집의 아내가요/ 날 생각는 듯하네/ 옭매듭으로/ 매듭을 지은 끈이/ 풀어진 것을 보면

해설

집에 있는 아내가 나를 그리워하고 있는 듯하네. 풀어지지 않도록 옭매듭으로 단단하게 매듭을 지은 옷끈이 풀어진 것을 보면이라는 내용이다.

4428 나의 남편을/ 츠쿠시(筑紫)로 보내고/ 애처로워서/ 띠를 풀지 않고서/ 옷 입은 채 자는가

해설

나의 남편을 병사로 츠쿠시(筑紫)로 떠나보내고 애처로워서, 나는 옷 띠를 풀지 않고 옷을 입은 채로 사는가라는 내용이나.

병사로 떠난 남편이 애처로워서, 자신도 옷을 입은 채로 자면서 남편의 어려움을 생각하는 노래이다. 4422번가와 같은 노래이다.

4429 宇麻夜奈流　奈波多都古麻乃　於久流我弁　伊毛我伊比之乎　於岐弖可奈之毛

厩なる　繩絶つ駒の[1]　後るがへ[2]　妹が言ひしを　置きて悲しも

うまやなる　なはたつこまの　おくるがへ　いもがいひしを　おきてかなしも

4430 阿良之乎乃　伊乎佐太波佐美　牟可比多知　可奈流麻之都美　伊渥弓登阿我久流

荒し男の　い小矢[3]手挾み　向ひ立ち　かなる間しづみ[4]　出でてと[5]吾が來る

あらしをの　いをさだはさみ　むかひたち　かなるましづみ　いでてとあがくる

4431 佐左賀波乃　佐也久志毛用尔　奈々弁加流　去呂毛尔麻世流　古侶賀波太波毛

小竹が葉の　さやく霜夜に　七重かる[6]　衣に益せる[7]　子ろが肌はも

ささがはの　さやくしもよに　ななへかる　ころもにませる　ころがはだはも

---

1 **繩絶つ駒の**: 병사는 말을 가지고 가는 것이 허락되었다.
2 **後るがへ**: 뒤에 남겨진 채로, 가만히 있을 수가 있을까라는 뜻이다. 'がへ'는 'かば'의 사투리이다. 강한 부정을 동반한 의문을 나타낸다.
3 **い小矢**: 'い', '小'는 접두어이다.
4 **かなる間しづみ**: 'かなる'는 정확한 뜻을 알 수 없다. 靜이라고 하는 설도 있다. 'しづみ'---3361번가 참조.
5 **出でてと**: 'と'는 'そ(강조의 뜻)'와 같다.
6 **七重かる**: 'かる'는 'ける'의 사투리이다. 'ける'는 'き(着)ある'의 축약형이다.
7 **益せる**: '益せ'는 '益す'의 명령형이다. 'る'는 완료를 나타낸다.

4429 마구간의요/ 고삐 끊은 말처럼/ 남을 것인가/ 아내가 말한 것을/ 두고 와서 슬프네

해설

　　마구간에 묶어 놓은 고삐가 끊어진 말처럼, 뒤에 가만히 남아 있을 것인가 하고 아내가 말을 했는데, 아내를 두고 와서 슬프네라는 내용이다.

　　마구간에 묶어 놓은 고삐가 끊어진 말처럼, 가만히 있지 않고 작자의 뒤를 따라갈 것이라고 하는 아내를 혼자 남겨 두고 온 것이 슬프다는 뜻이다.

　　私注에서는, '민요이기는 하지만 앞의 수식 부분에 실감이 있으며, 전체의 감명도 그것으로 인해 살아 있다'고 하였다[『萬葉集私注』 9, p.365].

4430 씩씩한 남자/ 가진 화살을 끼고/ 전쟁터 향해/ 떠들썩함 멎은 때/ 출발해서 나는 왔네

해설

　　용감한 남자가 가진 화살을 옆구리에 끼고, 전쟁터를 향해서 출발 준비를 하는 사람들의 부산스러움이 잠잠해진 사이에 나는 출발해서 왔네라는 내용이다.

4431 조릿대 잎이/ 사각이는 추운 밤/ 일곱 겹 입은/ 옷보다도 더 나은/ 그 아이의 피부여

해설

　　조릿대 잎이, 부는 바람에 사각거리며 소리를 내는, 서리가 내린 추운 밤에 일곱 겹으로 껴입은 옷보다도 더 나은 그 아이의 피부여라는 내용이다.

　　추운 밤이 되니 일곱 겹으로 껴입은 옷도 아내의 피부만 못하여 춥다는 뜻이다.

　　추운 밤에 아내를 그리워하는 노래이다.

　　私注에서는, '반드시 병사의 노래라고 할 수는 없지만, 병사의 노래로 전해진 것일 것이다'고 하였다[『萬葉集私注』 9, p.366].

4432 佐弁奈弁奴　美許登尓阿礼婆　可奈之伊毛我　多麻久良波奈礼　阿夜尓可奈之毛

障へ¹なへぬ　命にあれば　愛し妹が　手枕離れ　あやに²悲しも

さへなへぬ　みことにあれば　かなしいもが　たまくらはなれ　あやにかなしも

左注 右八首, 昔年³防人歌矣. 主典⁴刑部少録⁵正七位上磐余伊美吉諸君, 抄寫贈兵部少輔大伴宿祢
家持.

三月三日, 檢校防人勅使⁶并兵部使人等⁷, 同集飲宴作歌三首

4433 阿佐奈佐奈　安我流比婆理尓　奈里弖之可　美也古尓由伎弖　波夜加弊里許牟

朝な朝な⁸　あがる雲雀に　なりてしか⁹　都に行きて　はや歸り來む

あさなさな　あがるひばりに　なりてしか　みやこにゆきて　はやかへりこむ

左注 右一首, 勅使紫微大弼¹⁰安倍沙美麿朝臣¹¹

---

1 **障へ**: 'さへ'는 'あ(堪)へ'의 사투리이다.
2 **あやに**: 무어라고 말을 할 수 없을 정도로.
3 **昔年**: 연도를 알 수 없다.
4 **主典**: 主典은 4등관이다. 여기서는 兵部使의 主典(刑部少録 겸임)인가. 中務省의 主典은 종7위상에 상당한다.
5 **刑部少録**: 刑部省의 서기관이다. 정8위상에 상당한다.
6 **勅使**: 難波에서 筑紫로 파견하는 병사를 점검하고 관리하는 특별한 관료이다.
7 **兵部使人等**: 실제로 처리를 담당하는 兵部省의 관료이다.
8 **朝な朝な**: 'あさなさな'는 'あさなあさな'의 축약형이다.
9 **なりてしか**: 'てしか'는 願望을 나타내는 조사이다.
10 **紫微大弼**: 天平勝寶 원년(749)에 왕후와 관련된 관리직을 개정해서 생긴 紫微中台의 2등관이다. 정원은
2명이며 정4위하에 상당한다. 다만 이때 沙美麿는 종4위상이었다.
11 **安倍沙美麿朝臣**: 朝臣을 이름 뒤에 기록하는 것은 경의를 나타내기 위한 것이다.

4432 거부를 못할/ 명령인 것이므로/ 사랑스런 아내/ 팔베개를 떠나와/ 정말로 슬프네요

🌸 **해설**

거부를 할 수 없는 왕의 명령인 것이므로, 사랑스러운 아내의 팔베개를 하지 못하고 병사로 떠나왔으므로, 뭐라고 말을 할 수 없을 정도로 슬프네요라는 내용이다.

좌주 위의 8수는, 왕년의 병사의 노래이다. 主典刑部少錄 정7위상 이하레노 이미키 모로키미(磐余伊美吉諸君)가 발췌해서 베껴서 兵部少輔 오호토모노 스쿠네 야카모치(大伴宿禰家持)에게 보낸 것이다.

磐余伊美吉諸君은 어떤 사람인지 알 수 없다.

'主典'을 全集에서는, '각 관청의 제4등관으로 문서·기록을 작성하는 관리. 관청에서 사용하는 글자가 달라서 省에서는 '錄'이라고 쓴다. 여기에서는 兵部大錄 또는 兵部少錄을 말하는 것이겠다. 다만 刑部少錄이기도 한 것은 의문이다'고 하였다『萬葉集』4, p.419].

3월 3일에, 병사를 검열하는 칙사와 병부성의 관료들이 함께 모여서 연회하며 지은 노래 3수

4433 매 아침마다/ 비상하는 종달새/ 되고 싶다네/ 도읍으로 가서는/ 곧바로 돌아오자

🌸 **해설**

매일 아침마다 하늘을 날아오르는 종달새가 되고 싶네. 그렇다면 도읍으로 갔다가 곧바로 돌아올 수 있을 텐데라는 내용이다.

하늘을 나는 종달새라면 도읍까지라도 빨리 갔다가 돌아올 수 있으므로, 종달새가 되어서 빨리 가서 사랑하는 가족을 만나고 돌아오고 싶다는 뜻이다.

비슷한 발상의 작품으로 534·876·3510번가가 있다.

좌주 위의 1수는, 勅使 紫微大弼 아베노 사미마로 아소미(安倍沙美麿朝臣)

'紫微大弼'을 全集에서는, '紫微中台의 차관. 정4위하에 상당한다. 紫微中台는 天平勝寶 원년(749) 7월에 聖武천황이, 딸인 孝謙천황에게 양위한 한 달 후에 신설된 행정기관이다. 종래의 皇后宮職을

4434 比婆里安我流　波流弊等佐夜尓　奈理奴礼波　美夜古母美要受　可須美多奈妣久

雲雀あがる　春へ¹とさやに²　なりぬれば　都も見えず　霞たなびく

ひばりあがる　はるへとさやに　なりぬれば　みやこもみえず　かすみたなびく

4435 布敷賣里之　波奈乃波自米尓　許之和礼夜　知里奈牟能知尓　美夜古敵由可無

含めりし³　花の初めに　來し⁴われや　散りなむのちに　都へ行かむ

ふふめりし　はなのはじめに　こしわれや　ちりなむのちに　みやこへゆかむ

[左注]　右二首, 兵部使少輔大伴宿祢家持

---

1 **春へ**: 'へ'는 근처라는 뜻이므로, '春へ'는 봄 무렵이다.
2 **とさやに**: 확실하게.
3 **含めりし** 花: 벚꽃일 것이다.
4 **來し**: 難波로 오는 것이다.

확대한 것인데 光明황태후가 孝謙천황을 보좌해서 정치를 한다는 명목으로, 藤原仲麻呂가 좌대신 橘諸兄을 억누르고 橘諸兄을 뛰어넘는 정치적 실권을 잡기 위하여 스스로 장관이 되었다'고 하였다[『萬葉集』 4, p.419].

'安倍沙美麿朝臣'을 木下正俊은, '天平 9년(737) 종5위하, 少納言·左中辨 등을 역임하였고, 勝寶 원년에 종4위상이 되고 天平寶字 2년(758)에 中務卿參議 정4위하로 사망하였다'고 하였다[『萬葉集全注』 20, p.239].

4434 종달새가 나는/ 봄 계절 확실하게/ 되었으므로/ 도읍도 보이잖고/ 안개가 끼어 있네

✿ 해설

종달새가 나는 봄이 확실하게 되었으므로 도읍도 보이지 않을 정도로 봄 안개가 끼어 있네라는 내용이다.

4435 봉오리였던/ 꽃이 피려는 때에/ 왔던 나는요/ 져 버리고 난 후에/ 도읍에 가는 걸까

✿ 해설

꽃봉오리로 부풀어 있던 꽃이 피기 시작할 때에 難波에 왔던 나는, 꽃이 다 져 버리고 난 후에 도읍으로 돌아가는 것일까라는 내용이다.
全集에서는, '2월 초에 難波에 내려왔으므로 이렇게 말한다'고 하였다[『萬葉集』 4, p.420].

좌주 위의 2수는, 兵部使 少輔 오호토모노 스쿠네 야카모치(大伴宿禰家持)

昔年相替防人¹歌一首

4436 夜未乃欲能　由久左伎之良受　由久和礼乎　伊都伎麻佐牟等　登比之古良波母

　　　闇の夜の　行く先知らず²　行くわれを　何時來まさ³むと　問ひし兒ら⁴はも

　　　やみのよの　ゆくさきしらず　ゆくわれを　いつきまさむと　とひしこらはも

先太上天皇⁵御製霍公鳥謌一首 [日本根子高瑞日清足姫天皇⁶也]

4437 富等登藝須　奈保毛奈賀那牟　母等都比等　可氣都々母等奈　安乎祢之奈久母

　　　ほととぎす　なほも鳴かなむ⁷　もとつ人⁸　かけつつ⁹もとな　吾をねし泣くも¹⁰

　　　ほととぎす　なほもなかなむ　もとつひと　かけつつもとな　あをねしなくも

---

1 **昔年相替防人**: 비슷한 노래가 이미 4425번가 이하에 있었다. 이것은 今城이 전송한 노래이다(4439번가 左注).

2 **行く先知らず**: 어디에서, 어느 정도, 어떻게 지낼 것인지 전혀 알 수 없는 미래를 말한다.

3 **何時來まさ**: 'さ'는 경어이다.

4 **兒ら**: 아내를 말한다. 'ら'는 애칭의 접미어이다.

5 **先太上天皇**: 元正천황이다. 7년 전인 天平 20년(748)에 사망하였다. 4293번가의 제목 참조.

6 **日本根子高瑞日清足姫天皇**: 元正천황의 일본식 시호이다.

7 **なほも鳴かなむ**: 'なむ'는 希望을 나타내는 조사이다.

8 **もとつ人**: 本つ人. 옛날에 알던 사람, 사망한 사람이다. 한자어 '故人'의 번역어인가. '雁(かり)'가 '遠つ人'의 수식을 받는 것과 대응한다.

9 **かけつつ**: 입 밖에 내는 것이다.

10 **吾をねし泣くも**: 'し'는 강조, 'を', 'も'는 영탄을 나타낸다. 우는 것을 강조한 표현이다.

지난해에 서로 교체한 병사의 노래 1수

4436 (야미노요노)/ 가는 길을 모르고/ 가는 나인데/ 언제 돌아오는지/ 물었었던 아내여

🌸 **해설**

어두운 밤에 가는 것처럼 어디로, 얼마 동안 파견되어 가는 것인지 아무 것도 모르고 임지로 가는 나인데, 언제 돌아오는 것이냐고 물었던 아내여라는 내용이다.

권제17의 3897번가와 유사하다.

先太上천황(元正천황)이 지은 두견새 노래 1수
[야마토네코타카미즈히 키요타라시히메(日本根子高瑞日淸足姬)천황]

4437 두견새는요/ 더욱더 울어 다오/ 돌아간 사람/ 부르면서 공연히/ 나는 울어 버리네

🌸 **해설**

두견새는 더욱 더욱 울어 다오. 이미 고인이 된 사람을 생각하고 말할 수 없을 정도로 나는 울어 버리네라는 내용이다.

'もとつ人'을 全集에서는, '누구를 가리키는지 정확하지 않다. 養老 5년(721)에 사망한 母, 元明천황을 가리키는 것인가. 元明천황은 젊어서 남편 草壁황자와 사별하고 또 아들인 文武천황이 먼저 사망한 후에 황위에 올라 文武의 아들이(聖武천황) 성인이 되기를 애타게 기다렸던 사람이다. 元正천황은 그의 母인 元明천황의 뒤를 이어 그 소원을 이루었다'고 하였다[『萬葉集』4, p.420].

'吾左ねし泣くも'의 'も'를 中西 進은 영탄을 나타내는 것으로 보았다. 大系・私注・注釋에서도 中西 進과 마찬가지로 '나는 울어 버리네'로 해석하였다[『萬葉集』4, p.449), (『萬葉集私注』9, p.370), (『萬葉集注釋』20, p.175)]. 그런데 全集과 全注에서는 '나를 울게 하네'로 해석하였다[『萬葉集』4, p.420), (『萬葉集全注』20, p.242)]. 두견새가 작자를 울게 한다고 본 듯하다.

薛妙觀[1], 應詔奉和謌一首

4438　保等登藝須　許々尓知可久乎　伎奈伎弖余　須疑奈无能知尓　之流志安良米夜母

　　　ほととぎす　此處に近くを[2]　來鳴きてよ[3]　過ぎなむ後に　驗あらめやも[4]

　　　ほととぎす　ここにちかくを　きなきてよ　すぎなむのちに　しるしあらめやも

冬日幸于靭負御井[5]之時，內命婦[6]石川朝臣[7]應詔賦雪歌一首　諱[8]曰邑婆[9]

4439　麻都我延乃　都知尓都久麻埋　布流由伎乎　美受弖也伊毛我　許母里乎流良牟

　　　松が枝の　地に著くまで　降る雪[10]を　見ずてや妹が　籠り居るらむ

　　　まつがえの　つちにつくまで　ふるゆきを　みずてやいもが　こもりをるらむ

> **左注**　于時水主內親王[11], 寢膳不安, 累日不參. 因以此日, 太上天皇[12], 勅侍嬬等曰, 爲遣水主內親王賦雪作歌奉獻者. 於是諸命婦等[13]不堪作歌. 而此石川命婦, 獨作此歌奏之.

1　**薛妙觀**: 神龜 원년(724)에 河上忌寸을 받았으므로 그 이전인가, 혹은 이후의 작품으로 옛 씨명으로 통칭되고 있었던 것인가. 도래인 薛弘恪의 딸이다. 4456번가 참조.
2　**此處に近くを**: '을'는 영탄을 나타낸다.
3　**來鳴きてよ**: 'てよ'는 완료의 명령형이다.
4　**驗あらめやも**: 'めやも'는 강한 부정을 동반한 의문을 나타낸다.
5　**御井**: 衛門府 가까이에 있던 우물이다. 靭負는 衛門府의 옛 이름이다.
6　**內命婦**: 5위 이상의 부인을 말한다.
7　**石川朝臣**: 大伴安麿의 아내이다. 坂上郎女의 母. 石川郎女로도 보인다. 461번가의 左注·518번가의 제목 ·667번가의 左注 참조.
8　**諱**: 경칭이다.
9　**邑婆**: 祖母라는 뜻이다.
10　**降る雪**: 재미있는 풍경을 보이는 대설.
11　**水主內親王**: 天智황녀, 母는 栗隈首德萬(쿠리쿠마노 오비토 토코마)의 딸. 天平 9년(737) 8월에 사망하였다. 그때 70세 가까이 되었던가.
12　**太上天皇**: 元正천황. 이 사건이 가령 天平 9년이라면 그때 당시 58세. 지금 시점에서는 정확하게는 聖武가 太上천황이고, 元正은 先太上천황이 되지만 이미 사망하였으므로 단순히 선대 천황이라는 의미로 '太上천황'이라고 한 것이겠다.

세치메우콴(薩妙觀)이 명령에 응해 답해 바친 노래 1수

4438 두견새야 넌/ 이쪽으로 가까이/ 와서 울게나/ 지나가 버린 후면/ 효과가 있을 것인가

✿ 해설

　두견새야. 너는 여기로 가까이 와서 울어 다오. 시기가 지나가 버린 후면 울어도 효과가 어찌 있을
수 있겠는가라는 내용이다.
　4437번가의 내용에 맞추어서 두견새에게, 왕이 필요한 때에 와서 울어 달라는 뜻이다.

겨울날에 유케히(靭負)의 우물에 행차했을 때, 內命婦 이시카하노 아소미 (石川朝臣)가 명령에 응하여 눈을 읊은 노래 1수 휘를 오호바(邑婆)라고 한다

4439 소나무 가지/ 땅에 닿을 정도로/ 내리는 눈을/ 보지 않고 그대는/ 집에만 있는가요

✿ 해설

　눈의 무게를 이기지 못해서, 소나무 가지가 땅에 닿을 정도로 많이 내리는 눈을 보는 일도 없이,
그대는 집안에만 칩거해 있는가요라는 내용이다.

　좌주　이때 모히토리노 히메미코(水主內親王)는 병으로 침식도 제대로 하지 못하고 계속 參內하
지 못하였다. 그래서 이날 太上천황(元正천황)이 시녀들에게 명령하여 말하기를 水主內親王에게
보내기 위하여 눈을 제목으로 노래를 지어 바치라고 하였다. 이때 많은 命婦들은 노래를 지을 수가
없었지만, 이 石川命婦는 흔지 이 노래를 시어서 주상하였다.
　위의 4수는, 카미츠후사(上総)國의 大掾 정6위상 오호하라노 마히토노 이마키(大原眞人今城)가
傳誦했다고 한다. [상세한 年月은 알 수 없다]

右件四首，上総國大掾[14]正六位上大原真人今城[15]，傳誦云尓. [年月[16]未詳]

上総國朝集使[17]大掾[18]大原真人今城[19]，向京之時郡司[20]妻女等餞之歌[21]二首

4440　安之我良乃　夜敝也麻故要弓　伊麻之奈婆　多礼乎可伎美等　弥都々志努波牟

　　　足柄の　八重山越えて　いましなば[22]　誰をか君と　見つつ思はむ

　　　あしがらの　やへやまこえて　いましなば　たれをかきみと　みつつしのはむ

4441　多知之奈布　伎美我須我多乎　和須礼受波　与能可藝里尓夜　故非和多里奈無

　　　立ちしなふ[23]　君が姿を　忘れずは[24]　世[25]の限りにや　戀ひ渡りなむ

　　　たちしなふ　きみがすがたを　わすれずは　よのかぎりにや　こひわたりなむ

---

13 **諸命婦等**: 시녀들 중에서 命婦를 특히 뽑고 있는 것은, 먼저 命婦가 창작 능력을 가지고 있었기 때문이다.
14 **大掾**: 큰 지역의 3등관 상석.
15 **大原真人今城**: 家持와 친교가 있었으며, 이하의 부분의 자료를 가지고 있던 사람이다.
16 **年月**: 각 노래가 지어진 연월이다.
17 **朝集使**: 朝集帳을 중앙 정부로 가지고 가는 사람이다. 朝集帳은 행정 일반의 보고서이다.
18 **大掾**: 큰 지역의 3등관 상석.
19 **大原真人今城**: 家持와 친교가 있었으며, 이하의 부분의 자료를 가지고 있던 사람이다.
20 **郡司**: 율령 이전의 토착 호족이, 율령 후 大領·少領인 軍司가 되었다.
21 **餞之歌**: 송별연의 의례이다. 예가 많다.
22 **いましなば**: 'いまし'는 경어. 'な'는 완료를 나타낸다.
23 **立ちしなふ**: 모습을 찬미한 표현이다. 남녀 모두에 사용한다. 2284·2863번가 或本 참조.
24 **忘れずは**: 잊을 수가 없어서.
25 **世**: 목숨을 말한다.

카미츠후사(上総)國 朝集使 大掾 오호하라노 마히토 이마키 (大原眞人今城)가 도읍으로 향할 때 郡司의 妻女들의 전별하는 노래 2수

4440 아시가라(足柄)의/ 겹겹한 산을 넘어/ 가 버린다면/ 누구를 그대라고/ 보며 생각할까요

🌸 해설

아시가라(足柄)의 겹겹한 산을 넘어서 그대가 도읍으로 떠나가 버린다면, 누구를 그대라고 보며 그리워해야 하나요라는 내용이다.

4441 나굿나굿한/ 그대의 모습을요/ 잊지를 않고/ 목숨 다할 때까지/ 계속 사랑할까요

🌸 해설

아름답고 나굿나굿한 그대의 모습을 잊어버리지 않고 목숨 다할 때까지, 살아 있는 동안 계속 그리워할 것인가요라는 내용이다.
全集에서는, '이상 2수는 朝集使로 상경한 大原今城이 家持를 방문하여, 임지에서의 자신의 인기를 자랑스럽게 말하는 것을 듣고 家持가 기록한 것'이라고 하였다[『萬葉集』 4, p.423].

五月九日, 兵部少輔大伴宿祢家持之宅集飲歌四首

4442 和我勢故我　夜度乃奈弖之故　比奈良倍弖　安米波布礼杼母　伊呂毛可波良受

わが背子¹が　屋戸の石竹花²　日竝べて³　雨⁴は降れども　色も變らず

わがせこが　やどのなでしこ　ひならべて　あめはふれども　いろもかはらず

左注　右一首, 大原真人今城

4443 比佐可多能　安米波布里之久　奈弖之故我　伊夜波都波奈尓　故非之伎和我勢

ひさかたの　雨は降りしく⁵　石竹花が　いや初花⁶に　戀しきわが背⁷

ひさかたの　あめはふりしく　なでしこが　いやはつはなに　こひしきわがせ

左注　右一首, 大伴宿祢家持

---

1 **わが背子**: 연회 처음에 주인에게 하는 인사. 家持를 말한다.
2 **石竹花**: 가을의 일곱 화초의 하나이다. 여기에서는 여름의 개화를 말한다.
3 **日竝べて**: 'ひならべて'는 'けならべて'라고도 한다.
4 **雨**: 5월에 내리는 비이다.
5 **雨は降りしく**: 앞의 노래의 내용을 받은 것이다.
6 **いや初花**: 드디어 꽃이 피는 상태로, 앞의 노래의 마지막 구의 내용을 받은 것이다.
7 **戀しきわが背**: 오호하라노 마히토노 이마키(大原眞人今城)를 말한다.

5월 9일에, 兵部少輔 오호토모노 스쿠네 야카모치(大伴宿禰家持)의 집에 모여서 연회하는 노래 4수

4442　나의 그대의/ 집의 패랭이꽃은/ 연일 계속해/ 비가 내리는데도/ 색도 변하지 않네

✿ 해설

　친애하는 그대 집의 패랭이꽃은, 연일 계속해서 비가 내리고 있는데도 색도 변하지 않네요라는 내용이다.

　木下正俊은 이 작품을, '上總의 임지로 돌아가는 今城을 위하여 家持가 베푼 송별연일 것이다. '色も變らず'에 家持를 의지하는 마음이 변하지 않는 것을 표현했는가'라고 하였다『萬葉集全注』20, p.254].

　'5월 9일'을 全集에서는 양력 6월 22일이라고 하였다『萬葉集』4, p.423].

　　[좌주] 위의 1수는, 오호하라노 마히토 이마키(大原眞人今城)

4443　(히사카타노)/ 비는 계속 오네요/ 패랭이꽃이/ 더욱 신선하듯이/ 그리운 그대이네

✿ 해설

　먼 하늘에서 비는 계속 내리고 있네요. 그런데 패랭이꽃이 더욱 신선한 것처럼 그립게 생각되는 그대여라는 내용이다.

　全集에서는, '이미 초로에 접어들었지만 젊음을 잃지 않고 있는 오호하라노 이마키(大原今城)에 대한 찬사'라고 하였다『萬葉集』4, p.423].

　　[좌주] 위의 1수는, 오호토모노 스쿠네 야카모치(大伴宿禰家持)

4444　和我世故我　夜度奈流波疑乃　波奈佐可牟　安伎能由布敝波　和礼乎之努波世

わが背子が　屋戸なる萩の　花咲かむ　秋の夕[1]は　われを思はせ

わがせこが　やどなるはぎの　はなさかむ　あきのゆふへは　われをしのはせ

　左注　右一首, 大原真人今城

即[2]聞鶯㖩作歌一首

4445　宇具比須乃　許惠波須疑奴等　於毛倍杼母　之美尓之許己呂　奈保古非尓家里

鶯の　聲[3]は過ぎぬと　思へども　染みにし情　なほ戀ひにけり

うぐひすの　こゑはすぎぬと　おもへども　しみにしこころ　なほこひにけり

　左注　右一首, 大伴宿祢家持

---

1 秋の夕: 가을 싸리꽃이 필 때에는 오호하라노 이마키(大原今城)는 임지로 돌아가서 함께 감상할 수 없었다.
2 即: 그때.
3 鶯の 聲: 소리의 시기를 말한다.

4444   나의 그대의/ 집의 가을 싸리의/ 꽃이 필 것인/ 가을 저녁 무렵엔/ 날 생각해 주세요

❀ 해설

친애하는 그대 집의 가을 싸리꽃이 필 것인 가을 저녁 무렵에는 나를 생각해 주세요라는 내용이다.

좌주   위의 1수는, 오호하라노 마히토 이마키(大原眞人今城)

그때 꾀꼬리가 우는 것을 듣고 지은 노래 1수

4445   꾀꼬리가요/ 우는 시기 지났다/ 생각하지만/ 친숙해진 마음은/ 여전히 그립네요

❀ 해설

꾀꼬리가 우는 시기는 이미 지났다고 생각을 하지만, 그래도 꾀꼬리 소리에 익숙해져서 친숙해진 마음은 여전히 꾀꼬리를 그립게 생각했네요라는 내용이다.
中西 進은, 꾀꼬리에 의탁해서 오호하라노 이마키(大原今城)에 대한 친밀감을 노래한 것이라고 하였다.

좌주   위의 1수는, 오호토모노 스쿠네 야카모치(大伴宿禰家持)

同月十一日, 左大臣橘卿[1], 宴右大辨丹比國人真人[2]之宅歌三首

4446 和我夜度尓　佐家流奈弓之故　麻比波勢牟　由米波奈知流奈　伊也乎知尓左家

わが屋戶に　咲ける石竹花[3]　幣はせむ　ゆめ花散るな　いやをちに咲け

わがやどに　さけるなでしこ　まひはせむ　ゆめはなちるな　いやをちにさけ

左注　右一首, 丹比國人真人, 壽左大臣歌

4447 麻比之都々　伎美我於保世流　奈弓之故我　波奈乃末等波無　伎美奈良奈久尓

幣しつつ　君がおほせる　石竹花[4]が[5]　花のみ訪はむ[6]　君ならなくに[7]

まひしつつ　きみがおほせる　なでしこが　はなのみとはむ　きみならなくに

左注　右一首, 左大臣和謌[8].

---

1 **左大臣橘卿**: 橘諸兄이다.
2 **丹比國人真人**: 太政官 諸兄의 부하관료이다. 右大辨은 종4위상에 상당한다. 眞人의 성을 이름 뒤에 기록한 것은 경의를 표현하기 위한 것이다.
3 **咲ける石竹花**: 橘諸兄을 寓意한 것이다.
4 **石竹花**: 이상 앞의 노래 내용을 받은 것이다.
5 **石竹花が 花**: '石竹花が 花'라고 하는 것은 드문 표현이다.
6 **訪はむ**: 꽃이 피지 않더라도 방문하겠다는 뜻이다.
7 **君ならなくに**: 꽃을 감상하기 위해서만 내가 방문하려는 그대가 아니라는 뜻이다. 'なく'는 'ず'의 명사형이다.
8 **左大臣和謌**: 주인의 인사 노래에 대해 손님으로서 답한 노래이다.

같은 달 11일에, 좌대신 타치바나(橘)卿이, 右大辨 타지히노 쿠니히토노 마히토(丹比國人眞人)의 집에서 연회할 때의 노래 3수

4446 우리 집에요/ 핀 패랭이꽃이여/ 선물 할 테니/ 절대 지지 말게나/ 더 곱게 피어 다오

🌸 해설

우리 집에 핀 패랭이꽃이여. 너에게 선물을 할 테니 절대 지지 말아 다오. 지기는커녕 더욱 더 싱싱하게 아름답게 피어 다오라는 내용이다.

中西 進은, 마지막 구는 완전히 장수를 기원하는 노래의 표현이라고 하였다.

> **좌주** 위의 1수는, 타지히노 쿠니히토노 마히토(丹比國人眞人)가 좌대신(橘諸兄)의 장수를 기원하는 노래이다.

4447 선물하면서/ 그대가 키워왔던/ 패랭이꽃의/ 꽃만 방문하려는/ 그대는 아니지요

🌸 해설

소중히 하면서 그대가 키워왔던 패랭이꽃, 그 꽃만을 보기 위한 목적으로 방문하려는 그대는 아니랍니다라는 내용이다.

橘諸兄이 방문한 것은, 패랭이꽃을 보는 것도 중요하지만, 타지히노 쿠니히토노 마히토(丹比國人眞人)를 보는 것도 중요해서라는 뜻이다.

'花のみ訪はむ'를 全集에서는, '이 꽃은 열매가 없는 일시적인 것이라는 뜻. 그대는, 내가 진지하지 못한 마음으로 방문하려고 생각하는 그런 상대가 아니라는 뜻'이라고 하였다『萬葉集』 4, p.424].

> **좌주** 위의 1수는, 좌대신(橘諸兄)이 답한 노래이다.

4448 安治佐爲能　夜敵佐久其等久　夜都与尓乎　伊麻世和我勢故　美都々思努波牟

紫陽花[1]の　八重咲く如く　やつ代[2]にを[3]　いませ[4]わが背子　見つつ思はむ

あぢさゐの　やへさくごとく　やつよにを　いませわがせこ　みつつしのはむ

左注　右一首, 左大臣[5], 寄味狹藍花詠也.

十八日, 左大臣, 宴於兵部卿[6]橘奈良麿朝臣之宅謌三首

4449 奈弖之故我　波奈等里母知弖　宇都良々々々　美麻久能富之伎　吉美尓母安流加母

石竹花が　花取り持ちて　うつらうつら[7]　見まく[8]の欲しき　君[9]にもあるかも

なでしこが　はなとりもちて　うつらうつら　みまくのほしき　きみにもあるかも

左注　右一首, 治部卿船王[10]

---

1 **紫陽花**: 일본의 자양화는 중국의 자양화와 다르다.
2 **やつ代**: 八重의 소리와 같으므로 'やつ代'라고 한다. 代는 年. 더욱 해마다.
3 **やつ代にを**: 'を'는 영탄을 나타낸다.
4 **いませ**: 'あり'의 경어이다.
5 **左大臣**: 橘諸兄이다. 그때 64세이다.
6 **兵部卿**: 橘諸兄의 아들이다. 35세이다. 2년 후에 고문을 받아 사망하였다.
7 **うつらうつら**: 'うづ'는 '現(うつつ)'과 같은 어근이다. 명백하게.
8 **見まく**: 'まく'는 'む'의 명사형이다.
9 **君**: 주최자인 橘諸兄인가, 주인인 奈良麿인가.
10 **治部卿船王**: 舍人황자의 아들이다.

4448　자양화가요/ 여덟 겹으로 피듯/ 더욱더 오래/ 살아 주세요 그대/ 보며 사모하지요

해설

자양화가 여덟 겹으로 피듯이 더욱더 오랜 세월동안 장수해 주세요. 그대여. 그러면 그대를 보면서 사모하지요라는 내용이다.

中西 進은, 꽃에 의탁해서 주인의 장수를 빌었다고 하였다.

좌주　위의 1수는, 좌대신(橘諸兄)이 자양화에 의탁해서 부른 것이다.

18일에, 좌대신이 兵部卿 타치바나노 나라마로노 아소미(橘奈良麿朝臣)의 집에서 연회할 때의 노래 3수

4449　패랭이꽃의/ 꽃을 손에 잡고서/ 분명하게도 잘/ 보고 싶다 생각한/ 그대인 것입니다요

해설

패랭이꽃을 손에 들고서 분명하게 잘 보고 싶다고 생각할 정도인 그대인 것인가요라는 내용이다.

'君'을 全集과 全注에서는 주인인 橘奈良麻呂로 보았다(『萬葉集』 4, p.425), (『萬葉集全注』 20, p.262)].

좌주　위의 1수는, 지부(治部)卿 후네노 오호키미(船王)

4450 和我勢故我　夜度能奈弖之故　知良米也母　伊夜波都波奈尓　佐伎波麻須等母

わが背子が　屋戸の石竹花　散らめやも[1]　いや初花[2]に　咲きは増すとも

わがせこが　やどのなでしこ　ちらめやも　いやはつはなに　さきはますとも

4451 宇流波之美　安我毛布伎美波　奈弖之故我　波奈尓奈蘇倍弖　美礼杼安可奴香母

うるはしみ[3]　あが思ふ君[4]は　石竹花が　花に擬へて[5]　見れど飽かぬかも

うるはしみ　あがもふきみは　なでしこが　はなになそへて　みれどあかぬかも

> **左注**　右二首, 兵部少輔大伴宿祢家持, 追作[6].

八月十三日，在内[7]南安殿[8]肆宴[9]歌二首

4452 乎等賣良我　多麻毛須蘇婢久　許能尓波尓　安伎可是不吉弖　波奈波知里都々

小女らが　玉裳裾びく　この庭に　秋風吹きて　花[10]は散りつつ

をとめらが　たまもすそびく　このにはに　あきかぜふきて　はなはちりつつ

> **左注**　右一首, 内匠頭[11]兼播磨守[12], 正四位下安宿王[13]奏之.

---

1 **散らめやも**: 'やも'는 강한 부정을 동반한 의문을 나타낸다.
2 **いや初花**: 드디어 꽃이 피는 상태이다.
3 **うるはしみ**: '思ふ'로 이어진다. 그립게 생각한다.
4 **あが思ふ君**: 橘諸兄인지 奈良麿인지 불분명하다.
5 **擬へて**: '擬へ'는 '爲す'의 파생어이다.
6 **追作**: 연회 후에 지은 것이다. 따라서 결국 연회 때의 노래는 선왕의 노래 1수뿐이다.
7 **内**: 궁전.
8 **南安殿**: 大極殿의 南院인가. 그곳에서 연회를 베푼 것이 天平勝寶 3년(751) 정월의 『續日本記』에 보인다. 安殿은 大極殿과 같으며 천황이 기거하는 곳이다. 후에 大安殿을 大極殿이라고 하였다. '東常宮의 南大殿'(4301번가 제목)은 聖武상황이 거처하는 궁전, 여기는 천황(孝謙)의 궁전인가.
9 **肆宴**: 천황이 주최하는 연회이다.
10 **花**: 가을 싸리꽃이다.

4450 나의 그대의/ 집의 패랭이꽃은/ 질 것인가요/ 아니 더욱 예쁘게/ 피기는 할지언정

   친애하는 그대 집의 패랭이꽃은 어떻게 지는 일이 있을 수 있겠나요. 아니 더욱 예쁘게 피는 일은
있을지라도라는 내용이다.
   奈良麿 집의 패랭이꽃은 더욱 아름답게 피는 일은 있어도 지는 일은 없을 것이라는 뜻이다. 奈良麿의
번영을 송축하는 노래이다.

4451 훌륭하다고/ 내가 생각는 그대/ 패랭이꽃의/ 꽃에다 견주어서/ 봐도 싫증나지 않네

   훌륭한 분이라고 내가 생각하는 그대는, 패랭이꽃에 견주어 보아도 싫증이 나지 않네요라는 내용이다.
'君'을 全集과 全注에서는 橘奈良麻呂로 보았다[(『萬葉集』 4, p.425), (『萬葉集全注』 20, p.264)].

   좌주 위의 2수는, 兵部少輔 오호토모노 스쿠네 야카모치(大伴宿禰家持)가 후에 지은 것이다.

8월 13일에, 궁전의 남쪽 安殿에서 연회를 베풀 때의 노래 2수

4452 소녀들이요/ 고운 치마를 끄는/ 이 정원에는/ 가을바람 불어서/ 꽃은 계속 지고요

   소녀들이 아름다운 치맛자락을 끄는 이 정원에는, 가을바람 불어서 꽃은 계속 지고라는 내용이다.

   좌주 위의 1수는, 內匠頭 겸 하리마(播磨) 장관 정4위하 아스카베노 오호키미(安宿王)가 바쳤다.

4453　安吉加是能　布伎古吉之家流　波奈能尓波　伎欲伎都久欲仁　美礼杼安賀奴香母

　　　秋風の　吹き扱き[14]敷ける[15]　花[16]の庭　清き月夜に　見れど飽かぬかも[17]

　　　あきかぜの　ふきこきしける　はなのには　きよきつくよに　みれどあかぬかも

　　　　左注　右一首, 兵部少輔従五位上大伴宿祢家持 未奏[18]

十一月廿八日，左大臣[19]，集於兵部卿橘奈良麿朝臣宅宴歌一首

4454　高山乃　伊波保尓於布流　須我乃根能　祢母許呂其呂尓　布里於久白雪

　　　高山の　巌に生ふる　菅の根の[20]　ねもころごろに[21]　降り置く白雪

　　　たかやまの　いはほにおふる　すがのねの　ねもころごろに　ふりおくしらゆき

　　　　左注　右一首, 左大臣作

---

11 **内匠頭**: 内匠寮의 장관이다. 종4위하에 상당한다.
12 **播磨守**: 播磨守 임명은 天平勝寶 5년(753) 4월, 6년 9월 内匠頭를 겸임하였다.
13 **安宿王**: 2년 후에 奈良麿의 반란 사건에 연좌되어 佐渡로 유배되었다. 長屋王의 아들이다.
14 **吹き扱き**: 거칠게 잡아 비틀어 따듯이 흩는 모양이다.
15 **敷ける**: 흩어져 깔리는 것이다.
16 **花**: 가을 싸리꽃이다.
17 **見れど飽かぬかも**: 제5구는 찬가의 상투적인 구를 멋지게 풍경과 연결시켰다.
18 **未奏**: 이름 앞에 쓰는 직명을 정식으로 기록하면서, 주상할 기회를 얻지 못하였다.
19 **左大臣**: 橘諸兄이다. 奈良麿의 父.
20 **菅の根の**: '根(ね)'의 소리와 상태를 다음에 연결시켰다.
21 **ねもころごろに**: 충분히.

4453   가을바람이/ 불어 흩어서 깔린/ 꽃의 정원은/ 상쾌한 달빛 속에/ 봐도 싫증나지 않네

해설

가을바람이 불어서 지게 한 꽃이 깔린 아름다운 정원은, 상쾌한 달빛 속에 아무리 보아도 싫증이 나지 않네라는 내용이다.

좌주 위의 1수는, 兵部少輔 종5위상 오호토모노 스쿠네 야카모치(大伴宿禰家持) 아직 바치지 못하였다.

11월 28일에, 좌대신이, 兵部卿 타치바나노 나라마로노 아소미(橘奈良麿朝臣)의 집에 모여서 연회하는 노래 1수

4454   높은 산의요/ 바위로 벋어가는/ 골풀뿌린 양/ 충분하게도 많이/ 내려서 쌓이는 흰 눈

해설

높은 산의 바위로 벋어가는 무성한 골풀의 뿌리인 것처럼, 그렇게 충분하게도 많이 내려서 쌓이는 흰 눈이라는 내용이다.

좌주 위의 1수는, 좌대신(橘諸兄)이 지었다

天平元年¹班田之時使葛城王²,
從山背國贈薩妙觀³命婦等⁴所歌一首 副芹子褁⁵

4455   安可祢左須 比流波多々婢弖 奴婆多麻乃 欲流乃伊刀末仁 都賣流芹子許礼

あかねさす⁶ 晝は田賜びて⁷ ぬばたまの⁸ 夜の暇に 摘める芹子これ⁹

あかねさす ひるはたたびて ぬばたまの よるのいとまに つめるせりこれ

薩妙觀命婦報贈歌一首

4456   麻須良乎等 於毛敝流母能乎 多知波吉弖 可尓波乃多爲尓 世理曽都美家流

大夫¹⁰と 思へるものを 大刀佩きて¹¹ かには¹²の田居¹³に 芹子そ摘みける

ますらをと おもへるものを たちはきて かにはのたゐに せりそつみける

左注 右二首, 左大臣讀之云尓. [左大臣¹⁴是葛城王, 後賜橘姓也]

---

1 **天平元年**: 729년이다. 이해 11월에 대대적인 班田의 정비가 이루어졌다. 실제로 班田使를 파견한 것은 다음 해가 되어서였던 듯하다.
2 **葛城王**: 후의 橘諸兄이다.
3 **薩妙觀**: 4438번가의 제목 참조.
4 **命婦等**: 4439번가의 제목 참조.
5 **芹子褁**: 아마도 짚으로 쌌을 것이다.
6 **あかねさす**: '晝'를 상투적으로 수식하는 枕詞이다.
7 **田賜びて**: 班田을 하는 것이다.
8 **ぬばたまの**: 깜깜한. '夜'를 상투적으로 수식하는 枕詞이다.
9 **摘める芹子これ**: 물건에 첨부한, 노래의 상투적인 표현이다.
10 **大夫**: 용감하고 멋진 남자이다.
11 **大刀佩きて**: 미나리를 뜯는 것에 어울리지 않는 모습이다.
12 **かには**: 山城國의 지명이다.
13 **田居**: 田과 같다.
14 **左大臣**: 당시의 葛城王이다.

天平 원년(729)에 口分田을 했을 때의 使者 카즈라키노
오호키미(葛城王)가, 야마시로(山背)國에서 薩妙觀
命婦 등에게 보낸 노래 1수 미나리 꾸러미와 함께 보내었다

4455 (아카네사스)/ 낮엔 班田 일 보고/ (누바타마노)/ 밤의 한가한 때에/ 뜯은 미나리 이건

✿ 해설

해가 비치는 낮에는 班田의 일을 보고, 깜깜한 밤에 시간이 있을 때에 뜯은 미나리입니다. 이것은이라는 내용이다.

木下正俊은, '天平 원년은 729년. 이 전후의 勝寶 7歲보다 26년 전이다. 다만 이 노래가 불린 것은 이듬해 2년의 이른 봄일 것이다. 班田은 공민에게 구분전을 반급하고, 조세를 확보하기 위한 율령 재정의 기반을 이루는, 이른바 班田 收授의 제도를 말한다. 즉 원칙으로 6년에 한 번의 班年에, 6세 이상의 남자에 대해서는 2段, 여자는 그 3분의 2를 주어, 사망 후에 거두는 대규모의 사무절차를 행했다'고 하였다『萬葉集全注』 20, p.270].

薩妙觀 命婦가 답하여 보낸 노래 1수

4456 대장부라고/ 생각하였던 것을/ 큰 칼을 차고/ 카니하의 밭에서/ 미나리 뜯었나요

✿ 해설

그대를 용감하고 멋진 대장부라고 생각하고 있었던 것인데, 그대는 큰 칼을 차고서는 카니하의 밭에서 미나리 뜯고 있었던 것인가요라는 내용이다.

全集에서는, '물건을 받고 답을 하는 노래에는, 받은 물건을 솔직하게 감사하기보다도 이처럼 장난으로 답하는 경우가 많다'고 하였다『萬葉集』 4, p.427].

좌주 위의 2수는, 좌대신이 읊은 것이다. [좌대신은 카즈라키노 오호키미(葛城王), 후에 타치바나 (橘) 성을 받았다]

天平勝寶八歲丙申，二月朔乙酉廿四日戊申，
太上天皇[1]大后[2]，幸行於河内離宮[3]，經信[4]，以壬子[5]傳幸於難波宮也.
三月七日，於河内國伎人鄉[6]馬國人之家宴歌三首

4457 須美乃江能　波麻末都我根乃　之多波倍弖　和我見流乎努能　久佐奈加利曽祢

住吉の　濱松が根の　下延へて　わが見る[7]小野の　草な苅りそね[8]

すみのえの　はままつがねの　したばへて　わがみるをのの　くさなかりそね

> **左注** 右一首，兵部少輔大伴宿祢家持

4458 尔保杼里乃　於吉奈我河波半　多延奴等母　伎美尔可多良武　己等都奇米也母 [古新未詳]

鳰鳥の[9]　息長川[10]は　絶えぬとも　君に語らむ　言盡きめやも[11] [古新いまだ詳らかならず[12]]

にほどりの　おきながかはは　たえぬとも　きみにかたらむ　ことつきめやも [こしんい

まだつばひらかならず]

> **左注** 右一首，主人散位寮[13]散位馬史國人

---

1 **太上天皇**: 聖武천황이다.
2 **大后**: 光明황후이다.
3 **幸行於河内離宮**: 이때의 행행은 『續日本記』에도 보인다. 天平勝寶 8년(756) 2월 24일 河内의 智識寺 남쪽의
　행궁으로 행행, 28일에 難波宮, 동남쪽의 新宮에 도착하여 4월 17일에 돌아갔다.
4 **信**: 2泊. 위의 기록(『續日本記』)에는 4泊을 하고 있으므로 차이가 있다.
5 **壬子**: 28일이다.
6 **河内國伎人鄉**: 大阪市 東住吉區
7 **わが見る**: 눈앞의 들을 말한 것이지만, 재미는 戀歌로 구성한 것에 있다. '見る'는 남녀가 만나는 것이다.
　'小野'는 여성을 비유한 것이다. 풀을 베지 말라고 하는 것은 旋頭歌 등의 집단가의 유형이다.
8 **草な苅りそね**: 'な…そね'는 금지를 나타낸다.
9 **鳰鳥の**: 오래 물속에 잠수하는 것에서 息長川을 상투적으로 수식하게 된 枕詞이다.
10 **息長川**: 天野川.
11 **言盡きめやも**: 'やも'는 강한 부정을 동반한 의문을 나타낸다.
12 **古新いまだ詳らかならず**: 옛 노래를 傳誦한 것인지 새로 지은 것인지 알 수 없다는 뜻이다. 강이 끊어지는
　것을 조건으로 해서 당면의 일이 끊어지지 않는 이유를 말하는 형식은 유형이며, 近江川을 말하는 것도
　전송가답고 당연한 注記이다.
13 **主人散位寮**: 散位인 사람을 관할하는 관청이다. 散位는 관직이 없고 位만 있는 사람을 말한다.

天平勝寶 8歲(756) 丙申 2월 朔 乙酉로 해서 24일 戊申에, 太上천황과 대후가 카후치(河内)의 離宮에 행행하여 이틀 묵은 후 壬子 일에 나니하(難波)宮으로 옮겨갔다. 3월 7일에, 河内國 쿠레노사토(伎人鄕)의 우마노 쿠니히토(馬國人)의 집에서 연회한 노래 3수

4457   스미노에(住吉)의/ 해변 소나무 뿌리/ 땅속에 벋듯/ 내가 보는 들판의/ 풀을 베지 말아요

🌸 해설

　스미노에(住吉)의 해변의 소나무 뿌리가 땅속으로 몰래 벋어가는 것처럼, 마음속으로 몰래 내가 보고 있는 들판의 풀을 베지 말아 주세요라는 내용이다.

좌주　위의 1수는, 兵部少輔 오호토모노 스쿠네 야카모치(大伴宿禰家持)

4458   (니호도리노)/ 오키나가(息長)의 강은/ 끊어져도요/ 그대에게 할 말은/ 없어지지 않아요
　　　　[옛 노래인지 새로 지은 것인지 확실하지 않다]

🌸 해설

　오키나가(息長)의 강은 비록 물이 끊어진다고 해도, 그대에게 이야기할 말은 없어지지 않아요[옛 노래인지 새로 지은 것인지 확실하지 않다]라는 내용이다.

좌주　위의 1수는, 主人 散位寮 散位 우마노 후히토 쿠니히토(馬史國人)

4459 蘆苅尓　保里江許具奈流　可治能於等波　於保美也比等能　未奈伎久麻泥尓

葦苅りに[1]　堀江[2]漕ぐなる[3]　楫の音は　大宮人の　皆聞くまでに[4]

あしかりに　ほりえこぐなる　かぢのおとは　おほみやびとの　みなきくまでに

左注 右一首, 式部少丞[5] 大伴宿祢池主[6]讀之. 即云, 兵部大丞[7]大原真人今城, 先日他所讀歌[8]者也.

4460 保利江己具　伊豆手乃船乃　可治都久米　於等之婆多知奴　美乎波也美加母

堀江漕ぐ　伊豆手の船[9]の　楫つくめ[10]　音[11]しば立ちぬ　水脈[12]早みかも

ほりえこぐ　いづてのふねの　かぢつくめ　おとしばたちぬ　みをはやみかも

4461 保里江欲利　美乎佐香能保流　梶音乃　麻奈久曽奈良波　古非之可利家留

堀江より[13]　水脈さかのぼる　楫の音[14]の　間なくそ奈良は　戀しかりける

ほりえより　みをさかのぼる　かぢのとの　まなくそならは　こひしかりける

---

1 **葦苅りに**: 불을 피우기 위해서 벤다.
2 **堀江**: 難波의 堀江이다,
3 **漕ぐなる**: 'なる'는 傳聞의 조동사이다.
4 **皆聞くまでに**: 다음에 동사가 생략된 것이다. 노를 젓는 소리의 재미를 노래한 것이다.
5 **式部少丞**: 式部省의 3등관이다. 종6위상에 상당한다.
6 **大伴宿祢池主**: 池主는 이 이듬해에 奈良麿의 모반사건에 연좌되었다.
7 **兵部大丞**: 兵部省의 3등관이다. 정6위하에 상당한다.
8 **先日他所讀歌**: 오호하라노 마히토 이마키(大原眞人今城)가 전송한 노래이다. 그것을 그대로 지금 이케누시(池主)가 쿠니히토(國人)의 집에서 구송하였다.
9 **伊豆手の船**: 4436번가 참조. 伊豆에서 만든 작은 배. '手'는 '…풍'이라는 뜻이다. 배를 산지 이름으로 부르는 예가 944 · 3367번가에 보인다.
10 **楫つくめ**: 노를 배에 연결하는 부분인가. 1546번가 참조.
11 **音**: 삐걱거리는 소리이다.
12 **水脈**: 물이 흐르는 길이다.
13 **堀江より**: 'より'는 통과 지점을 나타낸다.
14 **楫の音**: '間なく'의 비유이다.

4459 갈대 베느라/ 호리(堀) 강 저어가는/ 노 젓는 소리는/ 궁전의 관료들이/ 모두 들을 정도네

해설

갈대를 베느라고 호리(堀) 강을 노 젓고 있는 듯한 배의 노 젓는 소리는 궁전의 관료들이 모두 들을 정도로 크게 울리고 있네라는 내용이다.

좌주 위의 1수는, 式部少丞 오호토모노 스쿠네 이케누시(大伴宿禰池主)가 구송하였다. 즉 말하기를, "兵部大丞 오호하라노 마히토 이마키(大原眞人今城)가 일전에 어느 곳에서 읊은 노래다"고 한다.

4460 호리(堀) 강 젓는/ 이즈(伊豆) 풍의 배의요/ 삐걱거리는/ 소리 자주 울리네/ 물 흐름 빠른 가봐

해설

호리(堀) 강을 저어가는, 伊豆에서 만든 배의 노 젓는 소리가 자주 울리네. 아마도 물의 흐름이 빠른가 보네라는 내용이다.

4461 호리(堀) 강에서/ 물길 거슬러 가는/ 노 소리처럼/ 끊임없이 나라(奈良)는/ 그리운 것이 네요

해설

호리(堀) 강을 지나 물길을 거슬러서 올라가는 노를 젓는 소리처럼, 그렇게 끊임없이 나라(奈良)는 그리운 것이네요라는 내용이다.
호리(堀) 강을 지나서 물길을 거슬러서 올라가는 배가 쉬지 않고 노를 젓는 그 소리처럼, 그렇게 끊임없이 나라(奈良)가 그립다는 뜻이다.

4462　布奈藝保布　保利江乃可波乃　美奈伎波尔　伎爲都々奈久波　美夜故杼里香蒙

　　　　船競ふ　堀江の川[1]の　水際に　來居つつ鳴くは　都鳥[2]かも

　　　　ふなぎほふ　ほりえのかはの　みなきはに　きゐつつなくは　みやこどりかも

　　　左注　右三首, 江[3]邊作之.

4463　保等登藝須　麻豆奈久安佐氣　伊可尔世婆　和我加度須疑自　可多利都具麻埿

　　　　ほととぎす　まづ鳴く朝開　いかにせば[4]　わが門過ぎじ　語り繼ぐまで

　　　　ほととぎす　まづなくあさけ　いかにせば　わがかどすぎじ　かたりつぐまで

4464　保等登藝須　可氣都々伎美我　麻都可氣尔　比毛等伎佐久流　都奇知可都伎奴

　　　　ほととぎす　かけつつ君[5]が　松[6]蔭に　紐解き放くる[7]　月[8]近づきぬ

　　　　ほととぎす　かけつつきみが　まつかげに　ひもときさくる　つきちかづきぬ

　　　左注　右五首, 廿日[9], 大伴宿祢家持, 依興作之.

---

　1 **堀江の川**: 堀江인 川.
　2 **都鳥**: 붉은부리갈매기.
　3 **江**: 堀江이다.
　4 **いかにせば**: 정확하게는 'せば'에 대해, '過ぎざらまし'와 호응한다.
　5 **かけつつ君**: 橘諸兄을 가리키는 것일까.
　6 **松**: '待つ'와 발음이 같으므로 기다린다는 뜻을 담았다.
　7 **紐解き放くる**: 마음을 서로 허락하여 편안한 모습이다.
　8 **月**: 5월이다.
　9 **廿日**: 天平勝寶 8년(756) 4월이다.

4462 배가 겨루는/ 호리(堀)에 있는 강의/ 물가 쪽으로/ 와 있으며 우는 건/ 붉은부리갈매기

🌸 **해설**

많은 배가 서로 경쟁을 하듯이 앞을 다투어서 노를 젓는 호리(堀) 강의 물가로 와서 머물러 있으며 우는 것은 붉은부리갈매기인가라는 내용이다.

都鳥라고 하였으므로 도읍을 그리워하는 마음을 노래한 것임을 알 수 있다.

> **좌주** 위의 3수는, 강 주변에서 지은 것이다.

4463 두견새가요/ 처음 우는 새벽에/ 어떻게 하면/ 내 집 문 안 지날까/ 후에 전할 정도로

🌸 **해설**

두견새가 첫 울음을 우는 새벽에, 어떻게 하면 우리 집의 문을 지나가지 않고 울게 할 수가 있을까. 후대에까지 이야깃거리로 전할 정도로라는 내용이다.

새벽에 첫 울음을 운 두견새가, 작자의 집의 문을 지나가 버리지 않고 계속 머물러서 울었으면 좋겠다는 뜻이다.

中西 進은, 이하 2수는 귀경 후의 작품이라고 하였다. 'わが門'이라고 한 것을 보면 도읍에서 지은 것임을 알 수 있다.

4464 두견새를요/ 생각하며 그대가/ 솔 그늘에서/ 옷끈 풀고 즐기는/ 달이 가까웠네요

🌸 **해설**

두견새를 생각하며 그대가 기다리는, 소나무 그늘에서 옷끈을 풀고 편안하게 즐기는 5월이 다가왔네요라는 내용이다.

'松'과 '待つ'의 발음이 같은 것을 이용한 노래이다.

> **좌주** 위의 5수는, 20일에 오호토모노 스쿠네 야카모치(大伴宿禰家持)가 흥을 느껴 지은 것이다.

喩族[1]歌一首 并短謌

4465　比左加多能　安麻能刀比良伎　多可知保乃　多氣尓阿毛理之　須賣呂伎能　可末能御代欲利
　　　波自由美乎　多尓藝利母多之　麻可胡也乎　多婆左美蘇倍弖　於保久米能　麻須良多祁乎乎
　　　佐吉尓多弖　由伎登利於保世　山河乎　伊波祢左久美弖　布美等保利　久尓麻藝之都々
　　　知波夜夫流　神乎許等牟氣　麻都呂倍奴　比等乎母夜波之　波吉伎欲米　都可倍麻都里弖
　　　安吉豆之萬　夜萬登能久尓乃　加之波良能　宇祢備乃宮尓　美也婆之良　布刀之利多弖氐
　　　安米能之多　之良志賣之祁流　須賣呂伎能　安麻能日継等　都藝弖久流　伎美能御代々々
　　　加久左波奴　安加吉許己呂乎　須賣良弊尓　伎波米都久之弖　都加倍久流　於夜能都可佐等
　　　許等太弖氐　佐豆氣多麻敞流　宇美乃古能　伊也都藝都岐尓　美流比等乃　可多里都藝弖氐
　　　伎久比等能　可我見尓世武乎　安多良之伎　吉用伎曽乃名曽　於煩呂加尓　己許呂於母比弖
　　　牟奈許等母　於夜乃名多都奈　大伴乃　宇治等名尓於敞流　麻須良乎能等母

ひさかたの[2]　天の戸開き　高千穂の　岳に天降りし[3]　皇祖の　神[4]の御代より[5]　櫨弓を[6]
手握り持たし[7]　眞鹿兒矢[8]を　手挾み添へて　大久米[9]の　ますら健男を　先に立て　靱取り
負せ[10]　山河を　磐根さくみて[11]　踏みとほり　國覓しつつ[12]　ちはやぶる[13]　神を言向け

---

1 族: 大伴의 일족이다. 'うがら(친척)'와의 차이점은 확실하지 않다. 家持는 이 작품을 지은 태도로 보아서는 大伴氏의 어른 같지만, 官位上으로는 더 어른이 있다.
2 ひさかたの: 먼 저쪽.
3 岳に天降りし: 하늘의 바위 문을 열고 高天穗로 내려왔다고 하는 신화상의 전승이다.
4 神: 니니기노 미코토(瓊瓊杵尊)라고 전해진다.
5 御代より: 'より'는 경과를 나타낸다. 계속.
6 櫨弓を: 거멍옷나무로 만든 활을 말한다.
7 手握り持たし: 'し'는 경어이다.
8 眞鹿兒矢: 본래는 사슴을 쏘는 활이다. 여기서는 전쟁용 활이다.
9 大久米: 大伴은 大久米部를 이끌었다고 전해진다. 4094번가 참조.
10 靱取り負せ: 'せ'는 사역을 나타낸다. 大久米部에게. 480번가 참조.
11 磐根さくみて: 돌부리를 밟고서. 권제2의 210번가 참조.
12 國覓しつつ: 국토를 찾아서. 이른바 神武의 東征을 말한다.
13 ちはやぶる: 무시무시한 위세를 가지고 있다.
14 服從はぬ: 원문의 '倍'는 보통 'へ'를 나타내며 여기서도 'へ'라고 하는 설이 있다.
15 仕へ奉りて: 문맥상으로는 훨씬 뒤의 '仕へ來る'에 이어진다. 여기까지가 제1단락으로 천손강림과 동쪽 정벌 때 조상들이 봉사한 것을 말하고 있다.

일족을 깨우치는 노래 1수와 短歌

4465 (히사카타노)/ 하늘의 문을 열고/ 타카치호(高千穂)의/ 산으로 내려왔던/ 천황 조상의/ 신의 시대로부터/ 웃나무 활을/ 손에 잡아 가지고/ 전쟁용 화살/ 옆구리에 끼고서/ 오호쿠메(大久米)의/ 용감한 남자들을/ 앞에 세우고/ 전통을 메게 하여/ 산과 강의요/ 바위부리를 밟고/ 밟아 부수어/ 나라를 찾으면서/ 매우 난폭한/ 신들을 평정하고/ 복종을 않는/ 사람들 굴복시켜/ 소탕을 하여/ 봉사를 하여 왔네/ (아키즈시마)/ 야마토(大和)의 나라의/ 카시하라(橿原)의/ 우네비(畝傍)의 궁전에/ 궁전 기둥을/ 멋지게 세워서는/ 천하 세상을/ 지배를 하였었던/ 神武천황의/ 하늘의 후계로서/ 계승하여 온/ 천황들 시대마다/ 숨김이 없는/ 깨끗한 마음을요/ 왕의 곁에서/ 극진히 다하여서/ 봉사해 왔네/ 조상의 관직이라/ 말을 하고서/ 임명을 하였었던/ 자손들의요/ 더욱 계속하여서/ 보는 사람이/ 계속 말을 전하고/ 듣는 사람이/ 귀감으로 할 걸세/ 명예가 있는/ 깨끗한 이름이네/ 어리석게/ 마음에 생각하여/ 조금이라도/ 조상 이름 끊지 마/ 오호토모(大伴)의/ 성과 이름을 가졌는/ 사내대장부들아

해설

조상인 大伴氏는, 아득히 멀고 먼 하늘의 바위 문을 열고 타카치호(高千穂) 산으로 내려왔던 천황의 조상신의 시대인 그 옛날부터, 거명웃나무로 만든 좋은 활을 손에 잡고, 전쟁용 화살을 겨드랑이에 끼고, 오호쿠메(大久米)의 용감한 남자들을 선두에 세우고, 전통을 둘러메게 하여 산으로도 강으로도 바위부리를 밟아 헤치고 밟아 부수어서 나라를 찾으면서, 매우 난폭하고 거친 신을 평정하고, 복종을 하지 않고 반항하는 사람들도 굴복시켜서, 사악한 것을 모두 소탕하여 깨끗하게 해서 봉사를 하여 왔네. 또 풍요한 일본의 카시하라(橿原) 우네비(畝傍)의 궁전에 기둥을 멋지게 세워서는 천하를 지배하였던 神武천황의, 그 이후의 천황의 위를 하늘의 후계로서 계승하여 온 역대 천황들의 시대 시대마다, 하나라도 숨김이 없는 깨끗한 마음을 왕의 곁에서 극진히 다하여서 봉사해 온 것이네. 그러한 조상들의 대대로의 역할로서, 말로 명확하게 말하여 천황이 관직을 내려 임명하여 준 우리들 자손은, 더한층 계속해서 보는 사람이 계속 말을 전하고, 듣는 사람이 틀림없이 귀감으로 힐 것인 것을, 명예가 있는 깨끗한 그 이름이네. 어리석고 경솔하게 마음에 생각하여 조금이라도 조상의 이름을 끊어지게 하는 일이 없어야 하네. 오호토모(大伴)의 성과 이름을 가진 대장부들이여라는 내용이다.

'天の戸開き'에 대해 全集에서는, 『일본서기』의 천손 강림조에, 瓊瓊杵(니니기)神이 하늘의 바위 문을 열고 구름을 헤치고 내려왔을 때, 大伴連의 조상인 天忍日(아마노 오시히)神이, 來木(쿠메)部의 조상인

服從はぬ¹⁴ 人をも和し 掃き清め 仕へ奉りて¹⁵ 秋津島¹⁶ 大和の國の 橿原の 畝傍の宮に 宮柱 太知り立てて¹⁷ 天の下 知らしめしける 皇祖¹⁸の 天の日嗣と¹⁹ 繼ぎて來る 君²⁰の御代御代 隱さはぬ²¹ 赤き心²²を 皇邊に 極め盡して 仕へ來る²³ 祖の官と 言立てて 授け給へる²⁴ 子孫の²⁵ いや繼ぎ繼ぎに 見る人の 語りつぎてて²⁶ 聞く人の 鏡にせむを あたらしき²⁷ 清きその名そ おぼろかに²⁸ 心思ひて 虛言も²⁹ 祖の名断つな 大伴の 氏と名に負へる 大夫の伴³⁰

ひさかたの あまのとひらき たかちほの たけにあもりし すめろきの かみのみよより
はじゆみを たにぎりもたし まかごやを たばさみそへて おほくめの ますらたけをを
さきにたて ゆきとりおほせ やまかはを いはねさくみて ふみとほり くにまぎしつつ
ちはやぶる かみをことむけ まつろはぬ ひとをもやはし はききよめ つかへまつりて
あきづしま やまとのくにの かしはらの うねびのみやに みやばしら ふとしりたてて
あめのした しらしめしける すめろきの あまのひつぎと つぎてくる きみのみよみよ
かくさはぬ あかきこころを すめらへに きはめつくして つかへくる おやのつかさと
ことだてて さづけたまへる うみのこの いやつぎつぎに みるひとの かたりつぎてて
きくひとの かがみにせむを あたらしき きよきそのなそ おぼろかに こころおもひて
むなことも おやのなたつな おほともの うちとなにおへる ますらをのとも

---

16 **秋津島**: 야마토(大和: 일본)를 상투적으로 수식하는 枕詞이다. 풍요하다는 뜻이다.
17 **太知り立てて**: 찬미의 유형적인 표현이다. '知り'는 영유한다는 뜻이다.
18 **皇祖**: 神武천황이라고 전해진다.
19 **天の日嗣と**: 즉위하는 것을, 하늘 태양의 위를 계승하는 것이라고 생각했다.
20 **君**: 역대의 천황이다.
21 **隱さはぬ**: 'は'는 계속을 나타낸다.
22 **赤き心**: '아가'는 明이다. 더럽지 않은 상태이다.
23 **仕へ來る**: 문맥상으로는 다음 구에 이어진다. 여기까지가 제2단락으로, 역대 천황들에게 봉사한 것을 말하였다.
24 **授け給へる**: 주어는 천황이다.
25 **子孫の**: 일족의 자손이다. 'の'는 は, これおば(는, 이것)'라는 내용으로, 'つぎて', 'せむ'의 목적격이 된다.
26 **語りつぎてて**: 'つぎて'는 'つぎつ(질서를 세운다는 뜻)'의 연용형이라고 한다.
27 **あたらしき**: 유감스럽다. 분하다.
28 **おぼろかに**: 몽롱한, 어슴푸레한.
29 **虛言も**: 거짓말로라도.
30 **大夫の伴**: 일족의 사람들이다.

天穗津大來目(아메쿠시츠 오호쿠메)를 이끌고 천손 앞에 서서 高天穗 봉우리에 내려왔다고 하는 전승에 의해 말한 것이다'고 하였다[『萬葉集』 4, p.430].

'山河'를 全集에서는, '가는 자를 막는 방해물의 대표적인 것. 산에 중점이 있다'고 하였다[『萬葉集』 4, p.431].

'磐根さくみて'를 全集에서는, '神武천황이 동쪽을 정벌할 때 大伴氏의 조상인 道臣(미치노 오미)神 등이 熊野 산속을 답파하는 고난을 염두에 두고 말한 것이겠다'고 하였다[『萬葉集』 4, p.431].

이 작품에 대해 私注에서는, '창작 동기는 左注로 알 수 있다. 左注의 뜻은 '淡海三船이 부당한 고소를 받은 것에 연좌해서, 出雲守 大伴古慈斐가 해임되었으므로 家持가 이 노래를 지었다'로 해석해야만 한다. '軟'은 인연 등의 緣이 아니라 緣坐의 緣이다. 緣坐는 連坐와 마찬가지로 같은 죄에 공범이라는 뜻의 법률 용어이지만 唐律은 오로지 이 단어를 사용하며, 일본 율법도 이것을 답습하고 있으므로 율령 관료인 家持에게는 관용어이었을 것이다. '讒言'의 '讒'은 '譖'과 통용될 수 있는 글자로 '譖'은 거짓말을 넣은 고소, 즉 부당한 고소라는 뜻이다. 譖言의 그러한 뜻의 용례는 아직 발견되지 않지만, 여기에서 사용한 뜻은 그렇다고 단정해야만 한다. 즉 단순한 誣告가 아니라 어느 정도 사실은 있으면서도 부당하게 허위가 더해진 고소라는 뜻으로 誣告와는 구분되어 사용되었던 것일 것이다. 三船讒言은 三船이 받은 讒言으로 해석해야만 한다. (중략) 讒者는 仲麿였던 것을 알 수 있다. (중략) 이 左注 및 『續日本記』의 기사에 의해서도 大匠記 이래 이 左注와 『속일본기』 사이에 차이가 있는 것처럼 생각된 것은, '緣'을 緣坐의 緣으로 하지 않고, 인연의 연으로 잘못 해석했기 때문이라고 말해도 좋을 것이다. 古慈悲는 西本願寺 이본과 『속일본기』 등에는 古慈斐로 되어 있는데, 이것은 아마 코시비로 小鮪를 의미한 이름일 것이다. 그래도 이해할 수 없는 것은 家持의 태도이다. 사면도 멀지 않았으므로 일의 진상은 그에게도 모두 알려져 있었을 것인데, 仲麿에 대한 저항은 조금도 나타나 있지 않다. 誣告라고 하지 않고 讒言이라고 한 것은 仲麿에 대한 사양과 古慈斐에 대한 배려를 겸한 것이라고 말하면 그렇게 말할 수는 있겠지만, 어느 쪽으로도 결정을 하지 못하는 그의 철저하지 못한 성격이 드러난 것이라고 보는 것이 옳겠다. 그는 이후 멀지 않아 일어나는 奈良麿 사건으로 古慈悲는 土佐守였는데, 그곳에 유배의 몸이 되고, 동족인 池主 등 많은 사람들이 어려움을 당하고 있는데, 오랫동안 친교를 하였던 橘氏와 행동을 함께 하지 않았다. 이후에도 그는 仲麿의 노래를 기록하고, 仲麿가 이끄는 궁중의 연회에서 노래를 짓고 있었던 것으로 보인다. 그러한 작자 家持의 입장을 생각하면 이 노래가 극히 철저하지 못한 것도 바로 이해가 될 것이다. 賀陸奧國出金歌 같은 순수함은 이미 그 마음에 보이지 않는 것이다. (중략) 古慈悲는 小吹負 의 손자, 祖父麿의 아들, 아내는 藤原不比等의 딸로 이때는 연령이나 관직 모두 家持보다는 위였을 것이 므로 家持는 씨족의 주류이고, 씨족 어른 같은 입장이었을지는 모르지만, 그가 깨우치려고 한 것은 직접 古慈悲가 아니라, 다른 일족이 主였을 것이다. 그런 점에도 무언가 철저하지 않은 것이 있는지도 모른다' 고 하였다[『萬葉集私注』 9, pp.396~398].

4466　之奇志麻乃　夜末等能久尓々　安伎良氣伎　名尓於布等毛能乎　己許呂都刀米与

　　　　磯城島[1]の　大和の國に　明らけき　名[2]に負ふ伴の緒[3]　心つとめよ

　　　　しきしまの　やまとのくにに　あきらけき　なにおふとものを　こころつとめよ

4467　都流藝多知　伊与餘刀具倍之　伊尓之敝由　佐夜氣久於比弖　伎尓之曽乃名曽

　　　　劍大刀[4]　いよよ研ぐべし[5]　古ゆ　淸けく負ひて　來にしその名[6]そ

　　　　つるぎたち　いよよとぐべし　いにしへゆ　さやけくおひて　きにしそのなそ

左注　右, 縁淡海真人三船[7]讒言, 出雲守大伴古慈斐宿祢[8]解任[9]. 是以家持[10]作此歌也.

---

1 **磯城島**: 본래 奈良縣 櫻井市 가까운 곳의 지명이다. 후에 大和를 상투적으로 수식하는 枕詞가 되었다. 이 어감을 石敷島(=지역)로도 敷き(지배하는)島로도 해석했을 것이다.
2 **名**: 명문가의 명성이다.
3 **伴の緒**: 여기에서는 일족을 말한다. '緒'는 긴 것을 말한다.
4 **劍大刀**: 관습적으로는 劍과 大刀를 결합하여 함께 말한다.
5 **いよよ研ぐべし**: 옛날부터 武로 봉사한 것을 말한다.
6 **來にしその名**: 大伴의 이름이다.
7 **淡海真人三船**: 大友황자(弘文천황)의 증손. 葛野王의 손자, 池邊王의 아들. 奈良朝 후기를 대표하는 문인이다. 이때 35세였다.
8 **出雲守大伴古慈斐宿祢**: 吹負의 손자, 祖父麿(오오치마)의 아들, 이때 72세였다.
9 **解任**: 이 사건을 『續日本記』에는 天平勝寶 8년(756) 5월 10일에 藤原仲麿의 참언으로, 조정 비방의 죄로 三船·古慈斐 모두 함께 衛士府에 금고되고, 13일에 사면되었다고 하였다. 다만 古慈斐는 이듬해 土佐守로 좌천된 듯하다. 아마 조정 비방은 三船의 책임이고, 공모자로 古慈斐를 참언한 것이겠다. 『속일본기』와 『만엽집』에 차이가 있는 것이 아니다.
10 **家持**: 家持가 직접 적은 것을 나타낸다.

4466 (시키시마노)/ 야마토(大和)의 나라에/ 명예스러운/ 이름 가진 일족들은/ 마음을 다잡아요

🌸 해설

磯城島의 일본에, 감춘 것이 없이 밝히 드러난 명예로 이름에 어긋나지 않는 일족들이여. 마음을 태만하게 하지 말고 다잡아요라는 내용이다.

4467 (츠루기타치)/ 더욱더 연마하세/ 옛날부터서/ 깨끗하게 지니고/ 온 그 이름이라네

🌸 해설

큰 칼을 잘 연마하듯이 이름을 더럽히지 않도록 그렇게 더욱더 노력하는 것이 좋다네. 옛날부터 깨끗하게 유지해 온 명예로운 그 이름이라네라는 내용이다.

옛날부터 더럽혀지지 않고 유지되어 온, 가문의 명예로운 이름을 잘 지켜나가도록 힘쓰라는 뜻이다.

좌주 위는, 아후미노 마히토 미후네(淡海眞人三船)의 밀고에 의해 出雲守 오호토모노 코시비 스쿠네(大伴古慈斐宿禰)가 해임되었다. 그래서 家持가 이 노래를 지었다.

'緣淡海眞人三船讒言'에 대해서는 여러 해석이 있는데 木下正俊은, ① 三船이 古慈斐를 참소한 것으로 보는 설 ② 三船이 조정을 비방하였는데 그것에 古慈斐가 연좌되었다고 보는 설 ③ 三船이 참소로 죄를 얻었는데 古慈斐가 연좌되었다고 보는 설 ④ 家持가 정치에 어두워, 左注의 글은 家持의 오해에 의한 것이라는 설 ⑤ 左注는 三船이 古慈斐를 참소했다는 뜻이지만 家持는 동족인 古慈斐를 동정해서 이처럼 기록했다고 하는 설을 인용하고 家持는 ①이라고 믿었음이 틀림없다고 생각한다'고 하였대『萬葉集全注』 20, pp.299~300].

臥病悲無常, 欲脩道[1]作歌二首[2]

4468　宇都世美波　加受奈吉身奈利　夜麻加波乃　佐夜氣吉見都々　美知乎多豆祢奈

うつせみは[3]　數なき[4]身なり　山川の　清けき[5]見つつ　道を尋ねな

うつせみは　かずなきみなり　やまかはの　さやけきみつつ　みちをたづねな

4469　和多流日能　加氣尓伎保比弖　多豆祢弖奈　伎欲吉曽能美知　末多母安波無多米

渡る日の　影に競ひて[6]　尋ねてな[7]　清きその道　またも[8]遇はむため

わたるひの　かげにきほひて　たづねてな　きよきそのみち　またもあはむため

願壽作歌一首

4470　美都煩奈須　可礼流身曽等波　之礼々杼母　奈保之祢我比都　知等世能伊乃知乎

泡沫なす[9]　假れる身[10]そとは　知れれども[11]　なほし[12]願ひつ　千歳の命を

みつぼなす　かれるみそとは　しれれども　なほしねがひつ　ちとせのいのちを

<u>左注</u>　以前歌六首, 六月十七日, 大伴宿祢家持作

---

1 **脩道**: 불도 수행.
2 **作歌二首**: 4470번가의 左注에 의하면 앞의 작품과 같은 날 지은 것으로 표리를 이루는 것이라고 할 수 있다.
3 **うつせみは**: 현실 체험이다.
4 **數なき**: 數에 들어가지 않는 부족한 몸. 또 '數'는 불교어 '數(존재의 뜻)'의 번역어라고도 생각할 수 있다.
5 **清けき**: 정토.
6 **影に競ひて**: 태양의 빛이라는 것은 시간의 경과를 말한다. 무상한 시간의 흐름에 뒤처지지 않도록.
7 **尋ねてな**: 'て'는 완료로 강조를 나타낸다. 'な'는 願望을 나타낸다.
8 **またも**: 이 세상에서뿐만이 아니라 저 세상에서도.
9 **泡沫なす**: 'みつぼ'는 'みづつぼ'의 축약형이다. 'つぼ'는 'つぶ(粒)'와 같다. 물거품을 말한다.
10 **假れる身**: 이 세상을 일시적인 것이라고 보는 불교사상이다.
11 **知れれども**: 두 번째의 'れ'는 완료를 나타낸다.
12 **なほし**: 'し'는 강조를 나타낸다.

병으로 누워 무상을 슬퍼하며, 수행을 원해서 지은 노래 2수

4468　인간 목숨은/ 짧고 헛된 것이네/ 산과 강들의/ 맑은 경치 보면서/ 佛道를 닦고 싶네

🌸 해설

　　살아있는 인간의 목숨은 짧고 무상한 것이네. 그러니 산과 강들의 맑은 경치를 보면서 佛道를 닦고 싶네라는 내용이다.

　　全集에서는, '聖武천황 사망 후에 孝謙천황·光明황태후를 배경으로, 더욱 전횡을 일삼은 仲麻呂에게 권력이 집중된 정계에 대한 분노와, 家持 자신의 무력감에서 부른 것인가. 후세의 이른바 釋敎歌에 속한다'고 하였다『萬葉集』 4, p.433].

4469　떠가는 해의/ 빛과 서로 겨루어/ 찾아가 보자/ 청정한 佛道의 길/ 다시 만나기 위해서

🌸 해설

　　하늘을 떠가는 태양의 빛과 서로 시간을 겨루어서 찾아가 보자. 내생에도 또 청정한 佛道의 길을 다시 만나기 위해서라는 내용이다.

수명을 원해서 지은 노래 1수

4470　물거품처럼/ 덧없는 몸인 줄은/ 알고 있지만/ 그래도 원하기는/ 천년의 목숨인 것을

🌸 해설

　　물거품처럼 덧없는 몸이라는 것을 알고는 있지만, 그래도 역시 원하네. 천 년의 목숨을이라는 내용이다.

　　이 세상이 허망한 것인 줄을 알면서도 여전히 장수하기를 비라는 모순된 자신의 심성을 말한 것이다.

　　좌주　이상의 노래 6수는, 6월 17일 오호토모노 스쿠네 야카모치(大伴宿禰家持)의 작품

冬十一月五日夜, 小雷起鳴, 雪落覆庭. 忽懷感憐, 聊作短歌一首

4471　氣能己里能　由伎尓安倍弓流　安之比奇乃　夜麻多知婆奈乎　都刀尓通弥許奈

消¹殘りの　雪にあへ²照る　あしひきの　山橘³を　裏⁴に摘み來な⁵

けのこりの　ゆきにあへてる　あしひきの　やまたちばなを　つとにつみこな

左注 右一首, 兵部少輔大伴宿祢家持

八日⁶, 讚岐守安宿王⁷等, 集於出雲掾⁸安宿奈杼麿之家宴歌二首

4472　於保吉美乃　美許登加之古美　於保乃宇良乎　曽我比尓美都々　美也古敝能保流

大君の　命畏み　大の浦⁹を　背向に見つつ¹⁰　都へ上る

おほきみの　みことかしこみ　おほのうらを　そがひにみつつ　みやこへのぼる

左注 右, 掾安宿奈杼麿

---

1 消: 'け'는 'きえ'의 축약형인가. 4024번가 참조.
2 雪にあへ: 'あへ'는 섞는 것이다.
3 山橘: 자금우이다.
4 裏: 싼 것이다.
5 摘み來な: 'な'는 願望을 나타낸다.
6 八日: 天平勝寶 8년(756) 11월 8일.
7 讚岐守安宿王: 讚岐守이지만 그때 도읍에 있었던 것으로 보인다. 4452번가 左注 참조. 安宿王은 安宿氏에 의해 양육되었으므로, 이 연회는 그 일족인 奈杼麿의 귀경을 기뻐하여 한 것이겠다.
8 出雲掾: 出雲國의 3등관, 종7위상에 상당한다. 安宿奈杼麿는 정확하게는 百濟安宿公이다.
9 大の浦: 어디인지 알 수 없다. 飫宇(오우)海(371·536번가)의 浦와 같은가.
10 背向に見つつ: 풍광을 감상하는 일 없이.

겨울 11월 5일 밤에, 약간 천둥이 치고 눈이 내려 정원을 덮었다. 그때 감흥이 일어나서 지은 短歌 1수

4471 녹다가 남은/ 눈과 서로 비추는/ (아시히키노)/ 자금우를 말이죠/ 선물로 따서 오자

🌸 **해설**

녹다가 남아 있는 흰 눈과 서로 아름답게 비추고 있는 자금우를 선물로 보내기 위해서 따고 싶네라는 내용이다.

> **좌주** 위의 1수는, 兵部少輔 오호토모노 스쿠네 야카모치(大伴宿禰家持)

8일에, 사누키(讚岐)守 아스카베(安宿)王 등이, 이즈모(出雲)의 판관 아스카베노 나도마로(安宿奈杼麿) 집에 모여서 연회하는 노래 2수

4472 우리들 왕의/ 명령이 두려워서/ 오호(大)의 포구를/ 등 뒤로 하고서는/ 도읍으로 오르네

🌸 **해설**

왕의 명령이 두려워서 오호(大) 포구를 보지도 못한 채 등 뒤로 하고서는 도읍으로 올라가네라는 내용이다.

> **좌주** 위의 노래는, 판관 아스카베노 나도마로(安宿奈杼麿)
> 安宿奈杼麿에 대해 木下正俊은, '백제에서 도래한 사람의 자손으로 百濟安宿公奈登麻呂라고도 한다. 天平神護 원년(765)에 정6위상에서 외종5위하를 받았다'고 하였대『萬葉集全注』 20, pp.305~306].

4473 宇知比左須　美也古乃比等尓　都氣麻久波　美之比乃其等久　安里等都氣己曽

うち日さす[1]　都の人に　告げまくは[2]　見し日[3]の如く　ありと告げこそ[4]

うちひさす　みやこのひとに　つげまくは　みしひのごとく　ありとつげこそ

> **左注**　右一首, 守[5]山背王[6]歌也. 主人[7]安宿奈杼麿[8]語云, 奈杼麿被差朝集使[9], 擬入京師. 因此餞之日, 各作歌聊陳所心[10]也.

4474 武良等里乃　安佐太知伊尓之　伎美我宇倍波　左夜加尓伎吉都　於毛比之其等久 [一云, 於毛比之母乃乎]

群鳥の[11]　朝立ち去にし　君[12]が上は　さやかに[13]聞きつ　思ひしごとく[14] [一は云はく[15], 思ひしものを]

むらとりの　あさだちいにし　きみがうへは　さやかにききつ　おもひしごとく [あるいはいはく, おもひしものを]

> **左注**　右一首, 兵部少輔 大伴宿祢家持, 後日, 追和出雲守山背王歌作之.

1　**うち日さす**: 都를 상투적으로 수식하는 枕詞이다.
2　**告げまくは**: 'まく'는 'む'의 명사형이다.
3　**見し日**: 山背王이 出雲으로 떠나기 전 도읍에 있던 날이다.
4　**ありと告げこそ**: 'こそ'는 'こす'의 명령형이다.
5　**守**: 出雲守이다.
6　**山背王**: 安宿王의 동생이다. 형 安宿王에 대해 피로한 것이다.
7　**主人**: 연회의 주최자이다.
8　**奈杼麿**: 자칭.
9　**朝集使**: 國·郡司의 근무 상황 등의 행정보고서, 朝集帳을 조정에 가지고 가는 사람이다. 매년 11월 1일까지 상경한다.
10　**各作歌聊陳所心**: 그 중의 1수.
11　**群鳥の**: 새들이 아침에 떼를 지어 날아서 떠나는 모습으로, 출발을 상투적으로 수식하는 枕詞이다. 4008번가 참조.
12　**君**: 安宿王. 4473번가에서 말하는 '見し日'의 모습이다. 또 왕의 出雲守 임명은 古慈斐의 해임(5월 10일) 뒤를 이은 것이다.
13　**さやかに**: 들은 결과 근심이 사라져서 안심한 심리 상태를 말한다. 듣고 '기분이 상쾌하게' 되었다고 하는 것이 이해하기 쉽다.
14　**思ひしごとく**: 건강할 것이라고 예상한 대로.
15　**一は云はく**: 괜찮을 것인가 걱정하고 있었는데.

4473 (우치히사스)/ 도읍의 사람에게/ 전할 것은요/ 보았던 날과 같이/ 있다고 전해 줘요

🌸 해설

햇빛이 빛나는 도읍에 있는 사람에게 전할 것은, 지난번에 도읍에 있을 때 보았던 날과 같이 변함없이 건강하게 잘 있다고 전해 주세요라는 내용이다.

좌주 위의 1수는, 장관 야마시로(山背)王의 노래이다. 主人인 아스카베노 나도마로(安宿奈杼麿) 가 말하기를, "나, 奈杼麿가 朝集使로 파견되어 도읍으로 올라가려고 했으므로 송별연을 열어 준 날에 사람들이 각각 노래를 지어서 마음을 표현했다"고 하였다.

4474 (므라토리노)/ 아침에 날 듯 떠난/ 그대의 몸은/ 건강하다 들었죠/ 생각하였던 대로 [혹은 말하기를, 걱정을 했던 것을]

🌸 해설

새 떼가 아침에 날아서 부산스럽게 떠나가듯이, 그렇게 도읍을 떠나간 그대의 몸은 건강하다고 들었습니다. 생각하고 있던 대로[혹은 말하기를, 걱정을 했던 것을]이라는 내용이다.

'朝立ち去にし'를 全集에서는, '山背王이 出雲守가 되어 부임했을 때의 일을 말한다. 반년 전인 5월 10일에 선임 出雲守였던 大伴古慈斐가 참소로 실각한 직후의 일일 것이다'고 하였다『萬葉集』 4, p.435].

좌주 위의 1수는, 兵部少輔 오호토모노 스쿠네 야카모치(大伴宿禰家持)가, 훗날, 出雲守 야마시로(山背)王의 노래에 追和하여 지었다.

'後日'에 대해 全集에서는, '날짜는 알 수 없다. 8일의 연회에 家持가 참석하고 있었는지 아닌지는 알 수 없다. 오히려 仲麻呂의 전횡을 싫어하면서도, 세력을 알고 신중을 기한 家持는, 聖武천황의 服喪 중(다음해의 5월말까지)에 열린 이 모임에는 참가하지 않았던 것이 아닐까'라고 하였다『萬葉集』 4, p.435].

廿三日¹, 集於式部少丞大伴宿祢池主²之宅飲宴歌二首

4475 波都由伎波 知敝尓布里之家 故非之久能 於保加流和礼波 美都々之努波牟

初雪³は 千重に降りしけ 戀しく⁴の 多かるわれは 見つつ思はむ⁵

はつゆきは ちへにふりしけ こひしくの おほかるわれは みつつしのはむ

4476 於久夜麻能 之伎美我波奈能 奈能其等也 之久之久伎美尓 故非和多利奈無

奥山の 樒⁶が花の 名のごとや しくしく⁷君⁸に 戀ひわたりなむ

おくやまの しきみがはなの なのごとや しくしくきみに こひわたりなむ

左注 右二首, 兵部大丞⁹大原真人今城

---

1 **廿三日**: 天平勝寶 8년(756) 11월 23일이다.
2 **大伴宿祢池主**: 池主의 마지막 노래이다. 8개월 후에 奈良麿의 모반사건에 연좌되었다. 4459번가의 左注 참조.
3 **初雪**: 18일 전에 눈이 많이 내렸다고 하는 것이 보인다. 4471번가의 제목 참조.
4 **戀しく**: '戀ふ'의 명사형이다.
5 **見つつ思はむ**: 池主를 그리워하는 것인가. 今城과 池主---4459번가 참조.
6 **奥山의 樒**: 신에게 바치는 식물이다. '君'에 대한 축복을 담는가.
7 **しくしく**: 'しきみ'---'しくしく'로 이어진다.
8 **君**: 4475번가와 같은 대상이다.
9 **兵部大丞**: 兵部省의 3등관이다. 정6위하에 상당한다.

23일에, 式部少丞 오호토모노 스쿠네 이케누시(大伴宿禰池主)의 집에 모여서 연회하는 노래 2수

4475 처음 오는 눈/ 많이 내려 쌓여라/ 그리움이요/ 많기도 한 나는요/ 보며 그리워하자

🌸 **해설**

첫눈은 천 겹이나 되도록 많이 내려서 쌓여라. 그러면 그리움이 많기도 한 나는 눈을 보면서 그리워하며 있자라는 내용이다.

'大伴宿禰池主'에 대해 全集에서는, '이 무렵 反仲麻呂派의 일원으로 활약하고 있었다. 이듬해 7월에 하옥되었으며, 사망한 것은 알 수 없다'고 하였다『萬葉集』4, p.435].

'見つつ思はむ'을 中西 進은, '池主를 그리워하는 것인가'라고 하였다. 全集에서는, '생각하는 대상은, 어쩌면 다음 노래의 君과 같은 사람으로, 家持를 가리키는 것이라고도 생각되지만 확실하지 않다'고 하였다『萬葉集』4, p.435].

4476 깊은 산속의/ 침향목의 꽃의요/ 이름과 같이/ 계속해서 그대를/ 그리워하는 걸까

🌸 **해설**

깊은 산속의 침향목의 꽃 이름과 같이, 계속해서 그대를 그리워하는 것일까라는 내용이다.

'樒(しきみ)が花'와 しくしく의 발음이 유사한 것을 이용한 노래이다.

'戀ひわたりなむ'에 대해 全集에서는, '이 연회에 참석하지 않고 있는 인물(家持인가)을 생각하고 부른 것으로 보인다'고 하였다『萬葉集』4, p.436].

[좌주] 위의 2수는, 兵部大丞 오호하라노 마히토 이마키(大原眞人今城)

智努女王[1]卒後, 圓方女王[2]悲傷作歌一首

4477 由布義理尔　知杼里乃奈吉志　佐保治乎婆　安良之也之弓牟　美流与之乎奈美

夕霧に　千鳥の鳴きし　佐保路[3]をば　荒らし[4]やしてむ　見る[5]よしを無み

ゆふぎりに　ちどりのなきし　さほぢをば　あらしやしてむ　みるよしをなみ

大原櫻井真人[6], 行佐保川邊之時作歌[7]一首

4478 佐保河波尔　許保里和多礼流　宇須良婢乃　宇須伎許己呂乎　和我於毛波久尔

佐保川に　凍り渡れる　薄氷の[8]　薄き心を[9]　わが思はなくに

さほがはに　こほりわたれる　うすらびの　うすきこころを　わがおもはなくに

---

1 **智努女王**: 미상. 神龜 원년(724)에 종3위의 智努女王이 있지만, 같은 사람인지 아닌지 알 수 없다. 3위 이상은 '薨'이라고 한다.
2 **圓方女王**: 長屋王의 딸, 寶龜 5년(774) 사망.
3 **佐保路**: 智努女王이 살았던 佐保로 가는 길.
4 **荒らし**: 나는. 사람이 사망한 후에 다니는 일이 없게 되어서, 길이 황폐해진다고 하는 것이 挽歌의 하나의 형식이다(232~234번가 참조). 이것을 능동적으로 말한다. 다만 초목이 무성한 것과 달라서 지금은 저녁 안개, 물떼새의 풍경이므로 심리적으로 황량한 상태이다. 죽음과 황폐한 것의 결합은 많다.
5 **見る**: 智努女王을.
6 **大原櫻井真人**: 櫻井王, 형인 高安王과 함께 大原의 성을 받았다. 今城과의 관계는 명확하지 않다. '眞人'을 이름 뒤에 쓴 것은 경칭이다.
7 **行佐保川邊之時作歌**: 눈앞의 풍경에 의한 사랑의 노래이다.
8 **薄氷の**: 얇은 것의 비유이다.
9 **薄き心を**: 그런 마음을 가지고.

치누노 오호키미(智努女王)가 사망한 후에,
마토카타노 오호키미(圓方女王)가 슬퍼하여 지은 노래 1수

4477 저녁 안개에/ 물떼새가 울었던/ 사호(佐保)의 길을/ 황폐하게 할 건가/ 만날 방법 없어서

🌸 해설

　　저녁 안개 속에 물떼새가 울고 있었던 사호(佐保)로 가는 길을, 황폐하게 해 버리고 마는 것일까. 만날 방법이 없어서 그 길을 다니지 않게 되면이라는 내용이다.
　　이미 이 세상의 사람이 아니므로, 만날 방법이 없어서 사호(佐保)로 가는 길을 다니지 않게 되면 그 길은 황폐하게 될 것인가라는 뜻이다.

오호하라노 사쿠라이노 마히토(大原櫻井眞人)가,
사호(佐保) 강 주변을 갔을 때 지은 노래 1수

4478 사호(佐保) 강에요/ 드넓게 얼어 있는/ 살얼음처럼/ 얄팍한 마음으로/ 나는 생각을 않는데

🌸 해설

　　사호(佐保) 강에 넓게 얼어 있는 살얼음처럼 그렇게 얄팍한 마음으로 나는 생각하고 있는 것이 아닌데 라는 내용이다.
　　상대방을 깊이 생각하고 있다는 뜻이다.
　　中西 進은 이 작품을, '유형에 의한 가벼운 즉흥가'라고 하였다.

藤原夫人[1]歌一首 [浄御原宮御宇天皇[2]之夫人也. 字曰氷上大刀自[3]也]

4479　安佐欲比尓　祢能未之奈氣婆　夜伎多知能　刀其己呂毛安礼波　於母比加祢都毛

　　　朝夕に　哭のみし泣けば[4]　燒大刀[5]の　利心も我は　思ひかねつも[6]

　　　あさよひに　ねのみしなけば　やきたちの　とごころもあれは　おもひかねつも

4480　可之故伎也　安米乃美加度乎　可氣都礼婆　祢能未之奈加由　安左欲比尓之弖 [作者未詳]

　　　畏きや[7]　天の御門[8]を　かけつれば[9]　哭のみし泣かゆ　朝夕にして[10][作者いまだ詳らかなら
　　　ず[11]]

　　　かしこきや　あめのみかどを　かけつれば　ねのみしなかゆ　あさよひにして [さくしゃ
　　　いまだつばひらかならず]

　　　左注　右件四首[12], 傳讀[13]兵部大丞大原今城

---

1 **藤原夫人**: 氷上娘. 鎌足의 딸, 但馬황녀의 母, 天武천황 11년(682) 정월 18일에 사망하였다. 부인은 妃 다음의
　지위이다. 103번가의 제목 참조.
2 **浄御原宮御宇天皇**: 天武천황이다.
3 **大刀自**: 부인의 높임말이다.
4 **哭のみし泣けば**: 우는 것을 강조한 표현이다.
5 **燒大刀**: 몇 번이나 불에 달군 예리한 큰 칼이다.
6 **思ひかねつも**: 'かね'는 할 수 없다는 뜻이다.
7 **畏きや**: 'や'를 매개로 하여 '天の御門'으로 이어진다.
8 **天の御門**: '天の'는 美稱이다.
9 **かけつれば**: 마음에.
10 **朝夕にして**: 제4, 5구는 앞의 노래를 받는다.
11 **作者いまだ詳らかならず**: 전송가로서의 작자 미상을 말하지만, 실제로는 이 노래는 今城이 새로 지은
　것으로 전송가를 가장한 것이겠다. 앞의 노래와 잘 맞는다. 제2구는 당시의 정세가 불온한 것을 풍자하고
　池主에게 무심코 보인 것이다.
12 **右件四首**: 4477번가 이하.
13 **傳讀**: 4475번가 제목의, 池主 집 연회에서.

후지하라(藤原)夫人의 노래 1수
[키요미하라(浄御原)宮에 천하를 다스렸던 천황의 夫人이다. 자를 히가미노 오호토지(氷上大刀自)라고 했다]

4479 조석으로요/ 소리 내어 울므로/ (야키타치노)/ 단단한 마음도 나는/ 생각할 수가 없네

🌸 **해설**

아침저녁으로 소리를 내어서 울므로, 여러 번 불에 달군 칼처럼 단단한 마음도 나는 생각할 수가 없네라는 내용이다.

굳센 마음도 없어져 버렸다는 뜻이다.

全集에서는 夫人을, '궁중의 고급 女官의 직명. 천황의 처첩 중에 원칙적으로 황후와 비가 황족에 한정되었던 것이므로 그 다음이며, 신하 출신으로는 최고의 지위에 해당한다'고 하였다『萬葉集』 4, p.436]. 그리고 '哭のみし泣けば'에 대해서는, '70년 전의 天武천황 사망 후의 작품일 것이다'고 하였다『萬葉集』 4, p.437].

4480 두려운 거네/ 조정에서의 일을/ 생각하면은/ 울어 버리게 되네/ 아침 저녁으로요 [작자는 아직 확실하게 알 수 없다]

🌸 **해설**

두려운 것이네. 조정의 일을 마음에 생각하면 울어 버리게 되네. 아침에도 저녁에도[작자는 아직 확실하게 알 수 없다]라는 내용이다.

木下正俊은, '이상 4수는 大原今城이 11월 23일에 大伴池主 집의 연회에서 부른 것일 것이다. 家持가 그 자리에 있었다는 확증은 없다. 이 전후, 특히 左注에서 今城의 성인 '眞人'이 기록되어 있지 않다. 家持의 가족 의식에 의한 것인가. 드디어 해가 바뀌고 勝寶 9세(8월에 寶字로 개원)가 되었지만, 천황의 부모의 복상 기간이었으므로 廢朝. 그리고 정월 6일에 橘諸兄은 실의에 차서 사망한다. 정계는 은퇴해도, 家持에게는 마음의 버팀목인, 부모 대신의 그리운 사람이었음에 틀림없다'고 하였다『萬葉集全注』 20, pp.314~315].

'天の御門'을 大系에서는 천황으로 보았다『萬葉集』 4, p.466].

좌주 위의 4수를 傳誦한 것은 兵部大丞 오호하라노 이마키(大原今城)

三月四日[1]，於兵部大丞大原真人今城之宅宴歌一首

4481　安之比奇能　夜都乎乃都婆吉　都良々々尓　美等母安可米也　宇惠弓家流伎美

あしひきの　八峰の椿[2]　つらつらに[3]　見とも飽かめや[4]　植ゑてける君[5]

あしひきの　やつをのつばき　つらつらに　みともあかめや　うゑてけるきみ

左注　右，兵部少輔大伴家持屬植椿作.

4482　保里延故要　等保伎佐刀麻弖　於久利家流　伎美我許己呂波　和須良由麻之自

堀江越え　遠き里まで　送り來る[6]　君が心は　忘らゆましじ[7]

ほりえこえ　とほきさとまで　おくりける　きみがこころは　わすらゆましじ

左注　右一首，播磨介[8]藤原朝臣執弓[9]，赴任[10]，悲別也. 主人大原今城傳讀云尓.

---

1 **三月四日**: 天平勝寶 9년(757). 이 해 8월 18일에 開元해서 天平寶字 원년이 된다.
2 **八峰の椿**: 1262번가에 유사한 구가 보인다.
3 **つらつらに**: 'つば---'つら'로 이어진다.
4 **見とも飽かめや**: 'めや'는 강한 부정을 동반한 의문을 나타낸다.
5 **君**: 今城을 가리킨다.
6 **送り來る**: 'ける'는 'きある'의 축약형이다.
7 **忘らゆましじ**: 'ゆ'는 가능을, 'ましじ'는 부정의 추량을 나타낸다.
8 **介**: 차관. 종6위상에 상당한다.
9 **藤原朝臣執弓**: 이해 5월 21일에 종5위하가 되었다.
10 **赴任**: 정확한 연월은 알 수 없다.

3월 4일에, 兵部大丞 오호하라노 마히토
이마키(大原眞人今城)의 집에서 연회하는 노래 1수

4481   (아시히키노)/ 첩첩산속 동백꽃/ 집중을 해서/ 보아도 싫증날까/ 이걸 심은 그대는

해설

첩첩한 산 속에 피어야 할 동백이므로, 동백은 집중을 해서 아무리 보아도 싫증이 나지 않네. 그처럼
아무리 보아도 싫증이 나지 않네, 이것을 심은 그대는이라는 내용이다.
주인인 今城을 칭찬하며 인사한 노래이다.

좌주   위는, 兵部少輔 오호토모노 야카모치(大伴家持)가, 정원에 심어져 있는 동백을 보고 지었다.

4482   호리(堀) 강 넘어/ 머나먼 마을까지/ 배웅을 해 준/ 그대의 마음은요/ 잊을 수가 없겠죠

해설

難波의 호리(堀) 강을 넘어서 먼 마을까지 배웅을 해 준 그대의 따뜻한 마음은 잊을 수가 없겠지요라는
내용이다.
'堀江越え'를 私注에서는, '奈良에서 難波의 또 서쪽까지 배웅해 준 사람과의 이별을 슬퍼하며 그대의
성심을 잊을 수가 없을 것이라는 것이다'고 하였다『萬葉集私注』9, p.411]. 그러나 木下正俊은, '후지하라
노 토리유미(藤原執弓)가 播磨 차관으로 부임하는 것을 배웅해서 難波 堀江을 함께 건넌 것을 말한다.
이 '君'은 아마 大原今城이었겠지만, 토리유미(執弓)를 平城京에서 難波까지 수행했다고 하는 것이 아니
라, 兵部大丞으로서 兵部省의 難波 출장소에 체재하던 중에, 그곳에 들른 執弓을 해안까지 배웅하였다고
하는 것이겠다'고 하였다『萬葉集全注』20, pp.316~317].

미주   위의 1수는, 하리마(播磨)의 차관인 후지하라노 아소미 토리유미(藤原朝臣執弓)가 부임할
때 이별을 슬퍼한 것이다. 주인인 오호하라노 이마키(大原今城)가 傳誦하였다.

勝寶九歳¹六月廿三日², 於大監物³三形王之宅宴歌一首

4483 宇都里由久　時見其登尔　許己呂伊多久　牟可之能比等之　於毛保由流加母

移り行く⁴　時見るごとに　心いたく　昔の人⁵し　思ほゆるかも

うつりゆく　ときみるごとに　こころいたく　むかしのひとし　おもほゆるかも

左注 右, 兵部大輔⁶大伴宿祢家持作

4484 佐久波奈波　宇都呂布等伎安里　安之比奇乃　夜麻須我乃祢之　奈我久波安利家里

咲く花⁷は　移ろふ時あり　あしひきの⁸　山菅の根⁹し　長くはありけり

さくはなは　うつろふときあり　あしひきの　やますがのねし　ながくはありけり

左注 右一首, 大伴宿祢家持, 悲怜物色¹⁰變化作之也.

---

1 **勝寶九歳**: 757년, 정확하게는 4481번가의 제목에 있는 연도.
2 **六月廿三日**: 5일 후에 奈良麿의 모반사건이 일어난다.
3 **大監物**: 中務省의 직원으로 열쇠의 출납을 맡았다. 정원은 2명으로 종5위하에 상당한다.
4 **移り行く 時**: 시절.
5 **昔の人**: 고인. 聖武천황·安積황자·橘諸兄 등일 것이다.
6 **兵部大輔**: 7일 전인 6월 16일에 少輔에서 승진되었다. 大輔는 정5위하에 상당하지만 家持는 종5위하 그대로 였다.
7 **咲く花**: 山菅과 대비한 것이다.
8 **あしひきの**: 화려함과 반대인 산의 이미지를 강조한 것이다.
9 **山菅の根**: 땅 속에 있어 눈에 띄지 않는 것이다.
10 **物色**: 자연. 다만 노래는 자연에 寓意한 것이다.

勝寶 9歲(757) 6월 23일에, 大監物 미카타(三形)王의 집에서 연회하는 노래 1수

4483 지나서 가는/ 시절 느낄 때마다/ 마음이 아프게/ 옛날의 사람들이/ 생각이 나는군요

❀ 해설

지나가는 세월의 흐름을 느낄 때마다 마음이 아프게도 이미 사라져 간 옛날의 사람들이 생각이 나는군 요라는 내용이다.

'三形王'을 大系에서는, '天平勝寶 원년(749) 무위에서 종5위하. 寶字 3년(759) 6월에 종4위하. 木工頭에 임명되고 있다. 寶龜 연간에 동명이인이 『續日本記』에 보인다'고 하였다「萬葉集』 4, p.467].

'移り行く'를 全集에서는, '橘諸兄의 죽음을 기다리기 힘들었던 듯, 仲麻呂는 정권을 장악하여 反仲麻 呂派를 일으키는 행동을 하였다. 이것에 대항해서 諸兄의 아들인 橘奈良麻呂와 安宿王・大伴胡麻呂・大 伴池主 등이 仲麻呂를 죽일 모의를 시작하였다. 家持는 거기에 가담하지 않았지만 시시각각 위험을 느끼고 이 말을 하였다'고 하였다「萬葉集』 4, p.438].

'昔の人'에 대해 全集에서는, '누구를 가리키는지 명확하지 않다. 仲麻呂의 父인 武智麻呂 등이 神龜에 서 天平 초기까지에 걸쳐, 자기 집안의 번영을 위해 長屋王 등 실력자를 죽음으로 몰아넣었을 때, 家持의 父인 旅人이 통분했던 것을 말하는가. 혹은 봄에 사망한 諸兄 등의 보수파에서 볼 수 있는, 너그럽고 온유한 삶의 방식을 회고한 것일까'라고 하였다「萬葉集』 4, pp.438~439].

[좌주] 위는, 兵部大輔 오호토모노 스쿠네 야카모치(大伴宿禰家持)의 작품

4484 피는 꽃은요/ 시들어 갈 때가 있네/ (아시히키노)/ 산속 골풀 뿌리는/ 오래도록 변함 없네

❀ 해설

아름답게 피는 꽃은 시들어 갈 때가 있네. 다리를 끌며 걸어야 하는 힘든 산속 골풀 뿌리야말로 오래도 록 변하지 않는 것이네라는 내용이다.

[좌주] 위의 1수는, 오호토모노 스쿠네 야카모치(大伴宿禰家持)가 자연의 변화를 슬퍼하여 지었다.

4485 時花　伊夜米豆良之母　加久之許曽　賣之安伎良米萬浼　阿伎多都其等尒

時の花[1]　いやめづらしも[2]　かくしこそ[3]　見し[4]明めめ[5]　秋立つ[6]ごとに

ときのはな　いやめづらしも　かくしこそ　めしあきらめめ　あきたつごとに

右, 大伴宿祢家持作之.

天平寶字元年[7]十一月十八日[8], 於内裏肆宴[9]謌二首

4486 天地乎　弖良須日月乃　極奈久　阿流倍伎母能乎　奈尓乎加於毛波牟

天地を　照らす日月の[10]　極無く　あるべきものを　何をか思はむ[11]

あめつちを　てらすひつきの　きはみなく　あるべきものを　なにをかおもはむ

右一首, 皇太子[12]御謌

---

1 **時の花**: 제철의 꽃.
2 **いやめづらしも**: 사랑해야만 한다. 앞의 작품과 생각이 반대이다. 고의로 그렇게 한 것이라 생각된다.
3 **かくしこそ**: 'かく'는 화려한 풍경을 가정한 것이다.
4 **見し**: '見る'의 경어이다.
5 **明めめ**: 마음을 밝게 한다는 뜻이다.
6 **秋立つ**: 입추. 이 해는 7월 11일 무렵이었다.
7 **天平寶字元年**: 改元은 같은 해 8월 18일.
8 **十一月十八日**: 奈良麿의 반란 사건은 이미 끝났다, 항상 지내던 新嘗祭가 11월 17일로, 그 다음날 연회를 열었다.
9 **肆宴**: 천황이 베푼 연회이다.
10 **照らす日月の**: 황제를 일월에 비유하는 것은 중국 서적의 번안이다.
11 **何をか思はむ**: 생각할 필요는 없다.
12 **皇太子**: 大炊(오오이)王. 후의 淳仁천황. 舍人황자의 아들로 이해 4월 4일에 道祖王을 폐하고 藤原仲麿에 의해 옹립되었다. 그때 25세. 후에 淡路에 유배되어 33세로 사망하였다.

4485 제철의 꽃이/ 더욱 더 그립네요/ 이같이 해서/ 보며 위로 받겠죠/ 가을이 올 때마다

🌸 해설

　계절마다의 제철의 꽃이 더욱 더 그립네요. 이처럼 보면서 기분전환을 하겠지요. 가을이 올 때마다라는 내용이다.

　좌주　위는, 오호토모노 스쿠네 야카모치(大伴宿禰家持)가 지었다.

天平寶字 원년(757) 11월 18일에, 궁전에서 천황이 연회를 베푼 노래 2수

4486 하늘과 땅을/ 비추는 일월처럼/ 끝남이 없이/ 있을 것인 것인데/ 무슨 걱정을 할까요

🌸 해설

　하늘과 땅을 훤히 비추는 해와 달처럼 황제의 位는 끝없이 무궁할 것인데 무슨 걱정을 할 것인가라는 내용이다.

　大系에서는, '橘奈良麿의 난도 일단락이 된 8월 18일에 天平寶字로 개원되고, 大伴氏는 큰 타격을 입었지만 大伴家持는 다행이 연좌를 면하게 되었다. 겨울에 궁전에서 연회를 베풀 때에 大伴家持는 가장 주목할 인물인 황태자와 藤原仲麿의 노래에 주의를 하였을 것이다. 그래서 이 두 사람의 노래를 실은 것이겠다. 이 앞의 노래인 6월 23일에는 난이 일어나기 직전이고, 11월까지 노래의 기록이 없는 것은 家持가 그 동란 때에 노래를 짓지 않았기 때문일 것이다'고 하였다『萬葉集』 4, p.468l.

　'何をか思はむ'를 全集에서는, '무엇을 근심할 일이 있겠는가. 반어. 주어는 작자 大炊(오오이)王을 포함한 천하 만민. 橘奈良麻呂 등과 같이 조정에 무례한 일을 해서는 아니 된다고 자신을 반성하는 것 같은 형태로 상대에게 설교한 말이라고 하였다『萬葉集』 4, p.439l.

　좌주　위의 1수는, 황태자의 노래
'皇太子'를 大系에서는, '聖武천황의 遺詔에 의해 태자가 된 道祖王이 藤原仲麿의 책략으로 폐세자가 되고, 이해 4월에 그 뒤를 이어 태자가 된 오오이(大炊)王. 舍人親王의 아들. 寶字 2년(758) 孝謙천황의 뒤를 이어 즉위하였으나 寶字 8년(764)에 仲麿가 모반죄로 近江에서 참수되자 그 후에 폐세자가 되어 淡路에 유배되어 天平神護 원년(765)에 사망하였다 33세. 明治 3년에 淳仁천황의 시호가 주어졌다'고 하였다『萬葉集』 4, pp.468~469l.

4487　伊射子等毛　多波和射奈世曽　天地能　加多米之久尓曽　夜麻登之麻祢波

いざ子ども¹　狂業²なせそ³　天地の⁴　固めし國そ　大倭島根は

いざこども　たはわざなせそ　あめつちの　かためしくにそ　やまとしまねは

左注　右一首, 内相⁵藤原朝臣⁶奏之.

十二月十八日，於大監物⁷三形王之宅宴歌三首

4488　三雪布流　布由波祁布能未　　鶯乃　奈加牟春敞波　安須尓之安流良之

み雪降る　冬は今日のみ⁸　鶯の　鳴かむ春へは　明日にしあるらし

みゆきふる　ふゆはけふのみ　うぐひすの　なかむはるへは　あすにしあるらし

左注　右一首, 主人三形王

---

1 **いざ子ども**: 조정의 신하들을 부르는 것이다.
2 **狂業**: 橘奈良麿 등의 모반 계획을 암시한다.
3 **なせそ**: 'な…そ'는 금지를 나타낸다.
4 **天地の**: 중국 서적에서 말하는 '天地'로, 반드시 천지의 신의 힘을 말하는 것은 아니다.
5 **内相**: 紫微內相으로 紫微中台(4433번가의 左注)의 장관이다. 紫微令의 바뀐 이름이다. 같은 해 5월 20일에
　　취임하였다. 천황이 孝謙女帝이므로 행정권 일체를 장악하게 되었다.
6 **藤原朝臣**: 藤原仲麿이다. 후의 惠美押勝.
7 **大監物**: 中務省의 직원으로 열쇠의 출납을 맡았다. 정원은 2명으로 종5위하에 상당한다.
8 **冬は今日のみ**: 그 해 안에 입춘을 맞이한다.

4487　자아 여러분/ 모반 등을 말아요/ 하늘과 땅이/ 굳건히 한 나라네/ 야마토(大倭)란 나라는

🌸 해설

　자아 여러분. 모반 계획 등 쓸데없는 짓들일랑은 하지 말아요. 하늘과 땅이 굳건히 한 나라이네. 일본이라는 나라는이라는 내용이다.

　　좌주　위의 1수는, 内相 후지하라 아소미(藤原朝臣)가 바친 것이다.

　　大系에서는, '天平勝寶 9년(757) 5月에 藤原仲麿는 孝謙女帝의 총애로 紫微内相에 임명되고, 내외의 여러 兵事를 장악하고 관직・祿賜・職分・雜物은 모두 대신에 준하였다. 이것에 반발하여 橘奈良麿 등이 모반을 계획하였으나 6月말에 발각되고 7月에 잡혀 처형되었다. 이로써 藤原仲麿의 권력은 완전히 확립되었다. 후에 寶字 8년(764)에 승려 道鏡에 대한 孝謙女帝의 편향된 총애로 인해 藤原仲麿는 소외되었으므로 군사적 준비를 하여 세력 회복을 꾀하였다. 그러나 탄로되어 近江으로 도망하였으나 결국 죽임을 당하였다. 그때 藤原仲麿는 59세였다. 이 노래는 天平勝寶 9년 7月에 있은 橘奈良麿의 난 이후의 것으로, 藤原仲麿의 위력을 과시한 것이다'고 하였다[『萬葉集』 4, p.469].

12월 18일에, 大監物 미카타(三形)王의
집에서 연회하는 노래 3수

4488　눈이 내리는/ 겨울 오늘 뿐이네/ 꾀꼬리새가/ 울 것인 봄은 벌써/ 내일인 것 같으네요

🌸 해설

　눈이 내리는 추운 겨울은 오늘 뿐이네요. 꾀꼬리가 우는 봄은 벌써 내일인 것 같네요라는 내용이다.

　'三形王'을 大系에서는, '天平勝寶 원년(749) 무위에서 종5위하. 寶字 3년(759) 6月에 종4위하. 木工頭에 임명되고 있다. 寶龜 연간에 동명이인이 『續日本記』에 보인다'고 하였다[『萬葉集』 4, p.467].

　　좌주　위의 1수는, 主人 미카타(三形)王

4489　宇知奈婢久　波流乎知可美加　奴婆玉乃　己与比能都久欲　可須美多流良牟

うち靡く[1]　春を近み[2]か　ぬばたまの[3]　今宵の月夜[4]　霞みたるらむ

うちなびく　はるをちかみか　ぬばたまの　こよひのつくよ　かすみたるらむ

左注　右一首, 大蔵大輔[5]甘南備伊香真人[6]

4490　安良多末能　等之由伎我敝理　波流多々婆　末豆和我夜度尓　宇具比須波奈家

あらたまの[7]　年行きがへり[8]　春立たば　まづわが屋戸に[9]　うぐひすは鳴け

あらたまの　としゆきがへり　はるたたば　まづわがやどに　うぐひすはなけ

左注　右一首, 右中辨[10]大伴宿祢家持

---

1 **うち靡く**: 봄의 화창한 풍경을 나타내는 것으로 '春'을 상투적으로 수식하는 枕詞이다.
2 **春を近み**: 'を…み'의 용법으로 '…이므로'라는 뜻이다.
3 **ぬばたまの**: '夜'를 상투적으로 수식하는 枕詞이다.
4 **月夜**: 달이다.
5 **大蔵大輔**: 大蔵省의 차관이다. 정5위하에 상당한다.
6 **甘南備伊香真人**: 본래 伊香王, 天平勝寶 3년(751)에 성을 받았다. 『續日本記』에 의하면 寶龜 3년(772)에 정5위하이므로, 후의 관직을 기록한 것인가.
7 **あらたまの**: 새로운 혼의. '年'을 상투적으로 수식하는 枕詞이다.
8 **年行きがへり**: 묵은해가 가고 새해가 다시 온다.
9 **まづわが屋戸に**: 818번가에 비슷한 표현이 보인다.
10 **右中辨**: 太政官의 右辨官의 차관. 정5위상에 상당한다. 다만 家持는 이때 종5위상이었다.

4489 (우치나비크)/ 봄이 가까워선가/ (누바타마노)/ 오늘밤의 달은요/ 또렷하지 않네요

🌸 **해설**

모든 것이 아련한 봄이 가까이 왔기 때문일까. 깜깜한 오늘밤의 달은 또렷하지 않고 몽롱하겠지요라는 내용이다.

좌주 위의 1수는, 大蔵大輔 카무나비노 이카고노 마히토(甘南備伊香眞人)

4490 (아라타마노)/ 해가 새로 바뀌어/ 봄이 된다면/ 먼저 우리 집에서/ 꾀꼬리 울었으면

🌸 **해설**

새로운 혼인 새해가 다시 돌아와서 봄이 된다면, 제일 먼저 우리 집에서 꾀꼬리가 울었으면 좋겠네라는 내용이다.
봄이 되면 빨리 꾀꼬리 울음소리를 듣고 싶다는 노래이다.

좌주 위의 1수는, 右中辨 오호토모노 스쿠네 야카모치(大伴宿禰家持)

4491 於保吉宇美能　美奈曽己布可久　於毛比都々　毛婢伎奈良之思　須我波良能佐刀

大き海の　水底深く[1]　思ひつつ　裳[2]引きならしし[3]　菅原の里[4]

おほきうみの　みなそこふかく　おもひつつ　もびきならしし　すがはらのさと

> 左注　右一首, 藤原宿奈麿朝臣[5]之妻石川女郎, 薄愛離別, 悲恨作歌也. 年月未詳

廿三日[6], 於治部少輔[7]大原今城真人[8]之宅宴謌一首

4492 都奇餘米婆　伊麻太冬奈里　之可須我尓　霞多奈婢久　波流多知奴等可

月數めば　いまだ冬なり[9]　しかすがに　霞たなびく[10]　春立ちぬとか[11]

つきよめば　いまだふゆなり　しかすがに　かすみたなびく　はるたちぬとか

> 左注　右一首, 右中辨[12]大伴宿祢家持作

---

1 **水底深く**: 그리움의 깊이를 비유한 것이다.
2 **裳**: 치마.
3 **引きならしし**: '…ならす'는 상투적인 표현이다. ①평평하게 한다 ②울린다 ③습관으로 한다는 설 등이 있다.
4 **菅原の里**: 西大寺의 남쪽. 喜光寺가 있는 곳이다.
5 **藤原宿奈麿朝臣**: 家持와 친교가 있었던 인물. 家持와 함께 反仲麿派였다.
6 **廿三日**: 12월 23일이다.
7 **治部少輔**: 治部省의 차관이다. 종5위하에 상당한다. 今城는 그해 5월에 종5위하, 6월 16일에 治部少輔.
8 **大原今城真人**: 성 '眞人'을 이름 뒤에 쓴 것은 경의를 나타내는 표기이다.
9 **いまだ冬なり**: 12월인 것을 말한다.
10 **霞たなびく**: 풍경의 봄을 말한다.
11 **春立ちぬとか**: 다음에 'いふ'를 생략한 것이다. 이 무렵에 입춘이 있었을 것이다. 4488번가 참조.
12 **右中辨**: 政官의 右辨官의 차관. 정5위상에 상당한다. 다만 家持는 이때 종5위상이었다.

4491 드넓은 바다의/ 물밑처럼 깊게도/ 그리워하며/ 치마 끌어서 다진/ 스가하라(菅原)의 마을

🌸 해설

넓고 깊은 바다의 물밑처럼, 그렇게 깊이 그리워하며 치맛자락을 끌면서 땅을 평평하게 한, 스가하라 (菅原)의 마을이여라는 내용이다.

치맛자락을 끌면서 땅을 평평하게 하였다는 것은 石川女郎이, 藤原宿奈麿朝臣이 살고 있는 마을인 菅原을 그만큼 많이 다녔다는 것을 과장하여 표현한 것이다. 그런데 이제는 이별을 당해 그 길을 다닐 수도 없는 슬픔을 노래한 것이다.

中西 進은, '연회석의 傳誦 노래. 전송한 사람은 알 수 없다'고 하였다.

좌주 위의 1수는, 후지하라노 스쿠나마로노 아소미(藤原宿奈麿朝臣)의 아내 이시카하노 이라츠 메(石川女郎)가, 사랑이 식어 이별을 당하자 슬퍼하고 원망하여 지은 노래이다. 노래를 지은 연월은 확실하지 않다.

23일에, 治部少輔 오호하라노 이마키노 마히토(大原今城眞人)의 집에서 연회하는 노래 1수

4492 달을 세면요/ 아직도 겨울이네/ 그렇지만도/ 아지랑이가 끼네/ 봄 되었다는 건가

🌸 해설

달을 계산하면 달력상으로는 아직도 겨울이네. 그렇지만 아지랑이가 끼어 있네. 봄이 되었다고 하는 것인가라는 내용이다.

좌주 위의 1수는, 右中辨 오호보노노 스쿠네 야카모지(大伴宿禰家持)의 작품

二年春正月三日[1]，召侍従[2]竪子[3]王臣[4]等，令侍於内裏之東屋垣下[5]，
即賜玉箒[6]肆宴．于時内相[7]藤原朝臣[8]奉勅，宣諸王卿等，随堪[9]，任意[10]，
作歌并賦詩．仍應詔旨，各陳心緒作歌賦詩 [未得諸人之賦詩并作歌也]

4493 始春乃　波都祢乃家布能　多麻婆波伎　手尓等流可良尓　由良久多麻能乎

初春の　初子[11]の今日の　玉箒　手に執るからに　ゆらく[12]玉の緒

はつはるの　はつねのけふの　たまばはき　てにとるからに　ゆらくたまのを

左注 右一首，右中辨[13]大伴宿祢家持作．但依大蔵政[14]不堪奏之．

4494 水鳥乃　可毛羽能伊呂乃　青馬乎　家布美流比等波　可藝利奈之等伊布

水鳥の　鴨羽の色の[15]　青馬[16]を　今日[17]見る人は　限無しといふ

みづとりの　かもはのいろの　あをうまを　けふみるひとは　かぎりなしといふ

---

1 **二年春正月三日**: 2년은 天平寶字 2년(758). 3일은 丙子로 첫 子日에 해당한다.
2 **侍従**: 여기에서는 측근의 신하를 말한다. 관제로는 천황 近侍의 관료이다. 종5위하에 상당한다.
3 **竪子**: 정확하게는 豎子. 미관의 소년 봉사자.
4 **王臣**: 왕과 조정의 신하들.
5 **東屋垣下**: 殿下. 政客 이외의, 동반자가 여기에 앉아서, 후세에 '카이모토아루지'라고 하였다.
6 **玉箒**: 구슬로 장식한 빗자루이다. 첫 子日에 신하들에게 나누어 주었다. 3830번가 참조.
7 **内相**: 紫微内相으로 紫微中台(4433번가 左注)의 장관이다. 紫微令의 바뀐 이름이다. 같은 해 5월 20일에
   취임하였다. 천황이 孝謙女帝이므로 행정권 일체를 장악하게 되었다.
8 **藤原朝臣**: 藤原仲麿이다.
9 **随堪**: 할 수 있다면이라는 뜻이다.
10 **任意**: 감흥이 일어나는 대로.
11 **初子**: 최초의 子日이다.
12 **ゆらく**: 흔들려서 딸랑딸랑 소리를 낸다.
13 **右中辨**: 太政官의 右辨官의 차관. 정5위상에 상당한다. 다만 家持는 이때 종5위상이었다.
14 **大蔵政**: 辨官으로 大蔵省에 근무하였다.
15 **鴨羽の色の**: 오리는 푸른색이라고 생각되었다. 1451·1543번가 참조.
16 **青馬**: 白馬라고도 쓴다. 청백색의 말을 말한 것인가.
17 **今日**: 1월 7일. 陽의 달, 陽의 날인데, 陽의 동물을 보는 것으로 장수할 수 있다고 믿은 중국의 행사가
   행해졌다.

2년 봄 정월 3일에, 侍從·竪子·王臣 등을 불러서 궁전의 동쪽 별관의 담장 아래에 배열하게 하고, 거기에서 구슬로 장식한 빗자루를 내리고 연회를 베풀었다. 이때 內相인 후지하라노 아소미(藤原朝臣)가 칙명을 받들어 말하기를, "여러분들이여, 능력에 따라 마음 가는 대로 노래를 짓고 또 시를 지으라"고 하였다. 그래서 명령을 따라 각자 생각한 것을 말하여 노래를 짓고 시를 지었다. [많은 사람들이 지은 시와 지은 노래를 아직 구할 수 없다]

4493   새로 온 봄의/ 첫 子日인 오늘의/ 구슬 빗자루/ 손에 잡기만 해도/ 딸랑이는 구슬 끈

❀ 해설

새해 첫 子日인 오늘의, 구슬로 장식을 한 빗자루는, 손에 잡기만 해도 딸랑딸랑 흔들리는 구슬의 끈이여라는 내용이다.

좌주   위의 1수는, 右中辨 오호토모노 스쿠네 야카모치(大伴宿禰家持)의 작품. 다만 大蔵省의 政務에 의해 주상할 수 없었다.

4494   (미즈토리노)/ 오리 날개 색을 한/ 푸른 말을요/ 오늘 보는 사람은/ 장수한다고 하네요

❀ 해설

물에 사는 새인 오리의 날개 색을 한 푸른 말을, 오늘 보는 사람은 무한한 목숨을 얻는다고 하네요라는 내용이다.

六日[22], 内庭[23]假植樹木, 以作林帷[24]而爲肆宴謌一首

4495　打奈婢久　波流等毛之流久　宇具比須波　宇惠木之樹間乎　奈枳和多良奈牟

うちなびく[25]　春ともしるく[26]　うぐひすは　植木の木間[27]を　鳴き渡らなむ[28]

うちなびく　はるともしるく　うぐひすは　うゑきのこまを　なきわたらなむ

左注 右一首, 右中辨[29]大伴宿祢家持 不奏[30]

---

18 **七日侍宴**: 백마의 節會의 연회에 참가한다.
19 **右中辨**: 太政官의 右辨官의 차관. 정5위상에 상당한다. 다만 家持는 이때 종5위상이었다.
20 **六日**: 7일이 仁王會였으므로 6일에 백마의 節會를 위해 酒宴·賜禄만을 행하고 백마의 행사는 행해지지 않았다.
21 **禄**: 포상품이다.
22 **六日**: 4494번가의 左注에서 문제로 한 6일.
23 **内庭**: 궁전의 정원이다.
24 **林帷**: 담장을 대신한 것이다.
25 **うちなびく**: 몽롱한 풍경이다.
26 **しるく**: 두드러지게.
27 **植木の木間**: 심은 나무 사이를 말한다.
28 **鳴き渡らなむ**: 나무를 담장 대신으로 한 것만으로는 재미가 없다는 느낌.
29 **右中辨**: 太政官의 右辨官의 차관. 정5위상에 상당한다. 다만 家持는 이때 종5위상이었다.
30 **不奏**: 아마 노래를 바치라고 하지 않았을 것이다.

위의 1수는, 7일의 연회에 대비하여, 右中辨인 오호토모노 스쿠네 야카모치(大伴宿禰家持)가 미리 이 노래를 지어 두었던 것이다. 다만 仁王會의 일로 오히려 6일에, 궁전에 조정의 신하들을 불러 술을 내리고 연회를 베풀고 포상품을 주었다. 따라서 주상하지 않았던 것이다.

6일에, 궁중의 뜰에 임시로 나무를 심고
담장 대신으로 해서 연회를 베푼 노래 1수

4495 (우치나비크)/ 봄이라고 확실히/ 꾀꼬리는요/ 심은 나무 사이를/ 울며 다녀 준다면

해설

안개가 끼는 봄이라고 확실하게 알 수 있도록, 꾀꼬리는 심은 나무들 사이를 울며 날아다니면 좋겠네라는 내용이다.

위의 1수는, 右中辨 오호토모노 스쿠네 야카모치(大伴宿禰家持) 바치지 않았다.

二月¹, 於式部大輔²中臣清麿朝臣³之宅宴歌十五首⁴

4496　宇良賣之久　伎美波母安流加　夜度乃烏梅能　知利須具流麻埿　美之米受安利家流

　　　怨めしく⁵　君はもあるか　屋戸の梅の　散り過ぐるまで　見しめずありける

　　　うらめしく　きみはもあるか　やどのうめの　ちりすぐるまで　みしめずありける

　　　左注　右一首, 治部少輔⁶ 大原今城真人

4497　美牟等伊波婆　伊奈等伊波米也　宇梅乃波奈　知利須具流麻弖　伎美我伎麻左奴

　　　見むと言はば　否と言はめや⁷　梅の花　散り過ぐるまで　君が來まさぬ⁸

　　　みむといはば　いなといはめや　うめのはな　ちりすぐるまで　きみがきまさぬ

　　　左注　右一首, 主人中臣清麿朝臣⁹

---

1 **二月**: 天平寶字 2년(758) 2월.
2 **式部大輔**: 式部省의 차관, 정5위하에 상당한다.
3 **中臣清麿朝臣**: 『만엽집』의 작자 중에서 가장 최후에 사망한 사람이다.
4 **十五首**: 底本에는 十首로 되어 있다. 元曆校本을 따른다. 그리고 15수는 4510번가까지를 가리킨다.
5 **怨めしく**: 다음의 내용으로 말한 것이다.
6 **治部少輔**: 治部省의 차관이다. 종5위하에 상당한다. 이마키(今城)는 그해 5월에 종5위하, 6월 16일에 治部少輔.
7 **否と言はめや**: 'や'는 강한 부정을 동반한 의문을 나타낸다.
8 **君が來まさぬ**: 'まさ'는 경어, 'ぬ'는 부정을 나타낸다.
9 **中臣清麿朝臣**: 『만엽집』의 작자 중에서 가장 최후에 사망한 사람이다.

2월에, 式部大輔인 나카토미노 키요마로노 아소미(中臣淸麿朝臣)의 집에서 연회하는 노래 15수

4496   원망스러운/ 그대인 것인가요/ 그대 집 매화가/ 져 버릴 때까지도/ 보여주지 않았네요

해설

그대는 참으로 원망스럽네요. 그대의 집의 매화가 다 져 버릴 때까지 보여주지 않았던 것이네요라는 내용이다.

'怨めしく'를 全集에서는, '불만이면서도 반쯤 마음이 끌리는 기분을 말한다'고 하였다『萬葉集』4, p.444].

좌주   위의 1수는, 治部少輔인 오호하라노 이마키노 마히토(大原今城眞人)

4497   보고 싶다 하면/ 싫다고 했겠나요/ 매화꽃이요/ 완전히 질 때까지/ 그대가 안 왔지요

해설

매화가 보고 싶다고 말을 했더라면, 어떻게 싫다고 했겠나요. 매화꽃이 완전히 져 버릴 때까지 그대는 오시지 않았던 것이네요라는 내용이다.

위의 작품 4496번가의 작자가, 불러주지 않은 것에 대해 주인을 원망하자, 주인은 오히려 방문하지 않은 것을 섭섭해 하며 말하고 있다.

좌주   위의 1수는, 主人 나카토미노 키요마로노 아소미(中臣淸麿朝臣)

4498　波之伎余之　家布能安路自波　伊蘇麻都能　都祢尓伊麻佐祢　伊麻母美流其等

はしきよし¹　今日の主人は　磯松²の　常³にいまさね⁴　今も見るごと⁵

はしきよし　けふのあろじは　いそまつの　つねにいまさね　いまもみるごと

左注　右一首, 右中辨⁶大伴宿祢家持

4499　和我勢故之　可久志伎許散婆　安米都知乃　可未乎許比能美　奈我久等曽於毛布

わが背子⁷し　かくし聞さば⁸　天地の　神を乞ひ祈み　長くとそ⁹思ふ

わがせこし　かくしきこさば　あめつちの　かみをこひのみ　ながくとそおもふ

左注　右一首, 主人中臣清麿朝臣¹⁰

4500　宇梅能波奈　香乎加具波之美　等保家杼母　己許呂母之努尓　伎美乎之曽於毛布

梅の花　香をかぐはしみ¹¹　遠けども　心もしのに¹²　君をしそ思ふ

うめのはな　かをかぐはしみ　とほけども　こころもしのに　きみをしそおもふ

左注　右一首, 治部大輔¹³市原王¹⁴

---

1 **はしきよし**: 당연히 사랑해야 한다.
2 **磯松**: 泉水式의 정원으로 바위에 소나무가 심어져 있었던 듯하다.
3 **常**: 'つね'로 읽으면 불변이라는 뜻이다. '토코'로 읽으면 영원하다는 뜻이다.
4 **いまさね**: 'いまさ'는 주인 中臣淸麿에 대한 경어이다. 'ね'는 다른 사람에 대한 희망을 나타내는 조사이다.
5 **今も見るごと**: 지금과 마찬가지로. 즉 변하지 말고.
6 **右中辨**: 太政官의 右辨官의 차관. 정5위상에 상당한다. 다만 家持는 이때 종5위상이었다.
7 **わが背子**: 家持를 말한다.
8 **かくし聞さば**: 앞의 노래의 축원하는 말을 가리킨다. 'し'는 강조의 뜻이다. '聞さ'는 '言う'의 경어이다.
9 **長くとそ**: 오래 살려고. 이때 淸麿는 57세였다.
10 **中臣淸麿朝臣**: 『만엽집』의 작자 중에서 가장 최후에 사망한 사람이다.
11 **香をかぐはしみ**: 향기가 좋으므로. 실은 君(淸麿)의 인품이 좋으므로.
12 **心もしのに**: 'しの'는 'しなゆ' 등과 같은 어근이다. 266번가 참조.
13 **治部大輔**: 治部省의 차관이다. 종5위하에 상당한다.
14 **市原王**: 志貴황자의 증손자이다. 春日王의 손자, 安貴王의 아들이다.

4498   경애를 하는/ 오늘의 주인은요/ 바위 주변 솔처럼/ 변함없이 있어요/ 지금 보는 것처럼

해설

친애하는 오늘의 연회의 주인은, 정원의 바위 주위의 소나무가 항상 푸른 것처럼, 그렇게 변함없이 있어 주세요. 지금 보는 것처럼이라는 내용이다.
家持가 주인 淸麿를 축복한 노래이다.

좌주   위의 1수는, 右中辨 오호토모노 스쿠네 야카모치(大伴宿禰家持)

4499   나의 그대가/ 그리 말씀하시면/ 하늘과 땅의/ 신들에게 빌어서/ 오래 살려고 합니다

해설

친애하는 그대가 그렇게 말씀을 하시면, 하늘과 땅의 신들에게 빌어서 오래 살려고 생각합니다라는 내용이다.

좌주   위의 1수는, 주인 나카토미노 키요마로노 아소미(中臣淸麿朝臣)

4500   매화의 꽃은/ 향기가 좋으므로/ 멀지만서도/ 맘도 힘 빠질 정도/ 그대 그리워합니다

해설

매화꽃은 향기가 매우 좋은 것처럼, 그대의 인품을 사모하므로 멀리 있음에도 불구하고, 마음도 힘이 빠질 정도로 그대를 그리워합니다라는 내용이다.
淸麿는 인품이 좋아서 멀리 있어도 그리워한다는 뜻이다.

좌주   위의 1수는, 治部大輔인 이치하라노 오호키미(市原王)

4501 夜知久佐能　波奈波宇都呂布　等伎波奈流　麻都能左要太乎　和礼波牟須婆奈

八千種の[1]　花は移ろふ[2]　常磐なる　松のさ枝を[3]　われは結ばな[4]

やちくさの　はなはうつろふ　ときはなる　まつのさえだを　われはむすばな

> **左注**　右一首, 右中辨[5]大伴宿祢家持

4502 烏梅能波奈　左伎知流波流能　奈我伎比乎　美礼杼母安加奴　伊蘇尓母安流香母

梅の花　咲き散る春の[6]　永き日を　見れども飽かぬ　磯にもあるかも[7]

うめのはな　さきちるはるの　ながきひを　みれどもあかぬ　いそにもあるかも

> **左注**　右一首, 大蔵大輔甘南備伊香真人[8]

4503 伎美我伊敝能　伊氣乃之良奈美　伊蘇尓与世　之婆之婆美等母　安加無伎弥加毛

君が家の　池の白波　磯に寄せ[9]　しばしば見とも[10]　飽かむ君[11]かも

きみがいへの　いけのしらなみ　いそによせ　しばしばみとも　あかむきみかも

> **左注**　右一首, 右中辨[12]大伴宿祢家持

1　**八千種の**: 단순히 꽃의 종류가 많다는 것을 말하는 것이 아니다. 모든 것이 쇠약해가는 것, 운명을 암시한다.
2　**花は移ろふ**: 'ふ'는 계속을 나타낸다.
3　**松のさ枝を**: 'さ'는 신성한 것에 대한 접두어이다.
4　**われは結ばな**: 'な'는 願望을 나타내는 조사이다. 가지를 묶는 것은 무사하기를 기원하는 주술적 행위이다.
5　**右中辨**: 太政官의 右辨官의 차관. 정5위상에 상당한다.
6　**咲き散る春の**: 봄 풍경을 묘사한 것이지만, 종전의 주제의 하나인 매화를 먼저 화제로 하였다.
7　**磯にもあるかも**: 또 다른 하나의 화제인 소나무가 있는 바위. 매화가 지는 봄날의 긴 하루에 취하면서 바위도 감상하는 1수로 家持의 전환을 흡수했다.
8　**大蔵大輔甘南備伊香真人**: 본래 伊香王, 天平勝寶 3년(751)에 성을 받았다. 『續日本記』에 의하면 寶龜 3년(772)에 정5위하이므로, 후의 관직을 기록한 것인가.
9　**磯に寄せ**: 물결이 바위에 자주 밀려드는 것처럼 그렇게 자주. 다만 연못의 물결은 실제로는 그다지 치지 않았을 것이므로 기교적인 표현이다.
10　**しばしば見とも**: 가정 조건의 'とも'는 '見る'의 연용형을 받는다.
11　**君**: 주인인 淸麿이다.
12　**右中辨**: 太政官의 右辨官의 차관. 정5위상에 상당한다.

4501   많은 종류의/ 꽃은 시들어 가네/ 항상 푸르른/ 소나무의 가지를/ 나는 매듭 묶지요

해설

각양각색의 아름다운 꽃은 시들어 갑니다. 항상 푸른 소나무의 가지에 영원한 소망을 담아서 나는 그것을 묶지요라는 내용이다.

'われは結ばな'를 全集에서는, '피는 꽃의 일시적인 번영에 대해, 영원성이 있는 소나무를 대비시킨 것. 소나무 가지를 묶는 것은 길흉을 점치고, 또 무사함과 행복을 기원하기 위한 주술적 행위. 여기에서는 奈良麻呂의 모반사건으로 실각한 사람들과 같은 과격한 행위를 하지 말고 중도를 지켜서 생명을 오래도록 보존하지 않겠는가 하는 제안일 것이다'고 하였다「萬葉集』 4, p.445].

좌주   위의 1수는, 右中辨 오호토모노 스쿠네 야카모치(大伴宿禰家持)

4502   매화꽃이요/ 피어서 지는 봄의/ 기나긴 날에/ 봐도 싫증 안 나는/ 바위인 것이랍니다

해설

매화꽃이 피어서는 지는 봄의 기나긴 날에, 하루 종일 보아도 싫증이 나지 않는 정원의 멋진 바위인 것이랍니다라는 내용이다.

좌주   위의 1수는, 大蔵大輔 카무나비노 이카고노 마히토(甘南備伊香眞人)

4503   그대의 집의요/ 연못의 흰 물결이/ 바위에 치듯/ 자주 본다고 해도/ 싫증 나잖는 그대

해설

그대 집 연못의 흰 물결이 바위에 자주 밀려오듯이, 그렇게 자주 그대를 보았다고 해두 싫증이 나지 않는 그대인 것인가라는 내용이다.

좌주   위의 1수는, 右中辨 오호토모노 스쿠네 야카모치(大伴宿禰家持)

4504　宇流波之等　阿我毛布伎美波　伊也比家尓　伎末勢和我世古　多由流日奈之尓

うるはしと[1]　あが思ふ君[2]は　いや日けに[3]　來ませわが背子[4]　絶ゆる日なしに

うるはしと　あがもふきみは　いやひけに　きませわがせこ　たゆるひなしに

左注　右一首, 主人中臣清麿朝臣[5]

4505　伊蘇能宇良尓　都祢欲比伎須牟　乎之杼里能　乎之伎安我未波　伎美我末仁麻尓

磯の浦に[6]　常喚び來棲む　鴛鴦[7]の　惜しきあが身は[8]　君がまにまに

いそのうらに　つねよびきすむ　をしどりの　をしきあがみは　きみがまにまに

左注　右一首, 治部少輔大原今城真人

---

1 **うるはしと**: 칭찬해야만 한다.
2 **あが思ふ君**: 제4구의 'わが背子'가 구체적인 호칭임에 비해, 君은 일반적으로 말했던 것인가.
3 **いや日けに**: 날로 다르게. 475번가 참조.
4 **わが背子**: 家持를 가리키는 것일까.
5 **中臣清麿朝臣**: 『만엽집』의 작자 중에서 가장 최후에 사망한 사람이다.
6 **磯の浦に**: 연못가의. 바위가 있는 彎曲 부분이다. 종전의 話題를 받는다.
7 **鴛鴦**: 'をじ'의 발음을 제4구에 계속하였다.
8 **惜しきあが身は**: 아까운 몸도 아깝지 않다고 하는 것이 맹세하는 노래의 유형이다. 이 유형에 의한 표현으로 결과적으로 주인을 칭찬하였다.

4504 훌륭하다고/ 내가 생각는 그댄/ 날마다 더욱/ 와 주세요 그대여/ 끊어지는 날 없이

해설

훌륭하다고 내가 생각하는 그대는 날마다 더욱 오시면 좋겠네요. 그대여. 하루도 빠지는 날이 없이라는 내용이다.

좌주 위의 1수는, 주인 나카토미노 키요마로노 아소미(中臣淸麿朝臣)

4505 연못의 가에요/ 항상 불러와 사는/ 원앙새처럼/ 아까운 이내 몸도/ 그대의 마음대로

해설

연못가에 항상 서로 불러와서 사는 원앙새처럼, 아까운 이 몸이라고 해도 그대의 마음대로라는 내용이다.

'惜しきあが身は'를 全集에서는, '시류를 한탄하면서도 목숨을 버려서까지 仲麻呂에게 저항하는 무모한 일은 하지 않는, 동석한 온건파의 기분을 대표하는 말'이라고 하였다(『萬葉集』 4, p.446). 그리고 '君がまにまに'에 대해서 全集에서는, '君'은 주인인 淸麻呂를 가리킨다. 동석한 여섯 사람은 위계상으로는 같은 5위로 큰 차이가 없지만, 그중에 주인인 淸麻呂가 다소 나이가 위이기도 했으므로, 남은 다섯 사람을 대표해서 오호하라노 이마키(大原今城)가, 우리들 良識이 있는 파의 맹주로 추대하고 싶다고 인사의 마음도 겸해서 말한 것이겠다'고 하였다(『萬葉集』 4, p.446).

좌주 위의 1수는, 治部少輔 오호하라노 이마키노 마히토(大原今城眞人)

依興[1]各思高圓離宮處[2]作歌五首

4506 多加麻刀能　努乃宇倍能美也波　安礼尓家里　多々志々伎美能　美与等保曽氣婆

高圓の　野の上の宮は　荒れにけり[3]　立たしし君[4]の　御代遠退けば[5]

たかまとの　ののうへのみやは　あれにけり　たたししきみの　みよとほそけば

左注 右一首, 右中辨[6]大伴宿祢家持

4507 多加麻刀能　乎能宇倍乃美也波　安礼奴等母　多々志々伎美能　美奈和須礼米也

高圓の　峰の上[7]の宮は　荒れぬとも[8]　立たしし君の　御名忘れめや[9]

たかまとの　をのうへのみやは　あれぬとも　たたししきみの　みなわすれめや

左注 右一首, 治部少輔[10]大原今城真人

---

1 **依興**: 연회석에서 흥이 일어나는 대로.
2 **高圓離宮處**: 聖武천황의 離宮.
3 **荒れにけり**: 사람의 사후를 '荒'으로 표현하는 관습이다.
4 **立たしし君**: 聖武천황이다. '立たし'의 'し'는 경어이다.
5 **御代遠退けば**: 聖武천황은 2년 전인 天平勝寶 8년(756) 5월 2일에 사망하였다.
6 **右中辨**: 太政官의 右辨官의 차관이다. 정5위상에 상당한다.
7 **峰の上**: '峰(を)'은 산의 높은 곳이다. 앞의 노래에서 '野の上'이라고 하였으며, 들은 산의 경사면을 말하므로 모순인 것은 아니다.
8 **荒れぬとも**: 'とも'는 가정을 나타낸다.
9 **御名忘れめや**: 죽은 자를 그리워하는 상투적인 표현이다.
10 **治部少輔**: 治部省의 차관이다. 종5위하에 상당한다. 今城은 그해 5월에 종5위하, 6월 16일에 治部少輔.

흥에 의해 각자 타카마토(高圓)의
離宮이 있던 곳을 생각해서 지은 노래 5수

4506 타카마토(高圓)의/ 들판 근처의 離宮은/ 황폐해졌네/ 잘 다스렸던 왕의/ 시대도 멀어져서

해설

타카마토(高圓)의 들판 근처의 離宮은 황폐해져 버렸네. 잘 다스렸던 聖武왕의 시대도 지나가 멀어져 버렸으므로라는 내용이다.

'立たしし君の'를 全集에서는, '聖武천황도 결코 통솔력·지도력을 갖춘 천황은 아니었지만, 그 딸인 孝謙천황처럼 권력 있는 신하가 전횡을 하게 하거나, 사적으로도 사람들의 비난을 받거나 하는 일을 하지 않았다. 家持 등 양식이 있는 관료들은 몰래 聖武천황에게 경의의 마음을 보내고 있었다'고 하였다 [『萬葉集』 4, p.447].

木下正俊도, '단지 離宮이 황폐해진 것을 슬퍼하는 것이 아니라 그 이면에, 家持 등에게 있어서는 고대의 왕들을 지금 우러러보는 마음으로 덕을 사모해서 존경한 聖武천황의 은덕을 그리워하고, 그 불행한 만년을 동정하고, 그리고 현재의 조정의 퇴폐문란에 분개하는 마음이 들어 있다. 그러나 옛 왕을 찬양하고 송덕하는 것은 현재에 대한 반역과 비슷하므로, 이하 5수는 현재 체제 비판으로 곡해하기 쉬운 내용이다'고 하였다[『萬葉集全注』 20, p.348].

좌주 위의 1수는, 右中辨 오호토모노 스쿠네 야카모치(大伴宿禰家持)

4507 타카마토(高圓)의/ 산 높은 곳의 離宮은/ 쇠락했지만/ 잘 다스리었었던/ 이름 잊을 수 있나

해설

타카마토(高圓) 산의 높은 곳에 있던 離宮은 황폐해져 버렸다고 해도, 잘 다스렸던 왕의 이름은 어떻게 잊을 수가 있을까라는 내용이다.

聖武천황의 이름을 잊을 수가 없다는 뜻이다.

좌주 위의 1수는, 治部少輔 오호하라노 이마키노 마히토(大原今城眞人)

4508　多可麻刀能　努敝波布久受乃　須惠都比尓　知与尓和須礼牟　和我於保伎美加母

高圓の　野邊はふ葛の　末¹つひに　千代に忘れむ　わが大君かも²

たかまとの　のへはふくずの　すゑつひに　ちよにわすれむ　わがおほきみかも

左注　右一首, 主人中臣清麿朝臣

4509　波布久受能　多要受之努波牟　於保吉美乃　賣之思野邊尓波　之米由布倍之母

はふ葛の　絶えず思はむ³　大君の　見し⁴し野邊には　標結ふべしも⁵

はふくずの　たえずしのはむ　おほきみの　めししのへには　しめゆふべしも

左注　右一首, 右中辨大伴宿祢家持

4510　於保吉美乃　都藝弖賣須良之　多加麻刀能　努敝美流其等尓　祢能未之奈加由

大君の　繼ぎて見すらし⁶　高圓の　野邊見るごとに　哭のみし泣かゆ⁷

おほきみの　つぎてめすらし　たかまとの　のへみるごとに　ねのみしなかゆ

左注　右一首, 大蔵大輔甘南備伊香真人⁸

---

1 **野邊はふ葛の 末**: 끝의 이미지로 골풀을 말한다. '末', 'つひに', '千代に' 모두 같은 내용으로 '忘れむ'를 수식한다.
2 **わが大君かも**: 'かも'는 강한 부정을 동반한 의문을 나타낸다.
3 **絶えず思はむ**: 高圓의 들을.
4 **見し**: '見る'의 경어이다. 보는 것은 領有를 의미한다.
5 **標結ふべしも**: 황폐해지지 않도록.
6 **繼ぎて見すらし**: 혼이 본다. '見す'는 '見る'의 경어이다.
7 **哭のみし泣かゆ**: 우는 것을 강조한 표현이다.
8 **大蔵大輔甘南備伊香真人**: 본래 伊香王, 天平勝寶 3년(751)에 성을 받았다. 『續日本記』에 의하면 寶龜 3년 (772)에 정5위하이므로, 후의 관직을 기록한 것인가.

4508 타카마토(高圓)의/ 들에 벋는 골풀의/ 마지막에는/ 천년 후에 잊혀질/ 우리왕일 것인가요

🌸 **해설**

타카마토(高圓)의 들에 벋어가는 골풀의 끝, 후에 결국에는, 천년의 후에라도 잊혀져 버리고 말 것 같은 우리왕일 것인가라는 내용이다.

聖武천황의 이름이 천년 후까지도 잊혀지지 않을 것이라는 뜻이다.

> **좌주** 위의 1수는, 주인 나카토미노 키요마로노 아소미(中臣淸麿朝臣)

4509 (하후쿠즈노)/ 끊임없이 그리자/ 우리들 왕이/ 보셨던 들판에는/ 줄 쳐 표시를 하자

🌸 **해설**

끝없이 벋어가는 골풀처럼 그렇게 끊임없이 그리워하자. 우리들 왕이 보았던 高圓의 들판에는 새끼줄을 쳐서 표시를 해 놓자라는 내용이다.

신성한 곳임을 표시해서 황폐하지 않도록 하자는 뜻이다.

> **좌주** 위의 1수는, 右中辨 오호토모노 스쿠네 야카모치(大伴宿禰家持)

4510 우리들 왕이/ 계속해 보고 있을/ 타카마토(高圓)의/ 들판을 볼 때마다/ 소리 내어 웁니다

🌸 **해설**

왕이 지금도 계속해서 보고 있을 타카마토(高圓)의 들판을 볼 때마다, 소리를 내어 울어 버리게 되네라는 내용이다.

타카마토(高圓)의 들판을 볼 때마다, 훌륭한 왕이었던 聖武천황 생각이 나서 눈물이 난다는 뜻이다.

> **좌주** 위의 1수는, 大蔵大輔 카무나비노 이카고노 마히토(甘南備伊香眞人)

属目¹山齋²作歌三首

4511　乎之能須牟　伎美我許乃之麻　家布美礼婆　安之婢乃波奈毛　左伎尔家流可母

　　　鴛鴦の住む³　君がこの山齋　今日見れば　馬醉木の花も　咲きにける⁴かも

　　　をしのすむ　きみがこのしま　けふみれば　あしびのはなも　さきにけるかも

　　　左注　右一首, 大監物⁵御方王

4512　伊氣美豆尔　可氣左倍見要氐　佐伎尔保布　安之婢乃波奈平　蘇弖尔古伎礼奈

　　　池水に　影さへ見えて⁶　咲きにほふ⁷　馬醉木の花を　袖に扱入れな⁸

　　　いけみづに　かげさへみえて　さきにほふ　あしびのはなを　そでにこきれな

　　　左注　右一首, 右中辨⁹大伴宿祢家持

1　**属目**: 눈으로 보는 것이다.
2　**山齋**: 연못 안에 작은 동산을 만든 정원이다. 이하 3수가 4496번가의 제목 15수에 포함되지 않는 것은 다른 자료에 의한 것인가. 다만 노래를 지은 것은 같은 때이다.
3　**鴛鴦の住む**: 4505번가에도 보인다.
4　**咲きにける**: 'ける'는 새로운 발견을 나타낸다.
5　**大監物**: 中務省의 직원으로 열쇠의 출납을 맡았다. 정원은 2명으로 종5위하에 상당한다.
6　**影さへ見えて**: 실물뿐만 아니라 물속의 모습까지 보여서.
7　**咲きにほふ**: 형형색색의 빛나는 모습.
8　**袖に扱入れな**: '扱入れ'는 'こ(扱)きい(入)れ'의 축약형이다. 'な'는 願望을 나타낸다.
9　**右中辨**: 太政官의 右辨官의 차관. 정5위상에 상당한다. 다만 家持는 이때 종5위상이었다.

산을 만든 정원을 보고 지은 노래 3수

4511 원앙새 사는/ 그대의 이 정원을/ 오늘 보니까/ 마취목의 꽃도요/ 피어 있는 것이네

✿ 해설

원앙새가 사는 그대의 이 정원을 오늘 보니까, 마취목의 꽃도 피어 있는 것이네요라는 내용이다.
새뿐만 아니라 꽃도 피어 있어서 좋다는 뜻이다.

> **좌주** 위의 1수는, 大監物 미카타노 오호키미(御方王)
> 4483번가에서는 '三形王'으로 표기하였다.
> '三形王'을 大系에서는, '天平勝寶 원년(749) 무위에서 종5위하. 寶字 3년(759) 6월에 종4위하. 木工頭
> 에 임명되고 있다. 寶龜 연간에 같은 이름의 사람이『續日本記』에 보인다'고 하였다[『萬葉集』 4,
> p.467].

4512 연못의 물에/ 그림자까지 보여/ 피어 빛나는/ 마취목의 꽃을요/ 소매에 흩어 넣자

✿ 해설

연못의 물에 그림자까지 비치며 아름답게 피어서 빛나는 마취목의 꽃을 흩어서 소매에 넣고 싶네라는
내용이다.

> **좌주** 위의 1수는, 右中辨 오호토모노 스쿠네 야카모치(大伴宿禰家持)

4513 伊蘇可氣乃　美由流伊氣美豆　氐流麻渥尔　左家流安之婢乃　知良麻久乎思母

磯影の[1]　見ゆる池水　照る[2]までに　咲ける馬醉木の　散らまく[3]惜しも[4]

いそかげの　みゆるいけみづ　てるまでに　さけるあしびの　ちらまくをしも

左注　右一首, 大蔵大輔甘南備伊香真人[5]

二月十日, 於内相[6]宅餞渤海大使[7]小野田守朝臣[8]等宴謌一首

4514 阿乎宇奈波良　加是奈美奈妣伎　由久左久佐　都々牟許等奈久　布祢波々夜家無

青海原　風波なびき[9]　行くさ來さ[10]　障むことなく　船は早けむ

あをうなはら　かぜなみなびき　ゆくさくさ　つつむことなく　ふねははやけむ

左注　右一首, 右中辨大伴宿祢家持 未誦之[11]

---

1 **磯影の**: 磯는 암석을 말한다. 해안의 암석이 투영하는 모습이다.
2 **見ゆる池水　照る**: 흰색의 꽃이라도 'にほふ', '照る'라고 한다.
3 **散らまく**: 'まく'는 'む'의 명사형이다.
4 **惜しも**: 조금. 家持의 앞의 노래에 대한 이의를 제기한 것인가.
5 **大蔵大輔甘南備伊香真人**: 본래 伊香王, 天平勝寶 3년(751)에 성을 받았다. 『續日本記』에 의하면 寶龜 3년 (772)에 정5위하이므로, 후의 관직을 기록한 것인가.
6 **内相**: 紫微内相, 藤原仲麿. 4487번가 참조.
7 **渤海大使**: 발해국으로 파견한 대사. 발해국은 고구려의 옛 땅에 698년(文武 2년)에 건국, 神龜 4년(727)부터 교섭이 있었다. 이때의 사신 파견은 출발 기사가 없지만 귀국은 9월 18일, 발해로부터의 사신도 동행했다(『 續日本記』)
8 **小野田守朝臣**: 天平 2년(730) 매화 연회에 참가하였다(846번가 참조). 天平勝寶 5년(753) 신라에 사신으로 파견되었다.
9 **風波なびき**: 바람도 물결도 없어져서 잔잔한.
10 **行くさ來さ**: 'さ'는 '時'라는 뜻의 접미어이다. 이하의 구는 1748·3582번가 참조. 유형적인 전별가이다.
11 **未誦之**: 노래를 부르지 않았다.

4513　바위 그림자/ 보이는 연못 물도/ 빛날 정도로/ 피었던 마취목이/ 지는 것이 아쉽네

해설

　바위 그림자를 비추는 연못의 물도 빛날 정도로 아름답게 피었던 마취목이 지는 것이 아쉽네라는 내용이다.

　　좌주　위의 1수는, 大蔵大輔 카무나비노 이카고노 마히토(甘南備伊香眞人)

2월 10일에, 内相의 집에서 발해 대사 오노노 타모리노 아소미(小野田守朝臣) 등을 전별하는 연회의 노래 1수

4514　푸르른 바다는/ 바람 파도 잠잠해/ 가고 오는 것/ 아무 지장이 없이/ 배는 빠르겠지요

해설

　푸른 바다는 바람도 파도도 잠잠해서, 가는 것도 돌아오는 것도 아무런 방해를 받지 않아서, 배는 빠르겠지요라는 내용이다.

　　좌주　위의 1수는, 右中辨 오호토모노 스쿠네 야카모치(大伴宿禰家持) 아직 부르지 않았다

七月五日[1], 於治部少輔[2]大原今城真人[3]宅, 餞因幡守[4]大伴宿祢家持宴歌一首

4515 秋風乃　須惠布伎奈婢久　波疑能花　登毛尓加射左受　安比加和可礼牟

秋風の　すゑ吹き靡く　萩の花　ともに挿頭さず[5]　あひか別れむ[6]

あきかぜの　すゑふきなびく　はぎのはな　ともにかざさず　あひかわかれむ

> 左注　右一首, 大伴宿祢家持作之.

三年[7]春正月一日, 於因幡國廳[8], 賜饗國郡司等之宴[9]謌一首

4516 新　年乃始乃　波都波流能　家布敷流由伎能　伊夜之家餘其騰

新しき　年の始の[10]　初春の　今日降る雪の[11]　いや重け吉事[12]

あらたしき　としのはじめの　はつはるの　けふふるゆきの　いやしけよごと

> 左注　右一首, 守大伴宿祢家持作之.

---

1 **七月五日**: 6월 16일에 因幡守 임명. 이날은 떠나기 직전인가.
2 **治部少輔**: 治部少輔는 治部省의 차관이다. 종5위하에 상당한다.
3 **大原今城真人**: 성 '眞人'을 이름 뒤에 쓴 것은 경의를 나타내는 표기이다.
4 **因幡守**: 奈良麿의 반란 사건을 원인으로 하는 인사이동일 것이다.
5 **ともに挿頭さず**: 가을 싸리의 풍류도 즐기지 않고, 또 서로 축수를 하는 일도 없이. 아직 가을 싸리가 필 시기는 아니었다.
6 **あひか別れむ**: 이 이별로 이마키(今城)의 和歌 기록이 끊어지고 『만엽집』은 後半生의 家持의 노래를 잃어 버리게 된다. 家持는 天平寶字 6년(762) 정월에 信部大輔가 되어서 귀경하지만, 한편 今城은 7년(763) 4월에 上野守로 전출되었으므로 어긋났다.
7 **三年**: 天平寶字 3년(759).
8 **廳**: 관청.
9 **賜饗國郡司等之宴**: 國守가 해야 하는 신년의 임무이다. 4136·4229번가 참조. 노래는 그 때의 축수 노래.
10 **年の始の**: 제1, 2구에서 신년의 첫날을 말하고, 제3구에서 입춘을 말하였다. 그렇게 중복하는 것에, 축하 노래의 장중함이 있다.
11 **今日降る雪の**: 여기까지 'の'로 이어진다.
12 **いや重け吉事**: 설날의 눈은 풍년을 암시하는 상서로운 것으로 생각하였다.

7월 5일에, 治部少輔 오호하라노 이마키노 마히토(大原今城眞人)의 집에서 이나바(因幡)의 장관 오호토모노 스쿠네 야카모치(大伴宿禰家持)를 전별하는 연회의 노래 1수

4515 가을바람이/ 끝에 불어 흔드는/ 가을 싸리꽃/ 머리장식 못하고/ 서로 헤어지는가

✿ 해설

가을바람이 잎 끝에 불어서 쏠리게 하는 가을의 싸리꽃, 그것을 함께 머리에 꽂아서 장식을 하여 즐겁게 놀지도 못하고 지금 서로 작별해야 하는가라는 내용이다.

家持가 6월 16일 因幡守에 임명되어, 떠나기 전에 今城과 이별을 해야 하는 안타까움을 노래한 것이다.

> 좌주   위의 1수는, 오호토모노 스쿠네 야카모치(大伴宿禰家持)가 지었다.

3년 봄 정월 1일에, 이나바(因幡)國의 관청에서, 향연을 國郡의 司 등에게 베푼 연회 노래 1수

4516 다시 새로운/ 한해가 시작되는/ 새해 첫날인/ 오늘 오는 눈처럼/ 더 많아라 좋은 일

✿ 해설

새로운 한해가 시작되는 첫날인 설날, 오늘 계속 내리는 눈처럼, 그렇게 한층 더 많이 좋은 일이 겹쳐라는 내용이다.

'三年'을 全集에서는, '天平寶字 3년(759). 家持 42세. 1년 전 8월에 천황은 孝謙에서 淳仁으로 바뀌었다'고 하였다『萬葉集』 4, p.450].

全集에서는 이 작품을, '정월의 대설은 풍년의 좋은 징조이다. 『만엽집』의 편찬자는 축하하는 말이 풍부한 이 노래를, 전체 20권의 마지막에 배치하여 『만엽집』을 만세 후에까지 전하려고 하는 뜻을 담은 것이겠다'고 하였다『萬葉集』 4, p.450].

> 좌주   위의 1수는, 장관 오호토모노 스쿠네 야카모치(大伴宿禰家持)가 지었다.

이연숙 李妍淑

부산대학교 국어국문학과를 졸업하고 동대학원 국어국문학과 석·박사과정(문학박사)과 동경대학교 석사·박사과정을 수료하였다. 현재 동의대학교 한국어문학과 교수로 있으며, 한일문화교류기금에 의한 일본 오오사카여자대학 객원교수(1999.9~2000.8)를 지낸 바 있다.

저서로는 『新羅郷歌文學研究』(박이정출판사, 1999), 『韓日 古代文學 比較研究』(박이정출판사, 2002 : 2003년도 문화관광부 추천 우수학술도서 선정), 『일본고대 한인작가연구』(박이정출판사, 2003), 『향가와 『만엽집』 작품의 비교 연구』(제이앤씨, 2009 : 2010년도 대한민국학술원 우수학술도서 선정) 등이 있으며 논문으로는 「고대 동아시아 문화 속의 향가」 외 다수가 있다.

한국어역 만엽집 14
– 만엽집 권 제19·20 –

초판 인쇄 2018년 2월 22일 | 초판 발행 2018년 2월 27일
역해 이연숙 | 펴낸이 박찬익
펴낸곳 도서출판 박이정 | 주소 서울시 동대문구 천호대로16가길 4
전화 02) 922-1192~3 | 팩스 02) 928-4683
홈페이지 www.pjbook.com | 이메일 pijbook@naver.com
등록 2014년 8월 22일 제305-2014-000028호
ISBN 979-11-5848-377-7 (93830)

* 책값은 뒤표지에 있습니다.